Hans Helmich · Stadt der Spitzel

Beruflich tritt der Fernsehjournalist Martin Pollock auf der Stelle. Da kommt ihm das neue Talkshow-Format seines Senders eigentlich gerade recht. Wäre da nicht der Knochenfund in einem alten Wohnhaus, der den Reporter nicht mehr loslässt. Ein anonymer Anrufer drängt ihn zu weiteren Recherchen, denn die Polizei kommt mit ihren Ermittlungen nicht voran.
Eine Spur führt ihn in die Berliner Hausbesetzer-Szene der 1980er Jahre. Und plötzlich hat Pollock es mit mächtigen Gegnern zu tun: Er wird zusammengeschlagen, in seine Wohnung wird eingebrochen, sein Auto wird demoliert. Der hartnäckige Journalist lässt sich dadurch nicht entmutigen, denn er ist nah dran an der unbequemen Wahrheit: Er stößt auf alte Seilschaften, die noch heute die Fäden der Macht in den Händen halten.

Hans Helmich, Jahrgang 1966, hat schon viel von der Medienwelt gesehen. Als Student der Politischen Wissenschaft an der FU Berlin kam er den Spionagetätigkeiten der Sowjetunion gefährlich nahe.
Er arbeitete u. a. bereits als Politikredakteur für den Berliner „Tagesspiegel“, als Redakteur im ARD-Studio Warschau, für die ARD-Talkshow „Hart aber fair“. Heute ist er Redakteur bei DW-TV (Deutsche Welle), dem Auslandssender der Bundesrepublik Deutschland. „Stadt der Spitzel“ ist sein Krimi-Debüt.
Weitere Infos unter www.hans-helmich.de

Hans Helmich

Stadt der Spitzel

PENDRAGON

Prolog

Natürlich ist ihr klar, dass das alles Wahnsinn ist. In ein paar schwachen Momenten wenigstens. Jetzt geht es darum, diese schwachen Momente abzuwehren, sie in Schach zu halten wie ein heimtückisches Tier, das darauf lauert, auszubrechen.

Die Frau schaut sich in ihrem Zimmer um. Auf dem Boden liegt ihr Koffer. Er ist offen, dient ihr als Kleiderschrank. Darin Wäsche für drei bis vier Tage: eine Leinenhose, ein von der Sonne ausgebleichtes Sweatshirt, eine fast durchsichtige Bluse. All das passt nicht zu dem, was die Frau sieht, wenn sie aus dem Fenster schaut: Eine Wand aus Nebel und Schnee verdeckt die gegenüberliegende Villa fast vollständig.

Die Frau setzt sich auf einen wackligen Stuhl und rutscht so nah wie möglich an das Fenster heran. Eine unnatürliche Stille liegt über der Straße. Der Mann im Radio hat von Temperaturen bis minus 25 Grad gesprochen.

Ein BMW, dessen Scheibenwischer sich verzweifelt gegen das Schneetreiben wehren, schleicht vor ihrem Fenster vorbei, das Dach vollständig mit Schnee bedeckt. Sicher einer der wohlhabenden Professoren, die hier in der Gegend wohnen – die Ehefrau Zahnärztin, zwei Kinder, ein Hund, denkt sie. Die Frau lacht abfällig und traurig zugleich. Wäre mein Leben anders verlaufen, wäre ich heute vielleicht eine von ihnen. Aber ihr Leben war nicht anders verlaufen. Sie war nicht in diese Gegend gezogen, weil sie es zu Geld und Ansehen gebracht hatte. Sie war hierhin gezogen, um zu töten.

Ihre Nerven sind bis zum Äußersten angespannt. Noch kann ich mich anders entscheiden, denkt sie. Nein! Du darfst jetzt nicht an dir zweifeln! Die Frau ermahnt sich, fixiert die Hände auf ihren Knien. Ihrer hellen Haut hat die Sonne der vergangenen Jahre nicht gut getan. Sie ist faltig geworden. Hitze und tiefblauer Himmel, fast dreißig Jahre lang. Was für eine lange Zeit. Wenn sie recht überlegt, ist ihr nicht ein Tag der zurückliegenden Jahre besonders im Gedächtnis geblieben. Es ist, als habe sie in Trance gelebt, ihre Arbeit gemacht wie eine gut geölte, aber seelenlose Maschine.

Inzwischen ist sie Anfang fünfzig. Ihr Gesicht spiegelt sich in der Fensterscheibe. Sie sieht ihre blonden, unfrisierten Haare, ihren vollen Mund. Viele aus ihrer Schulklasse hatten diesen Mund damals küssen wollen; aber sie hatte gewartet, auf den einen, der es wert sein sollte. Heute ist sie froh darüber.

Die Frau tastet nach der Fernbedienung. Der Fernseher, den sie für ihre Vorbereitungen braucht, thront auf einer Orangenkiste. Davor steht ein Videorekorder, ein Modell aus den 90er Jahren. All das alte Zeug passt nicht in den liebevoll renovierten Raum mit den abgezogenen Dielen und dem Stuck an der Decke. Was für ein friedliches Leben man hier führen könnte! Doch dieser Tag soll ihr letzter in dieser Wohnung sein. Und ihr letzter in Berlin.

Von der Decke hängt eine Glühbirne herab, in deren Lichtkegel sie jetzt steht, breitbeinig, so wie sie es aus Filmen kennt. Die Frau zielt auf den Mann vor sich. Der blickt sie an. Sie drückt ab. Die Frau hört ein „Klick", ganz fein – so, als ob es das Selbstverständlichste auf der Welt wäre, einen Abzug zu drücken. Das Geräusch beruhigt sie, denn an die Waffe hat sie sich gewöhnen müssen.

Sie erinnert sich an ihre Zeit als Pazifistin. Damals hatte sie sich ein Halstuch mit aufgedruckter Friedenstaube umgebunden. So war sie mit Freunden zur großen Friedensdemonstration nach Bonn gefahren. Wie naiv ich doch war, denkt sie. Damals war mir noch nicht klar, dass es Situationen gibt, in denen Menschen zum Äußersten greifen müssen.

Sie wendet ihren Blick wieder zum Fernseher. Der Mann ist weg. Er hat sich von seinem Publikum verabschiedet.

Die Frau lässt sich auf den Stuhl fallen, schaltet den Videorekorder aus. Jetzt ist sie sich sicher: Sie würde es tun. Ein Blick auf die Uhr. In einer halben Stunde ist es so weit. Sie fröstelt, dreht die Heizung bis zum Anschlag auf. Die Frau ertappt sich dabei, wie ihr die hohen Heizkosten in den Sinn kommen. Was für ein lächerlicher Gedanke! Den Vermieter wird sie nicht mehr zu Gesicht bekommen. Um 21:40 Uhr startet ihr Flugzeug. Und in 24 Stunden wird sie wieder da sein, wo sie hergekommen ist.

Sie stellt das Radio an, das auf dem Fernseher steht. *„Wegen des starken Schneetreibens kommt der Verkehr auf der Stadtautobahn nur stockend voran. Auf der A 111 Richtung Tegel hat sich ein Stau von sieben Kilometern Länge gebildet"*, heißt es.

Das darf nicht sein, denkt die Frau. Das Wetter darf meinen Plan nicht zunichte machen. Sie stellt sich vor das Fenster und spielt nervös an ihrem Armreifen. Die Straßenlaternen werfen mattes Licht auf das Haus gegenüber.

Die Frau greift in die Pappschachtel am Boden. Eine Patrone fehlt. Eine andere liegt kalt in ihrer Hand. Sie bestückt die Pistole damit, so wie der Händler es ihr gezeigt hat.

Nun ist es wirklich da. Das Geräusch seines Autos. Das muss er sein. Die Frau knipst das Licht im Zimmer aus, greift nach dem Fernglas und duckt sich vor den Heizkörper unterhalb des Fensters. Der Mann schlägt die Tür seiner schwarzen Limousine zu und verlässt die Garage. Ihr Opfer stellt seine schweinslederne Tasche ab, klaubt Briefe und Prospekte aus dem Briefkasten. Die dünnen, grauen Haare, die sonst über der Glatze des Mannes liegen, sind zerzaust. Der Wind treibt ihm eine Ladung Schnee ins Gesicht. Mit einem lauten „Ich bin's!" öffnet er die Haustür. Die Frau spürt ein Ziehen im Magen, als sie hinter ihrem Fenster seine Stimme hört.

Sie schlüpft in ihren Mantel. Noch einmal schaut sie sich in der Wohnung um. Die Briefe! Das, was ihr am meisten bedeutet, hätte sie fast vergessen. Andächtig legt sie ein zusammengeschnürtes Päckchen Papier auf die Kleidungsstücke in ihrem Koffer. Dann fällt ihr Blick auf einen weiteren Brief, der neben ihrem Schlafsack liegt. Sie legt ihn auf die anderen Papiere, streichelt mit der rechten Handfläche darüber, schließt den Koffer und verlässt die Erdgeschosswohnung.

Sie geht durch die Diele Richtung Haustür, die sie einen Spaltbreit öffnet. Eine alte Dame steht mit ihrem Rauhaardackel vor dem schmiedeeisernen Zaun, der den Vorgarten vom Bürgersteig trennt. „Komm schon, Ralko! Nein, das ist bah! Komm, na komm!" Als niemand mehr zu sehen ist, verlässt die Frau die Stadtvilla.

Sie friert in ihrem Sommermantel. Die Frau eilt zur gegenüberliegenden Straßenseite und verschwindet im Dunkel der Garage, deren Tor offen steht. Es riecht nach ausgelaufenem Öl und den Sommerreifen, die an der hinteren Wand lehnen. In der Mitte der Wand hängt ein großer Werkzeugkasten.

Die Frau spürt ihr Herz pumpen. Vielleicht ist das Warten der schwierigste Teil der Aktion. Sie weiß, wenn sie aufgibt, wird sie keinen Seelenfrieden finden. Seelenfrieden – wie pathetisch das klingt! Und doch ist es das richtige Wort für das, was sie jahrzehntelang vermisst hat. Die Frau versucht sich abzulenken, mustert den Wagen, dessen noch summender Motor die Garage wärmt. Ein Volvo – natürlich. Schon vor dreißig Jahren hatte dieser Mann einen Volvo. Wie scheinheilig, dass die Linken BMW- und Mercedesfahrer immer als Bonzen geißelten, aber zehntausende Mark für diesen schwedischen Wagen ausgaben, denkt sie. Ein schickes Auto aus einem sozialdemokratisch geprägten Land, wo die Arbeitsbedingungen angeblich so viel menschlicher waren.

Über die Jahre hinweg ist das Auto des Mannes luxuriöser geworden. Der Wagen ist ausgestattet wie der eines Managers. Dabei ist der Besitzer alles andere als das. Die Frau ahnt, woher er das Geld hat. Sie ahnt es seit ein paar Tagen. Sie lugt in das Innere des Volvos. Auf den Ledersitzen liegen die *Frankfurter Allgemeine*, *Psychologie heute* und eine aufgerissene Packung Müsliriegel. An einem Haken hängt ein schwarzes Jackett.

Die Frau schreckt auf: Eine weibliche Stimme dringt vom Haus herüber.

„Musst du denn unbedingt noch bei der Nachfeier bleiben?"

„Schatz, ich kann ja schlecht nach zehn Minuten gehen. Du weißt doch, wie wichtig diese Termine im Moment für mich sind." Die Stimme des Mannes klingt gütig, aber auch ein wenig herablassend, als rede er mit einem Kind, das nicht verstehen will, dass Papa noch arbeiten muss.

„Und deine Familie? Ist die etwa nicht wichtig?"

„Natürlich. Ohne euch würde ich das alles gar nicht schaffen."

„Ich sehe es schon kommen. Bald werden wir gar nichts mehr von dir haben. Deine Enkelkinder sind so süß! Warum kannst du dich nicht einfach mal mit dem begnügen, was du hast? Das predigst du anderen doch auch immer!"

„Komm, jetzt fang nicht schon wieder damit an. Soll ich jetzt etwa aufgeben? Nach all den Jahren, die ich in den neuen Job investiert habe?"

„Den Job! Wie das klingt! Das ist doch kein Job!"

„Natürlich nicht, Schatz. Jetzt muss ich aber wirklich los! Und du gehst zurück ins Warme! Schau mal, in drei Stunden bin ich doch schon wieder da!"

Die Haustür fällt ins Schloss. Die Frau in der Garage hört, wie der Schnee unter den Sohlen des Mannes knirscht. Dann hört sie laute Streicherklänge und eine Sopranstimme. Musik von Johann Sebastian Bach. Eine Trompete schmettert bis in die Garage herein, die Stereoanlage in dem Haus gibt ihr Bestes. Sehr gut, denkt die Frau. Das kann meinem Plan nur nutzen.

Dann ist der Mann ihr ganz nah. Drei Meter von ihr entfernt sucht er nach dem Autoschlüssel. Als er die Fahrertür öffnet, seine Tasche auf den Rücksitz werfen will, treffen sich ihre Blicke. Der Mann weicht einen Schritt zurück. Er sieht sie an, zuerst ratlos, dann erstaunt, endlich scheint er zu erkennen, wer da vor ihm steht.

„Mein Gott! Was machst du denn hier?“

Die Frau hebt langsam ihren rechten Arm, sodass die Pistole auf seinen Brustkorb gerichtet ist.

„Frag nicht so blöd.“

Der Mann schluckt. Für einige Sekunden ist es still in der Garage. „Was willst du?“

„Was glaubst du denn ... Meinst du, ich nehme das einfach so hin?“

Der Mann schweigt. Wieder verstreichen Sekunden. Die Frau merkt, wie der Mann zu seiner gewohnten Gelassenheit zurückfindet. Beunruhigend schnell. Er deutet auf die Waffe: „Das ist doch Unsinn.“

„Mach das Garagentor zu“, sagt sie. Langsam, die Frau nicht aus den Augen lassend, stellt der Mann seine Tasche auf den Fahrersitz. Er tut, was sie von ihm verlangt. Dann wird es um sie herum dämmrig. Nur durch ein schmales Fenster zum Garten dringt das Licht einer Laterne.

„Was willst du?“

„Du hast mich angelogen.“

„Lass uns in Ruhe darüber reden. Lass mich erklären, wie das damals war.“

„Ha!“ Das Lachen der Frau ist beißend. „Du bist der Letzte, mit dem ich noch über irgendwas rede.“ Dann wird ihre Stimme leise. Beinahe zärtlich sagt sie: „Du wirst niemandem mehr was erklären.“

Dann geschieht etwas, womit sie nicht gerechnet hat. Der Mann geht langsam und bedächtig auf sie zu. Er streckt behutsam seine rechte Hand nach ihr aus. „Du kannst so was nicht. Du nicht." Er scheint sich sicher zu sein, dass sie die Nerven verliert. Tatsächlich: Ihre rechte Hand wird schwer, als umfasse sie ein zentnerschweres Gewicht. Hatte der Mann nicht Recht? Würde sie sich nicht aufgeben? Sich und all ihre Ideale?

Während sie noch überlegt, umklammert der Mann schon die Pistole. Sie löst sich aus ihrer Hand. Er nimmt ihr die Waffe ab und legt sie auf das Dach seines Autos. Jetzt ist alles aus. Sie ist zu schwach gewesen. Der Mann scheint in ihrem Gesicht zu lesen, wie es ihr geht.

Nein, so darf das nicht enden. Schließlich hat er ihr doch alles genommen. Ihren Glauben. Ihren Mann. Und irgendwie auch ihren Sohn. Instinktiv dreht die Frau sich um: der Werkzeugkasten! Sie greift hinein und zieht heraus, was sie zu fassen bekommt. Eine Handsäge. Jetzt geht alles sehr schnell. Sie stürzt sich damit auf den Mann. Der fällt zu Boden, schlägt mit dem Kopf gegen das Nummernschild.

Ein schriller Schrei. Die Frau muss sich keine Sorgen machen: „Jauchzet Gott in allen Landen!" Die Klänge der Bach-Kantate übertönen einiges von dem, was in der Garage vor sich geht. Wozu sie jetzt fähig ist, überrascht die Frau selbst. Fest drückt sie ihre linke Hand auf seinen Mund. Mit der rechten presst sie das Sägeblatt in das Fleisch seines Halses. Ihr ganzer Körper stemmt sich gegen das Sägeblatt.

„Arrr ...!!" Die weit aufgerissenen Augen des Mannes fixieren sie. Ein Gesicht wie aus einem Horrorfilm. Sie hält den Anblick nicht aus, umfasst den Holzgriff des Werkzeuges fester. Dann zieht sie die Säge ruckartig von links nach rechts. Blut schießt hoch bis zur Heckscheibe des Autos. Es klatscht auf den schwarzen Lack, besudelt den Mantel der Frau. Die Qualität des Werkzeuges ist einwandfrei, stellt sie fest, seine Zähne scharf. In gleichmäßigen Stößen quillt das Blut nun aus der Wunde, fließt unter das Hemd des Mannes, das sich bis zum Gürtel rot färbt. Die Augen ihres Opfers schließen sich. Sekunden vergehen. Dann fällt sein Kopf zur Seite. Der hintere Teil der Garage hat sich in einen See aus Blut verwandelt.

Die Frau verharrt bei der Leiche. Der Anfang ihres neuen Lebens. Unwiderruflich. Sie hat getan, was sie sich vorgenommen hat. Was für ein Erfolgserlebnis. Egal, wie es jetzt weitergeht.

Die Frau wundert sich. Sie ist nicht schockiert über das, was sie getan hat. Ihr Kopf ist klar wie nach einer durchgeschlafenen Nacht. Sie spult ab, was jetzt auf dem Programm steht: das auf den Lack gespritzte Blut wegwischen – am besten mit dem im Auto hängenden Jackett. Dann: ihren Koffer im Auto verstauen, das Garagentor öffnen, in den Volvo steigen und so zügig, wie es die winterlichen Straßen zulassen, Richtung Flughafen fahren. Dann: den Wagen parken, einchecken, losfliegen. Und hoffen, dass der Moderator der Volksmusiksendung im Fernsehen heute Abend überzieht. Denn dann wird man den Tod ihres Opfers nicht allzu schnell entdecken.

Kapitel 1

Martin Pollock schlenderte den Bahnsteig auf und ab. Täglich stieg er am Adenauerplatz in die U-Bahn-Linie 7 und fuhr nach Hause. Pollock atmete tief ein, als habe er sich tagelang nach der Luft eines U-Bahn-Schachtes gesehnt. Die Weihnachtsfeiertage lagen hinter ihm. Seit gestern war er wieder in Berlin. Gottlob! Wie hatte er die Stunden gezählt, wie hatte er sich nach dem Moment gesehnt, in Lemgo wieder in den Zug zu steigen! In Lemgo, einer kleinen nordrhein-westfälischen Stadt, lebte seine Mutter. Drei lange Tage hatte er sich bemüht, seine Wut auf sie zu bändigen. Am liebsten wäre er am Esstisch aufgesprungen und hätte ihr eine gescheuert. Vielleicht hätte sie dann einen Moment aufgehört mit ihren gehässigen Sprüchen, die vor allem seiner zwei Jahre jüngeren Schwester Ulrike die Tränen in die Augen trieben. Martin Pollock hasste seine Mutter. Früher hatte ihn dieser Gedanke erschreckt. Inzwischen ließ er ihn einfach zu.

Als sein Vater noch lebte, hatte Pollock nicht erkannt, wie böse seine Mutter war. Im Grunde genommen hatte er gar nichts für sie empfunden. Absolute Leere. Sie war die Frau an Vaters Seite gewesen. Mehr nicht. Als sein Vater zu Weihnachten seine Gitarre hervorgeholt und „Stille Nacht, heilige Nacht" gesungen hatte, hatte sie nur dabeigesessen und milde gelächelt. Heute wusste Pollock, dass es ein arrogantes Lächeln gewesen war, dass sie ihren Mann verachtet hatte für seine warmherzige, manchmal vielleicht etwas einfältige Art.

Mutter hatte die Vergangenheit mit seinem Vater abgestreift wie ein Kleid, das ihr immer schon zu eng erschienen war. Ihr neues Leben stieß Pollock ab. Sie wollte nichts mehr wissen von ihrer Ehe, von ihren alten Freunden, von ihrer Rolle als Mutter. Ihm und seiner Schwester hatte sie aufgelistet, was aus ihr hätte werden können, wenn die Familie nicht gewesen wäre.

Während der gemeinsamen Rückfahrt – seine Schwester wohnte auch in Berlin – hatten Martin und Ulrike Pollock sich geschworen, dass dies das letzte Weihnachten zu Hause gewesen war. Pollock hatte sich diesen Vorsatz sogar in den neuen Taschenkalender geschrieben, weil er fürchtete, sich im kommenden Jahr nicht daran zu halten.

Ein Tuscheln riss ihn aus seinen Gedanken. „Ist das nicht der Typ aus dem Fernsehen? Wow!“ Pollock drehte sich um und sah, wie sich zwei junge Frauen ertappt fühlten und sich kichernd von ihm abwandten. Er hatte sich daran gewöhnt, dass ihn immer wieder Menschen auf der Straße anstarrten. In seinen ersten Fernsehjahren hatte er sich auf Schritt und Tritt beobachtet gefühlt, inzwischen nahm er es gelassen hin. Seit zehn Jahren arbeitete Pollock nun schon für den bekanntesten Sender der Stadt: *Havel-TV.* Für die Zuschauer waren er und die dunklen Seiten Berlins zu einer Einheit verschmolzen. Wenn Pollock auf der Mattscheibe erschien, dann war Holland in Not: Dann waren sich die Drogendealer in der Hasenheide mal wieder an die Gurgel gegangen, dann hatten die Autonomen Autos angezündet, dann hatte sich der Mitarbeiter eines Callcenters wegen mieser Arbeitsbedingungen aus dem Fenster gestürzt. Pollock war Polizeireporter. Wegen seiner ausgeklügelten Interviewtechnik wurde er aber auch eingesetzt, wenn es nicht um Mord und Totschlag ging. Zum Beispiel heute: Da hatte Pollock in einer LKW-Halle der Stadtreinigung gestanden und den Sprecher des Unternehmens vor laufender Kamera zu den hoffnungslos überforderten Räumdiensten befragt. Denn die Berliner waren empört. Wer die mit Eis und Schnee bedeckten Gehwege betrat, begab sich in Lebensgefahr. Alte und Gehbehinderte standen quasi unter Hausarrest.

Seinen Chefredakteur verdächtigte Pollock, ihn mit solchen Aufgaben von seiner eigentlichen Leidenschaft abzuhalten: der intensiven Recherche. Eine journalistische Technik, die seiner

Meinung nach in den vergangenen Jahren ziemlich auf den Hund gekommen war. Mit ihr war Pollock weit über die Polizeiberichterstattung hinaus erfolgreich gewesen. Er hatte durch seine Nachforschungen schon so manchen Politiker in Erklärungsnot gebracht, was dem Chefredakteur weniger recht war, als er zugeben wollte. Sich mit angepinkelten Politikern auseinanderzusetzen, war nämlich nicht Udo Clements Sache.

Laut ratternd fuhr die U-Bahn in den Bahnhof ein. In den Waggons hätte man die Berliner stapeln können. Die Menschen hatten Mühe, ihre aus allen Nähten platzenden Einkaufstaschen abzustellen. Sie deckten sich jetzt schon ein für Silvester und Neujahr. Die jungen Frauen vom Bahnsteig standen Pollock direkt gegenüber. Eine von ihnen, rothaarig und braun gebrannt, lächelte ihn mit weiß gebleichten Zähnen an. Pollock schaute weg, konzentrierte sich auf die „Brot für die Welt"-Reklame über den Sitzplätzen und war froh, als er am Kleistpark endlich aussteigen konnte. Ein Spruch seines besten Freundes Alexander über die Frauen ging ihm durch den Kopf. „Mein Gott, Martin, was ist los mit dir? Wann greifst du endlich zu?!" Alexander hatte Recht. Wenn es drauf ankam, schreckte er zurück. Die Jahre mit Sabine, seiner letzten Freundin, steckten ihm noch in den Knochen.

Als Pollock die schneebedeckte Langenscheidtstraße hochstapfte, packte ihn die Kälte. In Sekundenschnelle kroch sie durch Mantel, Pullover und T-Shirt bis an seinen Körper heran.

Drei Minuten Fußweg und er war an seiner Haustür. Pollock suchte nach dem Schlüssel und dachte daran, wie erleichtert er gewesen war, als er vor zwei Jahren vor Sabine geflüchtet und hierhin gezogen war. Endlich allein! Er hatte damals auf seiner Ledercouch gesessen, die Beine ausgestreckt, eine Schallplatte der Schlagersängerin Alexandra aufgelegt und ähnlich tief durchgeatmet wie jetzt nach den Weihnachtstagen in Lemgo. War er bindungsunfähig? Quatsch! Es musste doch

Frauen geben, die ihm nicht ständig Vorhaltungen machten.

Pollock stieg die Stufen des Hinterhauses hinauf. Eine Männerstimme hallte aus der Wohnung im ersten Stock. „Karl-Marx-Stadt Hauptbahnhof! Karl-Marx-Stadt Hauptbahnhof! Ihre Anschlüsse: Personenzug nach Leipzig. 16 Uhr 53, Gleis 2 …“ Klaus Wemme, sein etwas seltsamer Nachbar, der immer nach Schweiß stank und von dem niemand so recht wusste, wovon er eigentlich lebte, sammelte Stationsansagen aus aller Welt. Er hatte sie entweder selbst aufgenommen oder Freunde aus dem Internet gebeten, ihm welche zu übermitteln. Dass in immer mehr Ländern die Ansagen von Computern übernommen wurden, hatte Wemme in eine tiefe Krise gestürzt. Die Länder, aus denen er die Aufnahmen bezog, wurden immer exotischer. Pollock hatte sich ein wenig mit Wemme angefreundet, der die Blumen goss, wenn Pollock mal verreist war. Wemme war ein Schrat, verließ selten seine Wohnung, doch ab und an ließ er sich zu einem Bier in einer der Kneipen rund um den Kleistpark überreden.

Pollock stieß die Wohnungstür seiner Altbauwohnung auf, warf Mantel, Schal und Handschuhe über den Garderobenschrank und schleppte sich ins Badezimmer. Die Kälte hatte alle Kraft aus seinem Körper gezogen. Mindestens die Hälfte meines Lebens ist rum, dachte Pollock, als er in den Spiegel sah. Vor drei Wochen war er 42 geworden. Seitdem kamen ihm solche Gedanken immer wieder. Dabei sah Pollock jünger aus, als er sich fühlte. Das lag vor allem an seinen dichten dunkelbraunen Haaren, die ihm fast bis zur Schulter reichten. Seit zehn Jahren band er sie zu einem Zopf zusammen. Ursprünglich war er einfach zu träge gewesen, zum Friseur zu gehen. Später hatte er festgestellt, dass seine Kolleginnen voll auf den Zopf abfuhren. Das hatte ihm einmal die Sekretärin des Produktionsleiters gesteckt. Pollock trat zwei Schritte vom Spiegel zurück. Sein Blick wanderte vom Kopf hinunter bis zu seinem Bauch. Er hatte in den letzen zwei, drei Jahren deutlich zugenommen. Irgendwann würde sich der Speck wie ein schmaler Schlauch um seine Taille legen. Seit dem letzten Arztbesuch war er alarmiert. Der Doktor hatte von den Folgen des Bauchspecks gesprochen: Herzinfarkt, Schlaganfall, Erektionsstörungen. Gefundenes Fressen für einen Hypochonder wie ihn. Als körperlicher Schrotthaufen hatte er die Praxis verlassen.

Aus der Wohnung unter ihm schallte eine exotisch klingende Frauenstimme. Wahrscheinlich die Aufnahme einer Zugabfertigerin aus Indien, von der Klaus Wemme beim letzten gemeinsamen Bier so geschwärmt hatte.

Wegen des Lärms hörte Pollock sein Telefon zunächst nicht. Aber der Anrufer war hartnäckig. Versuchte seine Schwester ihn zu erreichen? Auch das gehörte zum nachweihnachtlichen Ritual: Ulrike kam nicht über die Boshaftigkeiten ihrer Mutter hinweg, die ihr einmal mehr vorgeworfen hatte, fremden Männern den Arsch abzuwischen. Ulrike war Stationsschwester in einem Krankenhaus.

Pollock schaffte es gerade noch ins Wohnzimmer, bevor der Anrufbeantworter anging.

„Hallo?"

Das Erste, was Pollock hörte, war ein Japsen. So, als habe jemand einen Marathon hinter sich gebracht, ohne je trainiert zu haben.

„Pollock hier!"

Wieder das Japsen – ob von einem Mann oder einer Frau, das war schwer auszumachen. Auf Perverse hatte er jetzt gar keine Lust. Im Hintergrund hörte Pollock ein seltsames Wummern, das in kurzen Abständen immer wieder verschwand. Der Anrufer rang nach Worten. „Jetzt hören Sie mir mal genau zu: Da sind Knochen gefunden worden. In Schöneberg. Ein ganzes Skelett. Spätestens morgen weiß es die ganze Stadt. Kümmern Sie sich drum!" Ein Knacken. Der Anrufer hatte aufgelegt.

Pollock hielt den Hörer noch einige Sekunden am Ohr. Ein Spinner? Bisher war er selten mit Anrufen belästigt worden. Anders als seine Kollegen stand er mit vollem Namen im Telefonbuch. Dass andere ihre Nummer geheim hielten, hatte er immer als wichtigtuerisch empfunden.

Der letzte anonyme Anruf lag zwei Jahre zurück. Damals hatte sich in der Stadt alles um einen mutmaßlichen Kinderschänder gedreht. Ein Verdächtiger war festgenommen und von einem hochrangigen Polizisten so lange geohrfeigt worden, bis er bewusstlos war. Pollock hatte den Fall aufgedeckt, hatte den Journalistenpreis einer bekannten Menschenrechtsorganisation bekommen. In einem Kommentar hatte er gefordert, den Beamten unverzüglich vom Dienst zu suspendieren. Daraufhin hatte sich eine junge, vor Wut schäumende Mutter bei ihm gemeldet: „Sie haben wohl keine Kinder, was?!"

Von welchen Knochen hatte der Mann gesprochen? Hatte er da etwas nicht mitbekommen? Kollege Rudi Hoßdorf hatte Bereitschaft. Sollte er ihn anrufen? Pollock kehrte zurück ins Bad und stellte seinen CD-Player an.

Die tiefe Stimme seiner Lieblingssängerin Alexandra erklang: *„Grau zieht der Nebel durch die menschenleere Stadt. Mein Herz ist einsam, weil es dich verloren hat."* Alexandras Stimme, die Texte und Arrangements drückten in angenehmer Weise auf sein Gemüt. In Pollocks Küche hing ein Plakat der deutschen Sängerin, die Ende der 60er Jahre unter nie ganz geklärten Umständen bei einem Verkehrsunfall ums Leben gekommen war. Auf dem Bild lehnte sie an einem Baum und strich sich ihre pechschwarzen Haare aus der Stirn. Wie so oft stand Pollock auch jetzt davor und schaute in Alexandras wehmütig blickende Augen. Er gab zu, dass er ein hoffnungsloser Romantiker war. Vielleicht gehörte er zu den Männern, die nur unerreichbare Frauen begehrten.

Der Anrufer ging ihm nicht aus dem Kopf. Sicher jemand

mit einem schweren Getriebeschaden. Ich muss lernen abzuschalten, ermahnte sich Pollock. Morgen ab zehn bin ich wieder ganz und gar für den Zuschauer da. Aber es gelang ihm nicht, sich auf die Musik zu konzentrieren.

Er seufzte, griff nach seinem Mobiltelefon und wählte die Nummer seines Kollegen. Rudi Hoßdorf war 63 und seit der Gründung des Senders dabei. Er war sofort dran.

„Mein Junge, an so was musst du dich gewöhnen, je länger du deine Fresse in die Kamera hältst. Mich hat letztens ein notgeiler 80-Jähriger angerufen. Der wollte, dass ich zu ihm ins Rot-Kreuz-Heim komme. Im Dirndl! Wir leben in einer total verrückten Stadt!“ Pollock hörte, wie es in Hoßdorfs Brustkorb rasselte – Geräusche eines Kettenrauchers. „Von Knochen weiß ich nichts.Vor zwei Stunden erst habe ich mit meinem Informanten bei der Polizei gequatscht. Aber wenn du willst, ruf ich da noch mal an.“

„Nee, lass mal. Mach dir keinen Stress.“

„Okay. Dann sehen wir uns also morgen bei der Redaktionskonferenz. Da soll's angeblich ziemlich zur Sache gehen.“

„Wieso?“

„Noch nicht gehört? Die neueste Zuschauerforschung?“

„Was ist damit?“

„Weißt du, wer uns sieht?

„Na, sag schon.“

„Dumme alte Frauen.“

„Hm. Wundert mich nicht. Glaubst du, die 20-jährigen Modefuzzies, die in den letzten Jahren in die Stadt gekommen sind, schauen zu, wie ich mir bei der Stadtreinigung den Arsch abfriere?“

„Nee, die finden uns total uncool. Die sind lieber 24 Stunden online. Die Einzigen, die uns noch einschalten, sind Frauen über 60. Nicht mal die 50-Jährigen gucken uns. Es sei denn, sie sind vor dem Fernseher eingepennt. Was ich ihnen nicht verdenken würde. *Havel-TV* ist nur noch was für Blöde, für Leute, die nicht wissen, wie man Realschule oder Gymnasium überhaupt schreibt." Hoßdorf feixte. „Tja, allein über Tiere, Titten und Tote berichten – das bringt's eben doch nicht."

„Ja, und jetzt?"

„Morgen in der Mittagskonferenz soll's interessant werden. Wie ich gehört habe, auch für dich!"

Kapitel 2

Pollock sehnte sich nach seiner 71-Quadratmeter-Wohnung, als er am nächsten Tag auf dem Weg zum Funkhaus gegen wild umhertanzende Flocken kämpfte. Auf seinem schwarzen Wollmantel war der Schnee zu Eis gefroren. Pollocks Oberschenkel brannten vor Kälte. Schon wieder so ein scheißkalter Tag!

Es war Freitag, der 29. Dezember. Die Temperaturen waren erst nach Weihnachten ins Minus gerutscht. Noch kurz zuvor hatten Klimaforscher Alarm geschlagen. 17 Grad plus im Dezember! Noch Mitte des Monats waren die Menschen ohne Mantel und Schal die Tauentzienstraße entlang flaniert, um Weihnachtseinkäufe zu erledigen. Der Klimawandel war ein großes Thema bei *Berlin – nah dran*, dem Nachrichtenmagazin des Senders, gewesen. Ein Klimatologe der Universität Potsdam hatte Anrufern Rede und Antwort gestanden. Alle Zuschauer waren sich einig gewesen: „Heiligabend ohne Schnee – das kann doch nicht normal sein!" Seit zwei Tagen lag nun erneut Katastrophenstimmung über der Stadt. Chefredakteur Clement hatte eine Sondersendung ins Programm gehoben: „Berlin versinkt im Schnee".

Wieder einmal merkte Pollock, wie lustlos er zur Arbeit trottete. Was wohl heute auf dem Programm stand? Eine Reportage aus dem Sonnenstudio, in das sich Menschen bei diesem

Wetter flüchteten? Ein ganz alter Hut, aber jeder Chef, dem das einfiel, hielt sich für die Blitzbirne schlechthin. Manchmal fragte sich Pollock, warum er für solche Banalitäten überhaupt studiert hatte. Sein Studium der Kriminologie half ihm ab und an bei seiner Tätigkeit als Polizeireporter. Ursprünglich hatte Pollock mit einer Laufbahn bei der Polizei geliebäugelt, während zahlreicher Praktika aber zu spüren bekommen, wie schwerfällig der Beamtenapparat und wie verbohrt die polizeiliche Führungsspitze war. Als Journalist, so hatte er gehofft, würde er besser aufdecken können, was in der Gesellschaft schief lief. Er hatte noch einmal zehn Semester Geschichte studiert, was nur möglich war, weil er nebenher bereits als freier Journalist Geld verdient hatte. Aber wenn er ehrlich war, hätte er sich das mühevolle Zweitstudium auch sparen können. Allzu Anspruchsvolles war bei *Havel-TV* nicht gefragt. Wenigstens aber hatte es sich für sein Buchprojekt gelohnt. Pollock schrieb seit drei Monaten an einem Standardwerk: *„Der deutsche Schlager – ein Spiegel der politischen und gesellschaftlichen Entwicklung der Bundesrepublik Deutschland“*. In seiner Magisterarbeit hatte sich Pollock bereits mit den so genannten Heimatschlagern der 50er Jahre beschäftigt und danach für musikalische Fachzeitschriften analysiert, welche gesellschaftspolitische Bedeutung Schlager hatten. Jetzt interessierte sich ein Verlag für ein populärwissenschaftliches Buch von ihm.

Eine Unmenge von Material galt es zu bearbeiten. Gerade war er bei Udo Jürgens angelangt und dessen Strategie, mit provokanten Texten Aufmerksamkeit zu erregen. Dieses Kapitel wollte er Anfang Januar beenden. Vielleicht war es gar nicht so schlecht, dass er zu keiner Silvesterfeier eingeladen war. Er hatte nicht gewagt, Freunde oder Kollegen auf Partys anzusprechen, um nicht als einsamer Wolf zu gelten. Nun konnte er sich in seiner Wohnung verkriechen, Schlager hören und schreiben.

Als Pollock die Redaktion betrat, merkte er sofort, wie übellaunig die Kollegen ihre Arbeit verrichteten. Kollege Norbert Häberle saß an einem Schreibtisch im Nachrichtenraum und schaute missmutig aus dem Fenster. Er hatte seinen Urlaub unterbrechen müssen.

„Der Typ spinnt doch komplett", murmelte er und ließ sich von der Redaktionsassistentin Kaffee einschenken. „Weißt du, was Clement heute Abend veranstalten will?", wandte er sich Pollock zu. „Noch 'ne Sondersendung! ‚Schnee ohne Ende' soll die heißen! Dem haben sie doch ins Gehirn geschissen!"

Pollock ging ohne weiteren Kommentar in die Redaktionsküche, kam mit einem Becher Kaffee zurück und folgte den Kollegen in den ersten Stock.

Im Konferenzraum roch es nach Angstschweiß. So muss es in Stalins Politbüro gestunken haben, dachte Pollock. Wen würde der Chefredakteur wohl diesmal an den Pranger stellen? Udo Clement verfügte über das Einfühlungsvermögen einer Schlagbohrmaschine. Die Opfer seiner Wutausbrüche trugen wochenlang an den seelischen Folgen. Pollock hatte gestandene Journalisten erlebt, die schluchzend den Raum verlassen hatten. Er selbst hatte sich vorgenommen, aufzustehen und sich zu verabschieden, sollte sich Clement ihm gegenüber einmal im Ton vergreifen.

Das Tuscheln im Konferenzraum erstarb, als der Chefredakteur den Raum betrat. Wegen seines mächtigen Brustkastens und des gedrungenen Körpers wurde er von vielen Kollegen „Der Gorilla" genannt. Der Gorilla trug eine perfekt aussehende Perücke, die er alle paar Monate erneuern ließ, um modisch auf dem neuesten Stand zu sein. Clement hatte vor einem Jahr seinen 50. Geburtstag gefeiert, tat aber alles, um jünger auszusehen. Er war ein einziges Muskelpaket. Clements Jeans spannte an den Oberschenkeln so, dass Pollock fürchtete, sie werde platzen. Pollock fragte sich, woher der Chefredakteur die Zeit fürs Fitnesstraining nahm.

Auf dem Weg zu seinem Platz stupste Clement einige Redakteure an als seien sie alte Kumpel. „Na, alles klar?“ Auch Pollock musste das erdulden. „Super Reportage letzte Woche. Super!“ Pollock blickte verlegen zu Hoßdorf, der ihn angrinste, dann aber hustete, als der Chefredakteur sich – ihm genau gegenüber – auf einen Stuhl fallen ließ. Clement schwieg ein paar Sekunden, wahrscheinlich, um die Redakteure mürbe zu machen. Vor ihm lagen Papiere, die er aus einer Plastikhülle gezogen hatte. Die Augen des Gorillas funkelten als habe man ihm die Bananen geklaut. Jetzt wird's unangenehm, dachte Pollock.

„Sie haben es sicher schon über den Flurfunk gehört“, hob Clement an. Seine durchdringende Stimme hätte es vom Feld bis in die letzte Reihe des Olympiastadions geschafft. „Die Zahlen, die mir vorliegen, sind verheerend! Verheerend!“ Der Chefredakteur lehnte sich zurück und schwieg für einige Sekunden. „Einige von Ihnen muss ich wohl immer wieder daran erinnern, wem wir unsere Honorare und Gehälter zu verdanken haben. Wenn wir nicht das senden, was die Leute sehen wollen, ist bald Schluss mit lustig! Verstehen Sie? Schluss, aus, Micky Maus!“

Pollock blickte auf den Platz neben sich. Dort saß mit geschlossenen Augen Clements Sekretärin Annemarie Krause. Ihr beeindruckender Busen hob und senkte sich. Krause gönnte sich ein Nickerchen. Mit ihren 64 Jahren hatte sie Chefs kommen und gehen sehen. Dass wieder mal das ganze Funkhaus umgekrempelt werden sollte, beeindruckte sie nicht im Geringsten.

„Wir brauchen die jungen, gebildeten Zuschauer“, rief Clement und schaute in Pollocks Richtung. „Unsere Zuschauerforschung ist sich sicher: Nur mit Qualität können wir uns gegen die Internet-Konkurrenz behaupten. Junge Leute, die Fernsehen gucken, wollen harte Themen. Auch politische!“

Die Augen der Redakteure blickten ins Leere.

„Tja, allein über Tiere, Titten und Tote berichten – das bringt keine Quoten." Clement prustete und blickte Beifall heischend nach links und rechts. Auch zu Hoßdorf, der an seiner Kaffeetasse herumfingerte. „Und solche Leute wie Sie, Hoßdorf, werden umdenken müssen! Auch für alte Schlachtrösser gibt's keine Jobgarantie!" Hoßdorf verzog keine Miene. Er hatte vor Clements Amtsantritt für ein Politmagazin gearbeitet. Die Redaktion war aufgelöst worden, als Clement den Sendeplatz für *Pawels Paar-Party* brauchte, eine Show, in der Psychotherapeut Dr. Benjamin Pawel mehrere Paare gegeneinander antreten ließ. Anhand von Rollenspielen analysierte er die Halbwertzeit der Beziehung: „Top oder Flop?" Pollock hatte die Sendung wegen seines Hangs zum Fremdschämen nie bis zum Ende gesehen.

Die Rettung kam von Hoßdorfs Handy. Es bewegte sich brummend auf dessen Kaffeetasse zu. Hoßdorf murmelte eine Entschuldigung und verließ den Raum.

Clement verschränkte die Arme vor seiner Brust und verkündete, was er sich über die Feiertage ausgedacht hatte: „Eine Talkshow für Leute unter 40." Sein Gorillagesicht glänzte. Fehlte nur noch, dass er sich an die Brust trommelte.

Die Redakteure zeigten keine Reaktion.

„Und der Moderator und künftige Redaktionsleiter ist hier im Raum", sagte Clement und zeigte auf einen Mann Ende 30: Christian Nehls. Der Kollege galt als routiniertester Moderator des Senders. Pollock bewunderte ihn, weil er sich so ungeheuer penibel auf seine Auftritte vorbereitete. Doch so richtig Karriere hatte Nehls im Sender nicht gemacht. Seilschaften und der kumpelhafte Umgang mit Berlins Schickeria, wie ihn manche Kollegen pflegten, waren ihm ein Graus. Außerdem war er einer der wenigen, die dem Chefredakteur auch mal widersprachen.

Clement hatte die Idee, die Talkshow immer wieder durch Filmbeiträge zu unterbrechen. Sie sollten Fakten liefern, um die Diskussion voranzutreiben, und die Gäste mit provokanten Aussagen aus der Reserve locken.

Das war allerdings schon lange nicht mehr neu. Das hatte Clement schlicht bei der Konkurrenz abgeguckt. Für die Filmeinspielungen sollte Pollock verantwortlich sein. „Liebe Kollegen, Sie werden mir Recht geben. Dafür gibt es keinen besseren!" Pollock war stolz, obwohl er wusste, dass ein Lob des Chefs ihn in der Runde nicht gerade beliebt machte. Die Mitarbeit an einer neuen Sendung – genau das hatte er sich immer gewünscht. Endlich konnte er sich wieder an die geliebte Recherchearbeit machen, vielleicht sogar Dinge ans Licht bringen, von denen die Zuschauer absolut nichts ahnten.

Bei so einer Talkshow sei Mut gefragt, hörte er Clement dozieren. Fantasie und Mut! Pollock spürte, wie seine Lust am Journalismus neu erwachte. Seit Jahren zum ersten Mal wieder richtig. Seit er den schlagenden Polizisten zur Strecke gebracht hatte.

Die Konferenz zog sich hin.

Clement hatte es mal wieder geschafft, eine Dreiviertelstunde am Stück zu dozieren. Danach hatte er zwei Redakteure ausgeguckt, die er für die schlechten Quoten der zurückliegenden Tage verantwortlich machte. Pollock hörte ihn schreien, war mit den Gedanken aber bereits bei der neuen Sendung. Er würde für unkonventionelle Texte und originelle Schnitte sorgen. Diesen Gedanken hing Pollock nach, als sein Mobiltelefon piepte. Eine SMS. Auf dem Display stand Hoßdorfs Nummer.

„Bin Bautzener Straße 43.
Hier liegen Knochen.
Und ein Koffer."

Kapitel 3

Pollock hat noch Monate später überlegt, wie er das, was er vor sich sah, am besten in Worte fassen könnte. Während seiner nunmehr 16-jährigen Arbeit als Reporter, erst bei der Zeitung, dann beim Fernsehen, hatte er gelernt, dass jeder Tatort seine eigene Atmosphäre hatte. Pollock hatte Kindersärge gesehen, verkohlte Körper und von Messerstichen malträtierte Opfer. Grausamkeiten, die ihn noch Stunden später verfolgt hatten, aber dann aus dem Gedächtnis verschwunden waren wie belanglose Folgen einer Krimiserie.

Aber das, was er nun in der Bautzener Straße erlebte, hatte etwas Unwirkliches und war ihm deshalb so lange in Erinnerung geblieben. Es war Nachmittag, kurz nach 15 Uhr und schon fast dunkel. Ein Schleier aus Nebel hatte sich über die Straße gelegt, durch den das Blaulicht zahlloser Polizeiwagen schimmerte. Die Ruhe war erdrückend. Während sich auf der nahen Yorckstraße noch das ein oder andere Auto durch die Schneemassen quälte, war es hier in der Seitenstraße still. Nur von Ferne hörte Pollock etwas, das wie eine Spitzhacke klang. Der Taxifahrer, der ihn an den Tatort gebracht hatte, stellte sich hinter die geöffnete Fahrertür und starrte Pollock, der sich durch den Schnee bis zu einem rot-weiß gestreiften Plastikband kämpfte, neugierig hinterher. Der Tatort lag unterhalb eines Bahndamms. Zwei Bauarbeiter standen ratlos neben einem Bagger und rauchten. Vier riesige Scheinwerfer fluteten kaltes Licht auf eine Baustelle. In einer Grube, so groß wie ein halbes Fußballfeld, lagen Haufen von Geröll, über die sich Männer in weißen, knitterigen Schutzanzügen hermachten. Ihr Atem dampfte im Schein der Lampen.

Einer von ihnen schlug mit einer Hacke auf die Reste einer Mauer ein. Die anderen inspizierten und fotografierten Steine und Erdklumpen, steckten sie in Plastiktüten oder warfen sie auf den teils lehmigen, teils mit Schnee bedeckten Boden zurück. Jeder schien zu wissen, was zu tun war. Die Männer verständigten sich untereinander durch stummes Nicken oder Kopfschütteln. Ein paar Minuten vergingen, da glaubte Pollock in der Hand eines Ermittlers einen Knochen zu entdecken. Vielleicht ein Arm oder ein Bein?

Pollock hatte gelernt, nicht nur den Tatort zu beobachten, sondern alles, was rundherum vor sich ging. Oftmals war an der Reaktion der Umherstehenden eine Menge abzulesen. Bewohner der Bautzener Straße standen schweigend vor der Absperrung. Im Eingang des Hauses Nr. 3 verschränkte eine Frau bibbernd die Arme vor der Brust, denn der Bademantel, den sie trug, war alles andere als wetterfest. Wie alle anderen kam sie nicht auf die Idee, das Treiben auch nur eine Minute aus den Augen zu lassen.

Pollock stapfte die Absperrung entlang, bis er auf eine Traube von überwiegend alten Menschen stieß. Rentner waren in der Regel auskunftsfreudig. Sie hatten Zeit, alles zu beobachten. Dankbar für jede Dramatik, die sich in ihrem Leben ereignete, übertrieben sie allerdings oftmals mit ihren Schilderungen.

„Gucken Sie mal da. Die haben wieder was gefunden", sagte ein Mann mit Schirmmütze, neben den sich Pollock gestellt hatte.

„Knochen von einem Menschen." Der Mann starrte auf die Ruine. „Da scheinen sie ja wie die Kannibalen gehaust zu haben."

Eine wilde These, wie Pollock fand.

Der Mann genoss es, dass ihm jemand zuhörte. „Letzte Woche haben die hier angefangen zu arbeiten. Die haben das alte Haus abgerissen und wollten dann Eigentumswohnungen bauen. Ziemlich schnieke, ziehen wahrscheinlich irgendwelche Leute von der Regierung ein, die dann die Preise hier in der Gegend verderben. Kennt man doch."

Pollock wohnte nur ein paar Straßen vom Tatort entfernt. Die Berliner nannten diese Gegend „Rote Insel“, weil hier bis in die Zeit des Nationalsozialismus viele Sozialisten und Kommunisten gelebt hatten. In den zurückliegenden Jahrzehnten hatte es vor allem Türken, Studenten und Angehörige der unteren Mittelschicht auf die Insel gezogen.

Pollock wollte den Rentner fragen, wie lange der Altbau, der hier jetzt abgerissen wurde, bewohnt war, als ein ohrenbetäubender Lärm die Umstehenden zusammenzucken ließ. Einer der Männer in weißer Schutzkleidung stemmte sich gegen eine Art Bohrmaschine und zersprengte Geröll in kleine Steinbrocken.

Pollock entdeckte Rudi Hoßdorf, dem es mal wieder als einzigem Journalisten gelungen war, hinter die Polizeiabsperrung zu gelangen. Hoßdorfs graue, zerzauste Haare waren fast vollständig mit Schnee bedeckt, sein Gesicht rot, seine Knollennase blau angelaufen. Er stand mit einem Schreibblock neben dem Polizeisprecher und gestikulierte wild. Der Polizeisprecher schüttelte den Kopf, packte Hoßdorf am Arm und führte ihn vom Tatort weg. Die restlichen Journalisten grinsten, als er wieder zurück in den Kreis der Schaulustigen kam. Gerne spotteten die jungen Redakteure der Boulevardblätter über den Fernsehkollegen, sahen aber abends dennoch neugierig seine Reportagen. Oft stand morgens in den Zeitungen, was Hoßdorf recherchiert hatte.

Hoßdorf trottete auf Pollock zu und schob sich eine Selbstgedrehte in den Mund.

„Hat man auch nicht alle Tage: Menschenknochen. Einbetoniert in eine Kellermauer.“

„Was hast du bisher rausbekommen?“, fragte Pollock.

„Nicht viel. Gestern Abend hat einer der Bauarbeiter die Polizei angerufen, weil er auf etwas gestoßen war, das Ähnlichkeit mit einem Menschenknochen hatte. Dann kam erst mal ein Streifenwagen vorbei. Daraufhin wurde das hier alles abgesperrt und beschlossen, mit der intensiven Suche zu beginnen, wenn es hell ist. Na ja. Und im Laufe des Tages hat sich dann rausgestellt, dass es sich um ein ganzes Skelett handelt. Direkt daneben lag ein dunkelbrauner Kunstlederkoffer. Komisch, was?“ Pollocks Kollege saugte an seiner Zigarette und verzog das Gesicht. „Wenn ich daran denke, dass da über Jahre ein Toter so vor sich hinfaulte ... Bah! Da kann einem doch schlecht werden.“ Dann hellte sich sein Gesicht auf. „Gott sei dank hatte Manni Rutkowski vom *Kurier* Schnaps dabei. Ich hoffe, man riecht nichts.“ Er hauchte Pollock an, der angewidert den Kopf abwandte.

„Was sagt die Polizei?“

„Gar nichts. Die halten absolut dicht. Aus Janowski ist nichts rauszuholen.“

Wolfgang Janowski war, solange Pollock denken konnte, der Sprecher der Berliner Polizei. Pollock, Anfang der 90er Jahre noch Kriminologie-Student, hatte ihn damals während eines Praktikums in der Pressestelle der Polizei kennen gelernt. Und weil er sich mit Janowski auf Anhieb gut verstanden hatte, wurde er von ihm heute oft mit Exklusivinformationen versorgt.

„Tja, jetzt wissen wir, was der Anrufer von gestern gemeint hat“, sagte Pollock.

„War offenbar doch kein Spinner“, meinte Hoßdorf.

„Oder ein ganz gefährlicher.“

„Vielleicht. Aber weißt du, was scheiße ist? Ich bin in acht Minuten auf Sendung und weiß so gut wie gar nichts. Ich kann von dem Skelett erzählen und davon, dass die Rechtsmedizin sich jetzt der Sache annimmt. Nach der DNA-Analyse weiß man vielleicht mehr.“

Inzwischen war der Satellitenwagen des Senders eingetroffen, rechtzeitig zur Nachmittags-Ausgabe von *Berlin – nah dran*.

Hoßdorf warf seine halb abgebrannte Zigarette in den Schnee. Ein Techniker stemmte sich missmutig aus dem Sendefahrzeug. Wahrscheinlich hatte er mit ruhigen Tagen zwischen Weihnachten und Neujahr gerechnet. In aller Seelenruhe fuhr er die Satellitenschüssel aus, während Hoßdorf auf ihn einbrüllte, sich gefälligst zu beeilen. Hoßdorf positionierte sich vor der Polizeiabsperrung und schaute in die Kamera. Über dem Objektiv leuchtete es, Pollocks Kollege war auf Sendung und sprach zu den Zuschauern: „Was hier passiert ist, macht den Bewohnern in Schöneberg Angst. Fest steht bisher nur so viel: In dem ehemaligen Haus Bautzener Straße 43 sind Knochen gefunden worden, die wahrscheinlich alle von ein- und demselben Menschen stammen. Wurden sie beim Bau oder einer Renovierung einzementiert? Die Polizei will sich erst morgen bei einer Pressekonferenz dazu äußern. Schon jetzt scheint eines klar zu sein:" – Hoßdorf legte eine Kunstpause ein – „es handelt sich um Mord!"

Der Satz verfehlte seine Wirkung nicht. Die Rentner, Arbeitslosen und Hausfrauen um ihn herum nickten sich vielsagend zu, als ob sie es schon lange geahnt hätten, dass in ihrer Gegend etwas faul war.

Pollock schauderte. Wieso hatte ausgerechnet er diesen mysteriösen Anruf bekommen? Er durfte sich nicht dazu hinreißen lassen, in diese unappetitliche Geschichte einzutauchen. Er hatte jetzt anderes zu tun. Für das Gelingen der neuen Talkshow wollte er alles geben. Außerdem: Ein Mord, der vor Jahren, vielleicht vor Jahrzehnten verübt wurde? Der würde kaum noch aufzuklären sein. Womöglich waren der Mörder und mögliche Zeugen längst gestorben. Trotzdem: Etwas machte ihn unruhig. Die Stimme am Telefon hatte sich in sein Gehirn gebrannt. Und: Wenn er schon nicht recherchierte, war er nicht verpflichtet, der Polizei von dem anonymen Anruf zu erzählen?

„Na? Weißt du schon, wer der Mörder ist?" Die Stimme hinter ihm klang hell und frisch, sie passte nicht in die düstere Stimmung. Pollock drehte sich um und schaute in schwarz glänzende Augen. Michaela Reusch, die neue Kamerafrau des Senders, hatte ihre in durchsichtige Plastikfolie eingepackte Kamera auf den Boden gestellt. Ihre Frisur wurde von einem weinroten Haarreifen zusammengehalten. Auf ihren langen Wimpern und ihrem schwarzen Haar funkelten Schneeflocken.

„Hallo, schön dich zu sehen!“, begrüßte Pollock sie.

Michaela schaute besorgt. „Ich habe gerade Pfannkuchen für Silvester gebacken, als der Anruf von der Kamera-Dispo kam. Ziemlich heftige Geschichte, was?!“

Pollock ertappte sich dabei, wie er den ausgefuchsten Routinier heraushängen ließ: „Womöglich mal wieder die Tat eines psychisch Gestörten. Werden nicht leicht, die Ermittlungen ...“

„Du bist doch unser Recherchegenie. Knie dich rein in den Fall.“

„Nee, nee. Ich bin raus aus der Polizeiberichterstattung.“

„Stimmt, hab' ich gehört. Du arbeitest jetzt für die neue Talkshow. Na, toll. Da hat der Clement ja wieder einen der unbequemen Reporter an die Leine genommen.“

„Was?“ Pollock fühlte sich gekränkt. „Was meinst du damit?“

„Ich bin zwar erst ein knappes Jahr dabei. Aber meinst du, ich sehe nicht, was da läuft? Gewissenhafte Leute wie du sind doch kaum noch gefragt. Du bist unbequem. Die Talkshow untersteht dem Chefredakteur. Da geht doch keiner deiner Filme über den Sender, ohne von ihm abgenickt worden zu sein.“

Was bildete sich diese Michaela Reusch ein? Sie unterstellte ihm, er habe sich von Clement austricksen lassen. Andererseits: Hatte er nicht immer den Verdacht gehabt, dass seine investigativen Geschichten dem Chefredakteur lästig waren? War die neue Talkshow für den Chefredakteur ein willkommener Anlass, Pollock zu zähmen?

„Clement hat gesagt, er will, dass wir mutig und unbequem sind." Pollock merkte, wie hohl das klang.

„Ist klar." Michaela grinste. „Ich muss jetzt noch ein bisschen was drehen. Da sind ja jetzt mittlerweile eine ganze Menge Knochen zusammengekommen. Wollen wir danach noch einen Kaffee trinken?"

Pollock war mit den Gedanken woanders. Sie kreisten um Clements Personalpolitik.

„Kaffee?", wiederholte Michaela.

„Nein, danke. Ich muss dann auch mal wieder."

„Na, dann: tschüss! Und bis hoffentlich bald mal." Michaela wuchtete die Kamera auf ihre Schulter und stapfte durch den Schnee in Richtung Tatort.

Der anonyme Anruf. Warum hatte sich der Typ ausgerechnet bei ihm gemeldet? Irgendwie kam es Pollock vor, als habe der Anrufer in ihn die Hoffnung gesetzt, den Fall aufzuklären. Oder spielte ihm seine Eitelkeit einen Streich? Fernsehleute hielten sich für unersetzbar. Am Anfang seiner Laufbahn hatte er sich über die „Wichtig-Wichtig-Kollegen", wie er sie nannte, mokiert, vielleicht gehörte er längst selbst dazu.

Der Geruch von kaltem Rauch drang in seine Nase. Hoßdorf stand hinter ihm und hatte seinen Arm um Pollocks Schulter gelegt.

„Michaela ist Single, mein Junge, das weißt du, oder?"

„Ja, und?"

Pollock schaute in Hoßdorfs aufgeschwemmtes Gesicht. Der alte Kollege lächelte und ließ seine Goldzähne blitzen. „Ich hab' den Eindruck, die sucht einen Mann. Und zwar dringend. Und noch dazu einen wie dich."

„Kann schon sein ... Erst mal muss ich mich um diese Talkshow kümmern."

„Pah!" Hoßdorf machte eine abwertende Handbewegung und ließ Pollock stehen.

Aber so war es doch. Eine neue Aufgabe im Sender, noch dazu das Buchprojekt. So, wie ihm diese Michaela vorkam, würde sie ihn mit ihrer lebhaften Art ganz schön auf Trab halten, sobald er sich auf sie einließ. Und das hatte ihm schon bei seiner Ex – Sabine – den letzten Nerv geraubt.

Berlin, 21. August 1981

Liebste Anna,

bevor ich gleich ins Bett falle, noch ein paar Zeilen an Dich.

Die Erdgeschosswohnung in Neukölln können wir vergessen! Ich war heute Vormittag da, die kommt überhaupt nicht in Frage! Da war Schimmel im Bad und in der Küche. Das können wir uns, aber vor allem dem Baby, nicht zumuten. Wäre sowieso unwahrscheinlich gewesen, daß wir die Wohnung kriegen. Stell Dir vor, 60 Menschen wurden da durch die Zimmer geschleust – etwa vierzig haben den Bewerbungsbogen ausgefüllt. Eine Mutter mit Zwillingen hat dem Makler am Ende Geldscheine zugesteckt. Ich hab's gesehen, weil ich meinen Schirm vergessen hatte und noch mal in die Wohnung zurück mußte. Ach Anna, es ist so hoffnungslos. Wenn Du wenigstens hier wärst und wir zusammen suchen könnten!

Wenn das Baby nicht wäre, könnten wir uns mehr Zeit lassen. So fürchte ich, daß wir große Kompromisse machen müssen. Und um einen Makler kommen wir wahrscheinlich auch nicht rum. Gestern habe ich wieder einen angerufen, der hat sofort den Hörer auf die Gabel geschmissen, als er hörte, was wir zahlen können. Man kommt sich wirklich vor, wie der letzte Dreck. Aber es hilft nichts, aus der WG müssen wir raus. Die Lage hat sich seit unserem Telefonat weiter zugespitzt. Lummer hat in der „Abendschau" damit gedroht, zu räumen. Wie kann man so jemanden zum Innensenator machen? Ich könnte jedes Mal kotzen, wenn ich den sehe.

Die Stimmung im Haus ist durch das, was Lummer gesagt hat, noch aggressiver geworden. Gernot, Andreas und Bernhard wollen sich zur Not mit Gewalt gegen eine Räumung wehren. Ich habe es erst nicht glauben können, aber in unserem Hausflur liegen Eisenstangen! Sind die wahnsinnig, oder was?

Gestern war wieder Plenum. Ich habe versucht, die drei umzustimmen. Aber sie meinen, ein Staat, der sich auf die Seite von Spekulanten schlage, habe jedes Recht auf sein Gewaltmonopol verloren. Dieses Gequatsche geht mir echt auf den Geist!

Liebe Anna, in drei Monaten bist Du wieder hier! Ich zähle die Tage! Du klangst gestern am Telefon so bedrückt. War es wegen mir? Wegen meiner Zweifel? Ich wollte unsere Entscheidung für das Baby nicht in Frage stellen, das musst Du mir glauben. Ich bin mir nur manchmal nicht so sicher, ob es zur richtigen Zeit kommt. Du hast gesagt, den idealen Zeitpunkt für ein Baby gebe es nie. Das ist wahr. Aber die Uni nimmt mich total in Anspruch. Ich muß mir überlegen, wie ich das Studium besser organisiere. Und die Gemeindearbeit schränke ich auch ein. Im nächsten Jahr soll es wieder eine Reise in die SU geben. So wie im Januar. Da muß sich der Pfarrer halt mal andere suchen, die das vorbereiten. Und ob ich wieder mitfahre, weiß ich auch noch nicht.

Dabei denke ich oft an die Fahrt zurück. Es gibt Bilder, die haben sich echt bei mir eingebrannt: Die Holzhäuser, die wir auf der Busfahrt von Moskau nach Leningrad gesehen haben. Diese spindeldürren alten Frauen, die da in den Gärten schufteten. Irgendwie ist das schon ungerecht: Wir haben den Krieg angezettelt, haben die Sowjetunion überfallen und am Ende leben wir in größerem Wohlstand als die Leute da.

Apropos Sowjetunion: Heute Abend treffe ich Boris. Sicher wird er wieder von seiner Heimat erzählen. Ein bißchen kann ich ja inzwischen nachvollziehen, was er an seinem Land so mag. Kann schon sein, daß die Leute da warmherziger sind als hier. Kennst Du das italienische Restaurant in der Nähe des Schöneberger Volks-

parks? Da sind wir verabredet. Hoffentlich lädt er mich nicht wieder ein. Langsam wird mir das peinlich.

Liebe Anna, sitz nicht den ganzen Tag über Deinen Vokabeln! Es kann doch nicht sein, daß Du nach drei Monaten immer noch nicht in der Almudena Kathedrale warst! So schnell kommst Du womöglich nicht mehr nach Madrid. Ich versuche morgen nach sechs bei Dir anzurufen. Hoffentlich haben wir diesmal mehr Zeit, beim letzten Mal standen zwei Typen vor der Zelle und wurden ungeduldig.

Liebste Anna, ich sehne mich so nach Dir! Morgen schaue ich mir eine Dachgeschosswohnung in Spandau an – am Arsch der Welt, aber egal. Drück mir die Daumen!

Ein Kuß von Berlin nach Madrid
Frank

Kapitel 4

Pollock zog die Waage aus der Verpackung. Er zog seine Schuhe und den schweren Wollpullover aus und stellte sich darauf. Missmutig betrachtete er die Digitalanzeige: 85 Kilo bei 1,79 Meter Körpergröße. Immer noch zu viel. Pollock dachte an seinen toten Vater. Er sah ihn vor sich, wie er matt und nass geschwitzt auf den kalten Küchenfliesen gelegen hatte. Es war an Pfingsten gewesen, vor mehr als zwei Jahren. Pollock und seine Schwester hatten ein paar Tage zu Hause verbracht. Völlig unvermittelt, die ganze Familie hatte am Abendbrottisch gesessen, hatte sein übergewichtiger Vater die Augen aufgerissen, sich an die Brust gefasst und war vom Stuhl geglitten. Herzinfarkt. Seine Schwester war aufgesprungen, um Erste Hilfe zu leisten. Pollock war zum Telefon geeilt und hatte die 112 gewählt, während seine Mutter erstaunlich gefasst, die Arme in die

Hüften gestemmt, neben Vater gestanden hatte. Das Lächeln, das über ihre Lippen gehuscht war, als ihr Mann aufgehört hatte zu atmen, würde Pollock nie vergessen. Damals hatte er an eine Schockreaktion gedacht, heute war ihm klar, dass Vaters Tod für seine Mutter eine Befreiung gewesen war.

Der Tod seines Vaters war ein Warnsignal. Pollock wollte auf seine Gesundheit achten, denn er hatte Angst vor dem Sterben. Er ging ins Wohnzimmer, zog Udo Jürgens „Lieb Vaterland" aus der Plattenhülle und drehte die Anlage voll auf. Er nahm sich vor, noch einmal in den Geschichtsbüchern nachzulesen, was genau in den Monaten vor Erscheinen des Protestliedes in der Bundesrepublik vor sich gegangen war. In der Küche träufelte Pollock H-Milch in seinen Pulverkaffee und biss in ein Brötchen mit Vierfruchtmarmelade. Bei seinem letzten Wochenendeinkauf hatte er zum ersten Mal auf die leckeren Croissants zum Aufbacken verzichtet. Die Schokocreme, mit der er sie bestrich, war im Mülleimer gelandet. In drei Wochen hatte er sein Idealgewicht, da war er ganz sicher.

Pollock vertiefte sich in die Zeitungen. Die Berliner Lokalteile berichteten ausführlich über den Fund in der Bautzener Straße, die Boulevardblätter machten ihre Wochenendausgaben sogar damit auf. Das Alternativblatt titelte *Wieder ein Berliner Mauertoter*, was Pollock geschmacklos fand.

Nach dem Lesen schüttelte er jeden Gedanken an das Verbrechen ab. Sollte er Michaela Reusch fragen, ob sie Silvester mit ihm verbringen wollte? Schnell verwarf er die Idee. Sicher konnte sich die Kollegin vor Einladungen nicht retten. Er würde sich mit seinem Angebot blamieren. Und wer weiß, zu was für Komplikationen das am Ende führen würde. Irgendwie hatte das Leben ohne Frauen auch seine angenehmen Seiten.

Pollock stellte das Geschirr ins Spülbecken, hüllte sich in Wollschal und Mantel und verließ das Haus. Der Wind biss ihm ins Gesicht. Pollock zog den Schal hoch bis über den Mund.

Er stapfte die Langenscheidtstraße hinunter, kaufte in der Eisdiele am Kleistpark zwei Kaffee, die er in Pappbechern bis zu einem Ladenlokal in der Hauptstraße trug.

Das samstägliche Treffen mit seinem Freund Alexander war zum Ritual geworden. Pollock holte ihn ab, um dann mit ihm im „Felsenkeller“, einer Kneipe ein paar Straßen weiter, auf das begonnene Wochenende anzustoßen. Alexander betrieb eine Agentur mit dem Namen „Lease your friends“, die schon vielen Berlinern aus der Klemme geholfen hatte. Vor allem die Neureichen, die nach der Wende in die Stadt gezogen waren, standen vor dem Problem, kaum Menschen zu kennen, die sie zu ihren Geburtstagen, Beförderungen oder Geschäftseröffnungen einladen konnten. Alexander besorgte ihnen Gäste, so viel sie wünschten. Er kannte Hinz und Kunz in der Stadt. Selbst einsame Beerdigungen gehörten der Vergangenheit an, wenn man sich nur an ihn wandte.

Martin Pollock und Alexander Laurien hatten zusammen studiert. Alexander hatte als Historiker nie Fuß fassen können. Aber das machte ihm nichts. Irgendwelche Verwandte hatten ihm ein Vermögen hinterlassen. Pollock und Alexander redeten über alles, aber das Erbe war ein Tabu. Über Geld redete Alexander nicht; es war einfach da. Genauso wie die Frauen. Alexander war alles andere als gut aussehend, aber er versprühte Charme. Er quatschte die Frauen einfach an. Was Pollock als aufdringlich empfand, kam offenbar an. Die Frauen sahen über Alexanders körperliche Schwächen hinweg: Über seine gedrungene Gestalt – Alexander war nur 1,60 groß –, das dünne hellblonde Haar, das kaum noch die Kopfhaut bedeckte, die viel zu großen Augen, mit denen er die Frauen förmlich auszog. Seine Haut war weiß und von Sommersprossen übersät. Aber Alexander hatte etwas Weltmännisches. Er trug italienische Designerklamotten, handgemachte Schweizer Uhren und legte dezente Parfums auf.

Grell ertönte die Schelle über der schweren Eingangstür, als Pollock eintrat. Das Ladenlokal, in dem Alexander sein Büro eingerichtet hatte, war sparsam, aber vornehm eingerichtet. Seitlich des Schreibtisches hatte sein Freund eine Anrichte aus Nussbaum mit edlen Messingbeschlägen platziert. In deren Schubladen lagerten Fotos von Menschen, die sich für Geld als Gäste zur Verfügung stellten: Schauspieler, Artisten, Pornostars, aber auch Hausfrauen und Rentner, die einfach nur so aussahen, als seien sie bedeutend.

Alexander nickte Pollock zu, sprang dann auf und verschwand im Hinterzimmer des Ladenlokals.

„Ich muss dir unbedingt was zeigen!“, rief er von hinten. Nach wenigen Sekunden kam er mit einem Bilderrahmen zurück, dessen Vorderseite er vor Martin verbarg.

„Rate mal, was ich hier habe.“ Alexanders Glubschaugen blitzten.

„Keine Ahnung. Vielleicht ein Foto von Alexandra, das ich noch nicht kenne? Wäre super!“

„Quatsch! Jetzt hör mal auf mit deiner schwuchteligen Schlagerkacke. Worüber redet denn gerade die ganze Stadt?“

„Keine Ahnung. Hier, trink deinen Kaffee, bevor er kalt wird! Und dann geht's ab in den ‚Felsenkeller‘.“

„Gaaanz ruhig. Jetzt überleg mal. Dein alter Kollege hat gestern darüber berichtet.“

„Du meinst den Mord in der Bautzener Straße? Jetzt fängst du auch noch damit an!“

„Ja, ich meine den Mord, und ich hab' was für dich, das dich interessieren wird. Ein Foto.“

„Klingt total spannend. Mann, es ist Samstag. Außerdem bin ich nicht mehr Polizeireporter.“ Pollock war genervt, weil es ihm seit dem Frühstück gelungen war, die Geschichte zu verdrängen.

„Guck mal hier“, sagte Alexander, drehte den Rahmen um, ohne Pollock aus den Augen zu lassen.

Was Pollock auf dem Foto sah, ähnelte einem Bürgerkrieg. Große Teile der Szene lagen unter Nebel. Bei näherem Hinsehen erkannte er schwer bewaffnete Polizisten, die auf junge Demonstranten einknüppelten. Einige hatten Steine in der Hand, die sie gegen die mit Schutzschilden bewaffneten Polizisten schleuderten, andere duckten sich vor einem Wasserstrahl, der aus einem grünen, panzerähnlichen Fahrzeug schoss. Pollock sah einen Altbau, dicht behängt mit Transparenten. Auf der gegenüberliegenden Straßenseite standen Passanten und beobachteten das Geschehen. Das Straßenschild in der rechten unteren Ecke bewies: Das alles spielte in Berlin, in der Bautzener Straße.

„Ist ja irre." Pollock war beeindruckt. Das musste das Haus sein, von dem er gestern nur noch Trümmer gesehen hatte. „Woher hast du das?"

„Der Antiquar, der vorher in diesem Laden war, hat es mir hinterlassen. Ich habe es bisher nicht verkauft, weil ich nicht herausbekommen habe, wie viel so was wert ist. Es muss Jahrzehnte alt sein. Aus der Zeit, als hier alle möglichen Häuser besetzt wurden."

„West-Berlin in den 80er Jahren. Ich kann mich da an den großen Bruder eines Schulfreundes erinnern. Der ist damals von Lemgo nach Berlin getrampt, nur um bei den Besetzungen dabei zu sein. Seine Eltern hat das um den Schlaf gebracht."

„Kann ich mir vorstellen", sagte Alexander. „Du müsstest mal hören, was die Nachbarn hier in der Straße so alles erzählen. Für viele in der Gegend war das die prägende Zeit. Und die Bautzener war ein besonders umkämpftes Gebiet. Da sollen die Besetzer am radikalsten gewesen sein."

Pollock überlegte. „Kann ja sein. Aber das muss ja noch lange nicht heißen, dass die Leiche aus den 80ern stammt."

„Muss nicht, aber kann. Wäre jedenfalls kein Wunder, wenn

man sieht, was da abging. Hat die Polizei schon rausbekommen, wie lange die Leiche dort gelegen hat?“

„Keine Ahnung. Heute soll es eine Pressekonferenz geben. Mir macht Sorgen, dass ich irgendwie in den Fall verwickelt bin.“

„Du? Wieso das?“

Pollock erzählte von dem anonymen Anrufer. „Der Typ will, dass ich der Sache nachgehe.“

„Dann tu's doch. Vielleicht landest du wieder einen Coup. Macht auch Eindruck auf die Frauen. Wie steht's überhaupt damit?“

Pollock erzählte von Michaela Reusch und seiner Idee, sie zu Silvester einzuladen.

„Warum, in Gottes Namen, machst du's nicht? Mit deinem Schlagerbuch kannst du dich doch danach noch beschäftigen. Soll ich dir mal was sagen?“

„Na?“

„Wenn du so weitermachst, halten die Mädels dich noch für schwul!“

„Wie bitte? Du spinnst wohl!“

„Ich wollte dir das schon lange mal sagen. Als Freund: Martin! Wer in deine Wohnung kommt und dieses Alexandra-Plakat sieht ... Und wer dich noch nicht lange kennt, der kann sich nicht vorstellen, dass du jemals eine Freundin hattest.“

„Also, das muss ich mir nicht anhören. Das ist doch absurd! Nur, weil ich im Moment mit anderen Dingen beschäftigt bin?“

Alexander lehnte sich, die Hände hinter dem Kopf verschränkt, auf seinem Schreibtischstuhl zurück. „Ich sage ja nicht, dass du schwul bist. Sabine zum Beispiel habe ich ja erlebt. Ich sage nur, was andere denken könnten.“

„Dann danke ich dir für deinen sensiblen Hinweis“, entgegnete Pollock spitz. „Aber im Moment mache ich mir eher Gedanken über die Leiche.“

„Na und? In diesem Fall kannst du nun wirklich das eine mit dem anderen verbinden."

„Ach, ja?"

Alexander legte die Füße auf seinen Schreibtisch. „Hast du nicht gesagt, dass diese Ische, wie hieß sie noch ...?"

„Michaela!"

„Hast du nicht gesagt, dass diese Michaela Aufnahmen vom Tatort gemacht hat?"

„Ja, hat sie."

„Mann, dann guck sie dir mit ihr zusammen an. Vielleicht findest du etwas, was dich weiterbringt. Und nebenbei lernst du sie kennen, danach geht ihr noch was essen und dann in die Heia."

„Ach, ich weiß nicht."

„Du rufst sie jetzt an", erwiderte Alexander, zog sein Telefon aus dem Ladegerät und hielt es Pollock hin.

„Michaela muss am Wochenende arbeiten."

„Perfekt. Dann ist sie ja im Sender. Du rufst sie an und bittest sie, dir das Drehmaterial vom Tatort mal zu zeigen. Was ist schon dabei?"

Pollock dachte nach. Vielleicht hatte Alexander Recht. So konnte er zumindest einmal testen, ob ihm Michaela auf die Nerven ging oder nicht.

„Ist nur ein Vorschlag." Alexander nippte genüsslich an seinem Kaffeebecher. „Du kannst natürlich auch in diesem harten Winter alleine bleiben."

Pollock sah zur Fensterfront des Ladens. Wie auf Alexanders Stichwort wurde es finster um ihn herum. Schatten legten sich über das Ladenlokal.

„Okay", sagte Pollock, merkte aber, dass ihm der Anruf bei einer doch fast fremden Frau nicht leicht fiel.

„Geschmeidig bleiben!", rief ihm Alexander nach, als Pollock mit dem Telefon vor die Ladentür ging. Vor einem Profi wie Alexander wollte er das Telefonat nicht führen. Michaela freute sich über seinen Anruf und bot an, ihn am frühen Abend nach Dienstschluss im Sender zu treffen.

Kapitel 5

Als Pollock in der Cafeteria des Senders auf Michaela wartete, waren ihm wieder Zweifel gekommen. Womöglich verplemperte er damit nur seine Zeit. Das Kapitel rund um Udo Jürgens war noch nicht einmal skizziert. Der Lektor seines Verlages hatte Pollock gedrängt, das Buch schnell fertig zu stellen, um es im Herbst auf der Frankfurter Buchmesse präsentieren zu können. Bis Anfang Januar sollte er die ersten Kapitel zur Begutachtung einreichen.

Die Cafeteria war wie ausgestorben. Für die Redakteure begann nach 16 Uhr das Rennen gegen die Zeit. Ihre Beiträge mussten rechtzeitig zu den Abendnachrichten fertig sein.

Während Pollock an einer schlecht durchgebratenen Bulette kaute, schaute er auf den Fernseher, den der Kantinenpächter unter die Decke gehängt hatte. Eine Moderatorin streichelte einen Hund mit Speichelfluss, der es sich auf ihrem Schoß bequem gemacht hatte. *Wer will Herrchen werden?* war der Titel einer Sendung, die kurz nach Clements Amtsantritt aus der Taufe gehoben und nach kurzer Zeit zum Straßenfeger geworden war. Zuschauer durften sich melden, wenn sie ein Heimtier aufnehmen wollten, das viel Pech im Leben gehabt hatte.

Am unteren Rand des Bildschirms wurde eine aktuelle Meldung eingeblendet: *„Pressekonferenz der Polizei: Beim Toten in der Bautzener Straße handelt es sich um einen jungen Mann. Ca. 20 Jahre alt. Seine Leiche wurde Anfang der 80er Jahre eingemauert. Nahe des Skeletts wurde eine Pistolenkugel gefunden. Bisher keine Hinweise auf Täter und Motiv.“*

Pollock dachte an das Foto, das ihm Alexander gezeigt hatte. Es konnte sein, dass das Opfer etwas mit den Hausbesetzungen zu tun gehabt hatte. Aber Vorsicht. Pollock wusste, dass man sich zu Anfang der Nachforschungen gerne auf das versteifte, was einem als Erstes durch den Kopf ging. Hatte sich die Idee einmal eingenistet, war es schwer, neue Gedanken zuzulassen.

Pollock war so auf den Fernseher konzentriert, dass er nicht merkte, wie ihm gegenüber ein ganz in schwarz gekleideter Mann, Anfang 60, Platz genommen hatte.

„Ich grüße Sie, Herr Pollock!"

Die Stimme von Peter Muth, dem Fernsehpfarrer. Für Pollock war er ein Phänomen. Der Geistliche, der neben Theologie auch Psychologie studiert hatte, war in der Umfrage einer Tageszeitung zu einem der beliebtesten Berliner erklärt worden, gleich hinter dem Regierenden Bürgermeister und einem mediengeilen Promi-Friseur. Der Pfarrer war davon überzeugt, dass in jedem Menschen religiöse Gefühle schlummerten, selbst in den atheistischen Berlinern. Ihnen dürfe man nicht mit Kirche und Geboten kommen. Der Pfarrer gab sich liberal, hatte für alle und jeden Verständnis, selbst für jene, die seinen Glauben verachteten. Das fand Pollock fragwürdig, aber er bewunderte Muth für seinen Erfolg: Die Einschaltquoten des Pfarrers waren gar nicht schlecht, was auch an Muths Äußerem lag. Muth hatte alles, was gemeinhin Vertrauen erweckte: graumeliertes Haar, eine beeindruckende Denkerstirn und strahlend blaue Augen. Clement war kaum Chefredakteur, da hatte der populäre Geistliche seine eigene Sendung. *Nur Muth!*, hieß sie, weil der Pfarrer eine halbe Stunde ganz alleine bestritt. Drei Mal in der Woche bewegte er sich für eine halbe Stunde mit einem Headset von einer Kulissenecke in die nächste und forderte Zuschauer auf, ihm ihr Herz auszuschütten. Es gab nichts, was die Berliner ihm nicht anvertrauten, von der Fresssucht bis zur Geschlechtsumwandlung. Muth wusste, dass Pollock kein Anhänger dieser Sendung war, hatte aber immer ein offenes Ohr für Kritik. Das wiederum gefiel Pollock.

„Guten Tag, Herr Muth", begrüßte Pollock den Pfarrer, hielt aber mit einem Auge den Bildschirm im Blick. Auch Muth schaute zum Fernseher, wandte sich aber immer wieder erschrocken ab. „Schrecklich. Wozu der Mensch fähig ist!"

„Sie sind doch Psychologe. Wer tut so was?"

Muth legte die Stirn in Falten, schaute auf den Fernseher, als könne er die Antwort dort ablesen. „Schwer zu sagen. Es war auf jeden Fall ein Täter, dem man eine gewisse Raffinesse nicht absprechen kann. Immerhin blieb der Mord jahrelang unentdeckt."

„Aber das Verschwinden des Opfers muss doch irgendjemand bemerkt haben", überlegte Pollock laut.

„Ach, was meinen Sie, wie viele unter uns wohnen, die keine Verwandten oder Bekannten haben. Ich weiß von Kollegen, die als Gemeindepfarrer arbeiten, wie einsam Menschen beerdigt werden. Recherchieren Sie denn in der Sache?"

„Mal sehen. Ich überlege noch."

„Herr Pollock, sich immer nur mit Mord und Totschlag zu beschäftigen, ist auf Dauer nicht gut für die Seele, glauben Sie mir!" Der Pfarrer lächelte milde, löffelte den Rest seines Joghurts aus dem Plastikbecher und stand auf. „Entschuldigen Sie, ich muss mich jetzt auf meine Sendung vorbereiten."

„Und? Worum geht es diesmal?" Pollock zwang sich, jeden ironischen Unterton zu unterdrücken.

„Um Bindungsunfähigkeit. Also um Menschen, die Angst vor Beziehungen haben."

„Aha. Was es nicht alles gibt ... Meinen Sie nicht, man kann auch ganz gut alleine leben?"

„Ach, das reden sich manche Leute nur ein. Schon in der Bibel steht, dass man nicht allein bleiben soll. Eine Erfahrung aus mehreren Tausend Jahren Menschheitsgeschichte."

Pollock kam ins Grübeln. War er aus der Art geschlagen, ausgeschert aus Tausenden Jahren Menschheitsgeschichte?

Als Michaela die Cafeteria betrat, funkelten ihre Augen erwartungsvoll. Ihre schwarzen Haare waren feucht geworden von dem wässrigen Schnee, der seit dem späten Nachmittag in dichten Schüben vom Himmel fiel. Den Haarreifen, den sie sonst trug, hatte sie abgelegt, so dass ihr Haar locker herunterfiel.

Eigentlich eine attraktive Frau, dachte Pollock.

„Bin ich zu spät?“ Pollock bemerkte Michaelas dunkelrot geschminkte Lippen, die perfekt zu ihrem dunklen Teint passten. Als seine Kollegin ihren Dufflecoat über einen Stuhl warf, schaute er auf ein weit ausladendes Dekolleté.

„Nein, du bist nicht zu spät. Wollen wir gleich in den Schnittraum gehen?“

„Okay. Ich bin gespannt, ob dir das Drehmaterial irgendwie weiterhilft.“

„Ich hoffe, dass ich dich nicht umsonst belästige.“

„Quatsch! Du belästigst mich doch nicht. Ganz im Gegenteil.“

Pollock steckte sich den Rest seiner Bulette in den Mund und warf den Pappteller in einen Mülleimer.

„Ist diese neue Talkshow ein Aufstieg für dich?“, fragte Michaela, als er mit ihr im Aufzug in den dritten Stock hinauffuhr.

„Ich hoffe schon.“

„Auf jeden Fall müssen wir deine Beförderung bei Gelegenheit mal feiern.“

„Mmh“, brummte Pollock. In seinem Kopf arbeitete es. War jetzt der richtige Zeitpunkt, um sie für den Abend einzuladen? Eine Standleitung zu Alexander wäre ein Segen gewesen. Er überlegte noch, was zu tun war, da waren sie schon im Schnittraum angekommen und Michaela machte sich an Knöpfen und Reglern zu schaffen.

„So, dann wollen wir mal.“ Seine Kollegin schob die erste

von insgesamt drei Kassetten in den Rekorder und spulte an den Anfang.

Michaela war es gelungen, das Geschehen rund um das abgerissene Haus mit ihrer Kamera nah heran zu holen. Das, was Pollock aus ein paar Metern Entfernung verborgen geblieben war, konnte er nun bis ins letzte Detail erkennen: Die Knochen. Penibel aufgereiht auf einer weißen Plastikfolie. Über die Folie hatten die Ermittler ein Zeltdach gespannt, um die Fundstücke vor dem Schnee zu schützen. Die Männer von der Spurensicherung legten auf Anweisung des Gerichtsmediziners die Knochen zu einem Skelett zusammen. Es lag da wie ein Strandurlauber, der sonnenhungrig Arme und Beine von sich streckt.

„Sehr gute Bilder!“, sagte Pollock und merkte sogleich, dass das ein bisschen oberlehrerhaft geklungen hatte.

„Es ist komisch“, antwortete Michaela Reusch. „Wenn ich durch die Kamera schaue, geht mir das nicht so nah. Die Kamera ist wie ein Filter. Wenn ich die Bilder jetzt sehe, finde ich das alles ganz schrecklich.“

Pollock sah angestrengt auf den kleinen Monitor des Schnittplatzes. Ein bis zwei Meter von den Knochen entfernt ging ein korpulenter Mann auf und ab. Er schien nervös zu sein. Er war der Einzige, der keine Schutzkleidung trug. Immer wieder fiel der Blick des Mannes auf das Skelett. Immer wieder wandte er sich angeekelt ab. Er brüllte und gestikulierte, wenn ein Journalist die Absperrung ignorierte und sich nah an die Knochen wagte.

„Komischer Typ“, wunderte sich Michaela. „Ist der neu bei der Polizei? Sieht so aus, als habe der zum ersten Mal eine Leiche gesehen.“

„Der ist nicht neu. Das ist Wolfgang Janowski, der Pressesprecher. Der gehört schon seit 20 Jahren dazu.“

Michaela spulte weiter, bis Pollock „Halt“ rief. Die Totale

des Tatorts. Pollock zeigte auf eine Person, die am oberen Bildrand auftauchte. „Schau mal, wer da ist!“ Die beiden lachten, als Hoßdorf ins Bild stolperte – unbemerkt von der Polizei. Er beobachtete alles um sich herum, zog an seiner Zigarette und wanderte, die Hände hinter dem Rücken gekreuzt, zu der Grube, in der die Knochen gefunden worden waren. Er schaute in das ausgebaggerte Loch. Dann griff er nach einer Schaufel, die an einem Bagger lehnte. Hoßdorf versenkte die Schaufel in der Grube, zog sie wieder hervor, bückte sich und klaubte etwas vom Boden auf. Pollock und Michaela kniffen die Augen zusammen, konnten aber nicht erkennen, was es war. Dann brach die Szene ab.

Pollock war beeindruckt. „Kollege Hoßdorf hat verdammt gute Nerven.“

„Ach, übrigens“, hörte er Michaela Reusch sagen. „Hast du an Silvester schon was vor?“ Diese Bemerkung traf Pollock wie ein Schlag. Michaela lud ihn ein, mit ihr den Jahreswechsel zu feiern?

„Na ja, ich habe ein paar Einladungen, aber ...“

„Schade“, sagte Michaela, steckte die Kassetten in ihre Handtasche und griff nach einem Schal, den sie über die Stuhllehne gehängt hatte. „Hoßdorf hat mich zu seiner Party eingeladen und ich sollte dich fragen, ob du Lust hast, mich zu begleiten. Da hättest du dich gleich erkundigen können, was er da gefunden hat. Aber wenn du schon was Besseres vorhast ...“

Pollocks Gedanken überschlugen sich. Was war mit dem Manuskript? Andererseits: Er durfte nicht zum Schrat werden. Und: Wann hatte er zum letzten Mal eine so bezaubernde Frau kennen gelernt? Er sah sie an, wie sie ihren schwarzen Dufflecoat zuknöpfte. Die schwarzen Haare, die makellosen Augenbrauen, die Stupsnase.

„Natürlich komme ich mit, du hast Recht, das wäre eine gute Gelegenheit, äh ... ich meine, ich freue mich!“ Pollock merkte, dass das ruhig ein bisschen engagierter hätte klingen können. Aber Michaela schien zufrieden zu sein.

„Schön! Dann komme ich auch! Jetzt muss ich aber zum Bus. Wir sehen uns morgen – ab 22 Uhr sollen wir kommen. Du wirst staunen. Ich habe die besten Silvesterpfannkuchen der Welt gebacken!“

Als Michaela weg war, sackte Pollock auf seinem Stuhl zusammen. Schon hörte er Alexander sagen: „Hast du sie gefragt, wann du sie abholen kannst?“ Oder: „Hast du ihr gesagt, dass du dir nichts Schöneres vorstellen kannst, als mit ihr Silvester zu verbringen?“ All das hatte er natürlich mal wieder nicht gemacht.

Pollock schaute auf sein Handy. Alexander hatte ihm eine SMS geschrieben: „Läuft's?“ Er rief ihn an und erzählte von Hoßdorfs Einladung. „Besser geht's doch nicht“, jauchzte sein Freund. „Du holst sie ja sicherlich ab. Vergiss nicht, ihr da noch mal zu sagen, dass du dir nichts Schöneres vorstellen kannst, als ...“ Pollock legte auf.

Kapitel 6

Es knarrte vornehm, als Pollock die mit rotem Teppich ausgelegten Stufen zu Hoßdorfs Wohnung hinaufging. Schwach hörte er gepflegte Jazzmusik, die lauter wurde, je höher er stieg.

Hinter Pollock lag ein produktiver Nachmittag. Alle Gedanken, die er sich zu Udo Jürgens gemacht hatte, waren in Windeseile durch die Tastatur in seinen Computer geflossen. Pollock war zu dem Schluss gekommen, dass Udo es geschafft hatte, dem bürgerlichen, ja spießigen Schlagerpublikum viele seiner Vorurteile zu nehmen. In „Griechischer Wein“ zum Beispiel, dem Hit aus dem Jahr 1975, schilderte Udo, wie sehr sich die Gastarbeiter nach ihrer Heimat sehnten, aber auch wie gastfreundlich sie zu den oft ausländerfeindlichen Deutschen waren.

Pollock merkte, dass er laut japste, als er im fünften Stock ankam. Hoßdorf wohnte mit seiner Frau in einer luxuriösen Kreuzberger Dachgeschosswohnung. In den 80er Jahren hatte der Berliner Senat den Ausbau der Dachgeschosse subventioniert, um Wohnraum zu schaffen.

Pollock schauderte, als er an die damalige Wohnungsnot dachte. Neu in Berlin, war er 1987 mit einem Studienkollegen so manchen Freitagabend zum Bahnhof Zoo gefahren, um die Samstagsausgabe der *Berliner Morgenpost* mit ihrem damals einzigartigen Anzeigenteil zu ergattern. Dort waren die ersten Exemplare verkauft worden – ungeduldig erwartet von Hunderten Menschen. Pollocks Studienfreund hatte eine Telefonzelle besetzt, er selbst hatte im Laufschritt den Immobilienteil überflogen und dann einen Vermieter nach dem anderen angerufen.

Ein Segen, dass diese Zeiten vorbei sind, dachte Pollock, als er Hoßdorfs Stockwerk erreichte.

Er musste sich zusammenreißen, um nicht allzu verdutzt zu gucken, als sein alter Kollege die Tür öffnete. Rudi Hoßdorf trug einen samtenen Bademantel. Seine Knollennase leuchtete rot. Sein grauer Wuschelkopf war verschwitzt. Hoßdorf hustete zur Begrüßung, und Pollock roch, dass er schon ein bisschen einen im Tee hatte.

„Ah, einer der wenigen Lichtblicke in Berlins Medienlandschaft!" Sein alter Kollege nieste in ein Stofftaschentuch. „Ich bin eigentlich krank. Deshalb auch dieser ungewöhnliche Aufzug, entschuldige bitte. Aber ausladen wollte ich euch alle nun auch wieder nicht."

Verglichen mit Pollocks Wohnung lebten die Hoßdorfs in einem Palast. Vom Flur aus ging es in ein großes Wohnzimmer, von dort aus durch eine Flügeltür in das so genannte Musikzimmer. Die Hoßdorfs hatten Geschmack, was Pollock zumindest seinem Kollegen nicht zugetraut hätte: An den Längsseiten beider Zimmer standen weiß glänzende Bücherregale, die bis zur Decke reichten. Im vorderen Raum wurde gegessen, an einem schmalen Tisch aus Eichenholz. Auf den hatten die Hoßdorfs eine eindrucksvolle Auswahl von zwei Dutzend Käsesorten platziert. Dazu gab es Weißbrot und für alle, die etwas Warmes brauchten, Chili con Carne. Daneben stand, in Karaffen gefüllt, Rotwein. Im Musikzimmer fiel Pollock eine Stereoanlage ins Auge, deren Boxen die Wohnung mit Musik von Miles Davis beschallten.

Pollock hängte seine Jacke an die Garderobe zu den mehr als zwei Dutzend schwarzen und grauen Wintermänteln. Dann schaute er sich die Gäste an. Auffallend war, dass Hoßdorf als stadtbekannter Journalist keine Prominenz eingeladen hatte, auch aus dem Sender war niemand zu sehen. Das Publikum: Dunkel gekleidete Menschen jeden Alters, die in Grüppchen zusammenstanden. An den Schuhen erkannte Pollock, dass einige wohlhabend waren. Andere sahen aus wie Künstler, die sich mit wenig Geld geschmackvoll kleideten. Ein paar Gäste, die allein gekommen waren, wanderten ziellos durch die Räume oder inspizierten die Bücherregale – scheinbar interessiert an dem, was die Hoßdorfs so lasen.

Zum Inventar der Wohnung gehörte eine eindrucksvolle Schallplattensammlung mit viel Jazz, viel Countrymusik.

Pollock kannte nur wenige Gäste: Einen ehemaligen Bezirksbürgermeister, der aus Protest über die Wirtschaftspolitik seiner Partei das Handtuch geworfen hatte und nun Geschäftsführer einer Yogaschule war. Auch der Fotograf der *taz* war da, zog sich immer wieder mit seiner Freundin auf den Balkon zurück, von dem aus ein süßlicher Duft ins Wohnzimmer waberte.

Pollock trat auf den Balkon und bewunderte die Aussicht. Von hier aus sah man auf den Kreuzberger Südstern, vor dessen Restaurants frierende Gäste Zigaretten rauchten. Pollock ging ins Wohnzimmer zurück, packte sich Käsehäppchen auf einen Teller und schenkte sich Rotwein ein. Irgendwo hatte er gelesen, dass Rotwein vor Herzinfarkt schützte. Er machte das Glas randvoll.

Pollock fragte sich, zu wem er sich stellen sollte. Da erblickte er Hoßdorf, der breitbeinig und sichtlich angeschlagen auf dem Sofa saß. Er klopfte auf den Platz neben sich. Pollock setzte sich und stieß mit ihm an.

„Die meisten hier hat meine Frau eingeladen", sagte Hoßdorf, so als wolle er sich für die Besucher entschuldigen. „Ich bin nicht so der Partytyp." Beide guckten zu Angelika Hoßdorf, die von Gast zu Gast schlenderte, eine Frau Anfang 50 mit langen rotblonden Haaren und Sommersprossen. Hoßdorf hatte ihm einmal erzählt, dass sie Kunstexpertin war und junge Maler aus aller Welt entdeckte. Deren Bilder und Skulpturen stellte sie in einer Galerie in Charlottenburg aus. Angelika Hoßdorf hatte im Unterschied zu ihrem Mann eine gesunde braune Gesichtsfarbe und quietschte vor Vergnügen, wenn Gäste komische Bemerkungen machten. Gerade amüsierte sie sich mit Polizeisprecher Janowski, den Pollock am Vortag auf dem Monitor des Schnittplatzes gesichtet hatte. Janowski torkelte bereits ein bisschen und prostete Pollock zu.

„Den Dicken habe allerdings ICH eingeladen", räumte Hoßdorf ein. „Einer der wenigen in unserer Branche, die noch was in der Rübe haben. Mit seinem Job total unterfordert." Hoßdorf nickte traurig und hing einen Moment seinen Gedanken nach.

„Sag mal", hob Pollock an, „darf ich dich mal was fragen?"

„Klar, immer." Hoßdorf schaute ihn mit glasigen Augen an.

„Ist dir am Tatort in der Bautzener Straße irgendwas Außergewöhnliches aufgefallen? Ich meine, hast du irgendwas Interessantes entdeckt?"

„Junge, was willst du?“ Hoßdorf blinzelte ihn an. Dann hob er belustigt seine buschigen Augenbrauen. „Hast du mich etwa beobachtet? Dann warst du jedenfalls aufmerksamer als die Männer von der Trachtengruppe.“

Hoßdorf stand ächzend auf. „Komm mit. Ich hätte es dir sowieso gegeben. Denn ich melde mich für die nächsten Tage erst mal krank. Für unseren Gorilla schufte ich mich nicht kaputt.“

Hoßdorf schlappte in seinen ledernen Pantoffeln ins Arbeitszimmer, Pollock folgte ihm. Hoßdorf schloss die oberste Schublade eines Jugendstilschreibtisches auf und griff nach einem Blechstück. Es war ein kleiner runder Button, den man sich mit einer Nadel an Kleidungsstücke heftete. Auf der Oberfläche des Buttons klebten Zementspuren, aber der Aufdruck war klar zu erkennen.

„Na, was ist das?“, fragte Hoßdorf.

„Sieht aus wie ein Turm.“

„Sehe ich genauso.“

„Ein roter Turm. Könnte ein Kirchturm sein. Aber was bedeutet das?“

„Ich habe keine Ahnung. Aber eins ist klar: Der Zement beweist, dass das Teil in der Nähe der Leiche lag.“

„Hat man sonst noch was bei der Leiche gefunden?“, wollte Pollock wissen.

„Laut Janowski nicht. Nur den Koffer und die Pistolenkugel.“

„Das würde bedeuten: Der oder die Mörder haben das Opfer ausgezogen, bevor es eingemauert wurde. Denn sonst hätte man zum Beispiel Schuhe gefunden.“

„Oder Knöpfe. Die halten sich auch ewig“, ergänzte Hoßdorf.

„Es kann nur so gewesen sein: Der oder die Täter wollten alle Spuren beseitigen. Dabei hat sich der Button von einem der Kleidungsstücke gelöst.“

„Klingt gut“, sagte Hoßdorf, „aber was um alles in der Welt macht dieser Koffer am Tatort? Warum wurde gerade der da liegengelassen?“

Das war auch Pollock schleierhaft. Ihn packte nun endgültig der Ehrgeiz, in dem Fall zu recherchieren. Es gab ein erstes Beweisstück. Das trieb ihn an. Sollte er gleich jetzt Janowski dazu befragen? Nein, das hatte keinen Zweck. Bevor Pollock mit Hoßdorf zusammen das Wohnzimmer verlassen hatte, war der Pressesprecher lallend auf die Tanzfläche gestolpert und hatte dort ein unwürdiges Solo hingelegt.

„Ich habe keinen Zweifel daran, dass du, wenn du dich an die Sache ranmachst, auch was rauskriegst, während ich mir ein paar erholsame Tage im Bett mache“, sagte Hoßdorf. „Und jetzt gehen wir wieder zu den anderen! Wo ist eigentlich deine Michaela?“

„MEINE Michaela?“

„Warum hast du sie nicht von zuhause abgeholt?“ Hoßdorf wankte zurück ins Wohnzimmer. Pollock trank sein fast volles Glas Wein hastig aus und schenkte sich nach. Noch ein paar Schlucke gegen den drohenden Herzinfarkt.

Dann entdeckte er Michaela Reusch. Sie trug ein Tablett mit zwei Dutzend Silvesterpfannkuchen von der Küche ins Wohnzimmer. Pollock war beeindruckt: Seine Kollegin hatte ein schwarzes lackartiges Kleid an, das an kaum sichtbaren Schulterbändern hing. Für ihre vollen Lippen hatte Michaela dasselbe Dunkelrot gewählt wie für ihre Stiefel. Als sie neben Pollock Platz nahm, glitt ihr Kleidchen so weit hoch, dass er ihre weichen, glatten Knie sah. Lasziv schob Michaela ihre Träger zurecht und schaute ihn erwartungsvoll an. Pollock wusste, warum er Michaela sogar noch attraktiver fand als sein Idol Alexandra. Es war die Stupsnase, die ihr etwas besonders Anziehendes verlieh. Pollock war sich sicher: In diese Frau könnte er sich verlieben.

Er nahm sich vor, ihr gegenüber von nun an aufmerksamer zu sein, vielleicht sogar etwas Charme zu versprühen.

„Na, bist du gut hergekommen?“

„Na ja.“ Michaelas Gesicht wurde ernst. „Eigentlich war die Fahrt in der U-Bahn eine Zumutung! Nur grölende Menschen, die einen auf irgendwelche Veranstaltungen mitschleppen wollten!“

Pollock schämte sich. Er war bequem mit seinem Renault gekommen. Einen Moment lang herrschte Stille, bis Pollock eine fremde Stimme hörte.

„Hallo“, säuselte jemand neben ihnen, „ich bin der Karl!“

Ein Mann Ende 30 hatte sich ihnen gegenüber gesetzt und stieß mit einem Glas Prosecco an. Den muss er selber mitgebracht haben, dachte Pollock, denn für Hoßdorf ging Prosecco nicht als vollwertiges alkoholisches Getränk durch.

„Woher kennt IHR denn die Hoßdorfs?“ Karl trug trotz der niedrigen Temperaturen ein schwarzes T-Shirt, dessen kurze Ärmel zwei beeindruckende Muskelpakete freigaben, wie Pollock zugeben musste. Er war einen Kopf größer als Pollock, hatte einen sehnigen Körper und streichholzlange blondierte Haare. Um seinen Hals klackerten die Zähne einer Ethnokette.

„Wir arbeiten beim Fernsehen. Bei *Berlin – nah dran*, wenn dir das was sagt.“

„Sagt mir nichts, ich gucke kein Fernsehen.“

Ach, so einer ist das. Pollock ahnte, was jetzt kam: Fernsehen ist so furchtbar oberflächlich. Eigentlich kann man nichts mehr gucken, nur ab und zu eine Dokumentation des Kulturkanals. Pollock kannte solche Sprüche in- und auswendig. Wenn man die Wichtigtuer allerdings fragte, welche Dokumentation sie zuletzt gesehen hatten, gerieten sie ins Stottern.

Karl lächelte die beiden an. „Ich habe meinen Fernseher schon vor zwei Jahren verkauft. Ich kam einfach schlecht drauf mit dem Ding.“

„Das geht mir manchmal auch so“, sagte Michaela, die diesen Karl interessiert musterte. „Was machst du denn beruflich?“

„Ich bin eigentlich von Haus aus Germanist. Jetzt coache ich Führungskräfte von Unternehmen nach den Lehren der Tibeter. Das gibt mir mehr und ich hoffe auch meinen Klienten.“

„Gibt es denn in Tibet überhaupt große Unternehmen?“, fragte Pollock, dem der Mann ungeheuer auf die Nerven ging.

„Das ist nicht die Frage“, antwortete Karl sanft, „wichtig ist der Glaube der Menschen: Jeder hat die Chance, zu seinem eigenen Ich zu finden und so auch andere zu überzeugen und mitzureißen. Auch du!“ Karl schaute Pollock versonnen an.

„Hast du denn schon mal in einem Unternehmen gearbeitet?“, fragte Pollock.

Die Antwort dieses Wichtigtuers ging in der Musik unter, die plötzlich lauter wurde. Angelika Hoßdorf stand an der Stereoanlage und machte mit den Händen auffordernde Bewegungen. Es sollte getanzt werden. Pollock spülte den Rest seines Weines herunter und griff noch einmal zu einer der Karaffen. Er war kein großer Tänzer, befürchtete, sich zu blamieren, wenn er sich vor anderen Leuten bewegte. Als er noch überlegte, wie er sich vor der peinlichen Situation retten könnte, hatte sich Karl schon mit einer leichten Verbeugung vor Michaela gestellt und verschwand mit ihr im Musikzimmer.

Das war's dann wohl mal wieder. Pollock flüchtete in den Nachbarraum. Nach dem vielen Rotwein sah er seine Niederlage einigermaßen gelassen. Er nahm noch einen kräftigen Schluck und guckte auf die Uhr: noch zehn Minuten bis Mitternacht. In diesem Moment spürte er, dass es in seinem Magen arbeitete, dass Wein und Käse an die Luft wollten. Pollock beschloss, nach dem Badezimmer zu suchen und sich in aller Ruhe zu übergeben.

So schlimm es auch war, in die blitzblanke Kloschüssel der Hoßdorfs zu kotzen, irgendwie war er froh, für eine kurze Zeit allein zu sein. Einige Minuten stand Pollock regungslos vor dem Waschbecken, sah im Spiegel in sein käsiges Gesicht.

Noch zwei Minuten bis Mitternacht. Pollock beschloss, rechtzeitig ins Wohnzimmer zurückzukehren, um nicht der Außenseiter des Abends zu sein. Einige Minuten noch wollte er eine gute Figur machen, sich dann aber verabschieden.

Die Gäste hatten sich bereits neben dem Esstisch zu einem Kreis aufgestellt und schauten erwartungsvoll an die Wand. Dort hing eine Quarzuhr, die Hoßdorf wahrscheinlich in den 70er Jahren erstanden hatte. Noch eine Minute. Pollock stellte sich neben Michaela und Karl. Er beobachtete, wie der Tibeter immer wieder versuchte, nach Michaelas Hand zu greifen. Endlich wechselte das Ziffernblatt auf 00:00 Uhr. Die Gäste riefen sich Wünsche fürs neue Jahr zu, jeder umarmte jeden und auch ein alter Mann ließ sich hinreißen, Pollock an seine klapprige Brust zu pressen. Das überstanden, wandte sich Pollock seiner Kollegin zu, die – wie sollte es anders sein – bereits von Karl in Beschlag genommen wurde. Der hatte wieder seinen sanftmütigen Blick aufgesetzt, stieß mit ihr an und – für Pollock ein Ausdruck ungeheurer Distanzlosigkeit – küsste sie leidenschaftlich auf den Mund.

„Und nun zu uns", Michaela wandte sich Pollock zu. „Alles Gute fürs kommende Jahr!" Michaela hatte ihre Hand auf seinen rechten Arm gelegt, und als Pollock „Danke, wünsche ich dir auch" murmelte, näherte sie sich ihm. Der Moschus ihres Parfums zog in seine Nase und vernebelte ihm das Gehirn. Dann spürte Pollock, wie Michaela ihn vorsichtig, aber lange auf seine rechte Wange küsste. Auch wenn ihm klar war, dass er hier allenfalls die Nummer 2 war, wandte er sich ihr zu und erwiderte den Kuss.

„Komm, wir tanzen noch mal." Karl nahm Michaela beim Arm.

Pollock nutzte die Gelegenheit, sich zu verabschieden: „Du,

mir ist nicht so gut!“, rief er mit schwerer Zunge gegen die Musik an. „Lass uns telefonieren!“ Pollock hörte noch, dass Angelika Hoßdorf einen Blues aufgelegt hatte, was Schlimmes befürchten ließ.

Als Pollock eine halbe Stunde später in seiner Hinterhauswohnung ankam, ging es ihm kaum besser. Sich erneut zu übergeben, hätte eine Befreiung bedeutet, war ihm aber nicht vergönnt. Noch im Mantel bewegte er sich auf den Anrufbeantworter zu. Wie viele Glückwünsche zum neuen Jahr mochten da drauf sein? Einer kam von seiner Mutter, die den Jahreswechsel mit Freundinnen feierte, die sie in einem Frauencafé kennen gelernt hatte. „Alles Gute fürs neue Jahr! Das ist wirklich das schönste Silvesterfest, das ich je erlebt habe!“

Was für ein Affront! Pollock seufzte. Er kam wohl nicht drum herum, seine Mutter in den kommenden Tagen zurückzurufen. Dann die zweite Nachricht. Nach Sekunden der Stille, eine Stimme, die ihm bekannt vorkam. Sie klang drängender, ungehaltener als beim ersten Mal.

„Sie sollten so langsam mal mit den Recherchen beginnen! Auch wenn es Widerstand gibt.“

Kapitel 7

„Du hast was gemacht!?“ Alexander schüttelte fassungslos den Kopf. Pollock und sein Freund hatten sich am Neujahrstag in einem Café am Viktoria-Luise-Platz getroffen und ließen ihre Silvesterfeiern Revue passieren. Obwohl es Mittag war, konnten die beiden von ihrem Fensterplatz aus den Park kaum erkennen, so düster war es. Schneeflocken tanzten im Neonlicht des Restaurantschildes.

„Du hast deine Kollegin mit einem Esoterik-Fritzen allein gelassen? Das kann doch nicht sein! Solche Typen sind doch

Dummschwätzer! Verdammt, du hättest kämpfen müssen!"

„Ach, hör auf! Soll Michaela doch glücklich werden mit diesem Karl. Die wäre sowieso zu quirlig für mich gewesen."

„Ja, ja. Rede dir das nur ein. Du findest immer einen Grund, warum diese oder jene Frau nicht zu dir passt."

„Quatsch!"

„Wahrscheinlich ist diese Michaela ganz wild nach dir. Mensch, die wollte dich mit diesem Karl nur aus der Reserve locken!"

„Können wir das Thema jetzt beenden? Ich kann sonst auch zu Hause frühstücken." Wütend räumte Pollock auf seinem Teller Marmelade, Nusscreme und Honig zur Seite, um Platz zum Brötchenschmieren zu haben. Alexander knurrte missmutig, hörte aber auf, seinem Freund Vorwürfe zu machen.

„Mir ist jetzt die Geschichte mit dem Skelett einfach wichtiger", sagte Pollock. „Das scheint eine ganz heiße Kiste zu sein. Offenbar wollte mich der Anrufer warnen, weil es Leute gibt, die Angst davor haben, dass irgendwas ans Licht kommt. Was auch immer." Pollock nippte an seinem Pfefferminztee, in dem er zwei Aspirin-Tabletten aufgelöst hatte. Ein Kater tobte in seinem Schädel – die Folgen des am Vorabend hastig heruntergespülten Rotweins.

„Ach, übrigens!" Alexander griff in die Tasche seiner Armani-Jeans und zog einen Zettel hervor. „Das habe ich dir aus dem Internet ausgedruckt. So sehen deine Zeitungskollegen von der Boulevardpresse den Fall. Überschrift: ‚Hausbesetzer hatten Leiche im Keller'."

Pollock nahm Alexander das Blatt aus der Hand und las Zeile für Zeile. Die Zeitung stellte zwei Theorien auf. Theorie 1: Bei dem Toten habe es sich um einen ehemaligen Hausbesetzer gehandelt, der beim Kampf zweier verfeindeter Gruppen ums Leben gekommen sei. Es habe Besetzer gegeben, die bereit gewesen seien, sich mit dem Senat zu einigen. Sie hätten die

Häuser sanieren wollen. Im Gegenzug hätten sie ein Bleiberecht gefordert – garantiert vom Senat. Andere Besetzer seien gegen Verhandlungen gewesen. Ihnen sei es gar nicht um die Häuser gegangen. Sie hätten dem „kapitalistischen Schweinesystem“ den Kampf angesagt. Theorie 2: Sie stammte von einem Autor, der sich als alter Reporterhase zu erkennen gab. „Ich war dabei“, lautete seine Überschrift. Der Mann schrieb, in den Wohngemeinschaften sei es hoch hergegangen. Sex – jeder mit jedem, dazu Streit um Abwasch und Müllentsorgung. Kein Wunder, dass da irgendjemand mal ausgerastet sei.

„Was für ein Schwachsinn“, empörte sich Pollock. „Man bringt doch keinen um, nur weil er das Klo mal nicht geschrubbt hat!“

„Aber die erste Theorie klingt doch glaubhaft, oder? Die waren so fanatisch, dass da mal jemand die Nerven verloren hat“, wandte Alexander ein.

Pollock versuchte, sich in die Beteiligten von damals zu versetzen. „Finde ich nicht. Glaubst du im Ernst, dass alle, die dann ja von dem Mord gewusst hätten, bis heute schweigen würden? Sehr unwahrscheinlich!“

„Tja, wenn es niemand von den Hausbesetzern war, dann vielleicht jemand von der Polizei! Vielleicht hatte da irgendein Besetzer was mitbekommen, was den Bullen unangenehm war. Vielleicht lief irgendwas bei einem Einsatz nicht so, wie es laufen sollte.“

Pollock kaute an einem Lachsbrötchen und überlegte. „Du meinst, einer von der Trachtengruppe hat den Eingemauerten auf dem Gewissen?“

„Möglich. – Übrigens: Du wolltest doch am Samstag wissen, woher ich das Foto habe.“

„Ja, das würde uns womöglich weiterbringen.“

„Also, ich habe noch mal den alten Antiquar gefragt. Und der hat in seinen Büchern nachgeschaut. Das Bild hat ein Fotograf verkauft, der damals sogar seine Telefonnummer hinterlassen hat: Willy Hanke. Ich habe da einfach mal angerufen, die Nummer stimmte noch. Ein netter älterer Herr, der damals für das *Spandauer Volksblatt* unterwegs war. Er hat gesagt, wenn du mehr zu dem Foto wissen willst, könntest du einfach mal bei ihm vorbeikommen, auch am Feiertag."

Pollock schaute seinen Freund respektvoll an: „Und das sagst du erst jetzt?"

„Wie war das am Samstag noch?" Alexander hob seine rechte Augenbraue. „‚Ich interessiere mich nicht mehr für diese Boulevardgeschichten', das waren deine Worte!"

„Wo wohnt der Mann?"

„Lass uns zu Ende essen, dann fahren wir zusammen hin, okay?"

Kapitel 8

Pollock und sein Freund Alexander wanderten durch die Wohnung des Fotografen wie durch ein Museum. An den Wänden – selbst im Badezimmer – hingen 40 Jahre Stadtgeschichte. Ab und zu kam Hanke aus der Küche, wo er den Wasserkocher angestellt hatte, und sagte etwas zu den Bildern, vor denen die Freunde gerade standen. Willy Hanke war über 70, scherte sich aber nicht um sein Alter. Er trug abgewetzte Jeans und ein Sweatshirt, darüber eine schwarze Lederweste mit zahllosen Taschen. An drei Fingern jeder Hand steckten silberne Ringe. Seine grauen Haare reichten ihm bis zu den Schulterblättern. Hankes Gesicht war faltig und gezeichnet von den Zigarillos, die er ununterbrochen rauchte. Als Pollock und Alexander kamen, riss er sämtliche Fenster auf, um für Durchzug zu sorgen.

Das Inventar seines Wohn- und Schlafzimmers war spärlich: Auf dem Holzboden lag ein bärenfellartiger Läufer, wie er Ende der 70er Jahre aus der Mode gekommen war. In den Ikea-Regalen standen vergilbte, nach Jahrgängen geordnete Fotozeitschriften. Daneben lagen CDs von Bob Dylan, The Doors und Jefferson Airplane.

Pollock kam sein Vater in den Sinn. Er wäre heute 67 gewesen. Wie unterschiedlich die Angehörigen einer Generation doch sein konnten! Sein Vater hatte eine kleine Drogerie besessen, montags bis samstags hatte er hinter der Ladentheke gestanden. Es war hart gewesen, sich gegenüber dem Drogeriediscounter zu behaupten. Die „Drogerie Pollock" hatte nur überlebt, weil sein Vater den alten Leuten ihren Franzbranntwein in die Wohnungen geliefert hatte. Nebenbei hatte er jede freie Minute genutzt, um Pollock oder seine Schwester zum Sport oder zum Nachhilfeunterricht zu bringen. Für so etwas wie Musikhören war keine Zeit geblieben. Sein Vater wäre Bob-Dylan-Fan gewesen, da war sich Pollock sicher.

Seine Mutter, die studiert und als Grundschullehrerin gearbeitet hatte, machte sich nach Vaters Tod lustig über seine Bildungslücken, was Pollock zur Weißglut brachte. Er nahm ihr übel, dass sie seine Arbeit nie gewürdigt hatte, sie, der alles zugefallen war, weil ihre Eltern ihr ein Studium ermöglicht hatten.

Das alles ging ihm durch den Kopf, als er mit Alexander vor einem Biedermeiersofa des Fotografen stand, über dem Bilder aus den 80er Jahren hingen.

„Dit war bei der 750-Jahr-Feier", dozierte Hanke. „Ronald Reagan vor dem Brandenburger Tor. Klingelt da watt bei euch? ‚Mister Gorbatschow, open this gate! Mister Gorbatschow, tear down this wall!' Damals ham wir uns nass jemacht vor Lachen. Für uns war det reaktionäres Jeschwätz." Hankes Zeigefinger wanderte zu der mächtigen Gestalt neben Reagan. „Der olle Kohl." Willy Hanke machte eine abwertende Handbewegung.

„Der Kohl war für uns Fotografen ’ne einzige Katastrophe. Wenn der uns schon sah ... ho, ho, ho ... Ick kann euch sagen ... der wurde so watt von pampich!“ Dann verschwand Hanke wieder in der Küche und kam mit Löffelbiskuits und einer Teekanne ins Wohnzimmer, wo es sich Pollock und Alexander in ausladenden Sesseln bequem machten.

„Ihr wollt also watt wissen über die Hausbesetzungen“, sagte Hanke, als Pollock mit schmerzverzerrtem Gesicht seine heiße Tasse auf den Tisch zurückstellte. „Herr Hanke, uns interessiert, was sich an diesem Tag, als sie das Foto in der Bautzener Straße geschossen haben, abgespielt hat.“

„Also zunächst mal: Ihr könnt Willy zu mir sagen. Dann redets sich leichter.“ Pollock und Alexander nannten ihre Vornamen, dann kam Hanke zur Sache.

„Tja, der Tag, an dem ick das Foto jemacht habe, datt war schon uffrejend! Es stammt vom 22. September 1981!“ Hanke sah die beiden erwartungsvoll an.

„Na? Dämmert da watt?“

Die beiden zuckten mit den Achseln.

„Da kam es zum Showdown, wie man heute auf jut Deutsch sagt, in der Hausbesetzersache.“

Hanke erzählte, dass im Jahr 1981 die Zahl der besetzten Häuser sprunghaft gestiegen war. Linke Gruppen hatten gegen Spekulanten demonstriert, die zum Teil gut erhaltene Altbauten leer stehen ließen. Und das in einer Zeit, in der Wohnraum sehr knapp gewesen war. In Berlin hatte es gerade einen Regierungswechsel gegeben. Nach jahrzehntelanger SPD-Herrschaft war es dem Christdemokraten Richard von Weizsäcker im Frühjahr 1981 gelungen, Regierender Bürgermeister zu werden.

„Die meisten halten den ja für’n piekfeinen Typen, so richtig etepetete, aber in Berlin hat der sich nicht gerade mit Ruhm bekleckert, wenn ick datt mal so sagen darf.“

Weizsäcker hatte geduldet, dass sein Innensenator Lummer den Kampf um die Häuser mit harter Hand beenden wollte. Den Besetzern war ein Ultimatum gestellt worden – bis zum besagten 22. September sollten sie ihre Wohnungen verlassen. Am Morgen dieses Tages war die Polizei gleichzeitig in acht Häuser eingedrungen.

„Und die hatten Erfolg", erzählte Hanke, „aber statt zu sagen, jetzt is' jut, setzte Lummer noch eins druff. Der ließ sich durch die Hintertür in eines der Häuser einschleusen und gab dort 'ne Pressekonferenz. Der muss da rumstolziert sein wie Napoleon."

Hanke rückte unruhig auf seinem Sessel hin und her.

„Und ick muss im Nachhinein sagen, der Tag war nicht gerade mein erfolgreichster. Ick war nämlich an der falschen Stelle. In dem Durcheinander hatte ick den Überblick verloren. Ick war an der Bautzener und nicht bei dem Lummer."

Hanke lachte still in sich hinein.

„Das *Volksblatt* musste Agenturfotos drucken. Da war vielleicht jehörig watt los ... Na ja, det muss euch ja nich interessieren."

„Aber wie kam es zu den Szenen, die du fotografiert hast?", wollte Alexander wissen.

„Na jut, die Besetzer waren ja janz schön jewieft. Die hatten schnell Wind von Lummers Aktion ein paar Straßen weiter bekommen – und wurden natürlich fuchsteufelswild! Es gab 'ne riesige Straßenschlacht. Besonders, als die hörten, dass ein Besetzer jetötet worden war."

Hanke stieß den Rauch seines Zigarillos aus und schaute dem Qualm hinterher. „Det war wirklich 'ne traurige Sache. Klaus-Jürgen Rattay hieß der. 18 Jahre alt. Ick bin dann noch direktemang in die Bülowstraße jeloofen, ein paar Ecken weiter, und hab' fotografiert. Die vielen Blumen, die uff der Straße jelegen haben, die Polizei, die jeden niedergeknüppelt hat, der sich dem Ort des Jeschehens nähern wollte. Das hat die Zeitung dann wieder mit mir versöhnt."

„Hast du eine Ahnung, wer den Toten eingemauert haben könnte?", wollte Pollock wissen.

„Also, ick will mal so sagen: Das, was die Zeitungen jetzt schreiben, halte ick für totalen Quatsch. Das waren doch alles mehr oder weniger jewaltfreie Menschen, wenn man sie nicht jereizt hat."

„Hm, hast du noch weitere Fotos vom Tatort?", fragte Pollock.

Hanke musterte die beiden und ging dann zu einem großen Metallschrank. Hier fand sich alles, was der Fotograf archiviert hatte. Hanke zog mehrere der schmalen Schubladen auf, bis er die richtigen Fotos entdeckte. Es waren fünf, die er von jenem Septembertag an der Bautzener Straße 43 aufbewahrt hatte.

„Ick gebe die euch jetzt mit, aber in einer Woche habe ick die wieder!"

Die beiden bedankten sich, aber Pollock lag noch eine andere Sache auf dem Herzen. Als er sich von dem Fotografen verabschiedete, zog er eine Pappschachtel aus seiner Jackentasche und machte sie auf. „Sagt dir der Button was?"

Hanke nahm den Anstecker mit dem roten Turm aus der Schachtel und schüttelte den Kopf. „Nee, nie jesehen. Was soll det sein?"

„Das wissen wir auch noch nicht. Aber wir werden es dir erzählen, wenn wir es rauskriegen."

Berlin, 23. September 1981

Liebste Anna,

ich habe gestern versucht, Dich anzurufen, aber Du warst nicht in Deinem Zimmer. Hast Du mitbekommen, was hier los war?

Gab's was in den spanischen Nachrichten dazu? Anna, für mich war das alles ein einziger Alptraum. Die Polizei hat Häuser geräumt! Auch die Bülowstraße 89.

Ich saß gerade über meiner Dogmatik-Hausarbeit, da hörte ich ganz viele Sirenen. Ich bin auf die Straße gerannt und wollte Richtung Bülowstraße laufen, da winkte mich Karl-Heinz in seinen Imbiss. Er war ganz aufgeregt. Bei ihm saßen zwei Frauen, die in der 89 gewohnt hatten. Die waren echt fertig mit den Nerven. Eine heulte und zitterte so stark, daß wir den Notarzt gerufen haben. Karl-Heinz erzählte, die beiden hätten mit ansehen müssen, wie einer der Besetzer bei einer Straßenschlacht mit der Polizei unter einen fahrenden Bus geriet. Er war sofort tot.

Ich war total erschüttert, als ich hörte, wer das war: Klaus-Jürgen Rattay. Ich glaube, Du warst bei Deinen Eltern, als der mal bei uns zu Abend gegessen hat. Gernot und Andreas hatten ihn eingeladen. Ich kann mich noch gut an ihn erinnern. Klaus-Jürgen kam aus Westdeutschland. Ich glaube, der war nicht mal zwanzig. Ist das nicht schrecklich?

Zwei Stunden nach dem Unglück dann Plenum bei uns in der zweiten Etage. War natürlich gerammelt voll. Ich und zwei andere Typen aus der Winterfeldtstraße – wir waren die einzigen, die dafür stimmten, friedlich gegen die Räumungen zu demonstrieren. Die anderen sagten, sie fänden es ätzend, hier zu sitzen und zu diskutieren. Die Polizisten seien nichts anderes als Mörder. Die Besetzer aus der Bülowstraße bräuchten jetzt unsere Solidarität. Das Plenum wurde aufgelöst und wir marschierten die Bautzener Straße hinunter. Aber da standen mittlerweile mindestens hundert Polizisten. Die sahen echt furchterregend aus mit ihren dicken Uniformen und den Schilden vor der Brust. Ich kam mir vor wie im Bürgerkrieg. Sie versuchten, uns zurückzudrängen. Ein halbes Dutzend Wannen rückte an. Während ich mich zur Großgörschenstraße durchkämpfte, sah ich, wie Andreas, Gernot und einige andere zum Bahndamm liefen und Steine einsammelten.

Ich dachte, ich sehe nicht richtig: Sie schleuderten sie nach den Polizisten. Das sind doch Vollidioten! Innerhalb weniger Minuten verwandelte sich die Straße in ein Schlachtfeld.

Ich war wütend. Das Verhalten von Gernot und Andreas war vollkommen überzogen, das der Polizei natürlich auch. Am liebsten wäre ich Richtung Potsdamer Straße gerannt. Da war es ruhig. Aber dann wäre ich mir wie ein Verräter vorgekommen.

Dann der Udo! Du glaubst es nicht! Um ihn herum schlagen sich seine Freunde mit der Polizei herum und er denkt nur an eins: an sein Motorrad und wie er es in Sicherheit bringt. So wie der immer redet, hätte er eigentlich mitkämpfen müssen. Schimpft über „Kapitalistenschweine" und verdrückt sich, wenn es gefährlich wird. Egal.

Es hat Stunden gedauert, bis sich die Lage wieder beruhigte. Gott sei Dank ließen die Polizisten unser Haus in Ruhe, wahrscheinlich hat Lummer eingesehen, daß mit weiteren Räumungen die Lage vollkommen außer Kontrolle geraten wäre.

Liebe Anna, das alles hat mir noch einmal vor Augen geführt, daß wir unbedingt hier weg müssen. Ich finde es nach wie vor richtig, daß wir das Haus besetzt haben. Aber mit unseren Mitbewohnern verbindet mich nichts mehr. Seit dem letzten Plenum und den Kämpfen gehen wir uns nur noch aus dem Weg.

Udo hat übrigens angeboten, uns zu helfen. Er war vor ein paar Tagen mal wieder in der Gemeinde. In der SU-AG. Er hat etwas von einer frei gewordenen Wohnung gehört – angeblich. Der redet ja viel, wenn der Tag lang ist. Er will sich erkundigen und uns in ein paar Tagen Bescheid geben.

Ach, ja: Beim Studentenwerk habe ich auch angerufen. Die Frau am Telefon hat gesagt, daß im Moment keins der Appartements für Familien frei ist. Ich habe gefragt, warum nicht mehr für Studenten mit Kindern getan wird. Jetzt stell Dir vor, was sie geantwortet hat: Die meisten in meinem Alter wüssten eben, wie man verhütet. Da fehlen einem echt die Worte.

Aber eine gute Nachricht habe ich noch: Bei der Kirchenzeitung kann ich ab und an einige Artikel unterbringen. Der Chefredakteur klang ganz optimistisch. Das bringt zwar nicht viel Geld, aber immerhin.

Meinst Du, wir kommen finanziell zurecht? Schön wird das nicht, Geld von meinen Eltern anzunehmen. Ich war bei Bilka und habe mir Kinderwagen angesehen. Die sind alle ziemlich hässlich. Aber woanders sind sie einfach zu teuer. Ich werde in den nächsten Tagen nach einem Gebrauchten gucken. In der Potsdamer Straße gibt's ja einige türkische Trödler. Irgendwie schaffen wir das schon. Wenn wir Glück haben, bin ich in zwei Jahren im Vikariat. Dann haben wir regelmäßige Einkünfte.

Liebste Anna, ich träume jeden Tag von Dir und unserer gemeinsamen Zukunft!

Viele Küsse aus dem unruhigen Berlin
Frank

Kapitel 9

„Ah, Herr Pollock!" Annemarie Krause war klein. Besucher, die das Sekretariat betraten, sahen zunächst nur ihre rosafarbene Föhnfrisur. Die Sekretärin des Chefredakteurs hockte hinter einer pompösen Anmeldung, als sei sie Sprechstundenhilfe einer Schönheitschirurgie am Kurfürstendamm. Udo Clement hatte sein Vorzimmer vor ein paar Jahren neu gestalten lassen, nachdem er während einer Dienstreise in die USA den Fernsehsender CNN besichtigt hatte.

„Herr Pollock, der Chef hat gleich für Sie Zeit." Flüsternd fügte Annemarie Krause hinzu: „Telefoniert gerade mit dem Geschäftsführer."

Dann verschwand ihr rosafarbener Kopf wieder hinter dem

Tresen. Pollock sah auf den Fußboden. Unter seinen Stiefeln hatte sich eine Wasserlache gebildet. Durch das Fenster des Sekretariates sah er, wie der Schnee mit schöner Gleichmäßigkeit auf die Stadt herunterrieselte.

Pollock vertrieb sich die Wartezeit, indem er die Gemälde, die in Clements Vorzimmer hingen, betrachtete. Dass sich der Chefredakteur für Kunst interessierte, war Pollock neu. Einen Augenblick überlegte er, ob der Sender überhaupt über Malerei berichtete. Ihm fiel ein, dass Clement vor ein paar Monaten für die Kultur einen neuen Sendeplatz geschaffen hatte: „Kunst nach Mitternacht", hieß das Magazin, das jeden ersten Montag im Monat um 0:45 Uhr um Zuschauer warb.

Die Tür ging auf und der Gorilla streckte ihm seine behaarte Hand entgegen.

„Na? So müsste man malen können, was?", sagte er und guckte zusammen mit Pollock auf die Bilder. „Vielleicht etwas gewagt, aber Kunst muss eben provozieren!" Eines der Bilder hieß „Flut" und zeigte mehrere blaue Wellen, das andere „Wald", es war in den Farben braun und grün gehalten.

Pollock nahm vor dem Schreibtisch des Chefredakteurs Platz und kam gleich zur Sache: „Ist es möglich, dass ich erst im nächsten Monat bei der Talkshow anfange?"

Clement beugte sich zu ihm vor und faltete die Hände. „Warum das denn?"

„Kollege Hoßdorf ist krank, und ich würde gerne im Fall des eingemauerten Toten recherchieren."

„Tun Sie, was Sie nicht lassen können. So, wie ich Sie kenne, werde ich Sie sowieso nicht davon abhalten können." Der Chefredakteur hob den Zeigefinger. „Aber das muss nebenbei passieren. Ich muss Sie dringend bitten, mit aller Kraft an dem neuen Projekt zu arbeiten!"

„Ich werde versuchen, beides zu schaffen. Vielen Dank!"

Clement stand auf, legte seinen rechten Arm um Pollocks

Schulter und lenkte ihn Richtung Tür. „Sie sind einer meiner besten Männer. Wenn das mit der Talkshow gut läuft, geht es für Sie weiter. Das garantiere ich Ihnen. Sie wollen doch nicht ewig Reporter bleiben, oder?“ Darüber hatte Pollock noch nicht nachgedacht. Ein bisschen mehr Einfluss haben – warum nicht? Andererseits hieß ein Aufstieg zugleich, mehr Konferenzen mit Clement und anderen Hierarchen über sich ergehen zu lassen. Die Chefs der Sendungen nannten ihr wöchentliches Treffen mit dem Chefredakteur „Gottesdienste“, bei denen es besser war, zu allem Ja und Amen zu sagen, als sich den Zorn des Gorillas zuzuziehen.

Als Pollock den Sender verließ und auf den Adenauerplatz trat, atmete er die kalte Luft dieses unbarmherzigen Winters ein. Vor ihm lag ein freier Nachmittag. Die erste Konferenz mit Christian Nehls, dem Moderator der neuen Talkshow, war übermorgen. Über Silvester und Neujahr hatte Nehls ein Konzept entwickelt, über das diskutiert werden sollte. Es war nicht mehr viel Zeit. Ende Januar sollte die erste Ausgabe über den Sender gehen. Pollock beschloss, den Tag zu nutzen, um mehr über den Knochenfund herauszubekommen. Er sah das Skelett immer wieder vor sich, wie es auf der Plastikplane lag mit ausgestreckten Armen und Beinen. Wer erschoss einen jungen Mann und mauerte ihn anschließend ein? Was wollte der mysteriöse Anrufer von ihm?

Pollock hoffte, im Internet etwas über den roten Turm in Erfahrung zu bringen. Außerdem hatte er sich vorgenommen, Hankes Fotos zu studieren. Vielleicht entdeckte er etwas, was ihm weiterhalf.

Pollock fuhr mit der U-Bahn-Linie 7 bis Neukölln. Er wollte noch einen kurzen Abstecher zu einem Schallplattenladen nahe der Karl-Marx-Straße machen. Kurz vor Weihnachten hatte er dort eine Single entdeckt, aber nicht genug Geld dabei gehabt, um sie zu kaufen.

Obwohl Neujahr vorbei war, lag immer noch Feiertagsstimmung über der Straße. Selten fuhr ein Auto vorbei, einige Fahrer kamen ins Rutschen, weil sich unter dem Schnee Eis gebildet hatte. Pollocks nasse Stiefel quietschten bei jedem Schritt. Die Kälte war nicht mehr so quälend wie am Tag zuvor. Dafür war es windig. Pollock zog den Schal hoch bis über den Mund. Er schaute zu den Fenstern der Altbauten hinauf und stellte sich vor, wie die Bewohner in ihren warmen Stuben Tee tranken und Lebkuchen aßen.

Dann war es da. Ein Geräusch. Es riss ihn aus seinen Gedanken. Hinter ihm knirschte es. Irgendjemand bewegte sich in dieselbe Richtung. Pollock war unwohl, aber er wusste nicht, warum. War es nicht normal, dass jemand nachmittags hinter ihm herging? Ab und zu setzten die Schritte aus. Pollock dachte, die Person sei an ihrem Ziel angekommen. Doch dann hörte er das Stapfen wieder. Schuhe oder Stiefel gruben sich langsam, fast zögernd in den Schnee. Es schien, als wolle die Person hinter ihm Abstand halten.

Pollock erkannte das orangene Schild des Plattenladens. Noch hundert Meter, dann war er da. Sollte er sich umdrehen? Er verlangsamte seine Schritte. Die Person hinter ihm blieb stehen. Pollock spürte sein Herz. Er fasste einen Entschluss. Er stoppte vor dem nächsten Haus, nahm drei Stufen bis zur Tür und tat so, als studiere er die Namensschilder. Pollock hielt den Atem an. Er hörte nichts. Niemand ging vorbei. Aus einem der Erdgeschossfenster drang türkischer Hip-Hop. Pollock trat wieder auf die Straße. Er schaute nach rechts, sah aber nur eine alte Frau, die in der Ferne zwei Einkaufstüten schleppte.

Der anonyme Anrufer hatte ihn wohl nervöser gemacht, als er wahrhaben wollte. Eine Gruppe von Männern, ausgerüstet mit Rucksäcken, Stadtplänen und Fotoapparaten, kam ihm entgegen. Die Männer lachten ausgelassen. Sie sprachen dänisch, vielleicht auch schwedisch. Pollock fühlte sich wieder sicher.

Er betrat den Laden. Der Besitzer, ein junger Typ mit Kapuzenshirt, war hinter der Theke eingeschlafen.

„Na, zu viel gefeiert?" Pollock wollte freundlich sein, aber der Mann schaute ihn nur an, drehte sich um und legte eine Platte auf den Tresen: Die von vielen Schlagerfans gesuchte Freddy-Quinn-Single „Für eine Handvoll Reis". Klasse, dachte Pollock. Besonders die B-Seite interessierte ihn: 1966, als die ersten Jugendlichen gegen das Establishment protestierten, sang Quinn ein Lied, das den braven Bürgern aus der Seele sprechen sollte: „Wir", hieß der Titel. Pollock hatte ihn zusammen mit Freunden gehört und geschrien vor Lachen. *„Doch wer will weiter nur protestieren, bis nichts mehr da ist zu protestieren? – Ihr! Ihr! Ihr!"* Dass die Schallplatte nun mit perfekt erhaltener Hülle und ohne jeden Kratzer vor ihm lag, war eine Sensation.

„Habt ihr sonst noch was Neues?" Pollock wandte sich wieder dem Verkäufer zu. „Da vorne in dem Ständer sind die Neuheiten, da wo ‚Neuheiten' dran steht." Pollock sah die Schallplatten durch. Immer wieder blickte er aus dem Schaufenster, um zu prüfen, was das Wetter machte. Der Wind ließ die Schneeflocken tanzen. Zwei südländisch aussehende Frauen huschten mit aufgespannten Schirmen vorbei, ein an einen Laternenpfahl gebundener schwarzer Terrier winselte vor sich hin. Wenige Meter weiter wischte jemand die Schneedecke vom Dach eines VW-Golf. Muss verdammt kalt sein so mit bloßen Händen, dachte Pollock, als der Mann zum Laden herüberblickte – Pollock direkt ins Gesicht! Es war nur der Bruchteil einer Sekunde, dann wandte sich der Unbekannte wieder ab. Ein Angststrahl durchfuhr Pollock. Hier stimmt doch was nicht, dachte er. Der Mann mit seinem hellen Wintermantel und der goldenen Brille passte nicht so recht in diese Gegend. Hier waren vor allem Türken unterwegs, vielleicht noch ein paar Arbeitslose, aber das war es dann auch.

Pollock überlegte, was zu tun war. Es gab nur eine Möglichkeit. Er musste dem Verkäufer eine Frage stellen, die selbst bei den größten Angebern inzwischen auf dem Index stand. Pollock räusperte sich. „Gibt es hier einen Hinterausgang?"

„Die Tür da", sagte der Verkäufer, als habe er die Frage schon x-mal gehört. „Links geht's dann zum Hof." Pollock guckte noch einmal auf die andere Straßenseite. Der Unbekannte war mit dem Saubermachen bei der Frontscheibe des Wagens angekommen.

Pollock zahlte und verschwand.

Der Hinterhof war von einer Backsteinmauer eingeschlossen. „Scheiße!" Pollock war wütend auf den Verkäufer, der ihm hätte sagen können, dass man hier nicht weiterkam. Er ging an den Müllcontainern vorbei und entdeckte eine Feuerleiter. Pollock blickte sich noch einmal um, dann begann er, langsam die Stufen hochzuklettern. Die fünf Meter hohe Mauer war für Pollock, der an Höhenangst litt, gerade noch zu bezwingen. Oben angekommen, schaute er auf einen Spielplatz. Schaukel und Kletterhäuschen konnte er wegen des Schnees kaum erkennen. Niemand war zu sehen, nur die Umrisse eines Hundebesitzers, dessen Tier kläffend Richtung Sandkasten lief. Pollock stieg die andere Seite der Mauer hinab, den Blick starr auf die Backsteine gerichtet. Die Stiegen, auf die er fasste, waren mit Eis bedeckt. Pollocks Hände waren rosa-blau angelaufen und schmerzten bestialisch. Er war auf der vorletzten Stufe angekommen, da merkte er, dass der Mann mit seinem Hund hinter ihm stand. Eine Hitzewelle durchfuhr Pollocks Körper. Er wollte umkehren, da wurde er gepackt und von der Leiter gerissen. Pollock taumelte. Er sah, dass der Mann eine graue Maske über das Gesicht gezogen hatte. Pollock wollte die Hände heben, da schoss die Faust des Mannes unter sein rechtes Ohr. Er fiel seitlich zu Boden. Seine rechte Kopfhälfte schlug auf den mit Schnee bedeckten Asphalt. Pollock heulte auf. Der Hund bellte. Sein Besitzer stürzte sich auf Pollock und packte ihn mit beiden Händen von hinten an den Schultern. Pollock sah die Lederhandschuhe des Mannes, dann spürte er dessen Faust unter dem rechten Schulterblatt. Ein fast unerträglicher Schmerz zog sich hoch bis zu Pollocks Schädeldecke. Der Mann trat zur Seite, zog sich die Handschuhe zurecht. Pollock erkannte ein schmales Muttermal am rechten Handknochen des Schlägers. „Du überschätzt dich, du kleines Stück Scheiße", drang an Pollocks linkes Ohr. Es war eine tiefe Stimme. Sie klang vollkommen unaufgeregt. Sie war das Letzte, was Pollock wahrnahm, bevor alles um ihn herum verschwand.

Kapitel 10

Pollock kämpfte, um aufzuwachen, doch es klappte nicht. Ihm schien, als habe jemand eine schwere dunkle Decke auf ihn gepresst, um ihn zu ersticken. Er versuchte, sich mit Armen und Beinen zu befreien – vergeblich. Um ihn herum wurde es enger und enger. Pollock wollte schreien, doch seine Stimme versagte. Dann ging ein Ruck durch seinen Körper. Der Kampf gegen den bösen Traum – gewonnen! Pollock spürte seine Hände. Sie lagen wie Bleiklumpen neben seinem Körper. Dann hohe Stimmen: „Hallo?"

Ich bin verrückt geworden, dachte er. Sind das jetzt die Engel, oder was?

„Hallo!?", fauchte es neben ihm. Jemand zog an seinen zum Zopf gebunden Haaren.

Wenn er nur die Augen aufmachen könnte! Pollock gab sich alle Mühe, die Lider zu öffnen. Dann sah er den grauen Berliner Himmel. Pollock stöhnte. Er fühlte sich steif und unbeweglich, als habe man ihn gerade aus dem Eisfach gezogen.

Wie in einer Nebellandschaft nahm er zwei schwarzhaarige Mädchen wahr. Die beiden, eingepackt in Bomberjacken, schauten auf ihn herab, als wollten sie ihm die nächste Tracht Prügel verpassen. Eine der beiden ließ eine silberne Eisenkette um Mittel- und Zeigefinger kreisen, die andere drehte sich zur Seite und spuckte auf den Boden. Pollock spürte den Duft eines Joints in der Nase, an dem mal die eine, mal die andere saugte. Die neue Generation türkischer Mädchen.

„Ist nicht normal, wie dein Gesicht aussieht", hörte er das Mädchen mit der Eisenkette sagen. Dann erkannte er, was das Mädchen zwischen seine Beine geklemmt hatte: Die orangene Tüte mit der Freddy-Quinn-Platte! Jetzt bekam Pollock es mit der Angst zu tun, er versuchte, nach der Tüte zu greifen. Er konnte seinen Arm bewegen, aber die Finger waren zu steif, um zuzufassen. Die Mädchen wussten offenbar über den Inhalt der Tüte Bescheid.

„Hey Alter, der Typ auf dem Cover sieht echt schwul aus!"

Pollock versuchte, seinen Oberkörper zu heben. Schließlich saß er aufrecht, die Hände auf den Boden gestemmt, neben ihm die verschneite Schaukel des Kinderspielplatzes.

„Sollen wir einen Arzt rufen?"

„Es geht schon wieder, bin gleich wieder fit. Vielen Dank, dass ihr euch so lieb um mich kümmert", krächzte Pollock. „Könnt ihr mir beim Aufstehen helfen?"

Die Mädchen packten ihn an den Armen, und Pollock versuchte, alle Kraft in seine Beine zu pressen. Für fünf Sekunden stand er aufrecht, dann ließ er sich auf die Schaukel fallen. Pollock zeigte auf die Tüte:

„Mit der Single da ... alles in Ordnung? Die war echt teuer."

Eines der Mädchen nahm sie heraus. „Mach dich locker, Alter, alles okay!" Wenigstens das. Pollock tastete über seine Hosentasche – sein Mobiltelefon war noch da. Auch sein Portemonnaie. Klar, der Mann von eben war kein kleiner Dieb gewesen. Pollock war sicher, dass es besser war, die Polizei aus dem Spiel zu lassen. Er reichte einem der Mädchen das Telefon. „Kannst du mir ein Taxi rufen? Die Nummer ist gespeichert." Gerade wollte er erklären, wie das Handy funktionierte, da fingerte das Mädchen bereits daran herum.

Auf die Türkinnen gestützt verließ Pollock den Spielplatz. Die Mädchen hatten beschlossen, ihn nicht allein zu lassen, bis das Taxi kam. Pollock war das recht. Er schaute sich um. Ob man ihn weiter beobachtete? Ihm fiel ein, was der Mann zu ihm gesagt hatte, bevor er bewusstlos geworden war. *„Du überschätzt dich, du kleines Stück Scheiße!"*

Pollock beschloss, erst einmal nach Hause zu fahren und zu schlafen. Als er auf einen der hinteren Sitze des Taxis sackte, fühlte er sich etwas besser. Es rührte ihn, dass die Mädchen zum Abschied winkten.

Als der Mercedes die Karl-Marx-Straße entlang fuhr, merkte er, wie ihn die Fahrerin im Rückspiegel besorgt in Augenschein nahm.

„Sieht aber gar nicht gut aus, Ihr rechtes Ohr!"

Pollock tastete sich ab, schrie fast auf, so weh tat ihm die Stelle. Er reckte seinen Hals, schaute in den Rückspiegel. Tatsächlich, rund um sein rechtes Ohr hatte sich ein großer rot-blauer Fleck gebildet.

„Das wird schon wieder! Können sie die Heizung nicht noch ein bisschen mehr aufdrehen?"

„Noch mehr geht nicht!" Die Fahrerin schüttelte besorgt den Kopf.

In der Langenscheidtstraße angekommen, bewegte sich Pollock zu seiner Haustür, als habe er seinen ersten Arbeitstag im Steinbruch hinter sich gebracht. Bei jedem Schritt hoch zu seiner Wohnung schmerzte es höllisch in der rechten Schulter. Pollock schleppte sich ins Bett, wickelte sich in drei dicke Decken, um aufzutauen. Dann kamen nur noch Traumfetzen. Er sah Alexander, wie er mit einem Stoß grauer Masken aus dem Hinterzimmer seiner Agentur kam. Er sah den Moderator der Talkshow wie er den Zuschauern Pollock als Verbrechensopfer vorstellte. Und er sah Freddy Quinn, wie er mit Verve für mehr innere Sicherheit plädierte. Dann hörte er ein Surren. Ganz von Ferne. Pollock erwachte. Das Mobiltelefon. Pollocks Nase lief. Er keuchte wie ein alter gebrechlicher Mann.

Was jetzt? Wieder der anonyme Anrufer? Pollock wuchtete sich aus dem Bett, setzte sich auf seinen rollenden Schreibtischstuhl und bewegte sich Richtung Telefon. Er schaute auf das Display. Der Nummer nach zu urteilen kam der Anruf aus Kreuzberg. Er nahm ab und röchelte „Pollock" in den Hörer.

„Martin?" Wieder eine engelhafte Stimme. Irgendwoher, aus einer anderen, heileren Welt, kannte Pollock sie.

„Ja, wer ist da?"

„Michaela."

Pollock schluckte. Jetzt musste er sich anstrengen, möglichst unbeschwert zu klingen.

„Ah, das ist aber eine Überraschung! Hallo!"

„Du klingst aber komisch. Bist du immer noch krank?"

Stimmt, dachte Pollock. Er hatte die Silvesterfeier ja mit Magenschmerzen verlassen. Daran konnte er jetzt anknüpfen.

„Ja, blendend geht es mir immer noch nicht. Danke der Nachfrage. Ich hab' mir wohl irgendeinen Virus eingefangen oder so."

„Du, ich wollte mich dafür entschuldigen, dass ich dich vorgestern einfach so stehen gelassen habe. Das war unhöflich von mir. Der Typ hat nur so wunderbar getanzt."

„Stehen gelassen?" Pollock tat unbeteiligt. „Du, das war gar kein Problem. Ich war an dem Abend sowieso nicht in Form."

„Pass auf!" Michaelas Stimme hellte sich auf. „Wenn es dir nicht gut geht, komme ich vorbei und koche dir Tee. Ich habe auch noch Zwieback. Den bringe ich mit – und Salzstangen!"

Pollock fuhr der Schreck in die Glieder. Michaela in seiner Wohnung! So körperlich lädiert, wie er war? Würde sie nicht merken, dass er keine Magenschmerzen hatte? Pollock sah sich im Schlafzimmer um. Die Waage musste unbedingt verschwinden. Und sonst? Er hatte, seit seine Schwester am ersten Advent da gewesen war, nicht mehr aufgeräumt, geschweige denn sauber gemacht. Andererseits: Wenn er jetzt ablehnte, konnte er Michaela womöglich für immer abschreiben. Alexander hatte Recht: Er durfte sich nicht abschotten.

„Das ist ja nett von dir", presste er heraus. „Wenn es dir keine Mühe macht ... also, ich würde mich freuen!"

Kapitel 11

„Nichts für ungut", sagte Michaela. „Aber du siehst aus wie deine eigene Leiche." Frauen können unbarmherzig sein, dachte Pollock als ihm Michaela gegenüber stand. Sie trug einen eng anliegenden weißen Pullover. Pollock fiel auf, wie schmal ihre Taille war. Er zog den Bauch ein, als sie ihn von oben bis unten betrachtete, und schwor sich, künftig strenger Diät zu halten. Im Moment war ihm sowieso nicht nach Essen zumute.

Seine Taktik war nicht aufgegangen. Pollock hatte vorgehabt, Michaela an der Wohnungstür zu begrüßen, ihr den Weg in die Küche zu weisen und sich dann hinter ihrem Rücken ins Schlafzimmer zu schleppen. Er hatte sich zurück ins Bett legen wollen in der Hoffnung, dass seine körperliche Verfassung unbemerkt blieb. Im Rückblick ein waghalsiger Plan, das musste Pollock zugeben. Doch ihm war nichts anderes eingefallen. So war es gekommen, wie es kommen musste: Michaela bestand darauf, dass er vorging und ihr die Wohnung zeigte.

Zuvor war es ihm gelungen, die größte Unordnung zu beseitigen: Schmutzige Unterhosen, Strümpfe und Hemden, die auf dem Boden lagen, hatte er in der Kommode, das ungespülte Geschirr im Backofen verstaut. Die Waage war in der Abstellkammer gelandet. An seinem Wohnzimmer war nichts auszusetzen gewesen. Wie immer. Dort duldete Pollock weder Schmutz noch Unordnung. Hunderte LPs und Singles standen in Regalen – Schlager-, Jazz- und Klassikaufnahmen – umhüllt von durchsichtigen Schutzhüllen aus Plastik. Neben Pollocks Schreibtisch türmten sich Bücher, Zeitschriften, Zeitungen. Material für sein Schlagerbuch.

Michaela hatte neugierig das Wohnzimmer durchquert, war irritiert vor den Regalen stehen geblieben und stand nun in der Küche, direkt unter dem Alexandra-Poster. „Marienborn, hier ist Marienborn!" Pollock verfluchte seinen Nachbarn. Musste Klaus Wemme ausgerechnet jetzt in Erinnerungen schwelgen? „Sie verlassen bei Weiterfahrt das Staatsgebiet der Deutschen Demokratischen Republik! Der D-Zug von Warschau nach Paris hat 20 bis 25 Minuten Aufenthalt." Doch Michaela schien nichts davon wahrzunehmen.

„Du hast doch keine Ohrenschützer auf, weil du was am Magen hast!" Seine Kollegin verschränkte die Arme.

Pollock betrachtete sie erstaunt. Michaela hatte die gleichen melancholischen Augen wie Alexandra, die gleiche Haarfarbe, sogar die 60er-Jahre-Frisur war wieder modern. Aber darum ging es jetzt nicht.

Sollte er irgendwas erfinden, um Michaela zufrieden zu stellen? Nein, der Kollegin konnte er offenbar nichts vormachen.

Pollock setzte sich auf einen Küchenstuhl und nahm sachte die Ohrenschützer ab.

„Ach, du Scheiße!" Michaelas dunkle Augen weiteten sich. Sekundenlang stand sie da mit offenem Mund. Pollock sah ihre weißen, makellosen Zähne. Mit einem Mal war Pollock stolz, in eine Schlägerei verwickelt worden zu sein. Er war eben genauso einfach gestrickt wie die meisten Männer. Er beschloss, Michaela alles zu erzählen. „Also ..."

Als Pollock begann, setzte Michaela den Wasserkessel auf den Herd, vergaß ihn aber während der Schilderungen, auch als es im Kessel schon kräftig sprudelte. „Das ist ja unglaublich", flüsterte sie immer wieder.

Michaela schien ihn zu bewundern. Das trieb Pollock an. Von einem Schläger durfte er sich nicht von weiteren Recherchen abhalten lassen.

„Drei Punkte müssen geklärt werden", sagte Pollock mehr zu sich selbst als zu Michaela. „Erstens: Was ist in den 80er Jahren in der Bautzener Straße passiert? Zweitens: Wer ist der Typ, der mich dauernd anruft? Drittens: Wer hat Interesse daran, zu verhindern, dass die Wahrheit ans Licht kommt?"

„Ich habe zu Hause Nachrichten gehört", sagte Michaela. „Da hat sich ein Ermittler geäußert. Er meinte, nach so langer Zeit sei es schwierig, den Fall aufzuklären. Der Beton um den Toten herum sei nicht luftdicht gewesen. Die Leiche sei also schnell verwest. Die Zähne allerdings seien sehr gut erhalten. An denen lasse sich so einiges ablesen. Auch über die DNA wisse man Bescheid."

„Gute Voraussetzungen, um einen Toten schnell zu identifizieren", stellte Pollock fest. „Nur: Das alles nützt nichts, wenn man keine Person im Auge hat, mit deren Daten man die genetischen Informationen abgleichen kann."

„Das hat der Ermittler auch gesagt. Man wisse ja nicht, wer in dem Haus damals ein- und ausgegangen sei. Erst habe es lange leer gestanden, irgendwann seien dann die Besetzer eingezogen."

„Und die wohnten da bekanntlich illegal. Die waren nirgendwo gemeldet. Wird denn jetzt bundesweit nach damals vermissten Personen gefahndet?"

„Davon war keine Rede."

Pollock seufzte. Das alles hörte sich nicht danach an, als ob die Polizei mit Hochdruck an dem Fall arbeitete. Ein Grund mehr, auf eigene Faust zu ermitteln, zumal Pollock ein erstes Beweisstück hatte ...

Bei dem Gedanken daran wurde ihm heiß und kalt. Der Button! Hatte der Schläger ihn etwa geklaut? Pollock stand auf und bewegte sich in den Flur zur Garderobe. Seine Schulter schmerzte. Er durchsuchte seine Jackentaschen – nichts. Das Einzige, was er für seine Spurensuche in der Hand hatte, konnte doch nicht weg sein! Dann ein Griff in die Innentasche. Die Pappschachtel! Erleichtert humpelte er in die Küche zurück. Pollock zeigte seiner Kollegin den Anstecker.

„Das hier hat Rudi Hoßdorf am Tatort gefunden. Jetzt muss ich mal googeln, ob ich irgendwas finde, was mit einem roten Turm zu tun hat." Zu seiner Freude machte Michaela einen Vorschlag. „Pass auf, du legst dich ins Bett und wir gucken zusammen im Internet nach." Pollock war überwältigt. Als es sich Michaela am Fußende seines Bettes bequem machte, durchflutete ihn ein Gefühl der Geborgenheit. Er musste an Sabine denken. Sie hatte ständig genörgelt, wenn er sich in Recherchen vergraben hatte. Regelmäßig war es zum Streit gekommen. Sabine hatte ihm vorgeworfen, nicht wirklich an einer Beziehung interessiert zu sein. Sie fühle sich als Alibi. Pollock sei offenbar der Meinung, eine Freundin gehöre irgendwie dazu, aber in Wirklichkeit sei dafür gar kein Platz in seinem Leben. Pollock hatte das tief getroffen. Er hatte sich gefragt, ob etwas dran war an Sabines Vorwürfen. Zumal ihm zuvor schon eine Reihe anderer Frauen auf die Nerven gegangen waren. Wenn er ehrlich zu sich selbst war, dann waren sie ihm lästig geworden, sobald er ein paarmal mit ihnen geschlafen hatte.

Michaela saß im Schneidersitz vor ihm, seinen Laptop auf dem Schoß, und berichtete von ihren Suchergebnissen. „Hier gibt es eine Menge Orte, die mit einem roten Kirchturm werben. Schwedt, Almersbach, Obernberg ..."

Pollock winkte ab. „Das kann nicht sein. Kein Mensch trägt eine Plakette mit dem Turm irgendeines Kaffs. Guck mal nach was Politischem!“

„‚Stammtisch am Roten Turm‘…“, murmelte Michaela. „Hier ist was Interessantes! ‚Studierende Protestanten in Berlin‘.“

Pollock richtete sich auf.

Michaela las ihm vor:

„Der rote Turm ist das Logo unserer Gemeinde. Wir laden alle Studenten, die neugierig auf uns sind, ein. Unser Gemeindehaus steht in der Laubheimer Allee 237 in Berlin-Wilmersdorf. Wir verstehen uns als Christen, die sich verantwortlich fühlen, für das, was politisch um uns herum geschieht. Wir wollen uns einmischen, so wie es uns Jesus Christus vorgelebt hat.“

Während Michaela weitersuchte, dachte Pollock darüber nach, was christliche Studenten mit der Hausbesetzerszene zu tun gehabt haben könnten. Hatten sie versucht, die Besetzer zu beschwichtigen? War einer von ihnen dabei umgekommen?

„Ich finde sonst nichts, was noch politisch ist“, schloss Michaela ihre Suche ab.

Für Pollock stand fest: Er musste mehr über die Gemeinde herausfinden. Wichtig war vor allem, was sich dort in den 80er Jahren abgespielt hat. Er schaute nachdenklich auf Michaelas schwarze Socken. Sie legte den Laptop zu Seite. „Du siehst süß aus, wenn du die Stirn in Falten legst.“ Pollock war fasziniert. Seine Hand umfasste ihren rechten Fuß und wanderte ihren Unterschenkel hinauf. Unter Schmerzen beugte er sich zu ihr vor und küsste sie sanft auf den Mund. Beim zweiten Mal spürte er ihre Zunge. Alles verlief synchron, so harmonisch, als seien sie schon seit Wochen ein Paar. Michaela hob die Arme und Pollock begann, ihr den Pullover hochzuziehen. Er sah ihre glatte dunkle Haut, ihren Bauchnabel. Er drückte sie sanft auf die Matratze. Für eine halbe Stunde vergaß er alles: Den Sender, das Schlagerbuch, seine Schmerzen, den Mord.

Kapitel 12

Der nüchterne Bau passte nicht in die Gegend. Denn zwei U-Bahnstationen von der Freien Universität entfernt standen vorwiegend gediegene Häuser aus der Gründerzeit mit Pickelhauben auf den Dächern. In der Laubheimer Allee mussten im Krieg die Bomben so brutal eingeschlagen sein, dass dort Architekten der 60er Jahre ihr Unwesen treiben durften. Damals musste alles praktisch und funktional sein. Ob sich die Menschen wohlfühlten oder nicht. Das galt offenbar auch für Kirchengemeinden. Der weiß gekachelte Flachbau, in dem sich die Studierenden Protestanten trafen, hätte auch als Unterkunft für Asylbewerber durchgehen können. Aber vielleicht fühlten sich Protestanten in einer solchen Atmosphäre den Gedemütigten und Geknechteten näher, dachte Pollock als er vor der gläsernen Eingangstür stand. An ihr klebte ein kreisrunder Aufkleber, auf dessen weißem Untergrund der rote Kirchturm zu sehen war. Pollock sah ihn nur undeutlich, denn seine Augen waren müde.

Nachdem sich Michaela in der vergangenen Nacht verabschiedet hatte, war er beseelt eingeschlafen, doch schon bald wegen seiner Schmerzen am ganzen Körper wieder aufgewacht. Die Verrenkungen beim Sex hatten die Sache nicht besser gemacht. Wenigstens zeigte die Waage am darauffolgenden Morgen 84,5 Kilo an. Was die Diät betraf, war Pollock auf dem Weg nach oben.

Gegen 18 Uhr kam er am Gemeindehaus an. Im Internet hatte Pollock gelesen, dass zu dieser Zeit eine Andacht gefeiert wurde. Er hatte sich Ohrenschützer aufgesetzt und darüber eine Pudelmütze gezogen, um seine Verletzung zu verbergen.

Pollock überlegte, wann er zum letzten Mal in seinem Leben etwas mit der Kirche zu tun gehabt hatte. Da war die Beerdigung seines Vaters vor zwei Jahren gewesen. Und davor? Seine

Konfirmation fiel ihm ein. An diese Zeit dachte er gerne zurück. Seine Mutter hatte mit Migräne im Bett gelegen, sodass er mit seinem Vater losgezogen war, um die passenden Klamotten zu kaufen. Er hatte sich in zahllose Feincordanzüge gezwängt, in denen er sich affig vorgekommen war. Nur ein einziger stand ihm: Ein schwarzer italienischer Anzug, den Pollock sofort wieder zurückgehen ließ, als er in der Umkleidekabine den Preis entdeckte. Doch sein Vater, der sich selbst nichts gönnte, der in den immer gleichen Jeans und großkarierten Hemden herumlief, zögerte damals keine Minute: Sein Sohn sollte bei seiner Konfirmation das anziehen, was ihm gefiel.

Zu Pollocks Erleichterung war das Gemeindehaus offen. Er stand in einer Eingangshalle, wie er sie von städtischen Hallenbädern kannte. Fehlten nur noch Kassenhäuschen und Chlorgeruch. Rechts von ihm erstreckte sich ein langer Flur, von links drang Gesang an sein Ohr. Pollock näherte sich der Tür des Gottesdienstraumes und lauschte:

„Nun danket alle Gott.
Mit Herzen, Mund und Händen,
Der große Dinge tut.
An uns und allen Enden …“

Ein Mann schmetterte das Lied so laut, dass er alle anderen Teilnehmer übertönte. Die Stimmen klangen kläglich und drohten bei jeder zweiten Zeile zu verstummen. Pollock schätzte, dass sich etwa ein Dutzend Sänger an dem Choral versuchte.

Der Mann mit der durchdringenden Stimme ergriff das Wort. „Willkommen zu unserer Abendandacht. Ich freue mich, euch alle nach den Weihnachtsferien begrüßen zu dürfen.“

Das musste der Pfarrer sein.

„Wir haben viel vor bis zum Ende des Semesters“, verkündete er.

„Höhepunkt ist unsere Aktion im Februar, wenn wir Attac beim Protest gegen den Weltwirtschaftsgipfel unterstützen. Liebe Freunde, die meisten Regierungschefs, die da zusammenkommen, bezeichnen sich als Christen. Uns ist klar, dass man die Botschaft der Bibel nicht eins zu eins politisch umsetzen kann. Aber: Unsere Aufgabe ist es, den Staatsmännern und -frauen klar zu machen, dass es junge Christen gibt, die sich Sorgen machen ..."

Kurzer Beifall unterbrach den Redner.

„Sorgen um Gottes Schöpfung, Sorgen um die Armen, von denen es auch in Deutschland viel zu viele gibt. Sorgen vor allem aber um die Hungernden in Afrika und Asien. Ihnen müssen wir endlich zurückgeben, was wir ihnen durch eine ungerechte Weltwirtschaftsordnung genommen haben. Die Staatsmänner der reichen Länder sollten vor ihrem Treffen einen Blick in die Bibel werfen. Im Lukas-Evangelium, Kapitel 14, Vers 12, heißt es: ‚Dann wandte sich Jesus an den Gastgeber: Wenn du ein Essen gibst, dann lade nicht deine Freunde ein, deine Brüder und Verwandten oder die reichen Nachbarn. Sie laden dich dann nur wieder ein, und damit hast du deinen Lohn. Wenn du ein Festessen gibst, dann lade lieber Arme, Verkrüppelte, Gelähmte und Blinde ein.'"

Zu Pollocks Erstaunen klatschten die Teilnehmer jetzt laut und ausdauernd. Offenbar hatte sich in den zurückliegenden Jahren der Verhaltenskodex für Gottesdienste geändert.

„Kann ich dir helfen?" Eine dunkle Stimme hallte durch das Foyer. Pollock zuckte zusammen. Hinter ihm stand ein bärtiger Mann im weißen Sweatshirt und Blaumann. Der Mann war etwa so alt wie Pollock, also um die 40, hatte aber fast vollständig ergraute Haare. Er stellte eine Schneeschippe neben sich an die Wand und streifte dicke Arbeitshandschuhe ab.

„Ah, gut, dass ich endlich jemanden treffe", begrüßte Pollock ihn. „Ich interessiere mich für die Gemeinde."

Der Mann lächelte spöttisch. „Langzeitstudent, was?"

„Nein, ich ..."

„Macht doch nichts! War ich doch auch. 16 Semester Philosophie und dann noch Soziologie draufgesattelt. Und trotzdem die letzten zwei Jahre arbeitslos!“ Der Mann schüttelte empört den Kopf. „Tja, und jetzt habe ich den Job hier. 4 Euro 90 die Stunde.“ Dann stutzte der Mann. „Sag mal, du bist doch ...“

Aha, jetzt ist der Groschen gefallen, dachte Pollock. Ein Zuschauer.

„Mensch, du bist der vom *RBB*! Von der *Abendschau*! Ich hab’ dich sofort erkannt, obwohl du im Fernsehen irgendwie ... wie soll ich sagen ... schlanker aussiehst.“

Na toll. Pollock schwor sich, auf’s Abendessen zu verzichten. „Nein, ich bin nicht beim *RBB*, sondern bei der Konkurrenz: *Havel-TV*.“

Der Mann legte das Gesicht in Falten und schnippte mit dem Zeigefinger.

„Du bist der, der den Bullen damals hat auflaufen lassen!“ Blanke Freude stand in seinem Gesicht.

„Na ja, auflaufen ist vielleicht nicht das richtige Wort ...“

Pollock merkte, der Mann hatte ihn ins Herz geschlossen. „Was kann ich denn für dich tun? Soll ich dir die Räumlichkeiten zeigen?“

„Ich bin ganz privat hier. Wollte mir nur mal das Gemeindehaus angucken. Während des Studiums habe ich nichts von euch mitgekriegt. Ich kam gerade zufällig hier vorbei ...“

„Hm. Und ich dachte, du bist einem Skandal auf der Spur. Könntest ja mal drüber berichten, wie die Kirche ihre Mitarbeiter bezahlt! Das geht nämlich nach dem Motto ‚Vergelt’s Gott‘! Na ja, egal ... Ich bin übrigens der Hartmut.“

Er streckte Pollock die Hand entgegen. „Kannst aber Harry sagen.“ Dass Harry für seine 4 Euro 90 die Stunde noch Führungen veranstaltete, rechnete Pollock ihm hoch an.

Zu besichtigen war eine angeranzte Teeküche, wo sich Geschirr mit dem Design der zurückliegenden 30 Jahre sammelte. Dann ging es weiter zum Büro des Pfarrers. Hier stand ein schmaler, aufgeräumter Schreibtisch aus den 70ern. Alles war so eingerichtet, als gäbe es neben den zehn Geboten noch ein elftes: „Du sollst es nicht gemütlich haben." Allein ein Wandteppich „Von unseren Schwestern und Brüdern aus Kuba" brachte etwas Farbe in das Zimmer.

An der Tür zur Bibliothek fiel Pollock ein Aufkleber ins Auge: „Der liebe Gott sieht alles – außer Dallas." Er war vergilbt und hatte über die Jahre viel von seiner Sprengkraft verloren. Harry öffnete die Tür zur Bibliothek. Pollock atmete abgestandene Luft. Der Hausmeister knipste das Licht an. An den Wänden hingen Plakate von Attac und ein Porträt des ehemaligen Erzbischofs von Kapstadt, Desmond Tutu. Der abgenutzte Tisch in der Mitte, die Kiefernholzregale aus einem schwedischen Möbelhaus und ein 30 Jahre alter Lounge-Sessel sorgten für studentisches Flair. Viele Bücher waren nicht in den Regalen: Verschiedene Ausgaben der Bibel, Israel-Bildbände und mehrere Bücher über lateinamerikanische Befreiungstheologie. In der dunkelsten Ecke des Raumes hatten an die hundert Aktenordner Platz gefunden.

„Pass auf", sagte Harry, als von der Halle her das Lachen der Studenten herüberdrang. „Ich muss jetzt im Gottesdienstraum Ordnung schaffen. Guck dich einfach um."

Besser konnte es für Pollock nicht laufen. Er schloss die Tür hinter Harry. Er war erst zehn Minuten in dem Gemeindehaus und schon hatte er viel von den Studierenden Protestanten erfahren: Es handelte sich um eine links stehende Gruppierung innerhalb der Kirche. Das könnte darauf hindeuten, dass die Mitglieder in den 80er Jahren Kontakt zur Hausbesetzerszene hatten, überlegte Pollock. Er sah sich um. Die Aktenordner! Er musste sie durchsehen. Pollock schaute zur Tür. Der Schlüssel steckte von innen. Obwohl er von den Gottesdienstbesucher nichts mehr hörte, drehte er den Schlüssel geräuschlos um. Dann ging er auf das Regal mit den Ordnern zu. Hier hatte jemand aufbewahrt, womit sich die jungen Christen in den zurückliegenden Jahrzehnten beschäftigt hatten.

Ganz oben im Regal waren die 80er Jahre archiviert. In der Gemeinde hatte es verschiedene Arbeitsgruppen gegeben: „AG Südafrika", „AG Nachrüstung", „AG Soziale Gerechtigkeit". Pollock fragte sich, wo er am ehesten etwas über Kontakte zu Hausbesetzern erfahren konnte. Er setzte sich mit dem Ordner „Soziale Gerechtigkeit 1980/81" an den Tisch und blätterte. Wie sich die Zeiten geändert hatten. Damals schrieben Studenten noch mit elektrischer Schreibmaschine. Die Buchstaben waren kaum noch zu erkennen. Pollock blätterte in Protokollen aus dem Sommer und Herbst 1981. Die Studenten beschäftigten sich mit Obdachlosigkeit, Asylsuchenden – und mit der Wohnungspolitik in Berlin! Aufgeregt überflog Pollock ein Protokoll vom 27. September 1981. Die AG-Mitglieder hatten ein Schreiben an den Berliner Bischof verfasst. Darin baten sie ihn, sich beim Senat für die Hausbesetzer stark zu machen.

„Wir sind entsetzt darüber, wie sich Innensenator Lummer nach den Räumungen und dem grausamen Tod Klaus-Jürgen Rattays verhalten hat! Lummer schürt den Konflikt, statt ihn zu entschärfen. Herr Bischof, nutzen Sie Ihre guten Beziehungen zum Senat. Jetzt muss mit den Hausbesetzern verhandelt werden, unter welchen Bedingungen sie die Häuser weiter nutzen können. Gegen Immobilienspekulanten, die Hunderte Gebäude in Berlin leer stehen lassen, muss politisch vorgegangen werden. Es darf nicht geduldet werden, dass Menschen Monate, wenn nicht gar Jahre nach einer geeigneten Wohnung suchen, gleichzeitig aber Altbauten verfallen und dann abgerissen werden."

Pollock war in die letzten Zeilen des Pamphletes vertieft, als es an der Tür klopfte. Mist! Hastig riss er die Kopie aus dem Ordner und stellte ihn wieder ins Regal. Er faltete das Papier zusammen und steckte es in seine Jackentasche.

„Ja?" Pollock klang leidend.

„Wer ist denn da?" Die resolute Stimme einer Frau.

Pollock ging zur Tür und schloss sie auf. Vor ihm stand eine Studentin, die er auf Mitte 20 schätzte. Sie trug eine Kassenbrille und hatte ihre braunen, ölig glänzenden Haare streng nach hinten gekämmt. Ihr gelbes Halstuch und der gestreifte Pullover sahen aus, als sei beim Waschen aus Versehen eine schwarze Socke in die Maschine geraten. Irgendwie kam Pollock die Frau grau und staubig vor.

„Tut mir leid", improvisierte Pollock. „Ich wollte zu euch in den Gottesdienst kommen, aber mir ist schlecht geworden. Der nette Hausmeister hat mir gezeigt, wo ich mich hinsetzen kann."

Die Studentin schaute ihn misstrauisch an. „Hier ist letztens eingebrochen worden. Seitdem passen wir auf!" Pollock traute sie jedoch offenbar kein Verbrechen zu. Sofort bot sie ihre Hilfe an.

„Soll ich dir einen Tee machen? Wir haben ganz tollen grünen!"

„Das ist sehr freundlich, aber ich denke, ich fahre jetzt lieber nach Hause, hau mich ins Bett und komme in ein paar Tagen noch mal wieder." Pollock wollte sich gerade an der Frau vorbeischleichen, da berührte sie ihn leicht mit der Hand.

„Bist du mit der U-Bahn unterwegs?"

„Ja", antwortete Pollock.

„Warte", sagte die graue Studentin. „Ich stelle nur rasch dieses Buch zurück, dann können wir zusammen gehen."

Womöglich gar nicht so schlecht, ging es Pollock durch den Kopf. Vielleicht konnte er von ihr etwas erfahren. Pollock dachte daran, wie Harry ihn begrüßt hatte.

„Ich bin übrigens der Martin", stellte er sich vor.

„Und ich bin die Friederike", entgegnete die Frau. Zum ersten Mal lächelte sie. Mit einer anderen Frisur und vorteilhafteren Klamotten würde sie ganz flott aussehen, dachte Pollock. Beide gaben sich die Hand und schlenderten Richtung Rüdesheimer Platz.

„Du siehst aber nicht aus wie ein Student", tastete sich Friederike vor, fügte aber eilig hinzu: „Wir sind natürlich auch für Ältere offen! Einige Ex-Studis, die in Berlin geblieben sind, kommen zu uns, weil sie sich hier politisch engagieren können. Wie bist du auf uns aufmerksam geworden?"

„Ich habe gehört, dass ihr Attac unterstützt, das hat mich interessiert." Pollock hoffte, das Gespräch so in die richtige Richtung zu lenken.

„Ja, wir sind da sehr aktiv. Mit der Globalisierungskritik ist die Gemeinde wieder politischer geworden."

„Wieso wieder?"

Friederike dachte kurz nach. „Wir knüpfen jetzt ein bisschen an die 60er, 70er und 80er Jahre an. Da ging es in der Gemeinde turbulent zu. Die 68er-Bewegung, dann die Ostpolitik, schließlich die Debatte um Pershing II. Nach dem Mauerfall wurde es dann ruhiger. Die Studenten waren sehr auf sich selbst fixiert. Auf ihre Karrieren. Jetzt merken viele wieder, dass man etwas tun muss gegen den Klimawandel, die Schere zwischen Arm und Reich ..."

„Ich finde ja die 80er Jahre interessant", warf Pollock ein. „Leider bin ich erst 1987 nach Berlin gekommen. Weißt du, ob die Gemeinde etwas mit den Hausbesetzern zu tun hatte?"

„Klar", antwortete Friederike. „Die Studierenden Protestanten hatten damals auch deshalb so viel Zulauf, weil sie auf Seiten der Hausbesetzer waren. Mit der Kirche hatten viele Gemeindemitglieder gar nichts zu tun, lehnten die Amtskirche sogar ab. Wir hatten im letzten Monat übrigens ein Fest, an dem viele Ehemalige teilnahmen. Eine Frau hat mir von dieser Zeit erzählt. Die waren damals so politisiert, dass es in der Gemeinde nicht mal Gottesdienste gab. Die hielten viele Mitglieder offenbar für konservativ. Das ist heute anders."

Die beiden gingen die Treppen zur U-Bahnstation hinunter.
„In welche Richtung musst du?“, fragte Friederike.
„Richtung Zoo“, antwortete Pollock.
„Ich muss zur Krummen Lanke. Schade!“, entfuhr es der Studentin. Sie gab Pollock hastig die Hand und eilte mitsamt ihrem grauen Rucksack zu einer bereitstehenden U-Bahn, die in den Süden der Stadt fuhr.

Berlin, 26. September 1981

Liebste Anna,

Dein Brief ist gerade angekommen. Er lag auf dem Boden unten im Hausflur. Seit den Krawallen wirft der Bote die Post nicht mehr in die Briefkästen. Warum, weiß ich auch nicht. Vielleicht hat er Angst vor uns.

Wenn ich auf die Straße gucke, sieht alles wieder ganz normal aus. Nur die Nachbarn gegenüber haben die Fenster ihrer Erdgeschosswohnung noch mit Brettern verrammelt. Die Stimmung im Haus ist auf dem absoluten Nullpunkt. Gernot und Andreas reden kein Wort mehr mit mir. Ich würde lieber heute als morgen ausziehen.

Das, was Du schreibst, hat mir Mut gemacht. Du hast recht: Eigentlich ist es egal, wo wir wohnen. Hauptsache, wir sind zusammen. Du und ich und das Kind.

Gestern abend war ich in der Gemeinde. Das hat mir gut getan. Wir haben natürlich über die Räumungen diskutiert. Fast alle waren meiner Meinung: Gewalt ist kein Mittel, um den Konflikt zu lösen. Wir fänden es am besten, wenn sich endlich Besetzer und Politiker an einen Tisch setzen würden. Die AG Soziale Gerechtigkeit will eine Resolution verfassen und an den Bischof schicken. Der soll die Politiker auffordern, gegen die Spekulanten vorzugehen statt gegen die Besetzer.

Von meinem letzten Treffen mit Boris muss ich Dir noch erzählen: Mit ihm kann man wirklich über alles offen reden. Sogar über die Armut in der Sowjetunion. Ich habe ihm noch mal meine Eindrücke von unserer Reise im Januar geschildert. Er meinte, die sozialistischen Länder seien isoliert. Deshalb die schlechte Versorgungslage. Der Westen habe kein Interesse an einer wirtschaftlich starken Sowjetunion. Außerdem gehe viel Geld drauf, um beim Rüstungswettlauf mithalten zu können. Mit dem Geld, das bleibe, werde dafür gesorgt, dass es sozial gerecht zugehe.

Da waren wir natürlich schnell bei der Wohnungsnot und den Krawallen. Boris meinte, so etwas wäre bei ihm zu Hause undenkbar. Der Staat sorge dafür, daß es bezahlbare Wohnungen für alle gebe. Der Standard sei zwar nicht auf dem Niveau, wie sich die Partei das wünsche. Aber innerhalb der nächsten Jahre werde es Fortschritte geben.

Boris riet mir, aufzuschreiben, was ich in der SU alles erlebt habe. Ihn würde das interessieren. Und mein Kind später sicher auch. Keine schlechte Idee. Wie es wohl auf der Welt aussieht, wenn unser Kind die Aufzeichnungen in zwanzig oder dreißig Jahren liest? Vielleicht ist bis dahin irgendwo eine Atombombe gefallen. Ich frage mich manchmal, ob es nicht ein bisschen egoistisch ist, ein Kind in die Welt zu setzen, wo doch alles auf einen Krieg zuzusteuern scheint.

Ich rufe Dich Mitte der Woche an. Dann mußt Du mir erzählen, wie es beim Frauenarzt war. Am Montag will mir Udo sagen, ob wir eine Chance auf die Wohnung haben, von der er immer erzählt. Ich bin gespannt.

Liebste Anna! Auch ich halte es kaum mehr aus, bis wir wieder zusammen sind. Paß auf Dich auf! Du wirst sehen, die acht Wochen vergehen jetzt schnell.

Ein Kuß von Berlin nach Madrid!
Frank

Kapitel 13

Pollock musste sich zwingen, auf das zu hören, was Christian Nehls erzählte. Der Moderator und Leitende Redakteur der Talkshow lehnte an seinem Schreibtisch. Nehls sah wie immer aus wie aus dem Ei gepellt. Dabei trug er nur ein schlichtes weißes Hemd und einen sportlichen hellgrauen Anzug. Pollock erinnerte er an die Männer, die auf Versandhauskatalogen abgebildet waren. Sie konnten tragen, was sie wollten, sie sahen immer perfekt aus. Nehls Gesicht war kantig, seine dunkelblonden Haare dicht. Der Moderator war hinter der Kamera so wie davor: freundlich, verbindlich und immer ausgezeichnet informiert. Es gab niemanden im Sender, der ihn nicht respektierte. Clement nutzte Nehls Popularität, hielt ihn aber auf Distanz, wenn die Gefahr bestand, dass Nehls zu einflussreich wurde.

Zehn Redakteure hörten Nehls zu, der erklärte, wie er sich die neue Sendung vorstellte. Jeder Satz war wohlüberlegt. Trotzdem war Pollock mit den Gedanken woanders. Er dachte an den zurückliegenden Tag. Einiges hatte er von der grauen Friederike erfahren. Und auch das Protokoll, das er hatte mitgehen lassen, war aufschlussreich gewesen. Auf dem Dokument standen fünf Namen – Studenten, die am 27. September 1981 an der Arbeitsgruppe teilgenommen und die Hausbesetzer-Resolution verfasst hatten. Pollock wollte herausfinden, ob er mit ihnen Kontakt aufnehmen konnte. Leider waren drei Frauen darunter. Die Gefahr, dass die eine oder andere geheiratet hatte und einen anderen Namen trug, war groß.

Pollock fasste sich an sein rechtes Ohr. Die Schmerzen waren stechender geworden. Morgens hatte er gegrübelt, wie er den Kollegen die Ohrenschützer erklären sollte. Schließlich hatte er sich für eine Mittelohrentzündung als Ausrede entschieden, die ihn in den zurückliegenden Tagen gequält habe und noch nicht abgeklungen sei. Nehls hatte ihm auf die Schulter geklopft, dankbar, dass sich Pollock trotz der Schmerzen ins Funkhaus geschleppt hatte.

Der Moderator dunkelte sein Arbeitszimmer ab, damit seine Zuhörer die Bilder, die er mit einem Beamer an die Wand warf, besser erkennen konnten. Zu sehen war die Studiodekoration, über die er sich zusammen mit Grafikern tagelang den Kopf zerbrochen hatte. Besonders über die Frage: Sollen die Gäste stehen oder sitzen? Schließlich habe man sich für Stehpulte entschieden. „Wir wollen ja keine Kamingespräche führen, sondern hart diskutieren“, sagte Nehls.

„Sehr gut, sehr gut“, posaunte es von hinten. Clement hatte unbemerkt das Büro betreten. Nehls schaute zu Boden. Pollock ahnte, dass der Moderator gern auf die Anwesenheit des Chefredakteurs verzichtet hätte. „Ich sehe, hier wird kreativ gearbeitet! Über das Thema der ersten Ausgabe habe ich mich ja mit Herrn Nehls bereits geeinigt.“

„Ach ja?“ Nehls sah Clement erstaunt an. „Ich wollte erst mal hören, welche Vorschläge die Kollegen haben.“ Clements Gesicht verfinsterte sich. Er guckte misstrauisch auf seine Untergebenen. Dass sich in dieser Atmosphäre Norbert Häberle zu Wort meldete, bewunderte Pollock.

„Im Fall dieser eingemauerten Leiche geht die Polizei ja von einem Konflikt zur Zeit der Hausbesetzungen aus“, hob Häberle an. „Damals wurde gegen Spekulanten und hohe Mieten protestiert. Vielleicht können wir heute, dreißig Jahre später, mal einen Blick auf den Wohnungsmarkt werfen. Immer mehr Reiche ziehen in die Stadt. Die Mieten steigen. Wo bleibt da noch Platz für die Normalbürger?“

Clements Gesicht schwoll an. Seine Gorillaaugen funkelten. „Da kann ich mir schon vorstellen, was dabei herauskommt! Herr Häberle, für die Jugend sind solche Themen gegessen! Die sind nicht mehr so rückwärtsgewandt. Die stemmen sich nicht mehr gegen die Leistungsträger in der Gesellschaft, die wollen selbst nach oben!"

Christian Nehls seufzte, schaute auf seine über dem Bauch gefalteten Hände und fragte: „Gibt es noch weitere Vorschläge?" Sekundenlang sagte niemand etwas.

„Ich hätte noch einen Vorschlag." Die Stimme von Regine Wohland. Nehls hatte sie in die Redaktion geholt, weil sie jahrelang erfolgreich für das Musikmagazin des Senders gearbeitet hatte und mit ihren 27 Jahren zu den wenigen jungen Redakteuren gehörte.

„Im Moment ist rechte Musik ein großes Thema unter Jugendlichen. Da gibt es Bands, die machen auf Globalisierungskritik, sind aber extrem rassistisch. Die stehen der NPD nah. Und die wirbt zurzeit mit Flugblättern vor Berliner Schulen. Ich fände es interessant, darüber zu diskutieren, ob Verbote da etwas nützen oder ob man eher auf Aufklärung setzen sollte." Die Redakteure zogen die Schultern ein, weil sie ahnten, was jetzt über sie hereinbrach. „Ach, du liebe Zeit!" Clement drehte sich demonstrativ zur Tür und damit der jungen Kollegin den Rücken zu. „Genau das, junge Frau, ist, was wir nicht wollen!" Clement brüllte jetzt. „Ich habe diese ideologisch motivierten Themen satt, die Zuschauer haben diese Themen satt!"

Clement sah zu Nehls. „Ich komme auf meinen Vorschlag zurück. Wir reden über Werte." Ungeduldig umriss der Chefredakteur, was er sich darunter vorstellte. Die Zeit, alles in Frage zu stellen, sei vorbei. Die Jugend setze wieder auf Leistung, orientiere sich an alten Idealen, suche wieder Halt in der Religion.

Pollock schaute derweil auf die Uhr. Die Polizei wollte sich um 14 Uhr vor der Presse erneut zu der Mauerleiche äußern. Jetzt war es 15:30 Uhr. Ob die Kollegen der Nachmittagsausgabe von *Berlin – nah dran* darüber berichten würden? Pollock linste zum Fernseher hinter Nehls Schreibtisch. Der Ton war abgeschaltet. Die Sendung lief seit ein paar Sekunden. Pollock sah zwei ineinander verkeilte Autos auf der Stadtautobahn, Bäume, die unter der Schneelast umgeknickt waren und Obdachlose, die bei der Bahnhofsmission Suppen löffelten. Dann folgte, wie jedes Jahr, der Bericht über die Vorbereitungen der Sternsinger, bevor das Gesicht des Moderators ernster wurde. Der Mauertote hatte es in die Sendung geschafft. Pollock sah noch einmal die alten Bilder vom Tatort. Dann kam der Presseraum im Berliner Polizeipräsidium ins Bild. Der zuständige Ermittler saß vor einer holzgetäfelten Wand und gab eine Erklärung ab, neben ihm Pressesprecher Wolfgang Janowski. Ab und zu zog Janowski die Stirn in Falten, so, als schämte er sich für seine Kollegen.

Dann sah Pollock etwas, was ihm fast die Luft nahm. So musste sich sein Vater gefühlt haben, als er sich ans Herz gegriffen hatte und vom Küchenstuhl gerutscht war. Was war da gerade im Bild gewesen? Etwa fünf Sekunden lang. Die Kamera hatte einen der anwesenden Journalisten eingefangen. Eigentlich nur seine Hand. Eine rechte Hand, die einen Kugelschreiber hielt. Sie lag auf einem Schreibblock. Unter der Hand – ein Fleck. Wie in einem Film sah Pollock noch einmal alles an sich vorüberziehen: die Lederhandschuhe, die sich um seine Schultern gekrallt hatten, die weißen Ärmel des Mantels, der rechte Handknochen – mit dem etwa drei Zentimeter langen Muttermal. War das ein Zufall? Gab es mehr Menschen, die so etwas besaßen? Die Stimme des Unbekannten ratterte durch sein Gehirn. *„Du überschätzt dich, du kleines Stück Scheiße!"*

Erst jetzt merkte Pollock, dass Christian Nehls ihn ansprach: „Martin! Bist du mit dem Termin einverstanden!?" Pollock nickte. „Passt mir sehr gut, ich werde da sein", antwortete er wie in Trance. Er würde sich bei Kollegen erkundigen müssen, wovon die Rede gewesen war.

Die Konferenz schien zu Ende zu sein. Die Redakteure drängten mit ihren Kaffeetassen in der Hand Richtung Tür. Auch Pollock erhob sich, nahm nur noch wahr, dass ein Gespräch zwischen Nehls und Clement einem unangenehmen Höhepunkt entgegensteuerte. Pollock machte als Letzter die Tür hinter sich zu, ging instinktiv Richtung Aufzug. Auf der Fahrt ins Erdgeschoss lehnte er erschöpft an der Aufzugwand und blickte in den gegenüberliegenden Spiegel: Sein Gesicht war verschwitzt, seine Augen glänzten wässrig. Er war müde, wusste aber, dass es zwecklos war, es noch einmal mit Schlaf zu versuchen. Dazu war er viel zu aufgekratzt.

Die Geschichte wurde immer kurioser. Hatte ihn womöglich einer seiner Kollegen zusammengeschlagen? Recherchierte noch jemand anderes in dem Fall und wollte ihn behindern? Die Berliner Medienlandschaft war ein Haifischbecken, aber so etwas traute er keinem aus der Branche zu. Vielleicht hatte der geheimnisvolle Unbekannte überprüfen wollen, ob Pollock an der Pressekonferenz teilnahm, ob er weiter recherchierte. Was für ein Glück, dass die Besprechung mit Nehls ihn daran gehindert hatte!

Im Erdgeschoss angekommen, wusste Pollock, was zu tun war. Er musste das Drehmaterial von der Pressekonferenz sichten. Pollock kam zugute, dass er die Kollegen aus der Technik nie wie andere Redakteure von oben herab behandelt hatte. Ein Mitarbeiter aus dem Kopierwerk spielte ihm, ohne viel zu fragen, das Drehmaterial vom Server auf eine DVD. Denn Pollock wollte sich das Material auf keinen Fall im Sender anschauen. Irgendwie hatte er das Gefühl, niemandem mehr trauen zu können.

Kapitel 14

Es gab Abende, an denen verkroch sich Pollock in seiner Wohnung wie in einer Höhle. Dieser Abend war so einer. Pollock drehte demonstrativ den Schlüssel seines Stangenschlosses um. Er musste allein sein, in Ruhe über alles nachdenken. Sein Telefon summte. Fuck! Pollock nahm ab und ärgerte sich, als eine hinterlistige Frauenstimme für die Änderung seines Telefontarifs warb. Gegen diese Plage wehrte sich Pollock auf seine eigene Art: Er stöhnte in den Hörer wie ein notgeiler Stier – und ruckzuck war das Gespräch beendet.

Pollock ging zum Kühlschrank, entdeckte eine Packung Weißwürste, rief sich aber zur Ordnung. Er beließ es bei einem großen Schluck aus einer Wasserflasche. Er holte die Waage aus der Abstellkammer und stellte ernüchtert fest, dass er immer noch 84,5 Kilo wog. Er war hungrig. Vielleicht war Musik ein geeigneter emotionaler Ersatz zum Essen. Pollock stellte sich auf Zehenspitzen vor sein Wohnzimmerregal und zog eine LP des Jazzpianisten George Winston hervor. Der helle Klang des Klaviers beruhigte seine Nerven. Pollock hatte sich gerade auf sein Ledersofa fallen lassen, da meldete sich schon wieder das Telefon. Schon als er danach griff, bereute er, auch dieses Geräusch nicht einfach ignoriert zu haben. Seine Mutter war am Apparat.

„Ich will es kurz machen", maulte sie. „Ich möchte dich bitten, deine Eisenbahnanlage vom Dachboden zu holen. Ich brauche den Platz."

„Wie bitte?"

„Ja, du hast richtig gehört. Das Puppenhaus von Ulrike habe ich bereits zum Sperrmüll gegeben. Sie hat sich seit Jahren nicht darum gekümmert. Und auf Nachwuchs kann man bei euch ja wohl lange warten."

„Mutter! Das Puppenhaus hat Vater gebastelt, das kannst du doch nicht ..."

„Na, na. Jetzt werde mal nicht sentimental. Vater ist seit mehr als zwei Jahren tot."

Pollock merkte, wie es in ihm brodelte. „Du bist doch echt das Letzte! Ich verachte dich!", brach es aus ihm heraus. Er legte auf, ohne ihre Antwort abzuwarten. Was war nur in ihn gefahren? Andererseits: Vielleicht war das der Befreiungsschlag gewesen.

Wieder summte das Telefon. Das konnte nur die Rabenmutter aus Lemgo sein, die ihm sagen wollte, dass sie nun endgültig mit ihm brach. Aber es war Alexander. Pollocks Laune besserte sich. Noch dazu als sein Freund ankündigte vorbeizukommen.

Kaum eine Viertelstunde verging, da saßen die beiden sich an Pollocks Küchentisch gegenüber. Die Flasche Rotwein, die Alexander öffnete, musste ein Vermögen gekostet haben.

„Ein Montiano. Jahrgang 2001!", verkündete er feierlich. Auf dem Weg von seiner Agentur in die Langenscheidtstraße hatte Alexander eingekauft: Weißbrot, italienische Salami, Ziegenkäse, Weintrauben. Zum Nachtisch sollte es Tiramisu geben.

„Ist der Rest von Silvester", sagte Alexander. „Hat mir die Innenarchitektin mitgegeben, bei der ich in der Nacht auf Neujahr gepennt habe."

Pollock berichtete von dem Katastrophen-Telefonat mit seiner Mutter.

„Die scheint ziemlich durch den Wind zu sein", sagte Alexander. „Liebst du sie eigentlich?"

„Nein." Pollock fragte sich, warum ihn das Telefonat trotzdem so mitnahm. Vielleicht, weil ihm mehr und mehr klar wurde, dass er als Kind in einer Scheinwelt gelebt hatte. Wie hatte er in seiner Jugend die Scheidungskinder in seiner Klasse bedauert. Dabei hatte auch er nur ein treusorgendes Elternteil gehabt, seinen Vater nämlich.

Pollock war dankbar, dass Alexander ihn auf andere Gedanken brachte. „Was macht die Mauerleiche?“

„Ich weiß einfach nicht, wie das alles zusammenpasst“, sagte Pollock und schob sich eine Weintraube in den Mund. Er hatte sich den Mittschnitt der Pressekonferenz auf DVD angeschaut und feststellen müssen, dass der Ermittler viel erzählte, aber wenig wusste: Die Rechtsmedizin hatte herausgefunden, wie groß der junge Mann gewesen war: 1 Meter 70 ungefähr. „Glauben Sie, dass es sich um einen Hausbesetzer handelt?“, hatte ein Journalist wissen wollen.

Die Antwort des Ermittlers: „Anhand des Beckenknochens, des Gelenks zwischen Schlüssel- und Brustbein und des Schädels kann das Alter eines Skeletts bestimmt werden. Wir gehen davon aus, dass der Mann nicht älter als 25 geworden ist. Es könnte sich also theoretisch um einen Besetzer handeln.“

Die Polizei setzte große Hoffnung darauf, dass jemand den Koffer wiedererkannte.

Pollock war skeptisch: „Ich glaube nicht, dass die Polizei so weiterkommt. Der Koffer sieht aus wie Tausend andere auch.“

„Aber du weißt mehr als die Polizei“, sagte Alexander, schnitt die Salami in Scheiben und legte sie neben den Ziegenkäse auf ein Holzbrettchen. „Du weißt, dass eine Spur zu dieser radikalen Studentengemeinde führen könnte.“

„Wieso radikal?“

„Na, die Protestanten sind doch immer radikal, wenn sie sich was in den Kopf gesetzt haben. Die denken doch immer, sie müssten die Welt verbessern.“

„Meinst du, die sind radikaler als Katholiken?“

„Ich finde, ja.“

„Der Papst vertritt doch auch radikale Ansichten. Er ist gegen Homosexualität, gegen Verhütung ...“

Alexander winkte ab. „Mag ja sein. Aber keiner kümmert sich darum. Wenn Katholiken gesündigt haben, gehen sie zur Beichte und die Sache ist erledigt. Die müssen nicht täglich beweisen, dass sie gute Menschen sind."

„Und die Protestanten müssen das?"

„Hast du schon mal was von der Rechtfertigungslehre Martin Luthers gehört?"

„Nein." Pollock wunderte sich, dass Alexander davon Ahnung hatte.

„In der Rechtfertigungslehre heißt es, dass der Mensch sich dankbar erweisen muss für alles, was er von Gott bekommen hat. Und diese Dankbarkeit soll sich im korrekten Handeln ausdrücken."

„Deshalb engagieren sich so viele Protestanten politisch?"

„Genau." Alexander biss genussvoll in ein mit Ziegenkäse belegtes Weißbrot. „Weil den Katholiken Luther erspart blieb, haben sie es im Leben leichter. Ich hatte mal eine Freundin, die war evangelisch. Streng evangelisch! Jedes Mal bevor wir vögelten, musste ich mit ihr diskutieren, welche Stellungen infrage kamen. Sie wollte sichergehen, dass sie als Frau sexuell nicht ausgebeutet wurde. Verstehst du, was ich meine?"

Pollock dachte an die graue Friederike aus der Studentengemeinde, die auch aussah, als mache sie es sich nicht leicht im Leben. Dann sah er Michaela vor sich. War sie wohl evangelisch oder katholisch?

„Aber was hat der Schläger aus Neukölln mit dieser Gemeinde zu tun?", fragte Pollock.

„Woher soll ich das wissen? Das musst du rausbekommen."

„Wenn der merkt, dass ich an dem Fall weiter dran bin ..."

Alexander stellte eine Kerze auf den Tisch und zündete sie an. „Vielleicht reicht es dem, dir einfach nur einen Schrecken einzujagen."

Pollock hielt die DVD mit den Aufnahmen aus dem Polizeipräsidium hoch. „Der Kopf des Mannes ist nie zu sehen. Die Kollegen haben immer nur die Hände aufgenommen. Mal kritzelt der Typ irgendwas, meist aber hört er einfach nur zu."

„Und was kritzelt der Mann?"

„Keine Ahnung. Ganz wenig. Unleserliches Zeug."

„Zeig mal, ist doch spannend."

„Wenn du unbedingt willst!" Pollock ging ins Wohnzimmer und kam mit seinem Laptop zurück. Auf einem Zettel hatte er notiert, an welchen Stellen genau der Unbekannte zu sehen war. Schnell war die richtige Stelle gefunden.

Sein Freund kniff die Augen zusammen, um besser sehen zu können. „Stimmt, der hat ein seltsames Muttermal. Scheint ein Russe oder so zu sein."

„Ein Russe? Wie kommst du denn darauf? Haben die so komische Muttermale?"

„Nee, aber die schreiben kyrillisch."

Pollock ging näher an den Bildschirm. „Das kannst du erkennen? Das sind doch nur Kritzeleien."

„Ich hatte doch mal eine Affäre mit dieser Russin, vor einem Jahr oder so. Eine Geschäftsfrau, der ich gut aussehende deutsche Männer für eine Party besorgen sollte. Wie hieß die noch ... Natascha? Egal. Jedenfalls hat die auch so geschrieben."

Pollock war beeindruckt. „Das ist ja ein Ding." Er griff nach drei Salamischeiben, steckte sie sich in den Mund und kaute gierig. „Ein Russe interessiert sich für den Fall des eingemauerten Toten. Aber warum um alles in der Welt ...?"

„Es muss kein Russe sein!", unterbrach ihn Alexander. „Der Typ könnte auch aus der Ukraine, Weißrussland oder Bulgarien kommen."

Pollock dachte nach. Wie konnte er herausbekommen, welcher russische oder osteuropäische Journalist an der Pressekonferenz teilgenommen hatte? Natürlich! Es gab Listen am Eingang solcher Veranstaltungen, in die sich die Kollegen eintragen mussten. Pollock beschloss, bei Polizeisprecher Wolfgang

Janowski vorbeizusehen. Währendessen hatte Alexander einen Stoß von zehn bis zwanzig Visitenkarten aus seinem Portemonnaie geklaubt und sah sie zusammen mit Zetteln und einigen Bierdeckelfetzen durch. „Ich könnte schwören, dass die Olga hieß", murmelte er.

„Ist doch nicht so wichtig", beruhigte Pollock seinen Freund, der ihn daraufhin empört ansah: „Wenn du die gesehen hättest, fändest du das garantiert wichtig! Ich weiß gar nicht mehr, warum ich die hab' ziehen lassen. Vielleicht kann die uns ja sagen, was der Typ da aufgeschrieben hat ... Ah, hier habe ich sie! Bronislawa hieß die!"

Kapitel 15

Um den Termin bei Diplom-Psychologin Dr. Heike Brandstetter hatte Pollock kämpfen müssen. Ihr Name war der einzige im Protokoll der Studierenden Protestanten, den Pollock im Internet auf Anhieb gefunden hatte. Am Telefon hatte er mehrmals versichern müssen, dass er nicht von ihr therapiert werden wollte. Daraufhin hatte sie ihn in ihre Praxis bestellt, nicht ohne zu betonen, dass es schnell gehen müsse. Dauere es länger, müsse die Zeit vergütet werden.

Es war Montag, der 8. Januar, kurz nach 18 Uhr. Zehn Tage waren inzwischen seit dem Leichenfund vergangen. Eine viel zu lange Zeit, in der Pollock viel zu wenig herausbekommen hatte, wie er selbst fand. Aber wie sollte er auch? Das ganze Wochenende über hatte er mit Nehls Ideen für die Talkshowfilme sammeln müssen.

Nun saß er in einem schwarz-grau gemusterten Ohrensessel. Frau Dr. Brandstetter hatte direkt gegenüber Platz genommen und beäugte ihn. Sie trug eine knallblaue Designerbrille, die immer wieder von ihrer Adlernase rutschte. Die Falte auf

Brandstetters Stirn sah aus wie eingemeißelt. Durch künstliche Sonnenbäder hatte ihre Haut einen möhrenfarbigen Teint bekommen, was nicht zu ihren roten Haaren passte. Heike Brandstetter führte Daumen und Zeigefinger zum Gesicht und schwieg.

Pollock hatte gehört, dass Psychologen so ihr Gegenüber zwingen wollten, von sich aus das Gespräch zu beginnen. Das, was zuerst ausgesprochen wurde, offenbarte viel über den Seelenzustand der Patienten.

„Also." Pollock hüstelte. „Ich habe gelesen, dass Sie in den 80er Jahren Mitglied bei den Studierenden Protestanten waren."

Die Pause, die zwischen seinen Worten und ihrer ersten Regung lag, war lang. Wenn das so weiterging, würden das ziemlich teure Recherchen werden.

„Darf ich Sie zunächst einmal fragen, wozu Sie das wissen wollen?"

„Natürlich", sagte Pollock. „Ich arbeite als Fernsehjournalist und habe vor, eine Dokumentation über die Gemeinde zu erstellen."

Brandstetters Lächeln verdorrte. „Wo haben Sie meinen Namen gelesen?"

„Ist es Ihnen unangenehm, auf Ihre Zeit in der Gemeinde angesprochen zu werden?" Pollock versuchte es jetzt mit direkter Ansprache.

Frau Dr. Brandstetter stand auf und stellte sich hinter ihren gläsernen Schreibtisch. „Ach, was heißt unangenehm. Wir waren damals jung. Unsere privaten Probleme trugen wir in die politischen Aktionen. Aufbegehren gegen autoritäre Väter. Gegen frustrierte Mütter, die ihren ganzen Lebensinhalt in der Kindererziehung sahen. Rebellion gegen die spießige Kleinstadtatmosphäre, vor der wir flüchteten." Heike Brandstetter schaute Pollock überlegen an. „Was meinen Sie, warum so viele Schwaben an vorderster Front kämpften?"

Pollock zuckte mit den Schultern. „Keine Ahnung. Aber Sie werden es mir sicher gleich erklären."

„Weil ihnen die Atmosphäre zu Hause die Luft nahm. Nein, nein. Die politischen Ziele waren doch nur ein Vorwand und, nebenbei gesagt, ziemlich naiv. Linkes, undifferenziertes Geschwätz war das."

Schon im Vorraum des Sprechzimmers war Pollock aufgefallen, dass von der linken Studentin nicht mehr viel übrig geblieben war. Statt *taz* und *Frankfurter Rundschau* lagen dort Fitness-Illustrierte und ein Wirtschaftsmagazin aus.

„Sehen Sie, wer wie ich Manager großer Dax-Unternehmen betreut, sieht die Dinge mit der Zeit anders."

„Und wie sehen Sie die Dinge?"

„Das sind sensible Männer, die unter der Last ihrer Verantwortung leiden. Glauben Sie im Ernst, es geht spurlos an denen vorüber, wenn sie Hunderte Mitarbeiter entlassen? Entlassen müssen! So etwas haben wir damals nicht wissen können und auch nicht wissen wollen. Das passte nicht in unsere Ideologie."

Heike Brandstetter hatte sich in Rage geredet.

„Die Verachtung, die wir damals Menschen entgegenbrachten, die etwas leisteten, ist heute Allgemeingut geworden. Leider! Dabei braucht eine Gesellschaft Persönlichkeiten, die führen können. Das kennen Sie doch sicher von Ihrem Unternehmen auch, oder?"

Pollock dachte an Clement. Dass der allein durch außergewöhnliche Leistungen hochgekommen war, fand Pollock allerdings fraglich.

Dr. Brandstetter setzte ihren Vortrag fort: „Aber statt diesen Menschen Respekt entgegenzubringen, werden sie unter Druck gesetzt. Andere, die nicht so viel erreicht haben, arbeiten an diesen Persönlichkeiten ihre Minderwertigkeitskomplexe ab."

Pollock hatte das Gefühl, dass hier dringend jemand selbst in psychologische Behandlung gehörte.

„Herr Pollack ...“

„Pollock“, verbesserte er sie.

„Das, was ich Ihnen jetzt erzähle, bleibt aber unter uns, ja?“

„Ja, natürlich ...“ Pollock war gespannt, was jetzt kam.

„Viele meiner Patienten opfern sich so auf, dass sie ohne Tabletten gar nicht mehr leben können. Sie und ich verdanken diesen Leuten unseren Wohlstand.“

Pollock machte ein Anteil nehmendes Gesicht, fragte sich aber, ob das angemessen war.

„Ach, warum erzähle ich Ihnen das alles.“ Die Psychologin machte eine abwertende Handbewegung. „Die Medien reden ja auch nur der Mehrheit nach dem Mund. Und wenn einmal ein Manager vor lauter Stress und Sorge um sein Unternehmen vergisst, die eine oder andere Nebeneinkunft bei der Steuer anzugeben, stürzen Sie und Ihre Kollegen sich doch gleich darauf wie die Geier.“

Pollock hatte bei einem Interviewtraining gelernt, Aussagen des Gesprächspartners zu ignorieren, wenn sie nichts mit dem Interviewziel zu tun hatten. „Frau Dr. Brandstetter, mich interessiert, welche Beziehung die Studentengemeinde zu den Hausbesetzern hatte.“

„Einige aus der Gemeinde haben in besetzten Häusern gewohnt.“

Pollock horchte auf. „Können Sie sich an irgendwelche Namen erinnern?“

Frau Dr. Brandstetter guckte übellaunig auf ihre Uhr. „Das wird mir hier aber jetzt wirklich zu lang. Wissen Sie, ich hatte damals das Glück, schnell eine Wohnung zu finden, was übrigens nicht so schwierig war, wie damals behauptet wurde. Und heute, nachdem ich jahrelang hart gearbeitet habe und mir selbst die eine oder andere Eigentumswohnung gekauft habe, weiß ich auch von den Nöten der Hausbesitzer ... Wissen Sie, was man alles in so ein Haus investieren muss?“

„Ist klar, ist klar", unterbrach Pollock sie. „Wer von den Gemeindemitgliedern hat in besetzten Häusern gewohnt?"

„Also, ich kann mich nur noch an so eine auffallend blonde Frau erinnern. Sie war selbst nicht in unserer Arbeitsgruppe. Aber in mehreren anderen. Zum Beispiel in der Lateinamerika-AG. Sie engagierte sich da für Christen, die abseits der Amtskirche für die Rechte der Armen kämpften. Sie war noch ein bisschen naiver als wir anderen. Wie hieß die noch ... Der Name fällt mir im Moment nicht ein."

Pollock wartete, merkte aber, dass Heike Brandstetter so langsam die Geduld verlor und ihn bald rausschmeißen würde.

„Meinen Sie, Sie kommen noch auf den Namen?"

„Nein. Wahrscheinlich nicht."

„Wissen Sie denn, in welchem besetzten Haus diese Frau gewohnt hat?"

„Ja, das weiß ich." Pollock blickte Heike Brandstetter gespannt an.

„Das war in der Nähe der Yorckstraße."

„In der Bautzener?"

„Ja, so hieß die Straße wohl. Ich bin damals mit meinem kleinen Auto einmal daran vorbei gefahren und weiß noch, wie chaotisch und schmuddelig das alles aussah." Brandstetter presste ihren Bindfadenmund zusammen. „Da zu wohnen – das wäre nichts für mich gewesen. Schon damals nicht."

Pollock stand aus seinem Ohrensessel auf. Fast wäre er auf den blank gewienerten Dielen ausgerutscht.

„Vielen Dank, Frau Dr. Brandstetter. Ich will Ihre kostbare Zeit nicht länger in Anspruch nehmen."

„Das würde ich auch nicht zulassen", entgegnete die Psychologin spitzmäulig. „Ich muss wohl nicht betonen, dass ich in Ihrer Dokumentation nicht erwähnt werden will."

Berlin, 9. Oktober 1981

Liebste Anna,

es tut mir so leid! Wirklich! Ich habe mich unmöglich benommen. Daß Du gerade aufgelegt hast, war furchtbar. Ich bin stundenlang durch die Gegend gelaufen und habe nachgedacht. Mir ist klar geworden, wie sehr ich Dich mit meinen dämlichen Ängsten verletzt habe. Und ich schäme mich dafür. Zumal Du noch keine Minute an unserer Entscheidung für eine Familie gezweifelt hast. Und wenn, hast Du es jedenfalls nie gesagt. Du hast gefragt, ob ich so wenig Vertrauen in unsere Beziehung habe. Bitte glaube mir, daß ich mich auf das Baby und das Zusammenleben mit Dir freue! Ich will nur, daß es Euch gut geht und daß wir in der Lage sind, dem Kind alles zu geben, was es braucht. Vielleicht verbeiße ich mich zu sehr in der Vorstellung, ein perfekter Vater sein zu müssen. Ich verspreche Dir, Dich nicht mehr mit meinen Bedenken zu nerven. Vor einer Stunde habe ich noch mal versucht, Dich anzurufen, aber Du gehst nicht ran.

Dabei wollte ich Dich eigentlich mit einer tollen Nachricht überraschen: Wir haben eine Wohnung! Ich weiß, Du magst Udo nicht. Aber ihm haben wir sie zu verdanken. Sie gehört der Kirche, vielleicht hat der Pfarrer ja auch ein bißchen nachgeholfen. Wie auch immer, am 1. Dezember können wir einziehen. Ist das nicht super? Nächste Woche könnte ich den Mietvertrag unterschreiben. Wir sprechen vorher noch darüber, denn alleine will ich das natürlich nicht entscheiden. Soviel schon mal: Es ist eine Dachgeschosswohnung in Zehlendorf. 66 Quadratmeter. Als mir Udo davon erzählte, dachte ich erst, das können wir uns unmöglich leisten. Doch die Miete ist gar nicht so hoch. Und die Wohnung ist gut in Schuß. Stell Dir vor, wir haben dann keine Ofenheizung mehr! Nie mehr Kohlenschleppen! Ich muß nur noch mal mit frischer Farbe über die Raufasertapete gehen. Udo will mir dabei helfen.

Besonders süß ist das Kinderzimmer! Durch die vielen Schrä-

gen ist es nicht sehr groß. Aber ein Bettchen, ein Wickeltisch und eine Kommode passen rein. Für die ersten Jahre reicht das. Und weit zur Uni haben wir es auch nicht. Ich brauche zehn Minuten bis zu den Theologen. Und Du hast es sogar noch näher.

Morgen werde ich mich in einigen Second-Hand-Läden nach Möbeln umgucken. Einen Kinderwagen haben wir schon, den habe ich gestern bei einem türkischen Trödler gekauft. Du darfst also keine Zwillinge bekommen, sonst muß ich ihn umtauschen!

In dem Laden stand auch noch ein Schallplattenspieler. Nur fünf Jahre alt. Funktioniert gut. Den habe ich auch gleich noch mitgenommen. Boris hat mir doch aus seinem letzten Urlaub zwei Schallplatten mitgebracht. Emil Gilels spielt Klaviersonaten von Beethoven. Und: die fünfte Sinfonie von Prokoviev mit den Leningrader Philharmonikern. Die können wir dann gemeinsam hören.

Gernot, Andreas und Bernhard habe ich noch nichts vom Auszug erzählt. Ich weiß nicht, wie sie reagieren werden, wenn sie hören, dass wir in so ein feines Viertel ziehen. Vielleicht ist es besser, wir verlassen das Haus Knall auf Fall. Denkst Du mit daran, daß wir unsere Bücher, die im Keller liegen, mitnehmen? Die sind leider alle feucht. Da unten ist es sowieso furchterregend. Jede Menge Ratten. Das Mauerwerk ist total marode. Anscheinend sind das noch Schäden aus dem Krieg. Daß das Haus noch nicht eingestürzt ist, wundert mich.

Anna, ich hoffe, Du verzeihst mir. Ich freue mich so auf Dich. Jetzt sind es noch sieben Wochen bis Du wieder da bist. Weißt Du schon, welchen Zug Du nimmst? Wahrscheinlich kommst Du erst spätabends an. Ich kann es kaum erwarten, Dich zu umarmen und zu küssen!

Ich denke jede Minute an Dich!
Liebe Grüße
Frank

Kapitel 16

Pollock verfluchte sich für seinen Geiz. Der Motor seines Renaults lief nun bereits seit ein paar Minuten, aber die Heizung hauchte ihm nicht mehr als lauwarme Luft entgegen. Lang hielten es seine Hände am Lenkrad nicht aus. Die Eisblumen am Fenster schmolzen nur langsam dahin. Pollock trat noch zweimal auf's Gas, drehte und zog an sämtlichen Reglern. Es half nichts. Er musste warten, bis es im Auto nach und nach wärmer wurde. Schon oft hatte er sich vorgenommen, den Wagen in die Werkstatt zu bringen, aber die Gewissheit, von den Mechanikern übers Ohr gehauen zu werden, hatte ihn davon abgehalten.

Pollock rutschte näher an die Lüftungslamellen heran, bewegte die Finger und schaute auf den Beifahrersitz. Dort lagen Hankes Fotos, die er schnell noch in einem Copyshop vervielfältigen wollte.

Der Abend mit Michaela Reusch ging ihm durch den Kopf. Sie war eine klasse Frau, aber wie es mit ihnen beiden weitergehen würde, war ihm völlig unklar. Dass die Kollegin sich am nächsten Tag wieder gemeldet, sich besorgt nach ihm erkundigt hatte, freute und beunruhigte ihn zugleich. Was erwartete sie? Waren sie in ihren Augen bereits ein Paar? Ihm fiel ein, dass er nicht einmal wusste, wie alt Michaela war. 36? Vielleicht auch älter. Eine heikle Lebensphase. Der Wunsch nach Kindern wurde lauter. Eigentlich hatte sich Pollock vorgenommen, Frauen in diesem Alter aus dem Weg zu gehen.

Noch war Pollock in der komfortablen Situation, in Ruhe über sich und Michaela nachdenken zu können. Sie hatte ein paar Tage Urlaub genommen und war zu einem Tanzworkshop nach Rügen aufgebrochen.

Pollock rieb die Hände aneinander. Ihm war auch deshalb kalt, weil er den ganzen Tag gehungert hatte. Der Sender hatte eine Gesundheitswoche ausgerufen. In der Kantine wurden Sojabuletten, Grünkernhamburger und Salate mit Körnerdressing serviert.

Außerdem konnten sich die *Havel-TV*-Angestellten von einer Ärztin den Blutdruck messen lassen. Der Gorilla wurde seiner Vorbildfunktion gerecht, kaute Salat und prahlte mit seinem Blutdruck. „120 zu 80!", rief er allen, die an seinem Tisch vorbeikamen, geflissentlich zu.

Pollock hatte keine Lust gehabt, sich zu ihm zu setzen, zog sich lieber in sein Büro zurück und überlegte, mit welchen Filmen er die Talkshow anheizen könnte. Die Gäste, die über die Renaissance der Werte diskutieren sollten, standen fest: Zugesagt hatte der ehemalige Manager eines Aktienunternehmens. Er hatte seinen Job hingeschmissen und kümmerte sich nun um Aidskranke in Südafrika. Außerdem auf der Gästeliste: Ein 23-jähriger Börsenspekulant, der ein Millionenvermögen angehäuft hatte, eine christdemokratische Politikerin und die Leadsängerin der Band „Roberta", die in ihren Songs die Raffgier der Banker und Unternehmer anprangerte.

Pollock kramte im Handschuhfach nach einer CD. Seine Wahl fiel auf Alexandra.

„Eine schwarze Balalaika gab er zum Abschied mir, eine schwarze Balalaika blieb mir vom Glück mit Dir..."

Der zurückliegende Tag war schlicht grausam gewesen. Die gemeinsame Suche nach einem weiteren Talkshowgast hatte mit einem Eklat geendet. Tagelang hatte sich Nehls um einen buddhistischen Mönch bemüht, der in einer Wilmersdorfer Turnhalle Hunderte von Berlinern um sich scharte. Als der Mönch dann endlich zugesagt hatte, war es der Chefredakteur gewesen, der das Kommen des Geistlichen verhindert hatte. Pollock rief sich den Streit, der daraufhin ausbrach, ins Gedächtnis.

Clement: „Diese Esoterikscheiße kommt mir nicht ins Programm, verstanden?! Warum laden Sie nicht einen Vertreter der katholischen oder evangelischen Kirche ein?"

Nehls: „Wir haben eine gläubige Christdemokratin in der Sendung. Das reicht doch wohl!"

Pollock: „Christian Nehls hat Recht. Der Buddhismus ist hoch im Kurs. Zum Beispiel die Lehren der Tibeter. Ich kenne Leute, die leben danach!" Dass die wiederum keinen Fernseher besaßen, hatte er Clement nicht auf die Nase gebunden.

Clement: „Wir machen hier kein Programm für Ihre Bekannten!"

Nehls: „Aber Kirchenfunk eben auch nicht!"

Clement: „Ich verbitte mir solche Bemerkungen! Sie wollen doch nicht etwa behaupten, dass ich mich bei meinen Entscheidungen von etwas anderem leiten lasse, als von meiner journalistischen Überzeugung!"

Nehls hatte geschwiegen, sich zum Fenster gedreht. Die Stimmung draußen – ähnlich düster wie im Sender.

Clement: „In einer christlich geprägten Gesellschaft gehört ein Vertreter der Kirche in die Sendung! Wir werden Pfarrer Muth einladen. Punkt!"

Nehls: „Ausgerechnet Muth, diesen Flachwichser. Suchen Sie sich einen anderen, der Ihr Affentheater moderiert!" Er hatte Clement und Pollock stehen gelassen und die Tür hinter sich zugeknallt.

Nein, das war kein Tag, an dem Pollock gerne Fernsehjournalist war. Wollte er sein ganzes Leben mit diesen Leuten zusammenarbeiten? Pollocks Stimmung war auf dem Tiefpunkt, als es an seiner rechten Seitenscheibe klopfte. Undeutlich zeichneten sich ein Mantel aus schwarzem Leder und ein hellgelber Kaschmirschal ab. Ein Mann stand zwischen Pollocks Renault und einem schwarzen BMW. Clement. Der Chefredakteur hatte offenbar vergeblich versucht, in seinen Wagen zu steigen, weil Pollock zu dicht an seiner Fahrertür geparkt hatte.

Auch das noch. Pollock kurbelte die Scheibe herunter.

„Wollen Sie mich am Fortkommen hindern?“, fragte der Chefredakteur. Pollock war irritiert. Wie war das jetzt gemeint? Beruflich?

Clement schien wieder besserer Laune zu sein. Er zeigte sein Gorillalächeln. „Ich bin froh, dass ich Sie hier noch mal treffe, Pollock. Streit hin, Streit her, ich bin glücklich, dass Sie bei uns arbeiten!“

„Äh ... Danke.“

„Wissen Sie, Christian Nehls ist ein verdammt guter Moderator, aber ...“

„Er war es“, warf Pollock ein.

„Papperlapapp! Der beruhigt sich schon wieder. Nehls ist viel zu selbstverliebt, um den Job hinzuschmeißen. Aber ich fände es besser, wenn er sich künftig ganz auf seine Moderation konzentrieren würde.“

Pollock guckte seinen Chef fragend an.

„Ich glaube, er ist überfordert, zusätzlich auch noch die Redaktion zu leiten. Wenn Sie sich mit Ihren Einspielfilmen Mühe geben, dann könnte ich mir vorstellen ... na?“ Clement zwinkerte ihm zu, stieg auf der Beifahrerseite in seinen BMW und verließ mit quietschenden Reifen den Parkplatz.

Pollock ließ den Renault aufheulen, der sich stotternd auf den Adenauerplatz zu bewegte. Er war verwirrt und musste sich zwingen, auf den Verkehr zu achten. Wollte Clement ihn wirklich zum Redaktionsleiter machen?

Er steuerte einen Copyshop in der Schöneberger Grunewaldstraße an, weil dort die Kopiergeräte am leichtesten zu bedienen waren. Komplizierte Technik war Pollock verhasst. An diesem Abend kam er aber selbst mit den simplen Geräten nicht klar. Mehrmals staute sich das Papier. Und mehrmals musste ein Mitarbeiter des Shops herbeieilen, um dem Malheur ein Ende zu machen. Überdies legte Pollock die Fotografien falsch an. Hinter ihm traten die anderen Kunden von einem Fuß auf den anderen. Er spürte, wie sie ihn innerlich verfluchten. Nass geschwitzt ging er zur Kasse.

Während der Heimfahrt ertappte sich Pollock dabei, wie er in den Rückspiegel blickte. Wurde er verfolgt? Nichts deutete darauf hin. Pollock fuhr die Hauptstraße entlang, wollte eigentlich in die Langenscheidtstraße einbiegen, aber irgendetwas hielt ihn davon ab. Offenbar trieb es nicht nur Verbrecher zurück zum Tatort. Pollock überholte am Kleistpark ein Streufahrzeug, fuhr von der Potsdamer rechts ab in die Goebenstraße direkt auf die Yorckbrücken zu. Dann setzte er den Blinker.

Die Bautzener Straße lag friedlich vor ihm. Er entdeckte die Baustelle. Pollock parkte den Wagen an einer Ausfahrt. Es war kurz nach 22 Uhr. Um diese Zeit patrouillierten die Politessen hoffentlich nicht mehr allzu oft. Er wollte nur kurz einen Blick auf das Grundstück werfen. Wohin das führen sollte, wusste er nicht. Die Baustelle war von einem Metallgitter umzäunt. Es schien Pollock höher und stabiler zu sein, als er es vom Tag des Leichenfunds in Erinnerung hatte. Die wenigen Passanten, die sich bei diesem Wetter aus dem Haus trauten, gingen gleichgültig vorbei. Allein eine Frau im hellen Mantel kam langsam die Straße herunter, lugte durch die Gitter und kehrte wieder um, als sie Pollock erblickte. Dass es nur noch wenige Schaulustige gab, wunderte Pollock nicht. Die Medien hatten sich inzwischen auf andere Themen gestürzt.

Pollock schaute durch die Gitterstäbe: Das ehemals besetzte Haus war fast vollständig abgetragen. Ein Bretterzaun umgrenzte eine zwei bis drei Quadratmeter große Fläche. Durch die Ritzen sah Pollock Mauerwerk. Hier waren die Knochen gefunden worden. In Pollock arbeitete es. Was hatte sich hier abgespielt? Vor vielen Jahren war ein junger Mann erschossen worden. Danach wurde seine Leiche eingemauert. Zusammen mit einem Koffer. Seinem Koffer? Wollte der Getötete verreisen? Wer kam auf die Idee, einen Menschen einzumauern? Pollock hatte sich manchmal gefragt, was er mit einer Leiche anstellen würde. Viele Möglichkeiten hatte er durchgespielt – auf's Einmauern war er nicht gekommen. Vielleicht, weil er handwerklich doch recht unbegabt war. Das war der Täter offenbar nicht. Er hatte so professionell gearbeitet, dass niemand, der den Keller betrat, etwas merkte.

Pollock ging am Zaun auf und ab. Was wusste er bislang über den Täter? Es konnte der Schläger von Neukölln sein, der womöglich Osteuropäer war. Was aber, um alles in der Welt, hatte dieser Typ mit ehemaligen Hausbesetzern zu tun? Pollock musste mehr über den Mann mit dem Muttermal erfahren.

Kapitel 17

„Kommen Sie rein, Herr Pollock, freut mich sehr, Sie zu sehen!" Wolfgang Janowski wuchtete seine 120 Kilo Körpermasse in die Mitte seines Büros. Der Polizeisprecher erinnerte Pollock an einen Hund. Janowski hatte kleine, traurig blickende Augen, sein fleischiges Kinn hing herunter. Janowskis Haut war blass, als sei er seit Monaten nicht mehr an der Luft gewesen. Sein rötliches Haar glänzte fettig. Janowski war Junggeselle. Eine Frau an seiner Seite hätte mit Sicherheit nicht zugelassen, dass er sich so kleidete: Sein Hemd spannte. Janowskis schwarze Samtweste war ausgeleiert, seine Jeans fleckig. Seine klobigen Füße steckten in Gesundheitsschuhen.

Pollock spürte, wie ihm Janowskis Anblick zu schaffen machte. Ein Leben ohne Frau. Das konnte deprimierend sein. In ein paar Jahren würde Pollock womöglich genauso aussehen. Aber er wollte dagegen angehen. Seine Sportschuhe hatte er bereits aus dem Keller geholt. Morgen wollte er joggen. Allein mit einer Diät kam er von seinen 84,5 Kilo nicht herunter.

Pollock begrüßte den Polizeisprecher und wischte sich die feucht gewordene Hand unauffällig an seiner Jeans ab. Pollock mochte den Dicken. Während seines Praktikums bei der Polizei hatte ihn der Pressesprecher sofort unter seine Fittiche genommen, ihm die Struktur des Polizeiapparats erklärt und letztlich auch darin bestärkt, nicht Polizist zu werden. „Kriminologiestudium hin, Kriminologiestudium her. Sie sind doch viel zu klug für die Truppe hier. Nach fünf Jahren sind Sie depressiv, glauben Sie mir. Machen Sie was anderes." Für diesen Rat war ihm Pollock heute noch dankbar. Für die vielen Exklusivinformationen, die er von ihm seither bekam, natürlich auch. Dabei wusste Janowski, dass der Journalist sie nicht unbedingt im Sinne der Polizei verwendete. Selbst als es um den schlagenden Beamten ging, war Janowski eine wichtige Quelle gewesen.

Janowski reichte Pollock Kaffee, der so aussah, als habe er stundenlang in einer Kanne vor sich hin gebrutzelt. Um einem Koffeinschock zu entgehen, goss Pollock zweimal Kondensmilch nach.

„Ich bin nur kurz vorbeigekommen, um mich noch einmal für die Zusammenarbeit der letzten Jahre zu bedanken", log Pollock. Dann erzählte er von seiner neuen Aufgabe.

Janowski schaute noch ein wenig betrübter als sonst. „Das wird aber schwer, für Sie einen Nachfolger zu finden. Es gibt nur wenige, die so gründlich arbeiten und auch von meiner Truppe akzeptiert werden!"

Pollock berichtete über Clements neue Marschrichtung, weniger Boulevard ins Programm zu heben und sich um junge Zuschauer zu bemühen.

„Ja, Ihr Chefredakteur hat mächtig Druck von den Gesellschaftern bekommen." Der Pressesprecher lehnte sich in seinem Schreibtischsessel zurück und zündete sich eine Zigarre an. „Wie ich gehört habe, muss es hoch hergegangen sein in der letzten Sitzung." Pollock war erstaunt, wie gut informiert Janowski war. „Die haben sich ganz schön beschwert. Die finden das mittlerweile zu seicht, was Clement den Zuschauern bietet. Die Mittelschicht ekelt sich vor dem Programm. All die Zugezogenen wundern sich, wie piefig der Fernsehsender in dieser kulturreichen Hauptstadt ist. Die wollen Clements Scheiße nicht sehen." Janowski beugte sich zu Pollock: „Aber ist Clement der Typ für Anspruchsvolles?" Pollock räusperte sich und schwieg.

„Aber Sie sind sicher nicht nur hergekommen, um mit mir über Ihre neue Aufgabe zu sprechen! Ich merke doch, dass Sie irgendetwas umtreibt."

„Sie haben Recht. Ich will mit Ihnen über die gestrige Pressekonferenz sprechen."

Janowskis Hundeaugen blickten zornig. „Das war vielleicht eine Pleite, was?"

„Kannten Sie alle der anwesenden Journalisten?"

Janowski wirkte, als habe er eine andere Frage erwartet. „Sie werden mir wahrscheinlich nicht sagen, warum Sie das wissen wollen. Ist auch egal ..." Janowskis Zeigefinger wanderte über seine Stirn. „Mal überlegen ... " Der Polizeisprecher stand auf, stöberte in einer Ablage und kramte eine Liste hervor. Besucher der Pressekonferenz hatten dort Name, Funktion und Arbeitgeber eingetragen. Janowski ging die Liste durch. „Den kenne ich ..., die kenne ich ..., den kenne ich ... nicht!" Er sah Pollock fragend an. „Kennen Sie einen Andreas Semmler? ... Ich nicht!" Einer von Janowskis Wurstfingern wanderte in die nächste Spalte. „Freier Autor". Der Pressesprecher machte sich an seinem Computer zu schaffen. „Das haben wir gleich. Ich muss nur den Namen eingeben ..." Janowski nickte Pollock aufmunternd zu. „... und schon wissen wir: Ein Andreas Semmler ist bisher als Journalist nicht in Erscheinung getreten. Er hat in keiner deutschen Publikation etwas veröffentlicht. Jedenfalls nicht unter diesem Namen. Mitglied der Berliner Pressekonferenz ist er auch nicht." Pollock machte Janowskis Blitzfahndung Angst. Wie viel Informationen wohl über ihn gespeichert waren?

„Puh!" Anerkennend schaute Janowski den Fernsehjournalisten an. „Da sind Sie ja offenbar wieder einem Geheimnis auf der Spur!" Doch Pollock war alles andere als zufrieden. Dass mit dem Unbekannten irgendetwas faul war, hatte er geahnt. Dass er womöglich einen falschen Namen trug, war nicht überraschend.

Janowski beobachtete sein Gegenüber. „Kann ich Ihnen sonst noch irgendwie helfen?" Pollock überlegte, inwieweit er den Pressesprecher ins Vertrauen ziehen sollte. „Ich muss wissen, wie der Mann aussieht."

„Ich kann mich weiß Gott nicht mehr erinnern, wer da alles vor mir gesessen hat." Janowski schaute traurig. Dann schnipste er mit den Fingern, griff zum Hörer und verlangte nach einem Mann namens Biller. „Schicken Sie mir den sofort ins Büro! Mit all den Fotos, die er gestern geschossen hat!" Als sei eine große Last von ihm abgefallen, klärte er Pollock auf: „Anfang Februar erscheint die neue Ausgabe unserer Polizeibroschüre ‚Berlin – aber sicher!' Unser Hausfotograf Biller wurde beauftragt, Bilder von der gestrigen Pressekonferenz zu machen. Wir wollen ein bisschen über unsere Öffentlichkeitsarbeit berichten. Vielleicht haben wir Glück und entdecken den Mann!"

Janowski schien seinen Laden im Griff zu haben. Es klopfte an der Tür. Ein schmächtiger Mann trat ein und legte einen Packen Fotos auf Janowskis Schreibtisch.

„Vielen Dank, Biller!" Der Fotograf verschwand wieder so unauffällig wie er gekommen war, während Janowski emsig die Fotos durchschaute, als gelte es, ein herannahendes Unglück zu verhindern. Er reichte Pollock eine Aufnahme aus ungewöhnlicher Perspektive. Der Polizeifotograf hatte sich hinter die Beamten postiert, die den Journalisten Rede und Antwort gestanden hatten. Janowskis rote Haare waren unscharf, die etwa 20 zuhörenden Journalisten dafür umso deutlicher zu sehen. Pollock kannte die Kollegen, die seit Jahren über Mord und Totschlag berichteten. Deshalb fiel ihm das neue Gesicht in der Runde sofort auf: Ein Mann in der vorletzten Reihe. Er war zwischen 50 und 60 Jahre alt, hatte ein ockerfarbenes Gesicht und auffällig helle Haare. Das könnte der Typ vom Neuköllner Spielplatz sein, dachte sich Pollock. Zusammen mit Janowski ging er die anderen Fotos durch, doch nirgendwo war der Unbekannte besser getroffen als auf dem ersten Bild. „Sie können die Aufnahme behalten. Wir können jederzeit eine Kopie anfertigen“, sagte Janowski. „Außerdem: Für unsere Broschüre ist es wichtiger, dass ich und die Kollegen in voller Schönheit zu sehen sind.“ Pollock steckte das Foto in die Manteltasche und verbeugte sich höflich, um einem weiteren Händedruck zu entgehen. „Ich danke Ihnen, Sie haben mir sehr geholfen!“

Kapitel 18

Durch die Baumkronen im Schöneberger Volkspark drang grelles Licht. Die Berliner hatten inzwischen fast vergessen, dass es so etwas wie eine Sonne überhaupt gab. Als habe sie vierzehn Tage lang Kraft getankt, bestrahlte sie nun die Stadt. Deren Bewohner reckten süchtig ihre Gesichter Richtung Himmel.

Es war Donnerstag, der 11. Januar, mittags. Die Schulferien waren seit ein paar Tagen zu Ende, sodass Pollock nur wenigen Menschen begegnete. Von jetzt auf gleich hatte sich der Schnee in Matsch verwandelt, und Pollock merkte, dass seine alten Sportschuhe undicht waren. Kein Wunder, sie waren mehr als 20 Jahre alt. Pollock hatte sie zum letzten Mal während des Studiums getragen. Drei Mal hatte er sich in einer nach Schweiß stinkenden Umkleidekabine an- und ausgezogen, um sich mit Zirkeltraining fit zu halten.

Nun also versuchte er es mit Joggen. Langsam bewegte er sich durch den Park, denn er spürte, dass sich sein Körper von den Schlägen seines Neuköllner Ausflugs noch lange nicht erholt hatte. Dazu kam seine schwache Kondition. Trotzdem – er wollte durchhalten!

Pollock lief Slalom, war so damit beschäftigt, den Pfützen auszuweichen, dass sich seine Angst, beobachtet zu werden, verflüchtigte. Er war losgetrabt und stellte mit Stolz fest, dass er es auf 14 Minuten gebracht hatte. Allerdings pochte sein Herz. Seitenstiche kündigten sich an.

Die Versuchung, aufzugeben, war groß. Als ihn zwei Rentnerinnen laut schwatzend überholten, riss er sich zusammen: Noch einmal zehn Minuten musste er schaffen. In der Ferne sah er das Restaurant „Tebaldi". Es lag an der Grenze zum Stadtbezirk Wilmersdorf, dort wo Jogger und Spaziergänger über eine lange Brücke die Bundesallee überqueren mussten. Für Feinschmecker stand fest: Hier gab es die raffiniertesten Nudelgerichte der Stadt – allerdings auch die teuersten. Sollte er vielleicht Michaela ins „Tebaldi" einladen? Er schaute durch die Scheiben des Lokals. Um diese Zeit saßen hier Geschäftsleute, aber auch betuchte ältere Männer, die sich mittags nichts selbst kochen konnten oder wollten. Einer von ihnen war aufgesprungen und winkte ihm zu. Rudi Hoßdorf! Pollock lief auf der Stelle, bis sein Kollege an der Eingangstür des Restaurants erschien. Er trug ein Peter-Frankenfeld-Jackett mit aufgesetzten Lederflicken und schaute Pollock fassungslos an.

„Was um Himmels willen tust du da?"

„Tag Rudi! Ich jogge. Tut unheimlich gut!"

Hoßdorf blickte angewidert auf Pollocks eng anliegende Hose. „Mach keinen Scheiß, Junge, du bist ja ganz außer Atem! Komm rein, du holst dir den Tod!"

Hoßdorf stürzte Pollock in einen Gewissenskonflikt. Wenn er jetzt aufhörte, hatte er sein Ziel verfehlt. Andererseits: Vielleicht war es nicht gut, ja sogar gefährlich, den Körper am Anfang zu sehr zu strapazieren. Er hatte in der Zeitung von untrainierten Joggern gelesen, die plötzlich tot umgefallen waren.

„Aber ich bin völlig nass geschwitzt!" Pollock zeigte auf seine Klamotten.

„Du machst dich hier auf dem Klo frisch und isst erst mal was Anständiges! Joggen! Ich glaub's nicht." Hoßdorf winkte Pollock herein.

Auf der Toilette zog Pollock sein Sweatshirt aus und seifte sich unter den Achseln ein. Er trocknete den Oberkörper mit einem Packen Papierhandtüchern ab, zog das Sweatshirt wieder an und warf das feuchte, bereits arg zerschlissene Unterhemd einfach in den Abfalleimer.

„Junge, willst du jetzt auch einer von diesen durchtrainierten Yuppies werden?", empfing ihn Hoßdorf an seinem Tisch und reichte ihm die Speisekarte.

„Du, ich hab' gar kein Geld mit."

„Glaubst du, ich locke dich hier rein, damit du am Ende selber zahlst?"

Das Restaurant bot nur fünf Gerichte an, ein Zeichen für Qualität, wie Hoßdorf versicherte. Pollock entschied sich für Ricotta-Bärlauch-Tortelli mit gerösteten Kräutersaitlingen.

Hoßdorfs Gesicht hatte mehr Farbe als an Silvester. Trotzdem machte er nicht den Eindruck, als ginge es ihm gut. Seine grauen Ringe unter den Augen traten mehr als deutlich hervor.

„Bist du immer noch krank?", fragte Pollock.

„Weil ich hier so gemütlich sitze? Nein, Clement hat mich kaltgestellt."

„Was?"

„Ja, er will das Programm verjüngen. Hat er mir gestern erklärt." Hoßdorf strich mit der flachen Hand über die Tischdecke. „Junge, für mich ist kein Platz mehr im Sender."

„Das kann doch nicht wahr sein!" Hoßdorf war einer der beliebtesten Reporter, ein Profi, der nach 35 Journalistenjahren noch immer für seine Arbeit brannte.

Der alte Kollege beugte sich zu Pollock vor. „Ist das nicht zynisch? Vor 14 Jahren, als Clement Chefredakteur wurde, konnte es gar nicht schnell genug gehen, die journalistisch wertvollen Sendungen aus dem Programm zu nehmen. Jeder, der dagegen protestierte, wurde als ewig Gestriger beschimpft." Hoßdorf nahm einen kräftigen Schluck aus seinem Pilsglas.

„Damals habe ich mich schweren Herzens vom investigativen Journalismus verabschiedet. Ich wollte zeigen, dass ich flexibel bin. Tiergeschichten aus dem Zoo! Was meinst du, wie bescheuert ich mir vorkam, über Wiebke, das lesbische Kamel zu berichten! Oder vor drei Jahren: Porno-Olli!" Pollock erinnerte sich an Berlins Feuerwehrchef, der bezichtigt wurde, nebenher anderen heißen Tätigkeiten nachgegangen zu sein. „Olli heizt den Frauen ein", hieß die DVD-Produktion, in der Oliver von Schockmann seine Uniform abgeworfen hatte. Von Schockmanns Doppelleben war ans Licht gekommen. Sein Arbeitgeber, dem er den Nebenjob verschwiegen hatte, war entrüstet gewesen. Am Ende stellte sich heraus: Der Feuerwehrchef selbst hatte die Medien informiert, um für seine DVDs und Internetfilmchen Reklame zu machen. Die Schlagzeilen, die er ausgelöst hatte, machten ihn bundesweit bekannt. Aus dem Landesdienst entlassen, wurde er Star aller deutschen Sexmessen. Nun strebte seine Produktionsfirma an die Börse.

„Und ich? Ich gelte heute als Boulevardsau und werde geschasst", resümierte Hoßdorf.

„Und was hast du jetzt vor?"

„Mein Anwalt sagt, ich soll täglich im Sender erscheinen, zeigen, dass ich bereit bin, Aufträge anzunehmen. Nach der langen Zeit, die ich dabei bin, sei es nicht ohne Weiteres möglich, mich loszuwerden. Heute bin ich nach einer halben Stunde wieder gegangen. Hast du nicht gehört? *Berlin – nah dran* hat einen neuen Leiter. 29 Jahre alt! Und der tut so, als ob er mich nicht kennt."

Der Kellner stellte Brot und Oliven auf den Tisch. Jetzt, wo sein Kollege ohne Arbeit war, hatte Pollock Skrupel, zuzugreifen.

„Hau rein", forderte ihn Hoßdorf auf, als könne er Gedanken lesen. „Was macht die Mauerleiche?"

Pollock erzählte Hoßdorf alles, was seit dem Silvesterabend passiert war. Sein alter Kollege pfiff durch seine braunen Zähne und schaute besorgt, als er vom Überfall in Neukölln erfuhr. „Sag mal, glaubst du nicht, das wird langsam eine Nummer zu groß für dich?"

„Soll ich zur Polizei gehen?"

Hoßdorf zögerte. „Kann ich dir guten Gewissens nicht empfehlen. Das, was Janowski von seiner Mannschaft erzählt, klingt bitter. Bei Verbrechen, die sehr lange zurückliegen, ist der Ehrgeiz, sie aufzuklären, außerordentlich gering. Überleg mal ..." Hoßdorf rechnete im Kopf nach. „Das Ganze ist jetzt mittlerweile 14 Tage her! Am 28. Dezember wurde die Leiche gefunden! Und was haben die Bullen bisher herausbekommen? Bei dem wenigen Personal konzentrieren die sich auf aktuelle, schnell zu lösende Fälle. Die Polizei weiß doch: Dieser Mord ist der Presse schon bald keine Zeile mehr wert. Hast du gestern unser Programm gesehen?" Hoßdorfs Gesicht verfinsterte sich. „Das war vielleicht ein stümperhaft gemachter Bericht! Na ja, egal. Es gab O-Töne vom zuständigen Ermittler. Der rief die ehemaligen Hausbesetzer auf, sich zu melden."

„Na prima." Pollock zweifelte mal wieder am Verstand der Polizisten. „Da meldet sich doch kein Schwein. Zumal nach den Erfahrungen, die die damals mit der Polizei gemacht haben."

„Du sagst es. Prost!“

Pollock hatte in seinem Leben noch nie so gute Nudeln gegessen. Er schaufelte den Teller in fünf Minuten leer. Sport machte hungrig. Das Tiramisu zum Nachtisch war nötig, um den Zuckerhaushalt wieder ins Lot zu bringen.

Weil Hoßdorf Langeweile hatte, begleitete er Pollock auf dem Weg zur Langenscheidtstraße. Der alte Kollege erzählte von den Anfängen des Senders Mitte der 80er Jahre. *Havel-TV* hatte fantasievoller und bissiger sein wollen als die etablierte Konkurrenz. 1987 hatte Hoßdorf einen Beitrag über die Polizei gedreht. Er hatte herausgefunden, wie die Polizisten auf die Demonstrationen während der 750-Jahr-Feiern Berlins vorbereitet worden waren. Ihm war es gelungen, zwei Beamte aufzutreiben, die aus dem Nähkästchen plauderten. Der Hass, der aus den Beamten sprach, war erschreckend gewesen. Der damalige Geschäftsführer des Senders, ein strammer Konservativer, hatte sich das Material angesehen. „Das bedeutet Krieg“, hatte er geschrien. „Der Innensenator wird toben!“ Trotzdem war der Beitrag ohne die geringste Änderung gesendet worden.

„Das waren noch Zeiten!“, seufzte Hoßdorf.

Es war Pollock, der den Porsche zuerst sah. Die beiden Journalisten waren am Kleistpark angekommen und wollten die Kreuzung überqueren. Pollock blieb stehen, fasste Hoßdorf am rechten Arm und zeigte auf einen silbernen Sportwagen. Zu besichtigen war ein Pärchen, das sich gut gelaunt verabschiedete. Der Mann trug eine leuchtend rote Steppjacke und eine blaue Pudelmütze, die junge Frau einen schwarzen Dufflecoat. Karl, der Tibeter, umarmte Michaela. Aha, ging es Pollock durch den Kopf, Frau Reusch fährt also doppelgleisig. Er dachte gerade darüber nach, wie er sich mit Hoßdorf am unauffälligsten aus dem Staub machen könnte, da hatte Michaela ihn schon entdeckt. Sie winkte ihm freudestrahlend zu, als sei alles in bester Ordnung.

Pollock ging zögernd auf das Pärchen zu.

„Sieh mal an“, sagte er spitz. „Ihr wart also zusammen auf diesem Tanzworkshop.“

Michaela schien nicht zu begreifen, was daran falsch sein sollte.

„Ja. Und es war toll! Oder, Karl?“ Sie strahlte erst den Tibeter, dann Pollock an.

„Du hast mir nicht gesagt, dass du mit dem da wegfährst.“ Pollock zeigte auf den Tibeter, als handele es sich um einen selten hartnäckigen Parasiten.

„Warum sollte ich?“

„Stimmt. Warum auch?“ Pollocks Stimme war laut geworden.

„Sag mal, hast du ein Problem? Ich habe dir in den drei Tagen fünf SMS geschrieben. Nicht auf eine hast du geantwortet. Du hast kein Recht, mich hier zu verhören.“

Hitze kroch Pollocks Körper hoch. Ja, er erinnerte sich. Er hatte mit Nehls über die Talkshow-Beiträge gesprochen, als eine SMS gekommen war. Er hatte sie weggedrückt, das Handy ausgestellt und sich vorgenommen am Feierabend zu antworten. Doch dazu war es nie gekommen. Er hatte ganz einfach andere Dinge im Kopf gehabt. Er musste sich bei Michaela entschuldigen. Pollock rang noch nach den richtigen Worten, da hatte sich Michaela bereits ein Taxi herangewinkt und war wortlos eingestiegen. Der Tibeter gaffte Pollock an und zuckte mit den Achseln. Arschloch! Pollock wusste nicht, wen er mehr verfluchen sollte, Karl oder sich selbst.

Pollock spürte eine schwere Hand, die sich auf seine Schulter legte. Er hatte Hoßdorf ganz vergessen. „Junge, das wird schon wieder“, knurrte der alte Kollege. „Lass uns zu dir nach Hause gehen.“

Die beiden Journalisten trotteten die Langenscheidtstraße hoch. Pollock suchte in seiner Jackentasche nach dem Haustürschlüssel, da hörte er Hoßdorfs Bass. „Martin, guck mal nach links."

Pollock blieb stehen, musterte die gegenüberliegenden Häuser, vor denen türkische Kinder übrig gebliebene Silvesterknaller zündeten.

„Nein, neben dir."

Pollock blickte auf seinen Renault. Dessen Radkappen badeten im Schneematsch. Jemand hatte die Reifen zerstochen. Auf der mit Dreck beschlagenen Beifahrerscheibe fand sich eine Kritzelei. Wahrscheinlich von Kindern. „Da bist du platt, was?"

Für Pollock bestand kein Zweifel: Das war eine weitere Warnung. Man wollte ihn durch Nadelstiche mürbe machen. Doch das würde er nicht zulassen.

„Also, ich schlage vor, du brauchst erst mal was Alkoholisches und dann rufen wir vielleicht doch die Bullen", schlug Hoßdorf vor, als sie in Pollocks Wohnung angekommen waren.

„Nein, das kann ich nicht. Ich sehe nicht ein, warum ich mich einschüchtern lassen sollte. Ich mache weiter, allerdings muss ich noch vorsichtiger sein."

Hoßdorf stellte sich vor Pollock, seine Pranken in die Hüften gestemmt. „Hör mal, du hast es da mit einem oder mehreren brutalen und skrupellosen Typen zu tun. Außerdem: Selbst wenn du den Fall aufdeckst – im Sender interessiert sich keiner mehr dafür. Da weht ein anderer Wind! Dein Ehrgeiz in allen Ehren. Und du weißt, dass ich der Letzte bin, der bei Recherchen einknickt, aber ..."

„Du meinst, es ist besser, wenn ich aufhöre."

„Ehrlich gesagt, ja!"

„Das kann ich nicht."

Ein Lächeln huschte über Hoßdorfs fleischiges Gesicht. „Du bist ein Dickkopf. Und deshalb mag ich dich." Hoßdorf strich sich nachdenklich über seine zerzausten Haare. „Soll ich Janowski nicht wenigstens mal um Rat fragen?"

„Dann muss ich ihm von meinen ganzen Nachforschungen erzählen."

„Na und? Der hält dicht. Der vertraut dir im Zweifel mehr als seiner eigenen Truppe."

Pollock spürte seine Schmerzen in der Schulter, merkte, wie übermüdet er war. Vielleicht war es wirklich besser, sich endgültig von der Sache zu verabschieden. Andererseits wusste er, dass so eine Niederlage noch jahrelang an ihm nagen würde.

Hoßdorf war in der Küche verschwunden und fahndete nach Alkoholischem. Pollock sah, dass die rote Lampe seines Anrufbeantworters blinkte. Zwei neue Anrufe. Der erste kam von seiner Schwester. „Ich bin's, Ulrike." Seine Schwester schluckte. „Hast du gehört, was Mutter getan hat? Hat sie dir das mit dem Puppenhaus erzählt? Da hat Vater wochenlang heimlich dran gearbeitet! Das war mein Weihnachtsgeschenk! Das zerstört man doch nicht so einfach! Sie ist ein Biest! Gerade habe ich mit ihr telefoniert. Sie hat mir vorgehalten, ich hätte ihr als Kind das Leben schwer gemacht. Weißt du, was sie gesagt hat?" Pollock hörte ein Schluchzen. „Eigentlich habe sie gar kein zweites Kind haben wollen."

Pollock war entrüstet. Was um Himmels willen war nur in seine Mutter gefahren?

Dann der zweite Anruf: Die Stimme schien wieder verstellt zu sein. Wieder war nicht zu erkennen, ob es sich um einen Mann oder eine Frau handelte: „Stellen Sie Ihre Recherchen ein. Vergessen Sie meine Anrufe", drang es aus dem Lautsprecher. Dann ein Knacken und nichts mehr.

Breit grinsend kam Hoßdorf mit einem Tablett ins Wohnzimmer zurück. Er hatte in Pollocks Küche die nötigen Zutaten für die Herstellung von Cocktails gefunden. Pollock berichtete von dem anonymen Anruf.

„Jetzt vergiss mal deine Ermittlungen. Jetzt gönnen wir uns erst mal ein paar Schlucke. Junge, ich will dir nicht zu nahe treten. Aber manchmal glaube ich, du verbeißt dich zu sehr in deine Arbeit."

„Wie kommst du darauf?"

„Na, ich meine, Frauen wollen umworben werden."

„Du meinst die Geschichte mit Michaela?"

„Ja. Wie gesagt, ich will mich nicht in dein Privatleben einmischen. Aber ich glaube, die Frau interessiert sich für dich! Junge, Frauen wollen, dass man sich um sie kümmert. Manchmal reicht es schon, wenn man nur so tut als ob ..."

„Und dieser Karl?"

Hoßdorf winkte ab. „Das ist doch nur ein Fuzzi. Du glaubst doch nicht im Ernst, dass die auf den abfährt?"

Der Cocktail löste jede Anspannung in Pollocks Körper. Er sah die Dinge mit einem Mal weniger dramatisch. Er hatte sich auf sein Sofa gelegt und hörte wie von ferne Hoßdorf, der Schnurren aus seinem Journalistenleben erzählte. Pollock ging die Begegnung mit Michaela am Kleistpark nicht aus dem Kopf. Wie in einem zurückgespulten Film sah er die Kollegin, wie sie ihn wütend anstarrte. Zeigte ihr Verhalten nicht, dass ihr viel an ihm lag? Und was wollte er? War er ernsthaft in sie verliebt ...? Dann riss der Film ab.

Kapitel 19

Pollock lag auf seinem Sofa, schlug die Augen auf und wunderte sich über ausbleibende Kopfschmerzen. Alle Achtung, Hoßdorf verstand etwas vom Mixen. Pollock ging barfuß in die Küche und setzte Kaffeewasser auf. Die Waage schnellte auf 85,2 Kilo, als Pollock sie betrat. Aber spielte das überhaupt noch eine Rolle? Michaela würde kein Wort mehr mit ihm reden, ob er nun ein Fettwanst war oder nicht. Übellaunig verließ Pollock die Wohnung, um im Erdgeschoss die Zeitung aus dem Briefkasten zu holen. Mehr als sonst ging ihm auf die Nerven, was er im ersten Stock zu hören bekam. „Gutenfürst! Gutenfürst!“ Eine sächselnde Stimme schallte durch das Treppenhaus. Gutenfürst hatte zur Zeit der DDR direkt an der innerdeutschen Grenze gelegen. Dort hatte Klaus Wemme vor dem Mauerfall gewohnt. Während eines Saufgelages mit Pollock und Alexander hatte er einmal erzählt, wie er dort als Jugendlicher nahe der Gleise gestanden, den Zügen Richtung West-Berlin nachgeschaut und von der großen weiten Welt geträumt hatte. Seither seine Liebe zu Stationsansagen. Pollock öffnete den Briefkasten und hielt zu seiner Überraschung mit den drei von ihm abonnierten Zeitungen einen Brief in der Hand. Für ihn? Pollock konnte sich nicht erinnern, wann er den letzten Brief bekommen hatte. Wirklich: Auf dem Couvert stand sein Name – mit Füllfederhalter geschrieben. Wer schrieb denn noch mit Tinte? Den Weg zurück zur Wohnungstür nutzte Pollock zum Lesen:

Lieber Martin,

von unserem Hausmeister habe ich Deinen vollständigen Namen erfahren. Ich fand unsere Begegnung im Gemeindehaus sehr nett. Es würde mich freuen, Dich bald wieder in der Gemeinde zu sehen! Oder hast Du Lust, Dich mal mit mir auf einen Kaffee zu treffen? Dann können wir unser Gespräch fortsetzen. Dir noch eine schöne Woche!

Deine Friederike

Die Tinte verlor auf dem Umweltschutzpapier ein wenig an Glanz und verschwamm an manchen Stellen, sodass Pollock nicht wusste, ob der herzförmige Punkt des Ausrufezeichens bewusst gesetzt worden war. Eigentlich eine nette Geste von

Friederike, dachte Pollock. Vielleicht war sie das, was Pollock sich immer von einer Frau gewünscht hatte? Ruhig, verlässlich, rücksichtsvoll.

Zurück in der Wohnung, brühte er Kaffee auf und inspizierte sein Plattenregal. Er zog die Bachschen Goldberg-Variationen hervor. Die Interpretation des Pianisten Glenn Gould aus den 50er Jahren gefiel Pollock. Die schnellen Tempi, der kühle, sachliche Anschlag passten hervorragend zur Struktur des Stückes. Bachs Musik brachte Ordnung in seine Gedanken. Pollock nippte an seiner Kaffeetasse. Man wollte ihn an der Aufklärung des Mordes hindern. Ein Andreas Semmler hatte ihm in Neukölln einen Vorgeschmack auf das gegeben, was Pollock noch erwarten konnte. Der anonyme Anrufer wusste offenbar von diesem Semmler, hatte Pollock vor dem Mann gewarnt.

Pollock fuhr hoch, als es an der Wohnungstür klingelte. Er merkte, wie schreckhaft er geworden war. Pollock stand auf, ging in den Flur und linste durch den Spion. Ein Mann stand so nah an der Tür, dass Pollock das Gesicht nicht erkennen konnte. Pollock blickte auf eine mit Fell gefütterte Jacke, die so weit geöffnet war, dass sie ein Krokodil auf dem Hemd des Besuchers freigab. Pollock atmete auf. Alexander! Es dauerte eine halbe Minute, bis er ihn hereinlassen konnte. Denn seine Wohnung war wegen der Plattensammlung, der teuren Stereoanlage und seltenen Musikplakate gesichert wie eine Gefängniszelle. Mit einer fingerdicken Metallplatte auf der Innenseite seiner Tür, zwei Stangenschlössern und einer Sicherheitskette lebte es sich für Pollock weitaus sorgenfreier.

Er freute sich, dass Alexander da war.

„Auf dem Weg zur Arbeit habe ich gesehen, was die mit deinem Auto gemacht haben. Langsam wird's unheimlich, was? Da habe ich gedacht, guck mal vorbei! Und – ich habe wieder was für dich rausbekommen!“ Alexander bahnte sich den Weg zu Pollocks Couch, streifte seine weißen Designerschuhe ab und legte die Füße hoch. Pollock ging in die Küche und kam mit einer Tasse Kaffee für seinen Freund zurück.

„Ab und zu kommen mir ernsthaft Zweifel, ob die Sache mich nicht überfordert", gab Pollock zu.

„Kann ich verstehen. Aber Arbeit ist schließlich nicht alles", sagte Alexander. „Solange es mit den Frauen läuft!" Er hatte Friederikes Schreiben entdeckt. „Darf ich?" Alexander wedelte mit dem Couvert. „Sexy Briefpapier. Alle Achtung! Wusste gar nicht, dass es so hässliches Ökopapier noch gibt. Trägt die auch Naturtextilien?"

„Halt die Klappe!" Erst jetzt wurde Pollock auf die Kratzspuren auf Alexanders rechter Wange aufmerksam. Sein Freund musste stark geblutet haben, denn es hatten sich dicke Krusten gebildet.

„Was hast du denn da gemacht? Hat sich die Frau mit den langen Fingernägeln wieder bei dir gemeldet?" Alexander hatte einmal mit einer blutjungen Staatssekretärin angebandelt. Die war so heißblütig gewesen, dass Alexander einen Rollkragenpullover getragen hatte, um ihre Bissspuren zu verstecken.

„Nein, die Frau mit den Fingernägeln war's nicht", entgegnete Alexander. „Ich war heute schon bei Bronislawa, der Russin! Und zwar deinetwegen!" Alexander berührte die Kratzer und zischte vor Schmerz. Pollock verschwand im Bad und kramte ein drei Finger breites Pflaster aus dem Arzneischrank.

„Ich bin einfach mal bei ihr vorbeigegangen", rief sein Freund ihm vom Wohnzimmer aus zu. „Leider hatte ich ganz vergessen, wie das damals mit ihr und mir gelaufen war."

„Du hast dich einfach nicht mehr bei ihr gemeldet. Wie immer."

„Irgendwie so muss es gewesen sein. In ihren Augen waren wir praktisch verlobt. Deshalb war sie vorhin ein bisschen ungehalten, ich habe ihr dann aber gesagt, dass sie immer noch affengeil aussieht. Das hat ihr offenbar gefallen, denn sie hat gleich danach lammfromm für mich entschlüsselt, was dein Unbekannter bei der Pressekonferenz notiert hat."

„Jetzt mach's nicht so spannend."

„Da stand: ‚Pressekonferenz dauert 30 Minuten – das sind zwei Kassetten …'"

Pollock war ratlos. „Sag mal, willst du mich verarschen? Was ist das denn für ein Scheiß? So reden Kameraleute. Ist der Typ Kameramann?"

„Woher soll ich das wissen?" Alexander kaute am Bügel seiner Sonnenbrille. „Vielleicht arbeitet der als Kameramann bei euch im Sender."

„Quatsch, den hätte ich erkannt. Ich kenne alle Kameramänner."

„Und -frauen", ergänzte Alexander.

Pollock ging grübelnd im Zimmer auf und ab. Sein Mobiltelefon summte. Auf dem Display leuchtete Michaelas Kreuzberger Nummer.

„Geh doch ran", forderte Alexander ihn auf.

„Ich weiß nicht … Dass die sich überhaupt noch mal meldet!" Pollock schilderte seinem Freund die peinliche Begegnung am Kleistpark.

„Die ist eben scharf auf dich. Und dass sie womöglich mit diesem Karl rumvögelt, ist ihr gutes Recht. Solange du einer Frau nicht deutlich machst, dass du in sie verknallt bist, hat sie das Recht, Geschlechtsverkehr zu haben, mit wem sie will."

„Hör auf!"

„Ist doch wahr! Vielleicht ist sie mit diesem Esoterik-Fritzen nur deshalb weggefahren, weil deine Zaghaftigkeit sie frustriert hat. Du hättest dich gleich nach dem ersten Abend bei ihr melden müssen. Stattdessen muss sie bei dir anrufen! Du bist manchmal wirklich ein Trottel!"

„Ich gebe zu …" Wieder klingelte es. Diesmal probierte es Michaela über das Festnetz.

„Siehste. Die meint es ernst."

Pollock nahm ab. „Hallo?"

„Hier ist Michaela. Na endlich erreiche ich dich mal! Hast du dich wieder beruhigt?"

„Du, Michaela ..."

„Ja?"

„Ich muss mich bei dir entschuldigen. Ich habe mich aufgeführt wie der letzte Mensch."

Pollock drehte sich zu Alexander, der ihm aufmunternd zunickte.

„Das ist stark untertrieben", sagte Michaela.

„Du hast ja Recht. Dieser Typ, dieser Karl, der macht mich einfach wahnsinnig. Und die Vorstellung, dass er mit dir, also, dass ihr beide ..."

„Ich kann dich beruhigen. Da lief nichts."

„Wie bitte?"

„Na, du bist ja charmant! Was glaubst du denn? Dass ich mit jedem ins Bett gehe, den ich mehr als sechs Stunden kenne?"

„Natürlich nicht." Verdammt! Er fand einfach nicht die richtigen Worte.

„Es war einfach so, dass Karl mich gerettet hat", fuhr Michaela fort.

„Gerettet?"

„Ja. Mein Tanzpartner hatte abgesagt. Ein alter Studienfreund meines Vaters, der hier in Berlin wohnt. Na ja, da ist Karl halt eingesprungen. Der war allerdings enttäuscht, glaube ich, dass ich abends um zehn schon auf meinem Zimmer war. Ich hätte so gerne mit dir telefoniert, aber du warst ja nicht zu erreichen."

„Aha." Mehr fiel Pollock im Moment dazu nicht ein.

„Und bei dir? Was gibt es Neues in diesem Mordfall? Bist du weitergekommen?"

Pollock klagte, dass die Arbeit an der neuen Talkshow ihn auffraß.

„Du Armer!“ Pollock stellte sich vor, wie sorgenvoll Michaelas dunkle Augen schauten. „Also, da habe ich einen Vorschlag“, hob sie an. „Hast du Lust, an diesem Wochenende mal so richtig auszuspannen? In Brandenburg? Verwandte von mir haben da eine Datsche. Direkt am See! Ich muss tagsüber noch arbeiten, würde dann aber nachkommen. Na?“

In Pollocks Kopf arbeitete es. Eigentlich hatte er keine Zeit. Andererseits: Hatten Alexander und Hoßdorf nicht Recht? Musste er nicht mehr für sein Privatleben tun? Er sah den verkorksten Polizeisprecher Janowski vor sich, der bestimmt seit Jahren keine Frau mehr angefasst hatte.

„Wo liegt die Datsche denn?“

Alexander, der genau zuhörte, zeigte den Siegesgruß. Michaela erklärte Pollock, wie er fahren musste. Pollock würde vorher bei ihr vorbeikommen und den Schlüssel für die Datsche abholen.

„Und? Was habe ich gesagt?“ Alexander triumphierte, als Pollock aufgelegt hatte. „Die ist heiß wie ein Brathähnchen. Aber alleine lasse ich dich da nicht hinfahren. Wer weiß, was dieser Osteuropäer noch so vorhat. Außerdem traue ich dir zu, dass du in letzter Minute noch einen Rückzieher machst. Ich fahre dich! Die Agentur mache ich mal kurz dicht. Die Neujahrsfeiern sind vorbei. Im Januar lässt sich sowieso kaum ein Kunde sehen. Und wenn Michaela kommt, verschwinde ich wieder. Abgemacht?“

Pollock nickte. In ihm explodierten Liebeshormone wie Silvesterknaller.

Kapitel 20

Ein warmer Trompetenklang drang an Pollocks Ohren. Alexander hatte sein Auto in einen Konzertsaal verwandelt. Die Boxen mussten sündhaft teuer gewesen sein, denn Pollock hörte das Atmen der Trompeterin, als säße sie neben ihm.

„Ist das nicht wunderschön?", fragte Alexander. „Haydns Trompetenkonzert. Das Andante."

Mehr noch als für Haydns Kompositionskunst schwärmte er allerdings von der Trompeterin, die das Werk interpretierte. Eine begnadete 20-jährige Musikerin, mit der er vor ein paar Monaten im Bett gewesen war und die ihn immer noch besuchte, wenn sie in Berlin konzertierte.

Alexanders Affäre spielte so sanft, dass Pollock einnickte, aber bald schon wieder hochschreckte, als die Trompeterin zum Finale des Konzerts kam, einem temperamentvollen Allegro.

Pollock schaute aus dem Fenster, sah verschwommen Menschen vorbeihuschen, die sich mit Schirmen vor der Nässe und dem Wind schützten.

Er brachte den Beifahrersitz in Liegeposition und verschränkte die Arme hinter dem Kopf. Von unten strömte Wärme bis zu seinen Schulterblättern. Alexander hatte die Sitzheizung angestellt. In Pollocks Manteltasche lag der Schlüssel zur Datsche. Noch 40 Kilometer trennten die beiden von Krabow, einem Dorf am See. Den Alexanderplatz hatten sie hinter sich gelassen. Pollock sah im Rückspiegel, wie der Fernsehturm hinter einer Nebelwand verschwand.

Pollock dachte an seine Schwester Ulrike. Bevor er in Alexanders Auto gestiegen war, hatte er ein Telefongespräch mit ihr geführt. Sie hatte sich inzwischen etwas von den Boshaftigkeiten der Mutter erholt. Beide waren sich einig gewesen, sie erst einmal zu ignorieren. Pollock hatte versichert, nicht nach Lemgo zu fahren, um seine alte Eisenbahn abzuholen. Mutter sollte nicht denken, ihn herumkommandieren zu können.

Pollock betrachtete die Umgebung. Der Osten Berlins war ihm fremd. Breitere Straßen, weniger Ausländer, jüngere Menschen. An der Prenzlauer Allee ließ Alexander das Auto vor einer roten Ampel ausrollen. Ein halbes Dutzend Mütter mit Kinderwagen überquerte die Straße.

Pollock kannte kaum jemanden, der im Osten der Stadt lebte. Angeregt durch Alexanders Trompeterin, die am Ende des Allegros mit einer halsbrecherischen Kadenz ihr Können unter Beweis stellte, kam ihm Beate Oppitz in den Sinn. Ihr Name hatte im Protokoll der Studierenden Protestanten gestanden. Pollock war auf ihre Internetseite gestoßen, auf der sie sich als Posaunistin in einem der führenden Berliner Sinfonieorchester präsentierte. Sie musste genau hier in der Gegend wohnen.

Pollock schaute auf die Straßenschilder.

„Da! Heinrich-Roller-Straße!"

„Was ist damit?", brummte Alexander, der sich über einen Lastwagen ärgerte, der so weit nach links ausscherte, dass er nicht überholt werden konnte.

„Fahr da mal rein!"

Alexander riss das Steuer nach rechts und bekam gerade noch die Kurve. Er fuhr im Schritttempo an einem Friedhof vorbei, während Pollock erklärte, was es mit Beate Oppitz auf sich hatte.

„Ich glaub's nicht", schimpfte Alexander. „Ich dachte, du machst jetzt mal zwei Tage Pause! Martin, entspann dich doch mal – e i n m a l nur!"

„Ist ja gut. Fahr mal bis zur Nummer 96."

„Du bist süchtig!" Alexander starrte durch die Frontscheibe und schüttelte den Kopf, als habe er eine unheilbare Krankheit diagnostiziert.

„Wir fahren ja sofort weiter. Aber wenn wir schon mal hier sind, können wir der Oppitz doch kurz mal einen Besuch abstatten. Zehn Minuten nur!"

„Ich werde Michaela anrufen und ihr sagen, sie soll die Finger von dir lassen. Du gehörst in die Klapse! ... Also gut, ich komme mit."

Bevor die beiden ausstiegen, drehte Pollock sich nach allen Seiten hin um. Er sah niemanden, der ihm verdächtig vorkam.

Pollock klingelte bei dem ehemaligen Gemeindemitglied. Der Türsummer wurde betätigt, ohne dass sich Beate Oppitz vorher an der Sprechanlage gemeldet hätte. Die Frau wohnte im dritten Stock. Sie empfing die beiden an der Wohnungstür. Oppitz hatte kastanienbraune Haare, ein schmales, attraktives Gesicht und auffallend wache Augen. Die Musikerin trug schwarz. Bluse, Buntfaltenhose und Schuhe waren von schlichter Eleganz. Offenbar hatten die Freunde sie beim späten Frühstück gestört, denn sie kaute und wischte sich schnell noch ein paar Krümel von den Lippen.

„Ja?" Beate Oppitz schaute die Männer fragend an. Pollock entschuldigte sich für die Störung und sagte sein Sprüchlein auf. Er plane eine Dokumentation über die Studierenden Protestanten. Er sei der Autor, Alexander Laurien unterstütze ihn.

Die Augen der Musikerin blitzten neugierig. „Das ist aber eine Überraschung. Sie haben sich nicht angemeldet. Bei mir sieht es ein bisschen unordentlich aus. Aber kommen Sie doch rein!" Die Frau war Pollock auf Anhieb sympathisch.

„Wissen Sie, ich bin erst gestern Abend von einer Tournee wiedergekommen", sagte Frau Oppitz. „Taiwan, Singapur, Südkorea ... Die Asiaten sind ja ganz versessen auf klassische Musik. Aber ich bin froh, dass ich wieder hier bin! Ich konnte zum Schluss keinen Reis mehr sehen! Was glauben Sie, wie sehr ich mich all die Tage auf ein solides Butterbrot gefreut habe!"

Eine Frau, die gerne plauderte. Das stimmte Pollock optimistisch. Beate Oppitz führte die beiden Freunde in ihr Übungszimmer. Auf Ständern, die aussahen wie Dildos, thronten Posaunen unterschiedlicher Größe. Vor einem geöffneten Kleiderschrank stand ein Stuhl, davor ein Notenständer. Oppitz erklärte, was es damit auf sich hatte: „Aus dem Trichter der Posaune schallt es Richtung Schrank. Die Kleider sind die besten Schalldämpfer, die es gibt. Ich will meine Nachbarn nicht allzu sehr quälen!"

Oppitz wies auf zwei Korbstühle und servierte Kaffee aus einer Thermoskanne. Sie begann von sich aus zu erzählen: Dass sie als Jugendliche jahrelang in einem Posaunenchor gespielt habe, dass es erst einmal auf ein Studium der Theologie hinausgelaufen sei, dass sie mit 20 ihre Liebe zur Posaune wiederentdeckt habe. Nun sei sie zweite Posaunistin im Rundfunk-Sinfonieorchester.

„Als ich mich bei den Studierenden Protestanten engagierte, wohnte ich in einem besetzten Haus. Da konnte ich sechs bis acht Stunden üben, ohne jemanden zu stören. Den Rest der Zeit habe ich mit unzähligen Debatten zugebracht. Wenn ich daran denke, über was wir alles palavert haben! Worüber gestritten wurde! Einmal habe ich mich geweigert, dieses staubtrockene Brot aus der genossenschaftlich organisierten Bäckerei zu kaufen. Da war vielleicht was los! Auch mit meiner Musik hatten einige Besetzer Schwierigkeiten. Die sei spießig und dekadent, meinten sie, als ich Bruckner übte. So ein Quatsch!"

„Interessant", warf Pollock ein. „Sie haben nicht zufällig in der Bautzener Straße gewohnt?"

„Nein, in der Winterfeldtstraße."

„Kannten Sie zufällig jemanden aus der Gemeinde, der in der Bautzener wohnte?"

„Sie stellen ja komische Fragen." Beate Oppitz schaute in ihre Kaffeetasse, als finde sich dort eine Antwort. „Ja, da gab es jemanden. So 'ne Hellblonde. Sie wohnte da mit ihrem Freund. Die hatte ein Faible für Lateinamerika. Diese Blonde war nachher schwanger. Wie war das noch? ... Ach, ja: Ihr Typ hat sie sitzen lassen. War einfach auf und davon."

Pollock rückte bis an die Kante seines Stuhls.

„Wie hieß die Frau? Und wie hieß ihr Freund?"

„Hm. Warum wollen Sie das wissen? Ist das so wichtig für die Geschichte der Gemeinde? ... Aber warten Sie mal!"

Die Posaunistin verschwand im Nachbarzimmer. Pollock und Alexander hörten, wie Schubladen aufgezogen und zugeschoben wurden. Beate Oppitz kam mit einem Foto zurück.

„Hier sind ein paar Mitglieder der Gemeinde drauf. Das war nach irgendeiner Protestaktion gegen Häuserräumungen. Mein Gott, sahen wir drollig aus!"

Zu sehen waren acht junge Menschen, darunter sechs Frauen. Ihre Pullover reichten fast bis zu den Knien, die Hosen hatten seltsame Farben: rot, grün, hellblau. Ganz hinten stand ein junger Mann mit Vollbart und Latzhose. Er hielt ein selbst gemaltes Schild hoch. Es zeigte einen durchgestrichenen Polizisten. Die Frau in der ersten Reihe kam Pollock bekannt vor. Sie trug eine schwarze Lederhose, einen lila Nicki und Boots. Ihr Teint war blass. Unverkennbar ihre gekrümmte Nase.

„Das ist doch Heike Brandstetter!"

„Ja, das ist Heike." Die Musikerin blickte abschätzig. „Die war die Radikalste von uns allen. Heike stand auf der Seite derer, die Gespräche mit dem Senat kategorisch ablehnten. Sie hat immer gesagt, dass Berlins Politiker mit den Immobilienhaien unter einer Decke steckten. Viele hatten regelrecht Angst vor ihr. Vor allem die Besonnenen, die Konflikte ohne Gewalt lösen wollten. Sie redete jeden an die Wand, der nicht ihrer Meinung war."

Daran hat sich bis heute nichts geändert, ging es Pollock durch den Kopf.

„Dabei hat die nie in einem besetzten Haus gewohnt", fuhr Beate Oppitz fort. „Sondern in einer Eigentumswohnung ihres Vaters. Der war für sie aber trotzdem ein Kapitalistenschwein. Nach dem Studium hat sie dann seine psychologische Praxis übernommen."

„Und wo ist die blonde Frau, von der Sie erzählt haben?"

„Da, ganz hinten." Eine Frau mit auffallend hellen Haaren stand in der letzten Reihe, obwohl sie die Kleinste war. Pollock fielen die weichen Gesichtszüge auf. Die Frau trug einen Pagenschnitt und blickte verlegen in die Kamera.

„An den Namen kann ich mich aber wirklich nicht mehr erinnern."

„Hübsches Mädel", warf Alexander ein und bekam sofort von Pollock einen Knuff in die Seite.

„Und ihr Freund", fragte Pollock, „ist der auch auf dem Foto?"

Der rechte Zeigefinger der Posaunistin wanderte von einer Person zur anderen. „Nein, soweit ich das hier sehen kann, ist ihr Freund nicht drauf."

„Wissen Sie noch seinen Namen?"

Beate Oppitz blickte Pollock an, als sei sie erstaunt über ihr löchriges Gedächtnis. „Nein", gestand sie. „Da können Sie mal sehen, wie weit dieser Häuserkampf inzwischen für mich weg ist."

Pollock bohrte weiter: „Sagen Sie, hatte die Gemeinde irgendeine Verbindung zu Osteuropa, zu Russland?"

„Ja, die gab's! Zur damaligen Sowjetunion."

Volltreffer! „Und welche?"

„Es gab einen Arbeitskreis, der sich mit der Sowjetunion befasste. Damals war man der Ansicht, dass sich junge Christen für die Aussöhnung mit dem Osten stark machen sollten. Na ja, nach all dem, was wir den Menschen im Zweiten Weltkrieg angetan hatten ... Da wurden Reisen veranstaltet, Filme aus der Sowjetunion geschaut, Literatur besprochen ..."

„Waren Sie in dem Arbeitskreis?"

„Nein, das war nichts für mich."

„Warum nicht?"

Beate Oppitz legte die Stirn in Falten. „Das war eine elitäre Gruppe. Und irgendwie hatte ich immer das Gefühl, dass alle, die da mitmachten, die Verhältnisse im Osten ein bisschen schönredeten. Ich will nicht sagen, dass die für das kommunistische System waren. Aber dass das eine schlimme Diktatur war, kam keinem von denen so recht über die Lippen. Jeder, der sich mal kritisch über die Verhältnisse geäußert hat, wurde in die rechte Ecke gestellt."

„Können Sie sich erinnern, wer da mitgemacht hat?"

„Nein ... da fällt mir jetzt keiner ein."

Pollock entschuldigte sich für einen Moment, ging zur Garderobe im Flur und holte das Protokoll des Arbeitskreises „Soziale Gerechtigkeit" aus seiner Manteltasche.

„Schauen Sie sich die Namen bitte genau an. Entdecken Sie wirklich niemanden, der auch in dieser Sowjetunion-AG war?"

Beate Oppitz las die Namen und lächelte verträumt. „Doch, hier: Robert Wessels. Bobby. Aber was der heute macht und wo der wohnt – keine Ahnung!"

„So, ich glaube, wir müssen mal wieder", mischte sich Alexander ein und erntete einen bösen Blick seines Freundes. „Das war alles sehr reizend von Ihnen. Vielen Dank für Ihre Hilfe!" Alexander berührte die Fingerkuppen der Musikerin und deutete einen Handkuss an.

Beate Oppitz schaute irritiert und war so verlegen, dass sie offenbar jede Frage nach Sinn und Zweck des Gesprächs vergaß.

Berlin, den 22. Oktober 1981

Liebste Anna,

noch mal zu unserem Telefonat vorhin: Du musst Dir wirklich keine Sorgen machen. Ich schaffe das schon. Es ist ja noch mehr als einen Monat Zeit bis zum Umzug. Udo hat mir übrigens beim Transport einiger Möbel geholfen, die ich noch auf dem Sperrmüll gefunden habe. Was die Leute so alles wegwerfen! Ich hab' einen alten Bauernschrank mitgenommen! Wunderbar in Schuß.

Nur das Schloß muß erneuert werden. Udo und ich haben uns den Transporter von der Gemeinde geliehen und den Schrank erst mal in die Bautzener Straße geschafft. Ich hoffe, er nimmt in dem feuchten Keller keinen Schaden. Na ja, er soll da ja nicht ewig stehen.

Udo ist übrigens im Moment ziemlich gut drauf. Am 1. Dezember beginnt er eine Ausbildung beim Berliner Abendblatt. Ja, Du liest richtig – Udo hat ein Volontariat bekommen. Mich hat das auch gewundert, denn ich dachte, dazu muss man ein abgeschlossenes Studium haben. Ist aber offenbar nicht so. Ich glaube, in der Gemeinde sind viele neidisch auf ihn. Da wollen ja viele in den Journalismus. Und anders als Udo haben die jahrelang für Zeitungen geschrieben oder beim Fernsehen als Kabelhilfe gearbeitet. Offenbar hat Udo einen guten Eindruck beim Vorstellungsgespräch gemacht. Quatschen kann er ja. Du sagst ja immer, er sei nicht der Hellste. Das stimmt schon. Aber vielleicht ist das auch nicht immer unbedingt das Wichtigste.

Beate hat nach Dir gefragt! Ich soll Dich herzlich grüßen! Sie wohnt mittlerweile auch in einem besetzten Haus und scheint sich dort sehr wohl zu fühlen. Ich glaube, es geht ihr gar nicht so sehr um die Sache. Sie ist einfach froh, daß sich da niemand über ihre Posaune aufregt. Apropos Musik: Boris hat mir schon wieder eine Platte mitgebracht! Svatoslaw Richter am Klavier, David Oistrach spielt Geige. Genial!

Wir haben noch mal über die Häuserräumungen gesprochen. Boris wollte wissen, was die Besetzer jetzt vorhaben. Ich habe ihm erzählt, daß ich zu den meisten gar keinen Kontakt mehr habe, die Gemeinde aber eine Resolution verfaßt hat. Boris fand es interessant, daß sich die Kirche in den Konflikt einmischt und bat mich, ihm eine Kopie zu machen. In der SU gibt es offenbar gar keine Studentengemeinden. Boris war jedenfalls erstaunt, als er von den vielen AGs hörte. Ich bringe ihm mal ein paar Protokolle mit, damit er sich vorstellen kann, was wir so machen. Wußtest

Du, daß das eigentlich verboten ist? Im Grunde genommen darf man Leuten aus dem Osten überhaupt nichts Schriftliches mitgeben. Das hat mir Boris erzählt. Verrückt, was? Das fällt irgendwie gleich unter Spionage.

Ach, ja: War das auch bei Euch in den Nachrichten? Am 21. November soll es in Amsterdam eine riesige Demo gegen den NATO-Doppelbeschluss geben. Einige aus der Gemeinde wollen hinfahren. Mir ist das zu anstrengend acht Tage vor dem Umzug. Obwohl es mich reizen würde ... Liebe Anna, in drei Wochen schließen wir uns wieder in die Arme. Endlich! Laß mich ruhig weiter anrufen. Meine Eltern haben mir gestern noch ein bißchen Geld überwiesen. Und nach sechs ist es ja nicht allzu teuer.

Ein dicker Kuß von Berlin nach Madrid
Frank

Kapitel 21

Die Straßen Krabows waren leer, als sei das Dorf evakuiert worden. Knorrige Ahornbäume standen links und rechts der Hauptstraße. Nebel waberte durch den Ort. Nur selten schimmerte Licht hinter den Gardinen der ein- bis zweistöckigen Häuser. Die Freunde hatten die Orientierung verloren. Sie fuhren an einer Barockkirche vorbei, die, wie alle Häuser rund um den Marktplatz, offenbar vor nicht allzu langer Zeit renoviert worden war. Ihr braungelber Anstrich war originalgetreu erneuert, die Verzierungen am Turm in mattem Rot überstrichen worden. Alexander und Pollock mussten mehrmals durch den Ort fahren, bis sie endlich eine Rentnerin entdeckten, die den Gehweg entlanghumpelte. Sie beschrieb ihnen den Weg zum Grundstück, auf dem die Datsche stand.

Sobald die Freunde den Dorfkern verlassen hatten, zeigte der

Ort seine trostlose Seite. Zerbrochene Fensterscheiben und von Unkraut überwucherte Vorgärten prägten das Bild. Da war ein Krämerladen, der offenbar schon vor Jahren geschlossen wurde. An einem Laternenpfahl rostete ein angekettetes Fahrrad vor sich hin. Pollock wunderte sich, dass Michaela hier Urlaub machte. Man musste psychisch stabil sein, um es hier lange auszuhalten.

Es klackerte laut, als der Wagen einen Waldweg hinunterfuhr, vorbei an einem mit Efeu bewachsenen Herrenhaus. Unter den Matsch, der an das Auto klatschte, mischten sich immer mehr Steine. Alexander fluchte.

Sein Audi rumpelte hinunter zum Seegrundstück und schlitterte bis an das Ufer heran. Pollock öffnete die Wagentür und tapste mit dem rechten Fuß in eine Pfütze. Fängt ja vielversprechend an, dachte er. Doch der Blick, der sich auftat, stimmte ihn versöhnlich: Die Oberfläche des Sees glitzerte. als die Wolkendecke für ein paar Sekunden aufbrach. Das Wasser war umgeben von Schilf und Bäumen. Am Horizont schwang ein Seeadler seinen bulligen Körper in die Höhe und verschwand irgendwo in der Uferböschung.

Dann die Datsche. Sie war aus Holz und so groß wie das Häuschen eines Schrebergartens. Über der Tür hing ein mächtiges Geweih. Die Fensterläden waren geschlossen. Pollock machte sich am Schloss der Tür zu schaffen, die er fest an sich heranziehen musste, um sie zu öffnen. Er ging mit seinem Freund durch einen schummrigen Korridor, der zum Bad und zum Wohnzimmer führte. An der längsten Wand des Raumes stand eine rustikale Küchenzeile, links davon ein Doppelbett. Die Bettbezüge fand Pollock auf einem wuchtigen Kleiderschrank. Auch an Brennholz hatten Michaelas Verwandte gedacht: Es lag zusammen mit ein paar Briketts säuberlich gestapelt neben dem Ofen. In der Mitte des Raumes standen eine Couch und zwei Sessel. An die Zeit vor 1989 erinnerte ein

Poster der DDR-Rockband „Chicorée", das an die Holzwand gepinnt worden war. Fünf Burschen in Ost-Jeans blickten widerborstig vor sich hin.

„Das ist also dein Liebesnest", sagte Alexander und löste die Riegel der Fensterläden. „Sogar Bier ist da", stellte er fest und warf Pollock eine Flasche zu. „Wie sieht es mit deiner Kleidung aus?" Alexander begann an Pollocks schwarzem Hemd herumzuzupfen. „Weißt du, was du noch brauchst?"

„Nein, was denn?"

„Passendes Parfum. Ich habe eins dabei, das Frauen wild macht." Noch bevor sich Pollock wehren konnte, hatte Alexander in seinen Rucksack gegriffen, eine grazile Flasche hervorgeholt und Pollocks Hals besprüht.

„Spinnst du?! Ich bin doch kein Gigolo!"

„Was hast du für Unterwäsche an?", fuhr Alexander fort.

„Wie bitte?"

„Jetzt sag nicht, du trägst irgendwelche Feinrippunterhosen."

„Doch, na und?"

Wieder kramte Alexander im Rucksack. „Habe ich mir schon gedacht. Hier, nimm das!" Er warf Pollock ein schwarzes ärmelloses Unterhemd und die dazu passende Hose zu.

„Du gehst jetzt ins Bad, machst dich frisch und ziehst das an!"

„Du hast sie doch nicht alle." Trotzdem tat Pollock wie ihm befohlen. In dem kleinen Bad war es bitterkalt. Durch ein schmales Loch im Mauerwerk drang frische Luft.

Pollock dachte zurück an die Ausflüge mit seiner Ex, Sabine. Mit ihr hatte er einmal ein Hotelzimmer an der Ostsee gebucht, war aber bereits nach wenigen Stunden wieder abgereist, weil ihn sein Redaktionsleiter angerufen und gebeten hatte, einen erkrankten Kollegen zu ersetzen. Sabine war rasend geworden vor Wut.

Pollock stellte sich unter die Dusche und ließ eiskaltes Wasser an sich herunterprasseln. Dabei hatte er gehört, dass viele

Frauen frisch geduschte Männer gar nicht mochten. Das lag am natürlichen maskulinen Duft, der durch den Einsatz von Seife verloren ging. Der Geruch des Schweißes zog Frauen besonders an, wenn sie sich in den fruchtbarsten Tagen ihres Menstruationszyklus befanden. In der Hoffnung, dass das auch bei Michaela so war, legte er die glitschige Seife rasch wieder in die Dose zurück.

Mittlerweile war es kurz nach sieben am Abend. Michaela konnte jeden Augenblick kommen.

Alexander hatte ganze Arbeit geleistet. Im Ofen knisterte es verheißungsvoll. Zwei Gläser und eine Rotweinflasche standen bereit. Der italienische Vorspeisenteller, den sich sein Freund im Feinkostladen hatte zusammenstellen lassen, sah appetitlich aus.

„Der Käse muss ziehen, dann entfaltet er ein Aroma, das Michaela nicht vergessen wird", sagte Alexander. Er saß neben Pollock auf dem Sofa, seinen Mantel hatte er über die Lehne geworfen, bereit, die Datsche zu verlassen, sobald Michaela angekommen war. Dann kam ihr Anruf.

Michaela klang aufgebracht. Sie war kurz angebunden, als habe sie gerade eine schlimme Nachricht erhalten, die sie erst mal verdauen musste. „Martin, mein Lieber. Heute wird's nichts. Ich bin fix und fertig. Dieser Scheißladen kotzt mich an. Ich melde mich morgen wieder. Dann erzähle ich dir alles."

Viel mehr war bei dem Telefonat nicht herausgekommen. Pollock stand die Enttäuschung ins Gesicht geschrieben. Da hatte er sich einmal von zu Hause losgerissen und jetzt das. Was sollten er und Alexander in diesem gottverlassenen Kaff nur machen?

Alexander stand am Fenster, schaute in die Nacht und knabberte an einer getrockneten Tomate. Noch in Gedanken drehte er sich zu Pollock um.

„Okay", sagte Alexander. Dann wieder: „Okay." Er ging langsam im Zimmer auf und ab. „Wir machen jetzt das Beste draus. Ich schlage vor, du genießt noch einmal so richtig deine letzten Tage als Single."

„Super!", antwortete Pollock sarkastisch. „Da ist Krabow ja der ideale Ort für."

„Langsam, langsam. Unterschätz die Gegend nicht."

„Na, jetzt bin ich ja mal gespannt."

„Brandenburg hat mehr zu bieten, als du ahnst. In zehn Minuten sind wir da. Ich entführe dich in einen Nachtklub."

„Was!" Pollock saß aufrecht auf dem Sofa. „Jetzt drehst du komplett durch."

„Mensch, überleg doch mal! Das ist doch im Moment das Vernünftigste, was du tun kannst. Du brauchst jetzt ein bisschen Trost, ein bisschen Wärme. Lass dich doch mal fallen! Du willst doch nicht so ein Typ werden, dem man schon von Weiten ansieht, dass ihm was fehlt!"

„Wie bitte? Was fehlt mir denn? Ich glaub, du spinnst!"

Für Pollock war klar: Ein Bordell war das Eingeständnis, dass man jede Hoffnung auf eine gut funktionierende Beziehung verloren hatte. Er sah sie schon vor sich, die frustrierten Ehemänner und notgeilen Singles, denen beim Anblick der spärlich bekleideten Frauen der Sabber nur so herunterlief. Wer da hinging, war ganz unten angekommen. „Niemals!"

Kapitel 22

Pollock schaute aus dem Beifahrerfenster. Die Alleebäume zogen gleichmäßig an ihm vorüber. Alexanders Audi flog mit einer Leichtigkeit über die Landstraße, die Pollock Mut machte. Was war denn schon dabei, sich das Etablissement mal anzuschauen? Schon aus journalistischem Interesse. Schließlich musste man in seinem Beruf alles einmal kennengelernt haben.

Einfach einen Sekt trinken und sich ein bisschen umgucken – warum nicht? Wie viele Kollegen gab es, die über Dinge berichteten, die sie nie gesehen hatten! Im Grunde war es Pflicht, so einen Klub mal zu besichtigen. Vielleicht inspirierte ihn das zu einer Dokumentation? Genau! Und ein paar hübsche Frauen, die einen umgarnten, waren an so einem verpatzten Abend wirklich nicht schlecht. Niemand zwang ihn, es zum Äußersten kommen zu lassen.

Der Klub hieß „Ekstase“ und lag im Niemandsland, vierzig Minuten von der Hauptstadt entfernt. Das Schild, das auf den Nachtklub verwies, sah unschuldig aus. Unter dem Emblem einer tschechischen Pilsmarke stand „Ekstase“ in normalen schwarzen Buchstaben, als erwarte den Besucher nicht mehr als Frischgezapftes und Schweinshaxe. Pollock und Alexander erreichten eine Lichtung. Der Klub residierte in einem Schloss. Die Fenster der oberen Stockwerke waren mit Brettern verrammelt. Links und rechts der Stufen, die zum Eingang führten, blinkten rote Lämpchen verführerisch. Pollock spürte, dass er flacher atmete. Es fühlte sich an, als sei vor lauter Erregung alle Kraft aus seinen Oberschenkeln gewichen. Er kannte das. So ging es ihm, wenn er an Prostituierten in der Oranienburger Straße vorbeikam. Allein das Gefühl, mit den Frauen mitgehen zu können, hatte einen wohligen Reiz.

Alexander stoppte den Audi. Er parkte in einer Reihe mit noblen Karossen. Fast alle hatten ein Berliner Kennzeichen, einige ein BN für Bonn. Neben einem schwarzen Mercedes schlenderte ein Mann auf und ab. Offensichtlich ein Chauffeur. Er zog gelassen an seiner Zigarette, als bereite sein Chef im Schloss einen Wohltätigkeitsbasar vor.

„Du siehst, das hat Stil hier“, prahlte Alexander. „Und du wirst sehen, Osteuropäer können auch ganz sanft sein.“

Pollock beschlich die Angst, erkannt zu werden.

Alexander schien seine Bedenken zu erahnen. „In dem Klub

gibt es das ungeschriebene Gesetz, dass keiner draußen über den anderen spricht. Lass dich überraschen!“

Alexander ging entschlossen auf das Schloss zu, Pollock hinterher. Die zwei großen Erdgeschossfenster links und rechts des Eingangsportals waren von innen mit einer silbrigen Folie verhängt worden. Neben dem Eingang hing ein Schaukasten mit der Getränkekarte.

„Das sind ja Wucherpreise“, wisperte Pollock, als sei jemand in der Nähe, der ihn hören könnte.

„Mach dir darüber keine Gedanken“, sagte Alexander und betätigte die Klingel. Die beiden standen vor einer Stahltür mit Guckloch. Pollock sah, wie die Scheibe vor dem Loch zur Seite geschoben wurde: Ein kritisch blickendes Auge. Dann ging die Tür auf. Zum Vorschein kam eine Dame. Pollock schätzte sie auf Anfang 50. Sie hätte auch hinter der Rezeption eines Fünf-Sterne-Hotels stehen können. Sie trug eine weiße Bluse, einen schlichten, aber eleganten schwarzen Rock und lächelte die Gäste mit ihrem violett geschminkten Mund an. Ihr Akzent ließ vermuten, dass sie aus Polen oder Tschechien kam.

„Ah, Herr Laurien, kommen Sie rein. Schön, Sie mal wieder zu sehen. Oh, diesmal in Begleitung!“

Pollock wurde klar, wie wenig er eigentlich über das Treiben seines besten Freundes wusste. Einladend zog die Dame einen schweren dunkelroten Vorhang zur Seite, der das Eingangsportal vom Klubinneren trennte. Der Flur, der vor ihnen lag, erinnerte Pollock an den Wandelgang eines Barocktheaters. Ein gläserner Kronleuchter hing von der Decke herab. Das Licht wurde durch breite Spiegelwände verstärkt. Von schummriger Puffatmosphäre keine Spur. Die Empfangsdame begleitete Pollock und Alexander zur Garderobe, wo ein junger Mann im Smoking die Jacken entgegennahm.

„In welchen Salon möchten Sie denn heute?“, wollte die Dame von Alexander wissen.

„Was würden Sie denn empfehlen?"

Die Frau musterte Pollock freundlich, dem bewusst wurde, dass er in seinem schwarzen Hemd, der Jeans und seinen klobigen schwarzen Stiefeln nicht so recht in das Ambiente passte.

Die Dame wandte sich wieder Alexander zu. „Im Salon Samara waren Sie ja das letzte Mal. Wie wäre es mit Sankt Petersburg?"

„Wir sind gespannt", sagte Alexander, legte den Arm um Pollocks Schulter und schritt mit ihm das Parkett entlang. Sie erreichten eine Flügeltür, auf der mit goldenen Buchstaben der Name der russischen Stadt prangte. Alexander wollte die Tür öffnen, doch die Empfangsdame kam ihm zuvor.

Die Klänge einer Tschaikowsky-Sinfonie sollten die ganze Sache seriöser machen, als sie war. Die beiden betraten einen Saal, so groß wie eine Bahnhofsgaststätte. Ein wuchtiges Ölgemälde, das die Eremitage bei Nacht zeigte, lag im Halbdunkel. Die Gäste waren in Kerzenlicht getaucht. Wenn es auch politisch mit den deutsch-russischen Beziehungen nicht immer zum Besten stand, hier funktionierten sie augenscheinlich hervorragend: Ein halbes Dutzend Männer unterschiedlichen Alters machte einen mehr als zufriedenen Eindruck. Einige waren in gediegener Freizeitkleidung gekommen, als hätten sie zwischen Golfturnier und Familienausflug eben noch einen Puffbesuch eingelegt. Andere trugen teure Anzüge und hatten ihre Schlipse gelockert oder lockern lassen. Die Bar, an der sie saßen, hatte eine ungewöhnliche Form: Sie schlängelte sich durch den Raum wie eine Ringelnatter. So fand jeder einen Platz, an dem er mit seiner Dame tun und lassen konnte, was er wollte, ohne anderen Pärchen auf die Pelle zu rücken.

Eine schwarzhaarige Bardame, die ein knappes schwarzes Top und einen Minirock trug, servierte noch rasch zwei Cocktails, dann kam sie hinter dem Tresen hervor. Sie gab den beiden die Hand.

„Willkommen. Ich bin Irina. Wenn Sie Wünsche haben – welche auch immer – ich bin für Sie da. Darf ich Ihnen erst einmal etwas zu trinken anbieten?"

Sie führte Pollock und Alexander zu zwei weißen Ledersesseln gleich neben der Eingangstür. Alexander bestellte zwei Champagner und lächelte befreit. „So lässt es sich leben, was? Warte ab. Es wird noch besser!"

Die dunkelhaarige Schönheit kehrte mit einem Tablett zurück. Sie stellte die Gläser auf einen Beistelltisch. Daneben legte sie schmale Zettel, für jeden einen. Pollock guckte Alexander fragend an, ahnte aber schon, worauf das Ganze hinauslief. Zu sehen waren die Gesichter zwölf russischer Mädchen, die den Männern zum Flirt angeboten wurden. Die Vornamen der bereits gebuchten waren mit einem roten Filzstift durchgestrichen. Alexander nippte am Champagner und musterte die Fotos. „Nicht schlecht, was?" Alexander studierte den Zettel wie ein Feinschmecker die Speisekarte. „Wenn ich mir das hier so ansehe, muss ich sagen, der Fall des Eisernen Vorhangs war ein Segen. Wie gefällt dir Lidia?"

„Komische rosa Haare hat die", sagte Pollock.

„Das ist in Russland so üblich. Sieht ein bisschen puschig aus. Stehst du nicht auf so was?"

„Nee. Da finde ich die hier besser, die Blonde. Svetlana."

Ehe sich Pollock versah, schnippte Alexander mit dem Finger. Pollock packte ihn am Arm, versuchte ihn zurückzuhalten. Doch die Bardame kam bereits – aufregend mit den Hüften wackelnd – auf sie zu.

„Sie haben gewählt?"

„Das haben wir", sagte Alexander. „Dieser junge Mann steht auf Svetlana und für mich bitte die Nummer vier: Anastasia."

„Eine gute Wahl", entgegnete die Bardame.

„Das kostet doch sicher ein Vermögen, egal, was ich mit der mache!", fauchte Pollock.

„Das lass mal meine Sorge sein." Das Geräusch, mit dem Alexander sich zurücklehnte, klang wie das Schnurren eines ausgehungerten Katers.

„Hallöchen!" Pollock erkannte Svetlana nicht auf Anhieb.

„Guten Abend." Auf dem Foto war ihm ihre Haut samtener vorgekommen. Auch die Lippen waren ein wenig schmaler als auf dem Flyer. Trotzdem machte Svetlana Pollock unruhig. Besonders erregend fand er ihre fast durchsichtige schwarze Bluse. Pollock stand auf und gab der Russin die Hand. Die Blonde hatte durchdringende Augen, Grübchen und Sommersprossen über einer zierlichen Nase. Sie lächelte Pollock freundlich, aber auch ein wenig spöttisch an. „Ah, ein junger Mann mit Manieren!" Mit grazilen Fingern strich sie über Pollocks Zopf.

„Wie heißt du?"

„Martin."

„Ich bin Svetlana. Lädst du mich auf einen Drink ein?" Pollock schaute zu Alexander, der sich bereits um Anastasias halb geöffneten Mund kümmerte. Alexander lugte zu ihm herüber, ohne seine Bewegung Richtung Lippen zu unterbrechen: „Bestell, was du willst. Ich zahle." Pollock ahnte: Das waren die letzten Worte, die er in dieser Nacht mit ihm wechseln würde.

Svetlana lenkte ihn zu einem Barhocker. Pollock sah hinüber zu den anderen Männern. Die lachten und scherzten mit den Frauen, streichelten dabei mal ihre Knie, mal ihre sparsam verhüllten Brüste. Immer wieder erhob sich ein Pärchen, stieg eine breite Wendeltreppe hinauf zu einer Tür, auf die ein großes rotes Herz gemalt war, so, als gäbe es Trottel, die nicht verstanden, worauf das hier alles hinauslief.

Svetlana steckte sich eine Zigarette an und musterte Pollock neugierig. Sie hatte nichts von den Nutten, die in Berlin mit dumpfen, müden Blicken die Straße entlanggingen. Svetlanas Augen schauten wach. Es klang ehrlich interessiert, als sie fragte: „Was machst du beruflich?"

„Ich bin Journalist." Pollock fing an, die Nähe Svetlanas zu genießen. „Beim Fernsehen", fügte er hinzu.

„Das ist spannend", sagte Svetlana. Ihr Akzent war kaum zu hören. „Mein Bruder arbeitet bei einer Zeitung in Moskau."

„Aha. Und was machst du, wenn du hier nicht ... äh ...?"

Pollock merkte, dass Svetlana ihm gerne geantwortet hätte, sich dann aber besann. Sie setzte ein kokettes Lächeln auf, so, wie es ihr offenbar antrainiert worden war, und legte den Finger auf ihre Lippen.

„Das spielt keine Rolle. Ich kann nur so viel sagen: Ich komme aus Rrrrussland. Und da gibt es nicht viele Männer, die so hübsch sind wie du." Worte, die nicht zu ihr passten. Trotzdem tat das Kompliment gut. Svetlana beugte sich zu Pollock, sodass er ihre kleinen Brüste sehen konnte. „Martin", hauchte sie ihm zu. „Ein schöner Name."

Plötzlich freute er sich auf das, was jetzt kam. Seine rechte Hand streichelte erst über Svetlanas Schulter, dann umfasste er von hinten ihren Hals. Schließlich zog er sie ganz zu sich heran. Sie roch nach Rauch. Aber das störte Pollock nicht. Kurz rauschte das Bild von Michaela durch seinen Kopf, verschwand aber schnell wieder. Svetlanas Lippen waren feucht, sodass sich Pollock zusammennehmen musste, nach dem Kuss nicht seinen Mund an einer Serviette abzuwischen. Svetlana strahlte. Pollock wusste nicht, ob das wahre Begeisterung oder pure Professionalität war. Er wollte ihr sagen, wie schön sie sei, da ging ein Mann am Ende des Saales die Wendeltreppe hinab. Er war vielleicht Anfang 60. Er kannte den Mann. Aber woher bloß? Rasend schnell spielte Pollock alle Möglichkeiten durch. Einer der Schlagersänger, mit denen er sich in den vergangenen Wochen beschäftigt hatte? Nein. Ein Komiker? Dafür erschien der Mann mit den silbergrauen Haaren zu seriös.

Svetlana quietschte, als Pollock aufsprang und sich wie von der Tarantel gestochen hinter ihren Barhocker duckte. Wahrscheinlich dachte sie, Pollock gehe jetzt zu außergewöhnlichen Sexpraktiken über.

„Beweg dich nicht", zischte Pollock ihr von unten zu.

„Was ist denn los?", flüsterte sie.

Was los war? Seine Karriere war zu Ende. Er würde stempeln gehen müssen – sein Leben lang. Das war los. Scham und Verzweiflung würden seine Schwester und alle, die ihm lieb waren, in den Tod treiben. Seine Mutter würde sich wahrscheinlich darin bestätigt fühlen, einen Chauvinisten zum Sohn zu haben, der keine Skrupel hatte, aus dem Ausland eingeschleuste, wehrlose Frauen sexuell auszubeuten. Nur weil er sich einmal hatte gehen lassen!

Der Mann, dessen schwarze glänzende Schuhe er nun sah, war niemand anderes als sein Chef. Der mächtigste Mann bei *Havel-TV*. Der Geschäftsführer. Pollock hatte nicht oft mit ihm gesprochen. Dr. Reimund Klüver legte Wert darauf, sich alle zwei Jahre mit jedem seiner Mitarbeiter zu unterhalten. Klüver hatte sich bei der letzten Unterredung an sämtliche Reportagen Pollocks erinnern können und ihm versichert, dass seine Live-Auftritte bei Zuschauerumfragen, dem sogenannten Controlling, besonders gut abschnitten. Und nun das. Wenn nicht ein Wunder geschah, würde dies zur peinlichsten Begegnung nicht nur in Pollocks, sondern auch in Klüvers Leben werden.

Doch auf Svetlana war Verlass. Sie drehte sich in den Raum und hielt lässig einen großen Fächer vor ihre langen Beine. Pollock war nun nicht mehr zu sehen. Unter dem Fächer erkannte er zwei Hosenschläge, die sich Svetlanas Hocker näherten und dann stehen blieben. Pollock hörte Klüvers Stimme. Sie klang genauso behäbig wie bei den Mitarbeiterversammlungen des Senders. Er sprach russisch. Ob mit oder ohne Akzent – das konnte Pollock nicht beurteilen. Kein Zweifel, Klüver und Svetlana kannten sich. Er hörte das Lachen Klüvers und Svetlana, die in einem atemberaubenden Tempo auf ihn einredete.

In diesen Schreckenssekunden ging Pollock viel durch den Kopf. Jahrelang hatten Russen in seinem Leben keine Rolle gespielt. Nun hatte er es in kürzester Zeit mit einem russischen Schläger zu tun, mit der Sowjetunion-AG einer evangelischen Gemeinde und seinem Geschäftsführer, der offenbar ein Faible für die Frauen dieses Landes hatte. Inständig hoffte Pollock, der Geschäftsführer möge das Bordell schnellstmöglich verlassen. Hatte Klüver nicht Frau und Kinder? Na klar. Seine beiden Söhne waren schon älter und irgendwelche Größen in der Immobilienbranche. Erst letztens hatte Klüver in einem Interview geschwärmt, die Familie sei sein Ein und Alles. Ein Nest. Es sei traurig, wie wenig bindungsfähig und verantwortungsvoll junge Menschen heute seien.

Klüvers Beine bogen sich ein wenig nach vorn. Pollock wünschte, er möge Svetlana nur einen Kuss auf die Wange geben. Denselben Mund küssen wie der Geschäftsführer – das fand er nicht sonderlich appetitlich. Sein Chef wandte sich von der Russin ab und ging gemächlich auf und ab. Pollock sah, wie der Geschäftsführer schließlich in einem der Ledersessel Platz nahm. Klüver schaute auf die Uhr und ließ seinen Blick von rechts nach links schweifen, ganz geduldig, als warte er in seinem Urlaubscafé auf ein Stück gedeckten Apfelkuchen.

Svetlana streichelte mit ihren spitzen Absätzen Pollocks Nase und hatte spürbar Spaß an dem Versteckspiel. „Hör auf damit", schnaubte Pollock.

Denn jetzt wurde es fünf Meter von ihm entfernt spannend. Pollock sah einen Mann, der ein Handy an sein Ohr hielt. Er kam zielstrebig auf Klüver zu. Der Geschäftsführer nickte dem Mann zu, von dem Pollock nur einen breiten Rücken sah. Pollock rutschte noch tiefer hinunter. Der Unbekannte trug einen maßgeschneiderten Anzug und inspizierte genau, was um ihn herum geschah. Nun sah Pollock seinen Hinterkopf. Nein, dachte er. Das konnte nicht wahr sein! Die hell gefärbten Haare! Der ockerfarbene Teint! Pollock schauderte. Wie, um seinen Verdacht zu erhärten, nahm der Mann neben Klüver Platz und zeigte sein Gesicht. Er steckte das Mobiltelefon in die Innentasche seiner Anzugjacke. Klüver und der Mann schwiegen, wie sich nur Menschen anschweigen, die sich gut kennen. Pollock schoss vor Schreck aus seiner Position hoch und stieß mit dem Kopf an Svetlanas Hocker. „Autsch!!" Pollocks Stirn schmerzte höllisch. Aber das war jetzt nicht so wichtig. Pollock hatte keinen Zweifel mehr: Dr. Reimund Klüver saß neben dem Mann, der sich Andreas Semmler nannte. Eindeutig: Das war der Mann auf Janowskis Foto. Das war der Mann, der in Neukölln zu Pollock in den Plattenladen geschaut hatte. Der Schläger. Der Osteuropäer.

Ich werde nie mehr in ein Bordell gehen, keine Nutte auch nur von Weitem angucken – wenn die beiden doch nur bitte, bitte, den Raum verlassen würden, flehte Pollock innerlich. Vorsichtig legte er den Kopf auf den kalten Marmorboden. Der Schläger zog sein Handy wieder aus der Tasche. Pollock sah, dass das Display leuchtete. Der Mann nahm das Gespräch an, nickte Klüver zu und wies mit der linken Hand zur Tür. Pollocks Chef stand in aller Ruhe auf und verließ mit dem Osteuropäer den Salon Sankt Petersburg. Tschaikowskys „Winterträume" drangen an Pollocks Ohr. Klänge wie aus einer anderen, einer heilen, romantischen Welt. Tschaikowsky hatte unter Halluzinationen gelitten, als er die Sinfonie schrieb. Das, was Pollock hier erlebte, war leider die raue Realität.

Svetlana bückte sich und schaute zwischen ihre Beine.

„Mann-o-mann-o-mann", murmelte Pollock. Mit großer Anstrengung brachte er seinen kraftlos gewordenen Körper wieder in eine aufrechte Position. Svetlana kicherte. „Ist doch nicht schlimm, hier erkannt zu werden!", sagte sie und streichelte über seine rechte Wange. „Wer draußen was erzählt, blamiert sich doch selbst."

„Du hast ja keine Ahnung." Pollocks Wunsch nach Sex hatte sich in nichts aufgelöst.

„Ach komm", sagte Svetlana und beugte sich wieder zu ihm vor.

„Nein! Schluss damit!" Pollock kam eine Idee. Er musste Svetlana ausfragen.

„Sag mal, kanntest du die beiden Männer?"

Svetlana gluckste. Sie hatte während des Versteckspiels offenbar ein paar Gläser Champagner zu viel getrunken. Ihr russischer Akzent war deutlicher zu hören. „Willst du mich interviewen, Herr Journalist?"

„Ich meine es ernst. Es ist wichtig. Es geht um ein Verbrechen", flüsterte Pollock und fragte sich, ob es geschickt war, so mit ihr zu reden.

Svetlana antwortete mit gespieltem Entsetzen: „Oh, jetzt mach mir keine Angst! Nachher geht es noch um Mord!"

„Es geht um Mord!"

Für den Bruchteil einer Sekunde verfinsterte sich Svetlanas Gesicht. „Bitte. Nicht hier!", zischte sie. Dann beugte sie sich wieder giggelnd zu ihm herüber. Ihr Mund war jetzt ganz nah. Ihre Hand streichelte Pollocks rechtes Bein und wanderte Richtung Reißverschluss.

„Na, ist das schön?"

„Hmm", antwortete Pollock und versuchte, sich zu entspannen. Svetlanas Kuss war noch leidenschaftlicher als der erste. Genussvoll spielte sie mit Pollocks Zunge. Sachte machte sie die obersten Knöpfe seines Hemdes auf, steckte ihre warme Hand hinein und streichelte über seine Brusthaare. Sie stand auf, nahm seine rechte Hand und führte ihn Richtung Wendeltreppe. Bevor sie die Tür mit dem roten Herz öffnete, stellte sie sich demonstrativ vor ihn, nahm seinen Kopf in beide Hände. Ihre Lippen wanderten von Pollocks Stirn zu seinem Mund. Pollock ahnte, dass dies ein Zeichen war – wahrscheinlich für ihre Chefs. Ein Zeichen dafür, dass Svetlana ihren Job zuverlässig machte.

Der schmale Gang im ersten Stock des Schlosses war so dunkel, dass Pollock Svetlanas Gesicht kaum erkennen konnte. Das Einzige, was leuchtete, waren Nummern neben den Türen. Als die beiden an Zimmer 16 vorbeigingen, hörten sie ein lustvolles Keuchen. Irgendwo über ihnen ahmte eine Frau einen Orgasmus nach. Svetlanas Zimmer lag am Ende des Flures. Sie zog eine Magnetkarte durch einen Schlitz, es summte und Svetlana öffnete Pollock die Tür. Pollock konnte nur einen winzigen Schritt ins Zimmer machen, dann stieß er auf ein breites Bett auf dem goldglänzende Bettwäsche lag. Über dem Bett hing der obligatorische Spiegel, auf einem Nachttisch stand eine bauchige Glasvase randvoll mit Kondomen. Einen Platz zum Sitzen gab es nicht. Svetlana ließ sich auf das Bett fallen und schaute Pollock nachdenklich an.

„Sag mal, was willst du eigentlich hier?“

„Das frage ich mich auch“, antwortete Pollock und setzte sich neben sie. Irgendwie hatte er das Gefühl, Svetlana vertrauen zu können.

„Bist du wirklich hier, um einen Mord aufzuklären?“, fragte sie.

„Erst war ich es nicht, jetzt bin ich es.“

„Aha.“

Pollock konnte nachvollziehen, dass sie nicht schlau aus dem wurde, was er sagte.

„Wer war der Mann, vor dem du dich versteckt hast?“, fragte Svetlana.

„Das fragst du mich? IHR habt euch doch so lebhaft unterhalten.“

„Er ist ein Kunde von mir. Nicht nur von mir. Aber ich weiß nichts über ihn.“

„Du weißt wirklich nicht, wer das war?“

„Nein. Ich weiß nur, dass er ... wie sagt man ... ein hohes Tier ist. Wir haben die Anweisung, ihn besonders zuvorkommend zu behandeln. Er hat auch immer ganz besonders ausgefallene Wünsche ... Aber lassen wir das.“ Svetlana kramte in der Nachttischschublade nach einer Zigarette, zündete sie an und stellte sich rauchend vor das mit einer Plastikjalousie verhängte Fenster.

„Von wem habt ihr diese Anweisung bekommen?“

Svetlana lächelte ihn an, diesmal nicht aufreizend, sondern mit einem Kopfschütteln, das ihm signalisierte, dass es ziemlich naiv war, zu glauben, darauf eine Antwort zu bekommen. Pollock sah, dass ihre Augen feucht geworden waren.

„Das Bad ist übrigens rechts von dir. Sag mir, wie du es magst!“

„Svetlana, der Mann, den du da eben geküsst hast, das war mein Chef! Dr. Reimund Klüver. Kennst du den Typen, mit dem Klüver den Salon verließ?“

Als habe sie ihn nicht gehört, zog sich Svetlana ihre weißen Lederstiefel aus. „Du kannst schon mal duschen, ich komme dann.“

„Hör doch jetzt mal auf damit!“ Pollock packte die Russin an der Schulter und drehte sie zu sich. Svetlana kämpfte mit den Tränen.

„Und du hör auf, mich so etwas zu fragen! Was glaubst du eigentlich, wer du bist?“ Svetlana guckte ihn mit böse funkelnden Augen an.

Pollock gab nicht nach und versuchte immer weiter, etwas aus der Prostituierten herauszubekommen. Doch nach einiger Zeit wurde ihm klar, dass es nicht fair war, wie er sie behandelte. Offenbar brachte er sie in einen schweren Konflikt. Dieser Puff war anscheinend eine Anlaufstelle für Kriminelle. Vielleicht verwoben in ein Netz des organisierten Verbrechens. Nichts Außergewöhnliches im Rotlichtmilieu. Und was machte er? Er redete auf eine Prostituierte ein, das kleinste Rad im Getriebe, und bedrängte sie, auszupacken.

„Entschuldige Svetlana“, sagte Pollock. Er hörte die Russin schluchzen. Sollte er sie in den Arm nehmen? Es war ihm peinlich, sich als Retter und Tröster aufzuspielen. Er berührte vorsichtig ihren Rücken.

„Ich glaube, du gehst besser“, sagte Svetlana und zog eine Papierserviette aus dem Spender, der neben der Kondom-Vase lag. „Aber bitte, bitte: Sag niemandem, dass hier nichts gelaufen ist!“

„Das verspreche ich dir.“

Pollock drückte die Türklinke herunter, da hörte er sie noch einmal: „Gib mir deine Telefonnummer.“

Pollock gab ihr eine Visitenkarte und verließ das Zimmer. Als er die Treppe zur Bar hinunterstieg, zwang er sich, einen gelösten Eindruck zu machen. Er war überrascht, dass kein Gast mehr im Saal war. Allein ein kräftiger junger Mann saß an der Theke, legte eine Passion und plauderte mit der Bardame. Er sah nicht aus, als säße er zu seinem Vergnügen hier. Die schwarzhaarige Bardame wischte Gläser ab und stellte sie in das Regal hinter sich. Sie unterbrach ihre Arbeit, fixierte Pollock und kam auf ihn zu.

„Mein Herr. Waren Sie zufrieden?“

„Sehr zufrieden“, betonte Pollock. „Svetlana war toll! Sehr temperamentvoll!“

„Das freut mich!“

„Sagen Sie, wissen Sie, wo mein Freund, der Herr Laurien, ist?“

„Der wartet in der Eingangshalle auf Sie.“

Auf dem Weg dorthin sah sich Pollock immer wieder um. Das Haus war wie ausgestorben. Tschaikowskys „Winterträume“ waren verklungen. Pollock schaute auf die Uhr: Es war kurz nach sechs in der Früh. Er entdeckte Alexander, der gegenüber der Garderobe in einem Sessel saß und schlief.

Pollock weckte ihn, ließ sich von ihm den Autoschlüssel geben und fuhr mit ihm zurück zur Krabower Datsche.

Kapitel 23

Als Pollock aufwachte, stieg ihm Kaffeegeruch in die Nase. Alexander bugsierte mit schmerzerfülltem Gesicht dampfende Brötchen von der Ofenplatte auf zwei Teller.

„Guten Morgen“, flötete er. „Ich war schon beim Bäcker – fünf Kilometer entfernt.“

Pollock lag in eine Wolldecke gepackt auf dem Sofa. Mit Jeans und Hemd, allein seine schwarzen Stiefel hatte er ausgezogen. Er musste am frühen Morgen, kaum wieder in der Datsche, nach wenigen Sekunden eingeschlafen sein.

Auf dem Wohnzimmertisch hatte Alexander das Frühstück aufgebaut. Neben den italienischen Leckereien, in deren Genuss Michaela nicht gekommen war, standen Marmelade, Butter und zwei Eier.

„Toll“, sagte Pollock und gähnte ausgiebig.

„Du scheinst es ja wild getrieben zu haben“, strahlte Alexander. „Du siehst, ich habe nicht zu viel versprochen.“

Pollock schaute auf die Uhr. Es war halb elf. Lange hatte er nicht geschlafen.

„Ich glaube, wild treiben es ganz andere Leute“, murmelte er.

„Na ja.“ Alexander tat verlegen. „Ich kann nicht klagen.“

„Dich meine ich nicht.“

Es dauerte eine Weile, bis Pollock die zurückliegende Nacht vollständig vor Augen hatte. Er erzählte Alexander, was er in Erfahrung gebracht hatte.

„Es ist doch immer wieder das Gleiche“, sagte Alexander. „Diejenigen, die am meisten über den Wert der Familie quasseln, wie dein Geschäftsführer, hintergehen ihre Frauen am schamlosesten. Was meinst du, wen ich in dem Laden schon so alles getroffen habe ..."

„Möchte ich nicht wissen, behalt das bitte für dich!"

„Glaubst du nicht, dein geheimnisvoller Unbekannter und dieser Klüver sind einfach nur Puffgenossen? Die treffen sich halt ab und an, um mal so richtig ..."

„Nein", unterbrach ihn Pollock. „Irgendwie sah das nach mehr aus ... Ich finde es interessant, dass Klüver mit Svetlana russisch sprach!" Pollock machte sein Mobiltelefon an. Eine SMS von Michaela: „Ich hoffe, ihr amüsiert euch. Tut mir wirklich leid, dass es nicht geklappt hat. Melde mich gegen Mittag."

Die zweite SMS kam von einer Nummer, die Pollock nicht zuordnen konnte. Die Nachricht war kurz und präzise. Pollock las sie Alexander vor:

„Okay. Lass uns reden. Heute 14 Uhr. Alte Fischereihütte am Krabower See. Aber komm allein! S." Das konnte nur Svetlana sein.

„Das ist womöglich eine Falle", warnte Alexander. „Willst du da wirklich hingehen?" Pollock zuckte mit den Achseln. „Ich kann sie da ja schlecht einfach stehen lassen."

Schweigend aßen die Freunde ihre Salamibrötchen.

„Weißt du, was auch sein kann?", sagte Alexander. „Wir haben es mit der russischen Mafia zu tun. Vielleicht erpresst die deinen Geschäftsführer."

„Vielleicht. Auf der anderen Seite sah das gestern so aus, als ob sich Klüver mit diesem Osteuropäer gut versteht."

Nach der zweiten Tasse Kaffee war Pollock in der Lage, Pläne zu schmieden. Als Erstes würde er Rudi Hoßdorf anrufen. Wenn jemand etwas über die Hierarchen des Senders wusste, dann er.

Während Alexander das Geschirr abwusch, wählte Pollock die Nummer des Kollegen. Es dauerte eine ganze Weile, bis

Hoßdorf abnahm. Im Hintergrund lärmte es. Männerstimmen grölten. Gläser klirrten. Es hämmerte Rockmusik aus den 70er Jahren. Dann der Bass seines Kollegen:

„Mein Junge, entschuldige bitte, ich bin hier mit ein paar Kumpels beim Frühschoppen. Was kann ich für dich tun?" Hoßdorf klang, als habe er die ganze Nacht durchgesoffen.

Pollocks erste Frage: „Woher kann Klüver russisch?"

„Der war vor Urzeiten Korrespondent in Moskau. Fürs *Berliner Abendblatt*. Irgendwann in den 70ern oder frühen 80ern muss das gewesen sein", rülpste Hoßdorf. „Hat da gar keinen schlechten Job gemacht. Kam immer wieder mit Exklusivinformationen rüber. Als er dann wieder in Berlin war, ging's für ihn steil bergauf."

„Weißt du, ob er noch Kontakt zu Russen hat?"

Eine Pause deutete darauf hin, dass Hoßdorf sein Bier nicht warm werden lassen wollte. Pollock malte sich aus, wie der Kollege Schaum von seinem Mund wischte. „Keine Ahnung. Sag mal, was sind das denn überhaupt für komische Fragen?"

„Erzähl' ich dir später, erst mal danke!"

„Du bist doch vorsichtig, oder? Mach keinen Scheiß. Bist du im Sender?"

„Nein, ich mache gerade so eine Art Kurzurlaub."

„Na, dann erhol dich gut. Im Sender ist nämlich die Hölle los. Clement strukturiert alles um!"

„Was soll das heißen?"

Hoßdorf kam nicht mehr dazu, zu antworten. Im Hintergrund brüllte ein Dutzend Männerstimmen „Ruuuuuuudiiiiiii!" Daraufhin brach die Leitung ab.

Pollock und Alexander beschlossen, am Seeufer frische Luft zu schnappen. Es war warm geworden wie an ersten Frühlingstagen. Allein die dunklen Wolken störten. Sie hingen tief über dem See und machten nicht den Eindruck, als wollten sie bald verschwinden. Außer einem pickligen Halbwüchsigen, der mit einem Mountainbike das Ufer entlangbretterte, begegneten sie keiner Menschenseele.

Pollock und Alexander standen auf einem Steg und schauten auf den blaugrauen See. „Was wissen wir bisher?", begann Pollock seine Gedanken zu ordnen. „Geschäftsführer Klüver war in Moskau. Er hat Kontakt zu einem Osteuropäer, wahrscheinlich einem Russen, der in Deutschland lebt. Dieser Russe, der offenbar auch etwas von Fernsehkameras versteht, will verhindern, dass ich im Fall des eingemauerten Toten recherchiere. Der Tote wiederum hatte Kontakt zu christlichen Studenten. Diese christlichen Studenten wiederum engagierten sich für gute Verbindungen zur Sowjetunion." Pollock sah Alexander ratlos an. „Verdammt, das passt doch alles nicht zusammen!"

„Hm. Vielleicht war es so: Dein Geschäftsführer hat diesen Russen damals in Moskau kennengelernt. Und jetzt, wo Klüver beim Fernsehen ist, besorgt er dem Typen, der vielleicht Kameramann ist, Jobs. Bist du sicher, dass der nicht für euch arbeitet?"

„Ziemlich sicher ... Aber warum ist der Mann denn dann in Deutschland?", rätselte Pollock. „Warum trägt er so edle Klamotten? Warum trifft er sich mit dem Geschäftsführer in einem Puff?"

„Weil die beiden alte Weggefährten sind", antwortete Alexander. „Die waren vielleicht auch in Moskau schon in einschlägigen Etablissements und haben Wodka zusammen getrunken bis zum Umfallen."

„Klüver ist nicht der Typ für so was."

„Sei nicht naiv! Du hast doch erlebt, was für ein Typ dieser Klüver ist. Denk dran, was Svetlana angedeutet hat."

Pollock war klar, dass er keinen Schritt weiter kam, wenn er nicht mehr über den eleganten Russen erfuhr.

„Ich muss Svetlana treffen." Pollock sah auf die Uhr. Es war inzwischen kurz nach zwölf. „Noch zwei Stunden."

„Ich habe ein ganz ungutes Gefühl, Martin“, sagte Alexander. „Svetlana lockt dich zur Fischereihütte und irgendein Komplize legt dich dann da um. “

„Das halte ich für ausgeschlossen. In der Nacht machte sie nicht den Eindruck, als sei sie eine Verbündete des Schlägers. Es schien eher, als würde sie von irgendjemandem unter Druck gesetzt. Andererseits: Werden nicht alle Prostituierten unter Druck gesetzt?“

„Ich dachte, in so einem Edelpuff sei das anders.“

„Jetzt bist DU aber naiv.“

Alexander schaute beschämt in das Schilf vor sich. „Aber du gehst da nicht alleine hin!“ Er überlegte einen Moment. „Im Kleiderschrank der Datsche liegt ein altes Fernglas. Das nehme ich mit. Ich werde dich und Svetlana nicht aus den Augen lassen.“

Kapitel 24

Der alte Fischereihafen lag am anderen Ende des Sees. Pollock und Alexander waren eine halbe Stunde vor dem ausgemachten Zeitpunkt da, um sich vorzubereiten. Den Audi hatte Alexander auf einem Waldweg einen halben Kilometer vom Treffpunkt entfernt geparkt. Er hatte wieder das Andante des Haydn-Trompetenkonzerts aufgelegt, was die Nerven der beiden Freunde beruhigte. Pollock schaltete sein Handy aus.

„Wenn irgendwas passiert“, hob Alexander an, „was soll ich dann machen?“

„Dann rufst du die Polizei.“

„Aha.“ Alexander schien nicht recht überzeugt.

Wie bei der Vorbesichtigung eines Drehortes nahm Pollock den Treffpunkt in Augenschein. Die Fischereihütte war eine verfallene Bretterbude, deren Tür mit einem angerosteten Schloss verriegelt war. Rund um die Hütte roch es nach morschem Holz. Dazu kam der Gestank von Alkohol und fauligem Obst aus einem Abfalleimer. Ein rustikaler Tisch mit zwei Bänken, der Wanderern als Rastplatz diente, war vollgeschmiert mit Herzen und Sprüchen pubertierender Jugendlicher.

„Das Land Brandenburg – eine Wellness-Oase", stellte Pollock fest. Es war kurz nach halb zwei. „Gib mir mal was zu rauchen", bat er seinen Freund. Alexander rauchte selten, hatte aber immer eine Schachtel Zigaretten dabei. Er warf sie Pollock mitsamt Feuerzeug zu.

Während Alexander hinter einer Böschung seinen Posten bezog, nahm Pollock einen tiefen Zug. Zwanzig Minuten vergingen. Dann hörte er es rascheln. Jemand schlitterte den kleinen Hügel herunter, der den Wald vom Seeufer trennte. Pollock hörte ein Keuchen. Das Atmen einer Frau.

„Hallo", japste Svetlana. Zielstrebig ging sie auf ihn zu und gab ihm förmlich die Hand. „Bin ich zu spät?"

„Nein", antwortete Pollock. „Bist du alleine gekommen?"

„Dasselbe könnte ich dich fragen."

Pollock betrachtete die junge Frau. Sie trug einen karierten braunen Wollmantel, wie er vor ein paar Wintern einmal Mode gewesen war. Darunter eine weiße Jeans und schlichte schwarze Stiefeletten. Ohne Make-up sah Svetlana viel attraktiver aus. Ohne die angemalten Lippen und Wimpern kam ihre makellos helle Haut mit den Sommersprossen besser zur Geltung. Mit ihren nach hinten gekämmten Haaren und einer kreisrunden grauen Brille sah sie wie eine Intellektuelle aus. Keine Spur mehr von der aufreizend giggelnden Prostituierten der vergangenen Nacht.

„Wollen wir uns setzen?" Pollock zeigte auf eine Bank, die ihm einigermaßen trocken erschien. Er schämte sich, wenn er daran dachte, was er vor ein paar Stunden an der Bar mit Svetlana getrieben hatte. Doch für die schien das kein Problem zu sein. Sie legte ihre Handtasche ab und schaute ihn erwartungsvoll an. „Schön, dass du gekommen bist“, begann er das Gespräch. „Es tut mir leid, dass ich dich in dem ... äh ... ich meine, an deiner Arbeitsstelle so bedrängt habe.“

„Ist schon gut“, sagte Svetlana.

„Aus welcher Gegend Russlands kommst du?“

„Ich bin in Rossosh geboren, das liegt nah an der Grenze zur Ukraine, aber ich habe die letzten Jahre in Moskau verbracht. Hast du was zu Rauchen für mich?“

Pollock reichte ihr eine Zigarette und beobachtete, wie gierig sie daran zog. Svetlana sah aus wie eine Frau, die sich nicht der Illusion hingab, irgendjemand werde ihr beim Kampf ums Überleben helfen. Sie schaute ihn an, als wolle sie noch einmal prüfen, ob sie ihm vertrauen konnte.

„Ich habe in Moskau angefangen, Germanistik zu studieren.“ Svetlana hustete, weil sie den Rauch zu hastig inhaliert hatte. „Daher mein gutes Deutsch. Meine Eltern haben mir das finanziert. Das war nicht leicht für sie. Sie haben beide in einer Fleischfabrik gearbeitet. Das Geld, das sie dort verdienten, haben sie in die Zukunft ihrer Kinder gesteckt. Tja, aber damit war eines Tages Schluss.“

„Wieso?“

„Es gab einen Kabelschaden in der Fabrik. Eine der Maschinen hat angefangen zu brennen. Der Brandschutz, wenn man überhaupt davon reden kann, war miserabel. Meine Eltern haben es nicht geschafft, vom dritten Stock zum Ausgang zu gelangen. Die Feuerwehr kam nach einer halben Stunde. Da waren sie schon tot.“

„Das tut mir leid.“

„Für mich war das schlimm. Ich war damals seit eineinhalb Jahren an der Uni. Ich hatte von einem Tag auf den anderen keine Eltern und kein Geld mehr.“

„Und da hast du angefangen, in Deutschland zu arbeiten ...“

„Ja. Es war ganz schön kompliziert, bis das mit den Behörden geklappt hat. Das ging nur mit Tricks. Ich habe das nie durchschaut. Er hat das alles in die Hand genommen ...“

„Wer ist *er*?“

„Der Mann, der gestern mit deinem Chef gesprochen hat.“

„Sag mal, hat der zufällig ein Muttermal am rechten Handknochen?“

Svetlana legte verwundert ihre Stirn in Falten. „Ja. Du kennst den Mann also ...“

„Kann man so sagen ...“

„Mir ist kalt, lass uns ein Stück laufen“, sagte Svetlana. Ohne seine Antwort abzuwarten, stand sie auf und schlenderte zum Trampelpfad, der rund um den See führte. Pollock ließ sie vorausgehen. Er schaute verzweifelt in Alexanders Richtung. Wenn ihm jetzt etwas passierte, war sein Freund kaum noch in der Lage, ihm zu helfen.

„Ich gehe hier oft entlang“, erzählte Svetlana. „Hier ist alles so friedlich und meine Arbeit weit weg. Manchmal denke ich, ich hätte in meiner Heimat bleiben und einen einfachen Beruf erlernen sollen. Wie sagt man auf Deutsch? Schuster, bleib bei deinen Leisten.“

„Wie heißt der Mann, der dich hierher geholt hat?“

„Boris Baranov. Er ist gefährlich. Wenn du tatsächlich in einem Mordfall ermittelst, liegst du bei ihm garantiert richtig. Das Problem ist nur: Er wird dich fertig machen. Lass die Finger von ihm. Ich rate dir das, weil du mir sympathisch bist.“ Svetlana blickte auf den See. Dicke Tropfen klatschten auf das Wasser. Es war so nebelig, dass das gegenüberliegende Ufer nur noch verschwommen zu sehen war. Pollock fand, dass nicht nur das Wetter jetzt ausgesprochen ungemütlich wurde.

„Wenn der Mann so gefährlich ist, warum hörst du nicht auf, für ihn zu arbeiten?“

Svetlana warf Pollock einen abschätzigen Blick zu. „Gute

Idee. Ich werde gleich morgen meine Kündigung einreichen."

„Was würde passieren, wenn du das tätest?"

Svetlana drehte sich zu ihm und verschränkte die Arme vor der Brust. „Er würde mich verfolgen. Überall hin. Ich würde kein Bein mehr auf die Erde bekommen. Hier nicht. Aber auch nicht in Russland. Damit droht er. Und bei einigen Mädchen hat er seine Drohung schon wahr gemacht."

„Das muss ja ein übermächtiger Typ sein", sagte Pollock zweifelnd. „Bist du sicher, dass er nicht blufft?"

„Martin, Boris Baranov war beim Geheimdienst. Der war KGB-Agent! Das weiß jedes von uns Mädchen. Er hat in der sowjetischen Botschaft in Ost-Berlin gearbeitet. Irgendwann in den 80er Jahren. Von da aus hat er Menschen ausspioniert, manipuliert – was weiß ich. Jedenfalls kennt er – wie sagt man – Hinz und Kunz. Und dadurch ist er in der Lage, dich an jedem Ort der Welt aufzuspüren. Die ehemaligen KGB-Leute sind so gut vernetzt wie in alten Zeiten."

„Und was macht dieser Baranov heute?", fragte Pollock.

„Wer beim KGB war, musste sich nach dem Ende der Sowjetunion keine Sorgen machen. Die meisten arbeiten heute für den neuen russischen Geheimdienst oder sind in die Politik gegangen. Andere, und zu denen gehört Baranov, sind Geschäftsleute geworden."

„Was für Geschäfte macht Baranov?"

„Ich glaube, der ist inzwischen Millionär. Er besitzt mehrere Firmen in Berlin. Die laufen allerdings, wie ich gehört habe, nicht alle unter seinem Namen. Er beschäftigt vor allem Osteuropäer. Das sind billige Arbeitskräfte. Aber er stellt auch zunehmend Deutsche ein, die Schwierigkeiten haben, einen Job zu kriegen. Das Bordell ist nur eines seiner Standbeine. Und das führt er mit harter Hand ..." Svetlana drehte sich ruckartig zur Seite. Pollock ahnte, dass sie wieder mit den Tränen kämpfte. Er legte kurz seine Hand auf ihre Schulter.

„Was ist los? Was macht er?"

Svetlanas Augen waren rot. Ihr liefen Tränen herunter. Pollock spürte, wie sich sein Beschützerinstinkt meldete, als die Russin fortfuhr.

„Er hat uns, wie sagt man ... das Goldene vom Himmel versprochen. Das, was wir kriegen sollten, klang verlockend. Nach einem Jahr Arbeit sollte ich Geld genug haben für mein Studium. Doch nach und nach nahm er seine Versprechungen zurück. Immer wieder sagte er, dass die Geschäfte nicht so gut liefen, wie er gedacht hatte. Mittlerweile arbeiten wir da für einen Hungerlohn. Und müssen Dinge machen, von denen du keine Ahnung hast ... Auch für deinen Chef."

„Mein Chef versteht sich offenbar gut mit Baranov. Machen die beiden vielleicht gemeinsame Geschäfte?"

„Es scheint jedenfalls so", sagte Svetlana. „Die beiden lachen viel, wenn sie zusammen sind. Vielleicht sind sie nicht die dicksten Freunde, aber mir scheint, sie kennen sich schon lange."

Pollock dachte an das Telefongespräch mit Hoßdorf. Vielleicht hat der KGB den damaligen Moskau-Korrespondenten mit Exklusivinformationen versorgt. Aber warum? Er musste sich doch davon etwas versprochen haben.

Der Regen hatte das Seeufer in eine einzige Matschlandschaft verwandelt. Die Gleichmäßigkeit, mit der das Wasser vom Himmel kam, hatte schon fast etwas Beruhigendes bei all dem, was Pollocks Weltbild im Moment ins Wanken brachte. Svetlanas Haare glänzten golden. Von ihren Haarspitzen perlte Regenwasser auf den Boden. Pollock spürte, dass die Saugkraft seiner Jeans an ihre Grenzen gestoßen war. „Komm, lass uns wieder zur Hütte gehen", sagte er. Die beiden stiefelten zurück. Am alten Fischereihafen angekommen, reichte Svetlana ihm die Hand. „Lass mich vorgehen. Und dann warte noch fünf Minuten. Versteh mich nicht falsch, aber bitte, melde dich nicht mehr bei mir."

„Ich verstehe. Keine Sorge, ich werde dich nicht in Schwierigkeiten bringen."

Svetlana nickte ihm zu und ging langsam, als sei ihr der Regen egal, den Hügel hinauf Richtung Landstraße. Er sah ihr hinterher, bis ihr zierlicher Körper hinter einer Nebelwand verschwand. Pollock fühlte sich hilflos. Gleichzeitig wuchs in ihm die Wut. In einem Land wie der Bundesrepublik durften doch Machenschaften von Leuten wie Baranov nicht geduldet werden! Aber auch hier war es möglich, dass Menschen wie Svetlana ausgebeutet wurden, Menschen, für die sich niemand interessierte, weil sie in den Augen scheinheiliger Spießer anrüchige Berufe hatten. Wenige Sekunden nachdem Svetlana verschwunden war, kam Alexander hinter seinem Versteck hervor, das Fernglas in der Hand.

„Bist du verrückt, mit der Frau wegzugehen?! Mensch, ich hatte echt Angst, die tut dir was an!"

„Die tut keinem was. Die nicht. Die ist selber Opfer. Jetzt bekommt der Fall eine politische Dimension. Jetzt haben wir es mit Geheimdiensten zu tun."

„Ach, du Scheiße. Meinst du nicht, dass es jetzt an der Zeit wäre, zur Polizei zu gehen?"

Pollock malte sich das aus. „Wenn ich denen erzähle, was ich weiß, bringen die mich in die Klapse."

Berlin, den 8. November 1981

Liebste Anna,

ich versuche seit drei Stunden einzuschlafen, aber es klappt nicht. Mir geht so viel durch den Kopf. Am liebsten würde ich Dich anrufen, aber Du bist ja noch bis übermorgen in Barcelona.

Vor zwei Stunden bin ich von Rainers Geburtstagsfete zurückgekommen und total fertig. Da hat jemand was erzählt, was mich echt aus der Bahn geworfen hat. Seitdem frage ich mich, ob ich nicht von vorne bis hinten verarscht worden bin. Und zwar von Leuten, von denen ich das nie gedacht hätte.

Ich erzähle am besten von Anfang an. Also: Bei der Party habe ich einen Politikstudenten kennengelernt. Dirk hieß der. Ich stand mit ihm und ein paar anderen Leuten in der Küche. Wir unterhielten uns über die DDR, die Ostpolitik und Ronald Reagan. Auf einmal sagte dieser Dirk, Kontakte zu Leuten aus dem Osten seien ja schön und gut, aber man müsse höllisch aufpassen, mit wem man es dabei zu tun habe. Wir verstanden erst nicht, was er meinte. Dann erzählte Dirk, was ihm passiert war.

Dirk besuchte vor einem Jahr seine Tante in Ost-Berlin, die feierte da ihren 65. Geburtstag. Alle Gäste trafen sich in einem Restaurant. Schnell kam Dirk mit ihnen ins Gespräch. Auch mit einem gewissen Hans. Dieser Hans war etwas älter als Dirk und sagte, er studiere Jura an der Humboldt-Universität. Er war sehr interessiert an dem, was im Westen gerade los ist – an der Friedensbewegung, den Demonstrationen gegen Atomkraft usw. Als die Feier vorbei war, wurde Dirk von diesem Hans noch in eine Kneipe eingeladen.

Die beiden verstanden sich gut, sprachen über ihre Familien, aber auch offen über das, was in der Bundesrepublik und der DDR so alles schief läuft. Hans machte sogar Witze über Honecker. Er schien also kein verbohrter SED-Anhänger zu sein. Dirk fand Hans sympathisch und verabredete sich wieder mit ihm. Kurz gesagt, die beiden sahen sich von nun an alle zwei Wochen. Immer in einem Restaurant oder einer Gaststätte. Dirk hätte Hans auch gerne mal zu Hause besucht. Doch der lehnte das immer ab. Seine Wohnung sei ganz weit im Norden, sagte er. Er wolle Dirk den weiten Weg nicht zumuten.

Die beiden hatten sich drei- oder viermal getroffen, da bekam Dirk ein Geschenk von Hans, einen Roman von Hermann Kant. Dirk fand das nett und dachte sich nichts dabei. Dann bat Hans ihn um Hilfe. Ob Dirk ihm nicht eine Diplomarbeit aus der FU-Bibliothek besorgen könne. Dirk lieh die Arbeit aus, machte eine Kopie und brachte sie Hans mit nach Ost-Berlin. Hans revanchierte sich und schenkte Dirk ein paar der schön eingebundenen Karl-Marx-Bücher. Und so ging es hin und her: Die beiden versorgten sich gegenseitig mit irgendwelchen Büchern und Zeitungen. Dirk fand das okay. Doch das änderte sich von einem Tag auf den andern.

Irgendwann, bei einem Spaziergang durch den Ernst-Thälmann-Park, erzählte Dirk, wie schwer es sei, im Westen ein Studium zu finanzieren. Er sei inzwischen Langzeitstudent, weil er abends kellnern müsse und tagsüber oft zu müde sei, um in die Bibliothek zu gehen. Da blieb Hans stehen, zog einen 100-Mark-Schein aus der Tasche und steckte ihn Dirk zu. Nicht etwa DDR-Mark – D-Mark! Dirk protestierte, wollte ihm den Schein zurückgeben, aber Hans ließ das nicht zu. Und jetzt kommt's: Hans sagte, Dirk solle sich keine Gedanken machen. Das Geld habe er von der DDR-Regierung, die Freundschaften zwischen Jugendlichen aus Ost und West unterstütze. Auch finanziell. Es sei schließlich im Interesse der DDR, daß so aufgeschlossene Studenten wie Dirk schnell ihren Weg machten. Dirk war total verwirrt und wusste nicht, was er davon halten sollte.

Auf dem Weg zurück zum Grenzübergang dämmerte ihm, worum es Hans bei den Treffen ging: Er wollte Dirk anwerben. Als Spion. Dirk sollte ihn mit Informationen versorgen.

Eine Woche dachte Dirk nach, dann informierte er den Verfassungsschutz. Er sprach mit einem Mitarbeiter, der die Erlebnisse protokollierte und ihn darüber aufklärte, worum es bei der DDR-Spionage geht:

Stasi-Mitarbeiter suchen nach jungen Westdeutschen, die sie nach und nach als Spione aufbauen. Sie fahnden nach Studenten, die ehrgeizig, fleißig und diszipliniert sind. Bei denen ist die Chance groß, daß sie mal Berufe ausüben, in denen sie an wich-

tige Informationen kommen. Gefügig gemacht werden die Studenten mit Geschenken, später auch mit Geld.

Das Perfide: Die jungen Leute bilden sich ein, daß sie Menschen wie Hans zufällig kennenlernen. Aber das ist nicht so. Oft sind Dritte im Spiel, die der Stasi Hinweise auf potentielle Kandidaten geben.

Aber jetzt kommt noch ein Hammer: Der Typ vom Verfassungsschutz bat Dirk darum, diesen Stasi-Mitarbeiter Hans weiterhin zu treffen und dem westdeutschen Geheimdienst darüber zu berichten. Dirk lehnte ab. Von Spionage habe er erst mal die Nase voll.

Du ahnst, warum mich die Geschichte so umgehauen hat. Was will Boris von mir? Zieht er nicht dieselbe Nummer ab wie dieser Hans? Was ist mit den Leuten, durch die ich ihn kennengelernt habe? Was meinst Du? Oder sehe ich nur Gespenster?

Bitte erzähl erst mal niemandem was davon! Ich rufe Dich Donnerstag nach sechs an. Oder meinst Du, die hören Telefone ab? Ich telefoniere ja von der Zelle aus, da geht das wahrscheinlich nicht so leicht.

Tut mir leid, daß ich über nichts anderes schreibe, aber meine Gedanken kreisen im Moment nur darum.

Ich freue mich, Deine Stimme wieder zu hören!
Sei tausend Mal geküßt!
Frank

Kapitel 24

Auf der Rückfahrt nach Berlin hatte Pollock das Gefühl, alles wachse ihm über den Kopf. Der Mordfall, die neue Sendung – wie sollte er das bewältigen? Nach allem, was er in den zurückliegenden Tagen erlebt hatte, kam ihm der ganze Hype um diesen Talkshow-Quatsch lächerlich und überflüssig vor. Als

Alexander wenige Kilometer von der Stadtgrenze entfernt den Audi auftankte, klingelte das Handy. Clement! Es war noch nie vorgekommen, dass der Chefredakteur ihn über das Mobiltelefon anrief. Und noch dazu am Sonntagabend. Clement war ungehalten.

„Herr Pollock, was ist los mit Ihnen?“, dröhnte es aus dem kleinen Gerät. „So kenne ich Sie gar nicht! Es sind nur noch wenige Tage bis zur Premiere und Sie sind seit Tagen nicht im Sender? Soviel ich weiß, sind noch längst nicht alle Filme fertig!“

Pollock wunderte sich, dass der Chefredakteur ihm, der noch jedes Mal pünktlich seine Arbeit abgeliefert hatte, misstraute.

„Morgen gibt es eine Mitarbeiterversammlung“, fuhr Clement fort. „Das hat sich vielleicht bis an Ihren Urlaubsort herumgesprochen. Unser Geschäftsführer wird eine wichtige Rede halten. Ich schlage vor, Nehls, Sie und ich treffen uns im Anschluss und begutachten Ihre Arbeit!“ Ohne eine Antwort abzuwarten, legte der Chefredakteur auf.

Was war los? Offenbar stand der Gorilla mächtig unter Druck. Kein Wunder, dachte Pollock und schaute auf die Plakate, an denen er und Alexander vorbeifuhren. Sie zeigten Moderator Christian Nehls im Polohemd und einer Cordjacke. Er lehnte lässig an einer Studiokamera und vergrub die Hände in den Hosentaschen. Pollock erschrak, als er sah, welchen Namen die Senderverantwortlichen der Talkshow gegeben hatten: *Nehls – Labern ist nicht!* Pollock konnte sich nicht vorstellen, dass der Moderator mit diesem Titel einverstanden gewesen war. Das kam dabei heraus, wenn sich greise, sabbernde Redakteure Slogans für junge Zuschauer überlegten. Pollock durfte gar nicht daran denken, wie das künftig laufen würde auf Partys oder bei irgendwelchen Vorstellungsrunden: „Wo arbeiten Sie eigentlich, Herr Pollock?“ Antwort: „Bei *Nehls – Labern ist nicht!*“ Mann, war das peinlich!

Pollock sehnte sich nach seiner Wohnung zurück.

Alexander wollte noch zum Abendessen bleiben. Die Freunde hatten sich vorgenommen, Pläne für die kommenden Tage zu schmieden. Die beiden erreichten Pollocks Straße, parkten den Wagen und durchquerten das Vorderhaus bis zum Hof. Dort sah Pollock, wie der Familienvater von gegenüber auf dem Balkon stand. Ungeduldig klaubte der Mann Lametta aus den Zweigen einer Tanne. Traurig und nackt stand sie da. Drei Wochen war es her, da war der Weihnachtsbaum noch von glänzenden Kinderaugen bestaunt worden. Nun erwärmte sich nur noch die Müllverbrennungsanlage für ihn.

Sein Nachbar Klaus Wemme trug einen Pappkarton randvoll mit alten Ravioli-Dosen Richtung Müllcontainer. Je näher Pollock kam, desto intensiver spürte er den sauren Geruch Wemmes in seiner Nase. Wemme trug die immer selben Klamotten – wahrscheinlich Tag und Nacht: Ein T-Shirt mit dem Emblem der DDR-Reichsbahn und eine schäbige Cordhose.

„Na endlich! Ich habe schon versucht, dich zu erreichen!“, sagte Wemme. „Auch in deinem Sender, aber da warst du nicht! Und dein Handy war abgeschaltet.“

„Was ist denn los?“

„Bei dir ist eingebrochen worden.“

„Quatsch, das kann nicht sein.“ Allein für die Metallplatte, die an die Innenseite seiner Wohnungstür geschraubt wurde, hatte Pollock einen halben Tausender hingeblättert. Pollock tat alles, was die Polizei empfahl, um Einbrecher abzuschrecken.

„Kannst ja selbst gucken, wenn du mir nicht glaubst. Die Nachbarn von ganz oben haben das entdeckt und bei mir geklingelt. Ich hab’ dann die Polizei gerufen“, sagte Wemme.

Alexander stürmte die Treppe hoch. Pollock reckte ungläubig seinen Hals zum zweiten Stock und hastete hinterher. Er roch, dass ihm Wemme folgte. Was Pollock auf seiner Etage sah, erschien ihm wie ein brutaler Traum: Die Tür war nicht wiederzuerkennen. Der oder die Einbrecher mussten das rechte

Türblatt komplett ausgesägt haben. Irgendjemand hatte inzwischen eine Sperrholzplatte über das Loch genagelt, wahrscheinlich die Polizei. Auf dem Holz pappte ein Aufkleber mit dem Emblem des Landes Berlin. Unter dem Berliner Wappen hatte jemand eine Nachricht für Pollock gekritzelt: „Wir haben Sie nicht erreicht. Bitte melden Sie sich vor dem Betreten Ihrer Wohnung", las er. Darunter waren Telefonnummer und Adresse der Polizeidienststelle angegeben. Pollock setzte sich auf eine Treppenstufe und presste seine Handballen in die Augen. Dann starrte er aus dem Fenster des Hausflurs. Draußen wirbelten Schneeflocken durch die Luft. Was für eine unglaubliche Geschichte, in die er da hineingeraten war! Man war in seine Wohnung eingedrungen, man hatte sein privates Reich betreten, wahrscheinlich in seinen Sachen gewühlt. Wer dahintersteckte, war Pollock klar: Der Russe oder irgendwelche seiner Hintermänner. Dass sie nicht scheuten, bei ihm einzubrechen, zeigte, dass sie nervös wurden. Wer weiß, vielleicht hatten sie sogar beobachtet, dass er sich mit Svetlana getroffen hatte. Wenn wirklich der KGB oder was von ihm übrig geblieben war, dahintersteckte, hatte er kaum eine Chance, herauszufinden, wer ihn beobachtete.

Pollock wandte sich Klaus Wemme zu. „Hast du denn nichts gehört in drei Teufels Namen?!" Sein Nachbar zuckte mit den Achseln. Pollock wurde klar, dass Wemmes Stationsansagen den Einbrechern ihr Handwerk wahrscheinlich ungemein erleichtert hatten.

Alexander wählte die Nummer der Polizei und reichte seinem Freund das Telefon. „Ein Herr Haberland für dich!"

Der Mann am anderen Ende der Leitung ersparte sich eine Begrüßungsformel. „Gut, dass Sie sich gleich melden, Herr Pollock", sagte Haberland mit schneidender Stimme. „Um es gleich klipp und klar zu sagen: Das waren keine gewöhnlichen Einbrecher! Bei Ihnen waren nicht irgendwelche Junkies am Werk, die sich Kohle für ihren nächsten Schuss besorgt haben. Das ist Ihnen doch klar, oder?"

„Wenn Sie es sagen." Pollock hatte das Gefühl, Haberland gebe ihm die Schuld an dem Verbrechen.

„Das müssen Profis gewesen sein", fuhr Haberland fort. „Die haben Ihre Tür durchschnitten, als sei sie aus Margarine. Wir haben Ihre Wohnung nach Spuren durchsucht. Es gibt so gut wie keine. Nur die immergleichen Abdrücke. Die sind wahrscheinlich von Ihnen. Auch ein paar Faserspuren haben wir sichergestellt, können sie aber nicht zuordnen."

„Was erwartet mich denn, wenn ich da reingehe?", fragte Pollock. Der Gedanke an das, was in seiner Wohnung angerichtet worden sein könnte, versetzte ihn in Panik. Seine Platten! Er sah sie zerbrochen am Boden liegen. Die sorgfältig sortierten Unterlagen, die er für sein Buch brauchte – durchwühlt.

„Außer schmutziger Wäsche auf dem Boden Ihres Schlafzimmers liegt nach unserem Eindruck alles da, wo es in jeder normalen Wohnung hingehört", sagte Haberland. „Aber das können wir natürlich nicht beurteilen. Wir bitten Sie, genau zu prüfen, ob irgendwas fehlt. Haben Sie eine Idee, was man bei Ihnen gesucht haben könnte?"

„Keine Ahnung." Pollock wollte erst mal in Ruhe überlegen, was er der Polizei erzählte.

„Ach, noch was", kam der Polizist zum Ende. „Sie sind doch der Martin Pollock, der damals über unseren angeblich handgreiflichen Kollegen berichtet hat, oder?"

„Ja, der bin ich. Warum?"

„Nur so ... Herr Pollock, ich muss Sie bitten, morgen früh um acht Uhr bei uns im Präsidium zu sein. Da sind noch jede Menge Fragen, die geklärt werden müssen." Mit diesen Worten beendete Haberland das Gespräch. Pollock schwante Böses.

Er kam sich lächerlich vor, nach dem Einbruch seinen Haustürschlüssel mit dem kompliziert gezackten Bart ins Schloss zu stecken. Er trat ein und fühlte sich in seinen eigenen vier Wänden fremd. Und bedroht. Es roch nach verbranntem Metall. Silber glänzender Staub hatte sich über den Flur verteilt. Pollock wanderte von Zimmer zu Zimmer, Alexander hinterher, Wemme hatte sich wieder in seine Wohnung im ersten Stock zurückgezogen.

„Und?", fragte Alexander. „Fällt dir was auf?"

„Auf den ersten Blick sieht alles so aus, wie ich es in Erinnerung habe", antwortete Pollock. Er war erschöpft, lehnte sich an seinen Schreibtisch und ließ den Blick durchs Wohnzimmer schweifen. Der sündhaft teure Plattenspieler, für den er monatelang gespart hatte, stand an seinem Platz. Die Zeitungen und Fachzeitschriften, die er nach einem ausgeklügelten System geordnet hatte, waren da, wo sie hingehörten. Auch der 100-Euro-Schein, den er als Notreserve unter seiner Schreibtischunterlage aufbewahrte, schien nicht angerührt worden zu sein. Nein, um einen gewöhnlichen Diebstahl hatte es sich hier nicht gehandelt.

„Hattest du irgendwas in der Wohnung, was mit dem eingemauerten Toten zu tun hat?", durchbrach Alexander die Stille. Stimmt, dachte Pollock, wahrscheinlich haben die Russen nach Beweisstücken gesucht.

„Die Fotos von Hanke!" Er hatte sie zusammen mit den angefertigten Kopien in eine Plastiktüte getan und im Flur abgestellt, damit er nicht vergaß, sie dem Fotografen zurückzubringen. Als er die Tür zum Flur öffnete, ahnte er es bereits: Die Tüte mit den Bildern vom Häuserkampf in der Bautzener Straße war verschwunden!

„Scheiße, Scheiße, Scheiße!!", brüllte Pollock und verfluchte sich dafür, dass er Hanke die Originale nicht längst wiedergegeben hatte.

„Was wollen die mit den Fotos?", wunderte sich Alexander.

„Was weiß ich?", sagte Pollock. „Vielleicht sind da Personen oder Gegenstände drauf, die den Täter verraten. Vielleicht ist ja der Russe selber drauf. Dass der den Mord begangen hat, ist ja schließlich nicht ausgeschlossen."

„Aber warum sollte ein Russe einen Studenten ermorden, der in einer Gemeinde war, die sich für die Aussöhnung mit der Sowjetunion eingesetzt hat?"

„Apropos Gemeinde!" Hektisch öffnete Pollock seine Schreibtischschublade und stellte fest, dass nicht alles so exakt an seinem Platz lag, wie er es hinterlassen hatte. Eindeutig: Die Schublade war durchsucht worden. Aber: Die Plakette mit dem roten Turm war noch da.

„Das ist ja interessant", murmelte Pollock. „Die haben also nicht alles, was mit dem Mord zu tun hat, mitgehen lassen."

Die Freunde verließen die Wohnung. Pollock hielt es in seinen vier Wänden nicht mehr aus. Er sah finstere Gestalten in schweren Mänteln, Handschuhen und sibirischen Pelzmützen vor sich, die durch die Räume schlichen.

Alexander lud ihn in den „Felsenkeller" ein. Mit ein paar Gläsern Schnaps verschaffte sich Pollock ein wenig Ruhe und Gelassenheit. Die Freunde versuchten zu rekapitulieren, was auf den Fotografien zu sehen gewesen war. Die fünf Bilder hatten sich kaum voneinander unterschieden. Der Betrachter konnte sich gut vorstellen, was sich an jenem Novembertag 1981 abgespielt hatte. Das besetzte Haus war im Anschnitt, der Kampf der Demonstranten gegen Polizisten in der Mitte der Bilder zu sehen gewesen. Rechts im Bild der gegenüberliegende Bürgersteig und ein Wohnhaus, aus dessen Fenstern einige neugierige Berliner schauten.

Pollock durfte gar nicht daran denken, wie es sein würde, wenn er Hanke von dem Diebstahl erzählte.

Ihm wurde klar, dass er nicht in seiner Wohnung bleiben konnte. Er würde kein Auge zutun. Der Vorschlag von Alexander kam prompt: „Du wohnst ab jetzt bei mir. Und wenn du der Polizei nichts von deinen bisherigen Ermittlungen sagen willst, brauchst du jemanden, der dich begleitet. Weißt du was: Ich schließe die Agentur noch mal für eine Woche."

Kapitel 25

Der Imbiss hieß „Bei Karl-Heinz" und galt bei Schönebergern als die beste Würstchenbude weit und breit. Noch nach Mitternacht konnte es passieren, dass die Schlange vor Karl-Heinz' Theke bis zum Bürgersteig reichte. Pollock war hier seit Jahren Stammgast, aß hier vor allem an den freien Wochenenden.

Auf dem Weg vom „Felsenkeller" zu Alexanders Wohnung beschlossen die Freunde, bei Karl-Heinz einzukehren. Pollock war nicht mehr in der Lage, einen klaren Gedanken zu fassen, so hungrig war er.

Durch das Ladenfenster der Würstchenbude konnte man auf den Tatort an der Bautzener Straße blicken. Pollock hatte die Hoffnung, ihm werde beim Essen irgendeine Erleuchtung kommen.

Als die Freunde eintraten, schlug ihnen der Geruch von Fett und Zigaretten entgegen. Karl-Heinz hatte sich bisher erfolgreich gegen das Rauchverbot gestemmt und köderte geradezu damit, dass sich bei ihm jeder seine Gesundheit ruinieren durfte, wie er mochte. Pollock hatte er einmal erklärt, wie grotesk er es fände, vor Fett triefende Pommes zu servieren, aber Zigaretten zu verbieten. „Von irgendwas stirbt man immer." Das Geschäft brummte, sodass er die Strafen des Ordnungsamtes gelassen hinnahm.

Karl-Heinz war an die 60, trug einen fleckigen Kittel und drehte Würstchen, die auf dem Herd vor sich hin brutzelten, mit einer öligen Zange von oben nach unten. Vor dem Tresen traten Kunden ungeduldig von einem Fuß auf den anderen, hatten bereits Geldscheine aus ihren Portemonnaies geklaubt, als würde das den Garungsprozess beschleunigen.

Es dauerte fast zehn Minuten bis die beiden Freunde an die Reihe kamen.

„Martin, grüß dich!“ Karl-Heinz reichte Pollock über den Tresen hinweg die Hand. „Was kann ich für euch tun?“

Alexander bestellte sich ein Zigeunersteak, während Pollock schmachtend auf Karl-Heinz’ Auslage schaute. Seit dem Frühstück in Krabow hatte er nichts mehr gegessen. Also seit mehr als zehn Stunden. Für seine Diät war der Stress ein Segen. Pollock nahm sich vor, Maß zu halten, so ausgehungert er auch war.

„Eine halbe Currywurst, eine kleine Portion Pommes, einen kleinen Spritzer Mayonnaise und viel Ketchup, bitte.“ Pollock hatte von der gesundheitsfördernden Wirkung von Ketchup gelesen. Der Farbstoff Lycopin schütze vor Krebs- und Herzkreislauferkrankungen, hieß es.

Karl-Heinz schaute ihn mit großen Augen an.

„Sag mal, bist du krank? Was willst du?“

„Karl-Heinz, mach einfach. Ich habe Hunger.“

„Ist ja schon gut.“ Karl-Heinz wandte sich seinem Herd zu, drehte sich aber noch ein paar Mal besorgt zu Pollock um.

Pollock und Alexander trugen ihre Pappschalen zu einem der Stehtische am Fenster. Pollock führte seine Pommesfrites zum Mund, als seien es Kaviarhäppchen. Er blickte zum Brachland auf der gegenüberliegenden Straßenseite.

„Ob wir wohl jemals rauskriegen, was da passiert ist?“

Alexander quittierte die Frage mit einem Schweigen. Der Laden hatte sich inzwischen geleert. Die Zeit, in der Nachbarn vorbeikamen, um sich von Karl-Heinz Leckereien für einen gemütlichen Fernsehabend einpacken zu lassen, war schon vorbei. Der nächste Ansturm kam gegen 22 Uhr, wenn junge Leute zwischen ihren Kneipenbesuchen etwas Festes im Magen brauchten.

Imbissbesitzer Karl-Heinz schlappte zu den Freunden an den Stehtisch, um ihnen Gesellschaft zu leisten. Pollock hatte mit ihm schon so manches Gespräch über Gott und die Welt geführt. Über einem der Spielautomaten hing ein kleiner Fernsehapparat, auf den die drei jetzt sahen. Die Spätausgabe von *Berlin – nah dran* hatte begonnen. Aufmacher war ein Wohnungsbrand in Pankow, danach äußerte sich der Vorsitzende der Liberalen zu seinen Plänen für das neue Jahr. Pollock fand das alles nichtssagend. Gerade wollte er Karl-Heinz ein Kompliment für seine saftigen Pommes machen, da flackerten die alten Aufnahmen des Tatortes noch einmal über den Bildschirm. Karl-Heinz fingerte die Fernbedienung aus seinem Kittel und stellte lauter. „Der eingemauerte Tote aus Schöneberg gibt der Polizei immer noch Rätsel auf", verkündete der Sprecher des Beitrags. „Noch immer ist unklar, um wen es sich handelt und wer hinter der Tat steckt." Dann war Polizeisprecher Janowski zu sehen, dem der Reporter ein Mikrofon unter das herunterhängende Kinn hielt. Janowski war Profi. Sein Appell an die Zuschauer war wie in Stein gemeißelt. Er wusste, dass er nur mit einer 25 Sekunden-Stellungnahme ungekürzt über den Sender ging: „Wir sind auf die Mithilfe der Bevölkerung angewiesen", begann er. „Vor allem die ehemaligen Hausbesetzer in der Bautzener Straße rufen wir auf, sich bei uns zu melden. Sie wissen vielleicht etwas über einen 20- bis 25-jährigen Mann, der plötzlich verschwand." So richtig überzeugt von dem, was er sagte, schien Janowski allerdings nicht zu sein: „Wer hat dieses Gepäckstück, das wir in der Nähe der Leiche gefunden haben, schon einmal gesehen?", leierte er lustlos herunter. Daraufhin wurde der braune Kunstlederkoffer eingeblendet. „Jede Polizeidienststelle nimmt Ihre Hinweise entgegen."

Der Beitrag war kaum zu Ende, da wurde er von Imbissbesitzer Karl-Heinz kommentiert.

„Dass die Hausbesetzer jemanden ermordet haben, hätte ich nicht gedacht."

„Hattest du denn um diese Zeit schon deinen Imbiss hier?", fragte Pollock.

„Na klar. Ich hatte gerade mein Fünfjähriges, da ging es los mit den Besetzungen." Karl-Heinz deutete mit seiner Zigarette Richtung Metallzaun. „Das Haus, das da stand, war damals total verfallen. Erst war ich ja skeptisch, als die jungen Leute hier anrückten. Ihr könnt euch gar nicht vorstellen, wie die aussahen!" Karl-Heinz schnaufte amüsiert und ließ von seiner Zigarette ungeniert etwas Asche auf den weiß gefließten Boden fallen. „Aber dann merkte ich: Die sind eigentlich ganz in Ordnung. Zu mir waren die immer korrekt."

Alexander fragte: „Haben die denn bei dir gegessen?"

„Na klar! Die haben den Umsatz erst so richtig angekurbelt. Viele von denen hatten richtig Kohle, die kamen zum Teil aus wohlhabenden Familien." Er deutete mit der Fingerspitze auf sein Gesicht. „Da hab' ich ein Näschen für!"

Pollock blickte auf Karl-Heinz' Nase, aus der jede Menge Härchen wucherten. Er musste sich überwinden, um jetzt noch Freude an seiner aufgespießten Currywurstscheibe zu haben. Den Blick auf die Bautzener Straße gewandt, fragte er: „Woran hast du denn erkannt, aus welchen Verhältnissen die kamen?"

Karl-Heinz musste nicht lange überlegen. „Die fuhren zum Teil Autos, davon konnte unsereins nur träumen. Das waren nicht nur Bafög-Empfänger, das schwöre ich euch!" Karl-Heinz schlenderte hinter seine Theke, griff sich ein Schwammtuch und fing an, Senfflecken von den Stehtischen zu wischen. „Einer von denen", fiel ihm noch ein, „parkte immer so eine dunkelblaue Yamaha vor meinem Laden. Das war vielleicht ein Typ! Hatte schon fast 'ne Glatze und war frech wie Bolle. Na ja, aber die meisten von denen waren echt in Ordnung. Die hatten ja Recht: War doch ein Skandal, dass so ein Haus leer stand – bei der Wohnungsnot damals."

Pollock und Alexander kauten schweigend ihr Fleisch und hoben ihre Pappschachteln hoch, als Karl-Heinz mit seinem Schwammtuch an ihren Tisch kam. Er rubbelte an einem angetrockneten Curryfleck und deutete mit dem Kinn auf die gegenüberliegende Straßenseite.

„Ihr könnt mir sagen, was ihr wollt. Aber das waren nicht die Typen, die jemanden umlegen und einmauern."

„Hast du denn noch Kontakt zu jemandem von damals", würgte Pollock hervor.

„Eine Frau, die früher da wohnte, kommt regelmäßig an den Zaun, sonst habe ich von denen nie mehr jemanden zu Gesicht bekommen."

Pollock horchte auf.

„Was für eine Frau?"

„So 'ne Blonde. Eine ganz Schüchterne. Die hat hier früher öfter mal 'ne Pommes bestellt. Und dann hab' ich die jahrelang nicht mehr gesehen. Na ja, die gehören ja heute alle zum – wie sagt man – Ästäblischment. Pommes essen die bestimmt nicht mehr."

Pollock kam die Blonde in den Sinn, von der die ehemaligen Gemeindemitglieder Brandstetter und Oppitz gesprochen hatten. Die Blonde soll mit ihrem Freund in der Bautzener Straße gewohnt haben. Sie soll schwanger gewesen sein, als ihr Freund verschwand. Da niemand wusste, was aus ihm geworden war, könnte es sich durchaus um den Toten handeln. Vielleicht wollte er verreisen. Mit dem Koffer, der neben den Knochen gefunden worden war.

Dann war da noch dieser Button mit dem Gemeindeemblem. War dieser Tote Mitglied der Sowjetunion-AG gewesen? Hatte er dadurch Beziehungen zum Russen Boris Baranov gehabt? Pollock fasste den Entschluss, in der Bibliothek der Studierenden Protestanten nach Protokollen der Sowjetunion-Arbeitsgruppe zu suchen. Da mussten ja die Namen der Teilnehmer stehen. Vielleicht sollte er dazu seine Beziehungen zu der grauen Friederike wieder aufleben lassen.

„Weißt du zufällig, wie die Blonde heißt?", fragte Pollock ohne Hoffnung.

„Ja, weiß ich."

„Wie ... Du weißt ihren Namen!?"

„Ja, sag ich doch. Anna heißt die. Damals haben die mir doch alle das Du angeboten."

Pollock ließ den Rest der Currywurst in einen Plastikeimer fallen. „Seit wann kommt diese Anna zum Zaun?"

„Mensch, du stellst Fragen. Seit wann kommt die zum Zaun ... Seit zwei, drei Wochen vielleicht?"

„Also seit die Leiche gefunden wurde?"

Karl-Heinz schaute Pollock entgeistert an. „Ja", murmelte er, „das kann hinkommen."

„Was macht die denn an dem Zaun?"

Der Imbissbesitzer blickte zum gegenüberliegenden Grundstück. „Na, die guckt auf den Tatort. Ist wahrscheinlich entsetzt. Kann man ja verstehen."

„Und du hast sie nie angesprochen?"

Karl-Heinz guckte verunsichert. „Sollte ich das? Mensch, so gut kannte ich die nun auch wieder nicht."

„Kannst du dich erinnern, was die anhatte?"

„Ja, kann ich. Weil ich mich gewundert habe. Sie trug nämlich weder Handschuhe noch Mütze. Nur so einen leichten Sommermantel. Und das bei dem Sauwetter!"

Pollock erinnerte sich an sein Erlebnis vor ein paar Tagen. Als er vom Copyshop in der Grunewaldstraße noch einmal zum Bauzaun in der Bautzener Straße gefahren war, hatte er eine blonde Frau gesehen. Auch ihn hatte ihre leichte Bekleidung irritiert.

Karl-Heinz wandte sich von den Freunden ab, denn zwei Kunden betraten den Imbiss.

„Jede Wette: Das ist die Blonde, die auf dem Foto war, das uns die Oppitz gezeigt hat“, wandte sich Pollock an Alexander. „Und die Leiche, das könnte ihr verschwundener Freund sein.“

„Aber warum geht sie dann nicht zur Polizei?“

„Vielleicht, weil sie selbst Dreck am Stecken hat. Wir kommen nicht drum herum. Wir müssen uns in den nächsten Tagen auf die Lauer legen und auf diese Anna warten.“

„Und was willst du machen, wenn sie kommt?“

Pollock überlegte. „Das weiß ich auch noch nicht. Vielleicht sollten wir sie ganz offen auf den Fall ansprechen.“

„Brillante Idee“, sagte Alexander. „Und dann zückt die eine Kalaschnikow. Wenn die zu irgendeiner russischen Mafia gehört, sehen wir alt aus.“

„Quatsch. Die hat doch sicher nicht Tag und Nacht eine Waffe bei sich. Außerdem: Karl-Heinz sagt, sie sei eher schüchtern.“

„Gerade die Schüchternen sind zu emotionalen Ausbrüchen in der Lage, das glaubst du nicht. Das ist beim Sex genauso. Da erinnere ich mich an ...“

„Ist ja gut! Was schlägst du also vor?“

Alexander zerknautschte seine Coladose und kramte nach seiner Geldbörse. „Wir besorgen uns eine Waffe. Karl-Heinz, wir zahlen!“

Kapitel 26

Die ganze Nacht wälzte sich Pollock in Alexanders Satinbettwäsche hin und her. Seine Gedanken kreisten. Es gab so viele offene Fragen, dass er nicht wusste, wo er als nächstes mit seinen Nachforschungen weitermachen sollte.

Wenigstens war er jetzt bei seinen Ermittlungen nicht mehr

ganz auf sich gestellt. Alexander würde ihn nun auf Schritt und Tritt begleiten. Er war jetzt Pollocks Chauffeur und Personenschützer zugleich. Nach dem Imbiss bei Karl-Heinz war Alexander noch kurz in einem der zwielichtigen Im- und Exportgeschäfte nahe der Hauptstraße verschwunden und mit einer Pistole zurückgekehrt, einer tschechischen Ceska, Typ 83, Kaliber 7,65 Millimeter. Mit dem nötigen Kleingeld kam er an alles heran. Alexander war in seiner Jugend im Schützenverein, später bei der Bundeswehr gewesen und hatte im Gegensatz zu Pollock ein eher unverkrampftes Verhältnis zu Waffen.

Völlig übermüdet, weil es ihm erst gegen fünf Uhr morgens gelungen war, ein wenig Schlaf heranzulocken, saß Pollock dann um 8:30 Uhr im Büro bei der Polizei. Eine Beamtin nahm Fingerabdrücke von Pollock und verglich sie mit denen, die nach dem Einbruch in der Langenscheidtstraße gefunden worden waren. Das Ergebnis: Sie stimmten überein. Fremde Spuren hatten also nicht sichergestellt werden können. Pollock wollte daraufhin das Polizeipräsidium wieder verlassen. Doch er unterschätzte die Hartnäckigkeit des Polizisten Haberland, mit dem er ja bereits telefoniert hatte. Haberland gehörte offenbar zu jenen Beamten, die noch mit Mitte 50 vor Ehrgeiz sprühten. Er nahm Pollock ins Gebet, als sei dieser nicht Opfer, sondern Täter.

„Herr Pollock. Vermissen Sie etwas in Ihrer Wohnung?“

„Nein, mir ist nichts aufgefallen.“

Haberland beugte sich demonstrativ zu Pollock vor. „Wirklich nicht?“

„Nein, ehrlich nicht.“

„Sie wollen mir sagen, Ihre Wohnung sei nicht durchsucht worden?“

„Alles lag an seinem Platz, ja.“

„Wir haben gesehen, dass Sie Wertgegenstände haben. Eine teure Stereoanlage zum Beispiel. Ist es nicht seltsam, dass nichts davon gestohlen wurde?" Der Polizist ließ seinen Kugelschreiber auf der Schreibtischplatte tanzen.

„Ja, eigentlich schon. Ich habe mich auch gewundert."

„So, gewundert haben Sie sich. Herr Pollock, halten Sie uns für doof, oder was? Das waren keine gewöhnlichen Diebe, die bei Ihnen eingedrungen sind. So, wie die Ihre Tür aufgemacht haben, deutet alles auf organisierte Kriminalität hin. Die haben wahrscheinlich einen Laserschneider benutzt."

„Ach, du lieber Himmel!"

Haberland ließ sich durch Pollocks Reaktion nicht beeindrucken. „Herr Pollock, haben Sie irgendwelche Kontakte zum Drogen- oder Rotlichtmilieu?"

„Wie bitte? Ich?"

Haberland seufzte, stand auf und gab Pollock die Hand. „So kommen wir nicht weiter. Ich kann Ihnen nur sagen: Wenn Sie uns etwas verschweigen, wird Sie das teuer zu stehen kommen. Wir haben jede Menge Erfahrung mit organisierter Kriminalität: Diese Leute schrecken vor nichts zurück. Wenn die nicht finden, was sie suchen, werden sie verdammt unangenehm. Aber wenn Sie sich nicht helfen lassen wollen ... Herr Pollock, Sie hören von uns! Wo halten Sie sich in den nächsten Tagen auf?" Haberland schrieb sich Alexanders Adresse auf.

Pollock war erleichtert, wieder in Alexanders Audi zu sitzen. Es war 10:20 Uhr geworden. Die beiden Freunde fuhren in Alexanders Auto durch die Straßen Charlottenburgs. Ihr nächstes Ziel: Das Sendezentrum von *Havel-TV*. Doch auf dem Kurfürstendamm schien es, als hätten sich alle Verkehrsteilnehmer gegen die Freunde verschworen: Erst kamen die beiden wegen der LKW, die Boutiquen und Warenhäuser belieferten, nicht voran. Fast am Adenauerplatz angekommen, war dann ein Reisebus in eine Baustelle geschlittert. Alexanders Audi stand im Stau. Pollock wollte die Zeit sinnvoll nutzen. Er musste mehr über die Machenschaften des KGB zu Mauerzeiten erfahren. Was hatte Svetlana ihm erzählt? Boris Baranov habe in der sowjetischen Botschaft als KGB-Agent gearbeitet – in den 80er Jahren. Über das Handy rief Pollock einen seiner Professoren aus Studienzeiten an, einen Fachmann für die Geschichte der Sowjetunion und anderer osteuropäischer Länder.

Das Ergebnis war ernüchternd. Der Professor gestand, dass die Tätigkeit des KGB im geteilten Deutschland kaum erforscht sei. Vor allem wisse man wenig über die 80er Jahre. Das Hauptquartier des KGB sei seit Kriegsende im Ost-Berliner Bezirk Karlshorst gewesen, aber auch von den Botschaften in der DDR und der Bundesrepublik aus seien Spione ausgeschwärmt. Sie hätten zum Beispiel westdeutsche Politiker und die Bundeswehr ausgespäht. Zum einen seien sogenannte Honigfallen gelegt worden: Sexuell aufreizende KGB-Frauen hätten deutsche Männer verführt und ihnen Informationen entlockt. Zum anderen habe man immer wieder Westdeutsche gesucht und gefunden, die für Geld bereit gewesen seien, beim feindlichen Geheimdienst mitzuarbeiten. Die meisten Unterlagen darüber lägen allerdings in Moskau unter Verschluss.

Warum man nicht ehemalige KGB-Offiziere befrage, wollte Pollock wissen.

Aus denen sei wenig herauszubekommen, antwortete der Professor. Das Interesse, Licht ins Dunkel zu bringen, sei gering. Auch bei deutschen Politikern. Schließlich wolle man es sich nicht mit Putin und seinen Freunden verderben. Wie Pollock sicher wisse, sei Putin von 1985 bis 1990 als KGB-Offizier in Dresden stationiert gewesen. Diejenigen, die damals mit ihm zusammengearbeitet hätten, bekleideten heute zum Teil hohe Posten in der Regierungspartei „Geeintes Russland". Darüber hinaus hätten ehemalige KGB-Agenten ihre Finger in vielen europäischen Firmen, selbst in Medienunternehmen. Zum Beispiel Alexander Lebedew, einst Geheimdienstmitarbeiter, heute Oligarch und Milliardär. Er habe 2009 das Londoner

Lokalblatt *Evening Standard* gekauft. Damit müsse man sich wohl abfinden, seufzte der Professor. Es tue ihm leid, er könne Pollock nicht helfen. Vermutlich könne auch keiner seiner Kollegen ihm helfen.

Pollock fühlte sich so hilflos wie nach dem Gespräch mit Svetlana. Die Müdigkeit legte sich wie ein schwerer Mantel über seinen Körper.

Es war inzwischen 10:45 Uhr geworden. Noch immer war es der Polizei und dem Fahrer nicht gelungen, den Reisebus so zu positionieren, dass der Verkehr daran vorbeigeleitet werden konnte. Pollock fluchte. In einer halben Stunde begann die Mitarbeiterversammlung, die laut Chefredakteur Clement so ungeheuer wichtig war.

10:55 Uhr. Der Reisebus stand mittlerweile auf dem rechten Fahrstreifen des Kurfürstendamms, ein Polizist winkte die Autofahrer daran vorbei. „Lass mich hier raus, ich will nicht zu spät kommen", drängte Pollock, der bereits ahnte, dass Alexander nahe des Senders keinen Parkplatz finden würde. „Auf den wenigen Metern bis dahin wird mich schon keiner umlegen."

Pollock hetzte vorbei an Boutiquen, Kosmetikinstituten, Steakhäusern. Seit dem Vorfall in Neukölln achtete er ganz genau darauf, was um ihn herum geschah. Ein paar Schulkinder schubsten sich kreischend die Straße entlang. Tatterige Rentner schoben ihre Gehhilfen Richtung Apotheke und Supermarkt. Die Kellnerin eines Cafés stand gelangweilt vor der Eingangstür und stierte vorbeigehenden Passanten hinterher. Pollock warf einen Blick ins Innere des Cafés, allerdings nur flüchtig. Das Sendezentrum war schon in Sichtweite, da blieb er stehen. Irgendetwas hatte ihn irritiert. Pollock besann sich. Instinktiv kehrte er um. Vorsichtig näherte er sich dem Café. Die Kellnerin hatte ihren Beobachtungsposten verlassen. Pollock blinzelte hinein. Sofort wusste er, was ihn stutzig gemacht hatte: Es waren die hellen Haare. Und die goldene Brille. Der ockerfarbene Teint! Pollock drehte sich mit einem Satz von der Tür weg. Er schloss die Augen. Der Russe! Konnte das sein? Warum tauchte er immer und immer wieder in seiner Nähe auf? Aber nicht nur das hatte Pollock aus der Fassung gebracht. Der Russe war nicht allein. Neben Baranov saß eine Frau. Und diese Frau war Michaela.

Pollock lehnte an der kalten Wand des Nachbarhauses. Er spürte sein Herz schlagen. Hatten die beiden ihn bemerkt? Nein, er war sicher, dass Baranov und Michaela sich über irgendein Schriftstück gebeugt hatten. War denn der ganze Sender in diese mysteriöse Geschichte verstrickt? Litt er an Verfolgungswahn? Seine Knie waren wachsweich geworden. Pollock eilte trotzdem weiter, musste aufpassen, beim Überqueren der Straße nicht unter die Räder zu kommen. Erst als er die Drehtür des Senders erreichte, fühlte er sich sicher. Selbst wenn Mitarbeiter in den Fall verstrickt waren. Umlegen würden sie ihn hier wohl kaum.

Berlin, 13. November 1981

Liebste Anna,

ich habe noch mal darüber nachgedacht, was Du am Telefon gesagt hast. Vielleicht hast Du recht. Ich warte das nächste Treffen mit Boris ab, bevor ich irgendwas unternehme. Ich werde mal versuchen, mehr über seine Arbeit zu erfahren, denn, ehrlich gesagt, so richtig habe ich nie verstanden, was er genau macht. Ist er nun Diplomat oder nicht? Wenn er ausweichend antwortet, wäre das verdächtig.

Vom SU-Arbeitskreis gestern habe ich nicht viel mitgekriegt. Ich gucke die nur an und frage mich, wem ich überhaupt noch trauen kann.

Vormittags war ich mit Udo in der neuen Wohnung. War ein

komisches Gefühl. Mir fiel es schwer, einigermaßen ungezwungen mit ihm zu reden. Das hat er offenbar gemerkt, denn er fragte, was denn los sei, ich würde einen niedergeschlagenen Eindruck machen. Ich habe dann was von Problemen im Haus geschwafelt und den vielen Prüfungen an der Uni.

Udo zieht übrigens eine Woche nach uns aus – in eine sanierte Altbauwohnung in Charlottenburg. 82 Quadratmeter! Mit Balkon, Zentralheizung, neuen Fenstern und allem Drum und Dran. Ich habe keine Ahnung, wie er sich das wieder leisten kann. Wird er als Volontär so viel Geld verdienen? Bekommt er die Kohle von seinen Eltern? Sein Vater ist, glaube ich, Handwerker. Oder kriegt er etwa Geld von ...? Na, daran mag ich gar nicht denken!

Gestern habe ich Deine Studienkollegin Renate in der Mensa getroffen. Wir haben zusammen Mittag gegessen. Renate wußte noch gar nichts von Deiner Schwangerschaft. Und ich hatte keine Ahnung, daß sie einen dreijährigen Jungen hat, den sie allein erzieht. Sie war gerade mit ihrem Sohn in Costa Rica im Urlaub und schwärmte, wie kinderfreundlich die Menschen dort seien. Eine Reise nach Costa Rica - das wäre doch auch mal was für uns, oder?

Anna, jetzt sind es nur noch siebzehn Tage! Ich habe noch mal nachgesehen, Du kommst um 16:34 Uhr am Zoo an. Ich hoffe, der Interzonenzug hat nicht wieder Verspätung. Vor zwei Wochen habe ich mehr als eine Stunde in Marienborn gewartet. Die Grenzer hatten noch mehr Hunde dabei als sonst und durchsuchten sämtliche Gepäckstücke – selbst die Handtaschen zweier Omas in meinem Abteil. Reine Schikane. Einer Ost-Berlinerin, die neben mir saß, habe ich angesehen, wie sehr sie sich für das Benehmen der Beamten schämte. Ich hoffe, Du erlebst nicht Ähnliches.

Ich schlage vor, wenn Du da bist, fahren wir direkt zur neuen Wohnung. Mit dem Verwalter habe ich bereits gesprochen. Es ist kein Problem, daß wir da schon vor dem Einzug übernachten. So mußt Du nicht erst in die Bautzener und wir haben den Abend für uns. Endlich!

Den Termin bei der Frauenärztin habe ich gemacht. Wir sollten uns dann möglichst früh auch beim Krankenhaus melden.

Anna, ich freue mich sehr auf unsere kleine Familie! Auch wenn es bestimmt nicht leicht wird. Vielleicht finden wir ja noch ein paar Leute, die auf das Baby aufpassen, wenn bei mir die heftige Prüfungsphase anfängt und Du Dein Praktikum machst. Wir schaffen das schon. Weil wir uns lieben!

Ich schreibe Dir wieder, sobald ich Boris getroffen habe. Drück mir die Daumen!

Ein Kuß von Berlin nach Madrid
von
Frank

Kapitel 27

Als Pollock den Konferenzsaal im ersten Stock betrat, hatte die Mitarbeiterversammlung bereits begonnen. Das Bild von Michaela und Baranov hatte sich in seinem Kopf wie ein stechender Schmerz festgesetzt. Er zwang sich, Michaelas mögliche Verstrickungen in den Fall erst einmal beiseite zu schieben, so schwer ihm das auch fiel.

Geschäftsführer Dr. Reimund Klüver begrüßte die Anwesenden. Meist trug er graue maßgeschneiderte Anzüge, aber bei Mitarbeiterversammlungen erschien er in Jeans und Rollkragenpullover, um zu demonstrieren: der Geschäftsführer – ein Journalist wie du und ich. Pollocks Nackenhaare sträubten sich, als er seinen Chef am Rednerpult erblickte. Klüver – der Mann mit den ungewöhnlichen Sexualpraktiken! Jetzt, wo Pollock den Geschäftsführer sah, zweifelte er ein wenig an Svetlanas Aussage. Klüver sah mit seinen silbergrauen Haaren, dem Schnauzbart und der randlosen Brille ungeheuer bieder aus. Schaute sein

Chef nicht misstrauisch zu ihm herüber? Hatte er doch mitbekommen, dass Pollock ihn im Bordell entdeckt hatte? Pollock lehnte sich an eine Wand hinter den voll besetzten Stuhlreihen und war erleichtert, als sich ein zwei Meter hoher Kameraassistent vor ihn schob.

Klüvers Stimme klang eine Spur zu versöhnlich. Alle im Raum ahnten, dass er bald eine Bombe platzen lassen würde. In den vorderen Reihen saßen die Kollegen vom Betriebsrat. Sie verschränkten die Arme vor der Brust, um zum Ausdruck zu bringen, dass sie erst mal gegen alles sein würden, was der Geschäftsführer verkündete. In den zurückliegenden Tagen hatten Gerüchte die Runde gemacht. *Havel-TV* müsse sparen.

„Unser Sender ist gut aufgestellt", rief Klüver den Anwesenden zu. „Aber noch nicht optimal genug. Erste Veränderungen im Programm sind auf den Weg gebracht. Mit unserer neuen Talkshow *Nehls – Labern ist nicht!* werden wir verlorene Zuschauerschichten zurückgewinnen. Wenn die Redakteure alles geben, wird dies *das* Medienereignis des Jahres."

Klüver wartete auf Beifall, doch nur aus der ersten Reihe kam ein begeistertes Klatschen – von Chefredakteur Clement. Als Clement sein Solo beendet hatte, fuhr Klüver tapfer fort.

„Aber unser Programm kann noch so gut sein – wir müssen an die Finanzen denken. Wie andere Unternehmen auch sind wir gezwungen, unseren Betrieb zu verschlanken!"

Pollock vernahm ein näselndes Geräusch. Neben ihm war Annemarie Krause, die Sekretärin des Chefredakteurs, in sich zusammengesunken. Sie hatte sich wieder einmal aus der Runde der Zuhörer verabschiedet. Als sich ihr Schnarchen in ein Rasseln verwandelte, stupste Pollock sie in die Seite, woraufhin ihn die Krause unschuldig anlächelte.

„Nur schweren Herzens habe ich beschlossen, Einsparungen bei der Produktion vorzunehmen. Verstehen Sie mich nicht falsch", sagte Klüver an die Betriebsratsmitglieder gewandt, „die fest angestellten Kameraleute machen einen guten Job! Trotzdem: Wir können es uns künftig nicht mehr leisten, weiter Gehälter und Sozialleistungen in dieser Höhe zu zahlen. Deshalb habe ich zusammen mit Chefredakteur Clement, dem Produktionsleiter und den zuständigen Gremien beschlossen, einige der Zeitverträge nicht zu verlängern."

Ein Raunen ging durch den Saal. „Eine Unverschämtheit!", entfuhr es dem Vorsitzenden des Betriebsrats.

Klüver schaute Mitleid heischend in die Menge.

„Dies ist eine schmerzliche Entscheidung, die mir weiß Gott nicht leicht gefallen ist ..."

Daraufhin wurde das Raunen im Saal noch lauter.

„Aber wir müssen das tun, um die Qualität unseres Senders auf Dauer zu sichern! Liebe Kolleginnen und Kollegen ..." Der Geschäftsführer blickte irritiert zur zweiten Reihe, wo sich ein Betriebsratsmitglied nach dem anderen erhob und Richtung Ausgang marschierte. Pollock hatte schon so manche Mitarbeiterversammlung erlebt, aber an so einen Eklat konnte er sich nicht erinnern. Kaum jemand war offenbar in die Kürzungspläne der Leitung eingeweiht worden.

„Wir können nicht vor der Zukunft davonlaufen!", schleuderte Klüver dem Betriebsrat hinterher. Die Saaltür krachte ins Schloss. Klüver rang um Fassung. Seine Hände umklammerten das Rednerpult. Dann schaute er besänftigend auf die Zurückgebliebenen.

„Der Vertrag mit einer privaten Produktionsfirma ist so gut wie abgeschlossen. Jedem, der hier aufhören muss, steht es frei, sich dort zu bewerben. Die Chancen, angenommen zu werden, sind gut! Sehr gut sogar!"

„Die zahlen doch bestimmt nur einen Hungerlohn", rief einer der altgedienten Kameramänner dem Geschäftsführer zu. Der beschloss, den Zwischenruf zu überhören.

„Die neue Produktionsfirma arbeitet hoch professionell. Sie

wird in wenigen Tagen vor ihre erste Bewährungsprobe gestellt. Bei der Premiere unserer neuen Talkshow."

Annemarie Krause wandte sich zu Pollock: „Mir kann's ja egal sein", wisperte sie. „Ich gehe in zwei Monaten in Rente. Aber das ist doch eine Schweinerei! Die armen Kollegen!"

Pollock gab ihr Recht. Er wollte Klüver weiter zuhören, doch die Krause rückte näher an ihn heran. Ihr beißendes Parfum zog ihm in die Nase. „Ich hab' den Vertrag mit der Produktionsfirma gesehen." Sie hob ihren faltigen Zeigefinger. „Wer für die arbeitet, wird sich wundern! Das ist 'ne absolute Billigfirma! Nee, nee, was sind das für Zeiten!" Mit diesen Worten rückte sie wieder auf die Mitte ihres Stuhls zurück.

„Wie heißt denn die Firma?", fragte Pollock.

„Keine Ahnung", krächzte die Krause mit halb geschlossenen Augen. „Gehört irgendwelchen Ausländern. Bulgaren? Polen? Russen? Ich hab' keine Ahnung." Krauses Kinn kippte Richtung Brust.

Pollock ahnte es. Der Sender war womöglich in Geschäfte mit Russen verstrickt. In welche und warum, wusste er nicht. Aber er würde es herausbekommen. Ihm war klar, was jetzt zu tun war: Er musste in Clements Büro eindringen. Dort würde es womöglich Unterlagen über die Firma geben. Vielleicht fand Pollock Hinweise darauf, warum sich der Sender ausgerechnet für die Osteuropäer entschieden hatte. Oder sollte er einfach den Produktionsleiter fragen? Lieber nicht. Womöglich war auch der in üble Machenschaften verstrickt.

Derweil war Klüver beim Finale seiner Rede angelangt. „Ich bin stolz, als Geschäftsführer bei diesem Sender arbeiten zu dürfen! Jeden Tag auf's Neue. Und ich wünsche allen in diesem neuen Jahr viel Freude bei der Arbeit. Und den Redakteuren der neuen Talkshow ein herzliches ‚toi, toi, toi!'" Damit war die Versammlung geschlossen.

Schweigend und betreten bewegten sich die Mitarbeiter Richtung Ausgang. Pollock spürte ein flaues Gefühl im Magen. Nach diesem Fiasko war Clements Stimmung mit Sicherheit auf dem Nullpunkt. Kein idealer Zeitpunkt, um ihm die Filme zu präsentieren. Pollock überlegte, was der Chefredakteur wohl beanstanden könnte. Eigentlich nichts. Pollock hatte zusammen mit Nehls penibel recherchiert. Sie hatten herausgefunden, welche Meinung die Talkgäste zum Thema „Bock auf Werte" vertraten. Die Filme stellten die Standpunkte der Gäste provokant in Frage. Die Aussagen der konservativen Politikerin waren absehbar: Sie würde die liberale Schulpolitik geißeln. Sie ließ kein Interview aus, in dem sie nicht die 68er-Generation für Gewalt und Chaos an den Schulen verantwortlich machte. Die Politikerin forderte, Kindern wieder die alten Werte nahe zu bringen. Pollock fragte in seinem Film, in welche Zeit die Frau denn zurückwollte. In die 50er und 60er Jahre als Lehrer sich mit Prügel Respekt verschafften? Pollock hatte im Archiv Aufnahmen aus jener Zeit gefunden, die der Politikerin in der Sendung vorgespielt werden sollten.

Die Leadsängerin der Popband „Roberta" bedauerte, dass Anteilnahme zum Fremdwort geworden sei. Die Armut nehme weltweit zu. Pollocks Film erinnerte daran, dass die Musikerin im vergangenen Jahr ihre Teilnahme an einem Wohltätigkeitskonzert für Afrika zurückgezogen hatte und stattdessen – Pollock war stolz auf diesen Rechercheerfolg – vor Geschäftsleuten aus Dubai aufgetreten war.

Clement und Nehls zwängten sich in Pollocks Arbeitszimmer. Pollock schob den ersten Beitrag in den Rekorder. Mit ihm sollte Pfarrer Muth aus der Reserve gelockt werden. Pollock hatte im Archiv den Mitschnitt eines Gottesdienstes gefunden, den der Sender vor ein paar Monaten übertragen hatte. Muth hatte auf der Kanzel gestanden und war so richtig in Fahrt geraten:

„Der Konsum ist zu unserem neuen Gott geworden! Die

Werbung gaukelt uns vor, dass ein Leben ohne Probleme möglich ist, wenn man sich nur für das richtige Produkt entscheidet. Und wenn das Alte nicht mehr funktioniert, muss etwas Neues her. Repariert wird nichts mehr. Und so haben wir auch die Geduld mit unseren Mitmenschen verloren, wenn sie sich nicht mehr so verhalten, wenn sie nicht mehr so funktionieren, wie wir es uns wünschen. Vielleicht auch ein Grund für die hohe Scheidungsrate ..."

Aber waren evangelische Geistliche ein Vorbild, wenn es um stabile Ehen ging? Pollock hatte sich an zwei deutsche Bischöfe erinnert, deren Ehen kürzlich gescheitert waren. Er kontrastierte in seinem Film die Predigt des Fernsehpfarrers mit Schlagzeilen der Boulevardpresse: „Bischof Hübner – Ehe in Trümmern!" Und: „Wir haben uns nichts mehr zu sagen! – Eine Bischöfin beichtet ihr Ehedrama!"

Als der Film zu Ende war, schnaufte Clement, pumpte seinen Gorillakörper auf, als wolle er Bäume aus dem Urwaldboden reißen. Wie schon vor ein paar Tagen entzündete sich ein Streit zwischen den drei Journalisten.

Clement: „Das ist doch kein Journalismus! Das ist Hetze!"

Entschlossen ging der Chefredakteur zum Rekorder, griff nach der Kassette und schleuderte sie in eine Ecke.

Pollock: „Aber Sie wollten doch mutige Beiträge."

Clement: „Mutige Beiträge schon! Aber das hier ist dumm, unsachlich und diffamierend! Statt in den Urlaub zu fahren, hätten Sie lieber etwas gründlicher über die Philosophie der Talkshow nachdenken sollen!"

Nehls: „Herr Clement, ich muss den Kollegen Pollock in Schutz nehmen. Sie haben uns beauftragt, eine Talkshow zu entwickeln, die provokant ist. Die Beiträge überspitzen bewusst. Die Gäste haben doch in der Sendung ausreichend Gelegenheit, ihre Sicht der Dinge darzulegen."

Clement: „Herr Nehls, ich weiß selber, was ich gesagt habe.

Daran müssen Sie mich nicht erinnern! Aber das, was Sie da machen, hat mit journalistischer Sorgfaltspflicht nichts, aber auch gar nichts zu tun! Sie stellen Pfarrer Muth, der ja auch irgendwie ein Kollege von uns ist, auf hinterfotzige Art und Weise bloß!"

Nehls: „Aha, daher weht der Wind. Sie wollen den Pfarrer schonen."

Clement: „Ich habe nicht die Absicht, auf diesem Niveau mit Ihnen zu diskutieren. Herr Pollock, ich bin enttäuscht von Ihnen. Das, was ich hier gesehen habe, betrachte ich als Affront. Ich wünsche mir, dass Sie noch einmal ganz von vorn anfangen. Und wenn Sie Tag und Nacht arbeiten müssen!"

Pollock: „Ich weiß nicht, was Sie wollen. Ich habe den Eindruck, Sie wissen selbst nicht, was Sie wollen."

Clement: „Was ich will?! Ich will seriösen Journalismus! Und ich will nicht, dass in diesem Sender Menschen oder Religionsgemeinschaften verunglimpft werden. Ist das klar?!"

Nehls: „Herr Clement, so geht das nicht. Es sind noch drei Tage bis zur Premiere. Weil ich Profi bin, werde ich die Sendung moderieren. Danach können Sie sich einen anderen suchen. Endgültig!"

Clement bebte vor Wut. Seine behaarten Hände hatte er zu Fäusten geballt. Er antwortete nicht mehr, sondern verließ den Raum.

„Das hätte ich mir ja denken können", stöhnte Nehls und ließ sich auf Pollocks Schreibtischstuhl fallen. „Wenn es hart auf hart kommt, zieht Clement mal wieder den Schwanz ein."

„Wovor hat er Angst?", fragte Pollock.

„Der will auf Nummer sicher gehen. Wie immer. Nur keinem von der Prominenz auf die Füße treten!"

„Was machen wir jetzt mit den Beiträgen? Die sind doch alle mehr oder weniger provokant."

„Dass diese Popband eins auf den Deckel kriegt, wird Clement nicht stören. Auch der Manager, der sich um Aidskranke kümmert, geht ihm wahrscheinlich am Arsch vorbei. Der Film über die Politikerin allerdings könnte noch zum Problem werden."

Pollock war verzweifelt. Er würde die Filme überarbeiten müssen. Ausgerechnet jetzt. Um zu durchschauen, wer in den Mordfall verstrickt war, brauchte er Zeit und einen klaren Kopf. Nehls stand auf und klopfte Pollock auf die Schulter. „Wir beide wissen nicht, mit wem Clement in der Stadt kungelt. Es ist mir auch egal. Ich lad' dich zum Kaffee ein. Dann überlegen wir, wie wir die Beiträge doch noch retten können."

Kapitel 28

Die Auflagen waren streng. Die Pförtner der privaten Sicherheitsfirma, die im Funkhaus Dienst schoben, ließen niemanden so einfach herein. Besucher mussten nachweisen, dass sie von Angehörigen des Senders eingeladen worden waren. Selbst langjährige Mitarbeiter hatten immer wieder aufs Neue ihren Dienstausweis vorzuzeigen. Die Vorsichtsmaßnahmen galten, seit das Sendezentrum vor drei Jahren von Autonomen besetzt worden war. Sie hatten gegen den Chefredakteur protestiert. Clement hatte sich am Vorabend des 1. Mai mit einem scharfzüngigen Kommentar hervorgetan: Wer die Maifeiern zu Krawallen nutze, dürfe sich über Hiebe der Polizei mit dem Schlagstock nicht beschweren.

Pollock schmetterte dem Pförtner ein launiges „Guten Abend" entgegen und zeigte dem Mann, der sich ungern beim Fernsehgucken stören ließ, seinen Hausausweis. „Diese verdammte Talkshow", klagte Pollock. „Wenn ich nicht noch nachts arbeite, schaffe ich das alles nicht!" Der Pförtner zeigte keine Spur von Anteilnahme und griff nach Pollocks Büroschlüssel, der an einem Brett hing. Pollock wies auf Alexander, der, wie er selbst, zwei Kisten mit Kassetten auf den Boden gestellt hatte.

„Alleine kann ich die nicht tragen. Darf der junge Mann mich kurz in den zweiten Stock begleiten?"

„Wenn's denn sein muss", lautete die Antwort aus der Pförtnerloge. „Aber erst muss Ihr Kollege das hier ausfüllen!" Der Wachmann deutete auf ein Formular und einen Kugelschreiber, der an einer silbernen Kette hing.

Der Pförtner richtete den Blick wieder auf seinen Fernseher: Dort hievte gerade eine barbusige Frau eine Python-Schlange auf ihre Schultern.

Ohne lange zu überlegen kritzelte Alexander einen Fantasienamen auf das Blatt und schob es in die Pförtnerloge zurück.

„Ach übrigens", sagte Alexander. „Haben Sie gesehen, dass Jugendliche ein paar Meter entfernt von hier Graffiti an die Mauer des Funkhauses sprayen?"

„Wie bitte?!" Die Augen des Pförtners weiteten sich. „Jetzt gerade?"

„Ich fürchte, ja."

Der Mann sprang auf und wandte sich zu Pollock. „Passen Sie bitte einen Moment hier auf!"

Zusammen mit Alexander stürmte er hinaus Richtung Parkplatz.

Pollock öffnete die Tür zur Pförtnerloge, löste die Schlüssel mit den Nummern 400 und 500 vom Schlüsselbrett. Erst wollte er ins Büro des Chefredakteurs, wenn nötig auch in das des Geschäftsführers.

„Diese Verbrecher!" Der Pförtner kam mit einem Kopf, rot wie ein Ballon, zurück ins Foyer. „Das war doch bestimmt wieder dieses Türkenpack!"

Er telefonierte mit seinen Kollegen, die irgendwo im Haus patrouillierten.

Pollock und Alexander betraten den Aufzug. Alexander wollte die Taste mit der Vier drücken, doch Pollock schlug ihn mit der Hand auf den Arm.

„Spinnst du? Hast du nicht die Digitalanzeige im Foyer gesehen? Der Pförtner kann genau verfolgen, wohin wir fahren. Wir fahren erst mal in die Zwei. Und von da aus nehmen wir die Treppe."

„Du denkst auch wirklich an alles", erwiderte Alexander. „Dass dieser Typ meine Graffiti als Sauerei bezeichnet, finde ich übrigens nicht nett."

Die langen, schmalen Gänge des Funkhauses lagen im Neonlicht und hatten um diese Zeit etwas Gespenstisches. Nachdem Pollock die Kisten in sein Büro verfrachtet hatte, schlichen die beiden durch eine Feuertür ins Treppenhaus. Die Stufen lagen im Dunkeln. Zwischen den einzelnen Stockwerken konnte man kaum die Hand vor Augen sehen. Doch Licht anzumachen, kam für die Freunde nicht in Frage. Langsam stiegen sie hinauf in die vierte Etage. Dort residierte der Chefredakteur.

Pollock und Alexander mussten nicht viel reden. Sie hatten präzise geplant, was zu tun war. Alexander versteckte sich hinter einem der breiten Pfeiler nahe des Aufzugs. Von dort aus konnte er beobachten, ob sich der Wachschutz näherte. Sobald das der Fall war, würde er Pollock durch einen Anruf auf's Handy warnen.

Pollock atmete tief ein, als er vor Raum 400 stand. Er drehte den Schlüssel im Schloss zweimal um und spürte Widerstand, als er die Tür nach innen drückte. Scheiße! Pollock ärgerte sich. Er war oft genug bei Clement gewesen, um zu wissen, dass die Tür zu Raum 400 nie benutzt wurde. Der Chefredakteur hatte allerlei Gerümpel davorgestellt. Alle, die in sein Büro wollten, mussten den Weg über das Sekretariat nehmen. Es wäre also schlauer gewesen, Schlüssel 401 mitgehen zu lassen. Aber noch mal konnte er den Wachschutz nicht hinters Licht führen. Pollock setzte seine gesamte Körperkraft ein. Millimeter für Millimeter schleifte die Tür über einen Teppichboden. Dann schepperte es, so, als seien Metallgegenstände aneinander geraten. Pollock blickte den langen Gang hinunter zu Alexander, der erschrocken hinter seinem Pfeiler hervorlugte.

Pollock wartete einige Sekunden und horchte. Doch es blieb still auf der Etage. Die Tür stand gerade mal so weit offen, dass er sich hindurchzwängen konnte. Innen müffelte es – Clements Herrenparfum. Das Büro lag im Halbdunkel. Allein die Reklametafel des gegenüberliegenden Hotels warf etwas Licht auf Clements Mahagonischreibtisch. Jetzt musste es schnell gehen, denn die Aufregegung über die Graffiti-Sprayer bei den Wachmännern war irgendwann vorbei und sie würden ihren Kontrollgang durchs Haus fortsetzen. Pollock schaute sich um: Auf dem Schreibtisch türmten sich Aktenordner. In der Mitte lag eine in braunes Leder eingefasste Unterschriftenmappe, daneben ein bauchiger Füllfederhalter. Pollock näherte sich dem Schreibtisch. Wieder klirrte es metallisch. Er war über irgendetwas auf dem Boden gestolpert. Jetzt erst sah Pollock, was er angerichtet hatte: Ein großer Pappkarton war beim Öffnen der Tür umgekippt. Auf dem Boden verstreut lagen eine Zinkkanne und zwei Becher. Pollock stellte den Karton aufrecht und griff hinein. Er spürte das flauschige Fell eines Teddybären, ertastete Kerzenständer, Baseballkappen und Brieföffner – offenbar Werbegeschenke, die der Chefredakteur im Laufe der Jahre bekommen hatte. Ganz weit unten wellte sich weißes Fotopapier. Pollock war neugierig. Er räumte die Kiste aus, rollte das Papier auseinander und spürte, wie ihm das Blut in den Kopf stieg. Er schloss die Augen und schaute noch einmal auf das Papier. Dann hörte er ein Summen. Sein Mobiltelefon! Alexander warnte ihn. Pollock musste sich verstecken – aber wo? Er entdeckte eine Tür, die zum Balkon führte. Pollock ließ alles stehen und liegen und hastete nach draußen. Ein Kälteschock packte ihn. Zitternd lehnte er an der Wand, die Sekretariat und Chefredakteursbüro trennte. Tatsächlich: In Krauses Zimmer ging das Licht an. Bestimmt die Männer vom Sicherheitsdienst. Pollock zwang sich, flacher zu atmen. Aus einer undichten Dachrinne tropfte ihm Wasser auf den Kopf. Pollock zweifelte nicht daran, dass der Wachschutz auch Clements Büro inspizieren würde. Die Männer würden das Chaos auf dem Fußboden sehen und merken, dass die Tür zum Balkon angelehnt war. Warum hatte er sich bloß zu so einer waghalsigen Aktion entschlossen?

Plötzlich krachte es. Ein Schuss! Jetzt ist alles aus, dachte Pollock. Das war womöglich gar nicht der Wachschutz, sondern Boris Baranov! Eine weitere Begegnung mit dem Russen würde nicht mehr so glimpflich ausgehen. Panik presste seine Lungen zusammen, sodass er lauter atmen musste. Pollock schaute nach links und rechts. Der schmale Balkon, auf dem er stand, zog sich um das ganze Gebäude. Es gab Feuerleitern, die er hinabsteigen konnte. Sein Herz raste. Aber die Höhenangst zu überwinden war allemal besser, als getötet zu werden. Pollock überlegte, in welche Richtung er laufen sollte, da erlosch plötzlich das Licht in Krauses Zimmer. Was ging hier vor? Wieder klingelte Pollocks Mobiltelefon. Alexanders Nummer.

„Ja?"

„Ich hab' alles unter Kontrolle", keuchte sein Freund. „Mach schnell, ich renn' schon mal zum Auto!"

Pollock wollte nachfragen, was eigentlich los war, aber Alexander hatte aufgelegt. Pollock stolperte die beiden Stufen vom Balkon zurück ins Büro. Einen sensationellen Fund hatte er bereits gemacht. Jetzt fehlten nur noch Informationen über die osteuropäische Produktionsfirma. So viel Zeit musste er sich jetzt noch nehmen. Sachte setzte sich Pollock auf Clements Drehstuhl und schlug die Unterschriftenmappe auf. Zuoberst lag eine Honoraranweisung über 1067,63 Euro. Geld, das eine Aushilfssekretärin aus der Unterhaltungsredaktion bekommen sollte. Dann folgten Einladungen zu einem Neujahrsempfang, den Clement für den Regierenden Bürgermeister, Senatsmitglieder und Abgeordnete gab. Dann ein Kostenvoranschlag. Pollock schaute auf den Briefkopf. „Projekt 3000. TV- und Filmproduktion“, lautete der Absender. „Inhaber und Geschäftsführer: Andreas Semmler.“ Jetzt hatte er es schriftlich. *Havel-TV* machte Geschäfte mit dem Bordellbesitzer, von dem Svetlana behauptete, dass er ein KGB-Mann gewesen war. Pollock hatte gefunden, was er suchte – und noch viel mehr! Er nahm das Schriftstück und ging in Krauses Büro. Erst hier fiel ihm auf, dass ein kleiner gelber Merkzettel an den Kostenvoranschlag geheftet war. Auf dem Merkzettel stand: Gruß B.B.! Boris Baranov und Clement kannten sich also persönlich. Pollock wandte sich dem Kopierer zu. Er war abgeschaltet. Er musste zwei Minuten warten, bis das Gerät warmgelaufen war. Diese verdammten Kopierer! Als wäre er nicht schon nervös genug, schickte ihm Alexander auch noch eine SMS. „Wo bleibst du?“ Pollock kopierte in Windeseile sämtliche Beweisstücke. Dann sorgte er dafür, dass im Büro wieder alles an seinem Platz war. Pollocks Aktion war erfolgreich gewesen, ins Zimmer des Geschäftsführers musste er nicht mehr.

Als Pollock ins Foyer zurückkam, beachtete ihn der Pförtner nicht weiter. Er guckte fasziniert Richtung Fernseher, wo ein abgehalfterter Schlagersänger mit nacktem Oberkörper in eine Jauchegrube plumpste.

„Na, alles klar?“, fragte Pollock.

„Bis auf den Knall gerade“, lautete die Antwort.

„Ja, den habe ich auch gehört. Klang wie ein Schuss.“

„Da haben uns die Türken bestimmt wieder irgendwelche Silvesterknaller an die Fensterscheiben geworfen. Die Kollegen sind noch mal raus und gucken nach.“ Der Pförtner ließ derweil den Bildschirm nicht aus den Augen. Der Schlagersänger war mittlerweile aufgetaucht und zog in der Jauchegrube seine Runden. „Verstehen Sie mich nicht falsch“, fuhr der Pförtner fort, „ich hab' nichts gegen Türken. Aber die, die hierher kommen, passen einfach nicht in unsere Kultur!"

„Na, dann lassen Sie sich mal nicht weiter bei deutscher Hochkultur stören", sagte Pollock, der jetzt im Pförtnerhäuschen direkt hinter dem uniformierten Mann stand und so tat, als sei er am Fernsehprogramm interessiert. Während eines besonders ereignisreichen Moments hängte Pollock die Schlüssel der Chefs an ihren Platz zurück, seinen eigenen hielt er dem Wachmann unter die Nase. „Gute Nacht, Herr Kollege!" Mit diesen Worten verließ er das Gebäude und eilte zum Parkplatz. Dort trommelte Alexander bereits nervös mit den Fäusten auf das Lenkrad seines Audis.

„Mensch, wo warst du denn?" Alexanders Augen funkelten wütend.

„Was war denn los?", fragte Pollock und ließ sich auf den beheizten Beifahrersitz fallen.

„Was los war? Die Wachleute hätten dich fast erwischt! Zwei Typen – Figuren wie Altglascontainer. Erst dachte ich, die gehen einfach so den Flur entlang. Die haben alle Büros links liegen gelassen. Bis auf Clements."

„Kann ich mir vorstellen. Da lagert ja auch brisantes Material", sagte Pollock. „Warst du das, der geschossen hat?"

„Klar, Mann! Als ich sah, dass die das Sekretariat aufschlossen, bin ich so schnell wie möglich runter in den dritten Stock. Da habe ich ein Fenster geöffnet und rausgeballert, um die Typen abzulenken. Dann bin ich ab in den Aufzug und runter ins Erdgeschoss. Ich hab' den Pförtner gefragt, ob er den Knall gehört hat. Hatte er. War gerade dabei, seine Kollegen anzufunken."

„Du glaubst nicht, was ich in dem Büro gefunden habe", sagte Pollock.

„Toll! Ich erzähle gerade, wie ich dir den Arsch gerettet habe und du interessierst dich nur für irgendwelche Fundstücke!"

„Mein Lieber, das sind nicht irgendwelche Fundstücke. Das ist der Oberhammer! Weißt du, was Clement in seinem Büro aufbewahrt?"

„Ich brenne förmlich darauf, es zu erfahren. Bei mir bedanken musst du dich übrigens nicht. War ja auch nicht weiter der Rede wert, die kleine Schießerei."

Pollock faltete die Kopien der Fotos auseinander.

Alexander schaute ungläubig in Pollocks selbstzufriedenes Gesicht. „Nee, das kann nicht sein. In was für einem Laden arbeitest du eigentlich?"

„Das frage ich mich langsam auch." Die beiden blickten auf das Foto und auf die wild umherlaufenden Hausbesetzer und Polizisten, die darauf zu sehen waren.

„Und guck mal hier!" Pollock zog die Kopie des Merkzettels mit dem Gruß Baranovs aus der Tasche. „Jede Wette: Clement ist in den Fall verstrickt. Das erklärt auch, warum er sich in letzter Zeit so unerträglich aufführt. Der Mann ist nervös. Wegen des Leichenfunds."

„Aber wie konnte er wissen, dass du die Fotos hattest? Hat uns etwa jemand beobachtet, als wir bei Hanke waren?"

„Nein, das glaube ich nicht." Pollock rief sich sämtliche Begegnungen mit Clement der vergangenen Tage ins Gedächtnis. Dann fiel es ihm ein. Pollock sah die Szene deutlich vor sich: Der Hinterhof des Senders. Clement hatte an die rechte Seitenscheibe des Renaults geklopft. Pollock hatte die Scheibe heruntergekurbelt. Der Beifahrersitz war für den Chefredakteur gut sichtbar gewesen. Dort hatten die Fotos gelegen. Pollock hatte sie zum Copyshop bringen wollen.

„Ich bin ein Idiot!" Pollock erzählte seinem Freund von dem Erlebnis.

Alexander beruhigte ihn. „Damals konntest du doch nicht wissen, dass Clement etwas mit der Sache zu tun hat. Meinst du, er selbst hat bei dir eingebrochen?"

„Quatsch! Das waren irgendwelche russischen Freunde."

„Aber warum ist Clement so scharf auf die Fotos?"

„Darauf kann es nur eine Antwort geben: Irgendwas ist auf den Bildern, das ihm nicht gefällt. Fragt sich nur, was."

„Hm." Alexanders Finger wanderte über die rechte Hälfte des Bildes zu einem Laternenpfahl. „Vielleicht ist es das!"

„Hä?"

„Na, ich meine die Yamaha da. Kannst du dich daran erinnern, was Karl-Heinz vom Imbiss erzählt hat?"

„Ich weiß nicht, was du meinst."

„Er sprach davon, dass da ein teures Motorrad rumstand, das einem kleinen vorlauten Typen mit wenig Haaren gehört hat. Eine Beschreibung, die auf deinen Udo Clement passen würde, oder?"

„Stimmt. Vorlaut ist er. Wenig Haare hat er auch, denn er trägt heute eine Perücke."

„Außerdem hast du mir mal erzählt, dass dein Chef manchmal mit dem Motorrad zur Arbeit kommt."

„Stimmt auch." Pollock hatte mehrmals mit ansehen müssen, wie Clement seinen Gorillakörper aus der Motorradkluft pellte.

„Aber das wäre ja absolut irre! Das würde bedeuten, dass Clement vor dreißig Jahren in der Hausbesetzerszene aktiv war. Nee, das kann ich nicht glauben!"

„Wieso? Dass sein Motorrad dort parkte, sagt noch nichts darüber aus, was er in der Bautzener Straße konkret gemacht hat."

„Da hast du Recht. Wir müssen Karl-Heinz fragen, was er noch alles über den Motorradbesitzer weiß. Und das am besten gleich."

Kapitel 29

Den ganzen Tag hatte es geregnet. Kurz vor Mitternacht waren die Temperaturen unter den Gefrierpunkt gerutscht. Minus elf Grad. Blitzeis. Die Straßen glänzten gefährlich im Scheinwerferlicht des Audis. Der Kreisverkehr am Ernst-Reuter-Platz wurde für Alexander zur Geduldsprobe. Mit halb durchgedrückter Bremse ließ er den Wagen um die Kurven schleichen. Über der Stadt lag eine geisterhafte Ruhe. Nur von Ferne waren immer wieder Martinshörner von Polizei und Feuerwehr zu hören. Pollock machte das Autoradio an. Die Nachrichten meldeten, dass bei der gefährlichen Glätte ein Mensch ums Leben gekommen war. Eine alte, offenbar geistig verwirrte Frau war in Treptow auf dem Bürgersteig ausgerutscht. Da sich außer ihr niemand auf die Straße getraut hatte, war sie erst gefunden worden, als sie schon erfroren war. Neuigkeiten vom Toten in der Bautzener Straße gab es dagegen keine.

Als die Freunde Schönebergs Rote Insel erreicht hatten, trauten sie sich fast nicht, ihr Auto zu verlassen. Pollock erinnerte sich an einen Trick, den er bei den Pfadfindern gelernt hatte: Er und Alexander zogen ihre Strümpfe aus und streiften sie über die Winterstiefel. Im Schneckentempo tasteten sie sich auf dem vereisten Bürgersteig von Laternenpfahl zu Laternenpfahl, bis sie den Imbiss erreichten. Karl-Heinz war begeistert, als die Schelle über seiner Eingangstür rasselte. Offenbar hatte sich seit Stunden kein Kunde mehr sehen lassen.

„Ich gebe euch zwei Würste aus", rief er und warf den Herd an. „Kann aber zehn Minuten dauern." Er tröpfelte Öl auf die Platte und klaubte Fleisch aus der Kühltruhe. Es zischte appetitlich, als er die Würste auf das Fett fallen ließ.

Pollock inspizierte sein Handy. Eine SMS. Die Nummer kannte er nicht. „Wenn du die Eisenbahn nicht in drei Tagen abholst, landet sie auf dem Müll! Mutter." Seit wann war seine

63-jährige Mutter in der Lage, eine SMS zu schreiben? Er hatte nicht mal gewusst, dass sie ein Mobiltelefon besaß. Pollock war klar, dass irgendetwas hinter ihrem Verhalten steckte, von dem er nichts wusste. Irgendein Geheimnis, das sie ihm und seiner Schwester nicht offenbarte. Waren denn in letzter Zeit alle Menschen um ihn herum verrückt geworden?

„Na, Jungs, gibt's was Neues von unserem Mauertoten?", fragte Karl-Heinz.

„Deswegen sind wir hier", antwortete Pollock und hielt dem Imbissbesitzer die Kopien der Fotos unter die Nase.

Karl-Heinz guckte erstaunt und blies Zigarettenrauch auf Pollocks Wintermantel.

„Mensch, ist ja Wahnsinn! Woher habt ihr die denn?"

„Von einem Fotografen. Siehst du das Motorrad da am Pfeiler?"

„Klar! Sieht aus wie die Kiste, von der ich euch erzählt habe! Die Yamaha! Wahnsinn!"

Pollock guckte den Imbissbesitzer beschwörend an. „Karl-Heinz, ich will wissen, was damals hier passiert ist. Und dazu brauche ich deine Hilfe."

Karl-Heinz richtete sich auf und machte ein wichtiges Gesicht.

„Kannst du dich erinnern, wem das Motorrad gehörte?"

„Ja."

„Wie ja?" Einmal mehr versetzte Karl-Heinz Pollock in Staunen.

„Na, so wie ich es sage. Ich kann mich an den Besitzer erinnern."

„Wie hieß der?"

„Der hieß Uwe. Nee, warte mal ... Udo! Genau, Udo hieß der! Wie gesagt, er war ein ziemlicher Angeber. War immer schnieke gekleidet mit Markenklamotten und allem Drum und Dran. Aber wenn's um linke Parolen ging, immer ganz weit vorn!"

„Wie sah dieser Udo aus?", fragte Pollock, um letzte Zweifel zu zerstreuen.

„Schnöselig. Muskulös. Hatte kaum noch Haare. Sah irgendwie nicht nach einem Studenten aus."

Pollock drehte sich zu Alexander um. „Er ist es."

„Jungs, jetzt klärt mich mal auf, warum das alles so wichtig ist."

„Möglicherweise ist der Besitzer der Yamaha in den Mord verstrickt", erklärte Pollock.

Karl-Heinz pfiff durch die Zähne. „Jetzt hab' ich den praktisch überführt, wa?"

„So weit sind wir noch nicht. Hat dieser Udo denn in dem besetzten Haus gewohnt?"

„Keine Ahnung", antwortete Karl-Heinz. „Ich habe das immer angenommen – so wie der gequatscht hat. Der wollte die Häuser in ... wie hat er immer gesagt ... Volkseigentum verwandeln. Also quasi verstaatlichen, so wie ich das verstanden habe."

Es roch verkokelt. Karl-Heinz bewegte sich zum Herd, schabte schwarze Kruste von den Würstchen und steckte sie in ein Schneidegerät. Pollock hatte Hunger. Er beschloss, einen Tag mit seiner Diät zu pausieren. Irgendwo hatte er gelesen, dass sich nach strengen Schlankheitskuren der sogenannte Jo-Jo-Effekt einstellte. Die radikale Unterversorgung mit Kalorien konnte am Ende dazu führen, dass man umso schneller wieder an Gewicht zunahm und dicker wurde als je zuvor. Außerdem wollte sich Pollock seine gute Laune nicht verderben lassen: So unfassbar es war, dass der Chefredakteur in dunkle Machenschaften verwickelt war, gefiel Pollock der Gedanke, hinter das Geheimnis des Gorillas zu kommen.

„War die Blonde eigentlich wieder am Zaun?", fragte er.

„Du meinst diese Anna? Jungs, glaubt ihr denn, ich habe Zeit, den ganzen Tag auf die Straße zu gucken? Aber ihr habt Glück:

Ich hab' sie gesehen. Gestern und heute wieder. Und das bei dieser Glätte! Vor zwei Stunden oder so hat sie sogar hier Pommes mit Majo gegessen."

„Wie bitte?"

„Ja. Sie hat mich wiedererkannt und war sehr freundlich. Hat sich aber auf kein Gespräch mit mir eingelassen. Ich glaube, die Sache mit der Mauerleiche geht ihr echt an die Nieren."

Das konnte sich Pollock vorstellen.

„Das heißt, du hast nicht mit dieser Anna geredet?"

„Na ja, ich hab' sie gefragt, was sie so gemacht hat all die Jahre."

„Und?"

„Sie hat gesagt, sie sei im Ausland gewesen."

„Wo denn da? Mann, Karl-Heinz, lass dir doch nicht alles aus der Nase ziehen!" Pollock schaute auf Karl-Heinz' Haarbüschel, dann schnell wieder auf die Wurstscheiben vor sich.

„Wie gesagt, die war nicht sehr gesprächig. Dabei habe ich ihr noch einen Tee ausgegeben. Die war ja total durchgefroren."

„Hast du sie nach der Leiche gefragt?"

„Ja, zum Schluss. Sie hat fast geheult, ist dann aufgestanden und hat gezahlt."

„Wie lange saß sie denn hier?"

„Also, eine halbe Stunde dürfte es schon gewesen sein. Die kam so gegen zehn."

„Kommt sie immer so gegen zehn?"

„Ja, könnte hinkommen."

„Dann wissen wir ja jetzt, was zu tun ist", stellte Alexander fest.

„Mann oh Mann, das ist ja hier wie im Krimi", flüsterte Karl-Heinz.

„Wichtig ist, dass du niemandem etwas von unseren Fragen erzählst", drohte Pollock.

Karl-Heinz hob ehrfurchtsvoll die Hand. „Ich schwöre. Von mir erfährt keiner was, Jungs. Ab jetzt sind wir ein Team!"

Berlin, den 21. November 1981

Liebste Anna,

es ist drei Uhr morgens. Am liebsten würde ich Dich anrufen, aber ich weiß ja, daß Du heute wegen des Grammatiktests früh raus mußt. Außerdem scheue ich mich inzwischen, über diese Sache am Telefon zu reden.

Gerne würde ich Dir schreiben, daß ich mich getäuscht habe, daß das eine fixe Idee war, daß ich mich von Dirks Stasi-Geschichte verunsichern ließ. Aber so ist es leider nicht. Ich bin offenbar wirklich auf diesen Boris reingefallen und – das ist fast noch schlimmer – auf die, die mich mit ihm bekannt gemacht haben.

Aber von vorne: Wir trafen uns wieder bei diesem Nobelitaliener „Tebaldi" in Wilmersdorf. Der bietet nur vier bis fünf Speisen an und ist ziemlich teuer. Für Spaghetti mit Algen und Spitzkohl legst Du da locker mal 31 Mark 50 hin! Boris läßt sich unsere Treffen also was kosten. Ich war total nervös, als ich mich zu ihm an den Tisch setzte. Aber ich glaube, das hat er nicht gemerkt.

Boris war bestens gelaunt, erkundigte sich nach Dir und unserem Umzug und schwärmte, wie toll es sei, daß ich in so jungen Jahren bereits Verantwortung für eine Familie übernähme. Ich erzählte von meinen Zweifeln, aber er winkte ab. In der DDR und der Sowjetunion bekämen Frauen viel früher Kinder. Aber ein bißchen könne er meine Bedenken nachvollziehen. In der Bundesrepublik würden Eltern vom Staat allein gelassen. Es gäbe kaum Krippen. Ein Kind früh in fremde Hände zu geben, sei verpönt.

Dann lehnte Boris sich auf seinem Stuhl zurück und schaute mich mit feierlicher Miene an. Wir hätten uns jetzt schon so oft getroffen, begann er. Ich hätte ihm so viel von meinem Leben, der

Uni und der Gemeinde erzählt. Er wolle sich dafür bedanken und mir ein Angebot machen. Er griff in seine Aktentasche, zog einen Bildband hervor und schlug ihn auf. Er zeigte mir Schwarz-Weiß-Fotos, die seltsam kitschig und gestellt aussahen. Auf jedem der Fotos waren Jugendliche zu sehen, die zusammen Fußball spielten, sich irgendwelche russischen Sehenswürdigkeiten ansahen oder Vorträgen folgten. Was unter den Fotos stand, konnte ich nicht lesen wegen der kyrillischen Schriftzeichen.

Es war ein Bildband, mit dem die Sowjetunion für den Jugendaustausch wirbt. Boris sagte, seiner Partei läge es am Herzen, junge Menschen aus unterschiedlichen Ländern zueinander zu bringen, um Vorurteile abzubauen. Frieden schaffen beginne von unten. Man müsse nach dem Gemeinsamen suchen und das Trennende überwinden.

Irgendwie klang das für mich auf einmal unheimlich geschwollen. Ich fragte ihn, worauf er hinauswolle.

Es sei schade, daß keine Jugendlichen aus kapitalistischen Ländern dabei seien, sagte Boris. Ob ich nicht mithelfen wolle, die Völker einander näher zu bringen. Ich sympathisiere doch mit der Friedensbewegung. Ob es mich nicht reizen würde, die Sowjetunion bei ihrer Entspannungspolitik zu unterstützen. Das werde mich natürlich etwas Zeit kosten. Aber mein Engagement werde belohnt. Die Welt friedlicher zu machen und noch dazu Geld dafür zu bekommen, das sei doch wunderbar! Ich sei dann auch in der Lage, meine Familie zu ernähren.

Du glaubst nicht, wie geschockt ich war!

Ich heuchelte Interesse und fragte, was ich tun müsse. Boris lächelte. Er schien fest davon auszugehen, daß ich zustimmen würde.

Meine Aufgabe sei es, ihm Namen und Adressen von Studenten zu geben, die sich – wie ich – für die Sowjetunion interessierten. Je mehr junge Leute er für das Projekt gewinnen könne, desto besser. Außerdem bat er mich, bei den Politologen zu recherchieren:

Wer besucht Seminare, die sich mit der bundesrepublikanischen Ostpolitik beschäftigen? Wer schreibt eine Doktorarbeit über die Politik der Sowjetunion?

Ich hielt ihn hin und sagte, erst müsse ich den Umzug über die Bühne bringen. Und dann würde ich mit Dir über das Angebot reden. Da lachte Boris. Er beugte sich zu mir vor und sagte: „Es ist sicherer auf das Meer mit einem löcherigen Boot zu fahren, als einer Frau ein Geheimnis anzuvertrauen." Das sei ein Sprichwort aus seiner Heimat. Er bat mich, niemandem etwas von dem Angebot zu erzählen. Man gelte in der BRD gleich als Spion, wenn man sich um Anhänger der sowjetischen Friedenspolitik bemühe. Ich solle mir seinen Vorschlag in Ruhe durch den Kopf gehen lassen. Dann wechselte er das Thema und begann über klassische Musik zu reden. Er schwärmte von dem Dirigenten Yevgeny Mravinsky und erzählte von irgendeinem blutjungen Pianisten, der gerade in der Sowjetunion für Furore sorgt: Kissin heißt der, oder so. Boris gab noch einen Rotwein aus, dann verabschiedeten wir uns. Natürlich nicht, ohne uns wieder zu verabreden. Aber mir ist klar: Es wird zu keinem weiteren Treffen kommen.

Liebe Anna, jetzt weiß ich also Bescheid und mache mir Vorwürfe, daß ich so lange nichts gemerkt habe. Boris ist für mich gestorben. Aber wie gehe ich mit den Leuten um, die den Kontakt zu ihm herstellten? Soll ich zum Verfassungsschutz gehen? Ich finde Geheimdienste widerlich, in welchem Land auch immer. Auf der anderen Seite darf man Leute wie Boris ja nicht einfach so weitermachen lassen. Wer weiß, wie viele ahnungslose Studenten noch auf ihn reinfallen.

Liebe Anna, irgendwie ist alles kaputt, was ich mir hier in Berlin aufgebaut habe. Als ich hier vor drei Jahren ankam, war ich so froh, daß es die Gemeinde gab. Da traf man Leute, mit denen man sich auf Anhieb verstand. Man kommt doch nicht auf die Idee, daß in einer evangelischen Gemeinde mit Spionen paktiert wird! Das ist doch Wahnsinn!

Ich muß überlegen, wie es nun weitergehen soll. Schreib mir bitte so schnell wie möglich, was Du zu alledem meinst.

Ich bin so froh, wenn Du wieder hier bist und wir über alles sprechen können. Irgendwie fühle ich mich im Moment schrecklich einsam.

Daß der Frauenarzt so zufrieden mit Dir und dem Baby ist, freut mich so! Wie er wohl aussehen wird, unser kleiner Frieder?

Genieß Deine letzten Tage in Madrid!

Kuß von Frank!

Kapitel 30

Die Freunde hatten die letzten Stufen zu Alexanders Loft noch nicht erreicht, da spürten sie, dass sie erwartet wurden. Es war kurz vor drei, mitten in der Nacht. Die beiden blieben stehen und hielten den Atem an. Kein Zweifel. Es knarzte, als habe sich jemand in schwerer Lederkleidung von den Stufen erhoben, die hinauf zum Dachgeschoss führten. Alexander griff in die Tasche seiner Jacke, umfasste den Griff seiner Waffe, schlich Stufe für Stufe die Treppe hoch, ließ die Hand aber wieder sinken, als er das blau gekleidete Pärchen sah, das am Treppenabsatz erschien.

Eine uniformierte Frau und ihr Kollege hatten Pistolen in der Hand, die auf Pollocks und Alexanders Beine gerichtet waren. Polizei.

„Martin Pollock und Alexander Laurien?!“ So musste es bei der Bundeswehr klingen, vor der sich Pollock erfolgreich gedrückt hatte.

„Ja?“

„Stellen Sie sich bitte an die Wand! Arme und Beine auseinander!“ Pollock und Alexander wussten, dass in diesem Moment jede Frage nach Gründen unangemessen war. Der Beamte, der mit seinen dichten schwarzen Haaren und dem kantigen Kinn aussah wie Ken, der Schwarm aller Barbiepuppen, tastete die beiden ab.

„Aber, aber", frotzelte er, als er die Pistole in Alexanders Jacke entdeckt hatte. „Was haben wir denn da? Eine Ceska! Edles Teil!" Genüsslich knetete der Polizist sein Kaugummi im Mund. Lässig warf er die Waffe in die Luft, verlor aber das Gleichgewicht, als er sie auffangen wollte. Die Pistole knallte auf den Boden. „Hat der junge Mann denn einen Waffenschein?"

„Nein, der junge Mann hat keinen Waffenschein", sagte Alexander.

„Das ist aber nicht schön. Steffi, reichst du mir mal den Schmuck?" Es machte zwei Mal „Klick" und Ken hatte den beiden Freunden Handschellen angelegt. Dann stieß er sie beinahe die Treppen hinunter und schob sie auf den Bürgersteig der Akazienstraße. Pollock wäre fast auf dem Eis ausgerutscht. Zwei Betrunkene, die sich an einem Halteverbotsschild festhielten, grölten „Scheiß Bullen", als Pollock und Alexander in den silber-blauen Streifenwagen geschoben wurden. Pollocks Handgelenke schmerzten höllisch. Zwanzig Minuten lang wechselten die Freunde kein Wort. Dann erreichten sie endlich das Polizeipräsidium.

Das Büro von Haberland kannte Pollock ja bereits. Der Polizist hatte sich einen Kollegen zur Verstärkung geholt, der nachdenklich hinter Haberlands Schreibtisch auf und ab ging.

Haberland wies auf zwei Stühle, auf denen Pollock und Alexander Platz nahmen. Triumphierend schaute er Pollock an. „So schnell sieht man sich wieder." Dann stellte er seinen Kollegen vor. „Das ist Rudolf Erler. Herr Erler ist von der Mordkommission." Haberlands Kollege war ebenfalls Mitte 50 und machte mit seiner Fliege und einem Dreitagebart einen eher gemütlichen Eindruck.

„Geht es immer noch um den Einbruch", wollte Pollock wissen. „Oder warum müssen wir hier mitten in der Nacht antanzen?"

„Nicht direkt."

Haberland reichte Pollock ein Blatt Papier. „Das ist unsere neueste Pressemitteilung. Gestern Abend ist ein Anschlag auf dem Gelände von *Havel-TV* verübt worden."

„Wie bitte?", entfuhr es Pollock.

„Der Chefredakteur Ihres Senders ist niedergestreckt worden", fuhr Haberland fort. „Er sollte offenbar ermordet werden. Jetzt liegt er im Krankenhaus. Es geht ihm den Umständen entsprechend gut."

„Sie meinen doch nicht Clement?", hakte Pollock nach.

„Gibt's bei Ihnen etwa mehrere Chefredakteure, oder was!?"

Pollock starrte Haberland ungläubig an. Der lehnte sich auf seinem Stuhl zurück und verschränkte die Arme. Einen Augenblick herrschte Stille. Dann mischte sich Erler ein.

„Clement war bis um 23 Uhr im Sender. Er hat da, wie jede Woche um diese Zeit, ein Interview mit irgendeinem Politiker geführt. Es wurde live übertragen. Danach wurde er im Hinterhof des Senders angeschossen. In seinem Auto. Das muss kurz nach 23 Uhr gewesen sein. Der oder die Täter müssen also genau über Clements Terminkalender Bescheid gewusst haben. Sein BMW stand in einer schwach erleuchteten Ecke des Hofes. Eigentlich hätte der Wachschutz etwas merken müssen. Hat er aber nicht. Die Männer zogen Kontrollgänge im warmen Funkhaus vor. Außerdem scheint das Fernsehprogramm den Wachschutz ziemlich gefesselt zu haben. Aber das muss Sie nicht interessieren. Clement hat jedenfalls stundenlang bewusstlos auf dem Fahrersitz gesessen. Erst vor etwa zwei Stunden, gegen ein Uhr, wurde er endlich von den Wachleuten entdeckt, die dann Notarzt und Polizei alarmierten."

Erler blickte auf Alexanders Pistole, die tschechische Ceska, die in eine Plastikfolie geschweißt auf dem Schreibtisch lag. „Wir haben eine Patrone gefunden. Wenn ich mir Ihre Waffe so anschaue, ist es allerdings unwahrscheinlich, dass Sie den Schuss abgegeben haben, Herr Laurien. Es handelte sich um ein ganz anderes Kaliber."

„Was wollen Sie dann von uns?", fragte Alexander.

„Wie wir gehört haben, sind Sie gestern gegen Mitternacht im Sendezentrum gewesen. Etwa eine Stunde nach der Tat. Ist Ihnen da irgendetwas aufgefallen?"

„Nein, eigentlich nicht", entgegnete Pollock.

Erler lehnte jetzt an Haberlands Schreibtisch und sah die beiden Freunde durchdringend an.

„Der Wachschutz hat sich erinnert, nach Mitternacht einen Schuss gehört zu haben. Einige Minuten nachdem Sie mit dem Aufzug in eine der oberen Etagen gefahren sind. Erst dachte der Pförtner, ein Jugendlicher habe Silvesterknaller an ein Fenster geworfen. Seine Kollegen haben aber keine Reste von Knallern gefunden. Dafür haben wir eine Patrone auf dem Hof entdeckt. Es ist eine ganz andere als die, die Clement getroffen hat. Sie scheint zu Ihrer Pistole zu passen, Herr Laurien. Habe Sie eine Erklärung dafür?"

Alexander besann sich drei Sekunden. „Also, das war so ...", hob er an und Pollock flehte zu Gott, er möge mit einer halbwegs schlüssigen Geschichte herauskommen.

„Jetzt bin ich aber mal gespannt." Haberland lächelte süffisant.

„Ich habe Herrn Pollock begleitet, weil er die vielen Kassetten nicht alleine schleppen konnte. Mein Freund steht im Moment ziemlich unter Druck. Er muss für eine neue Talkshow Filme produzieren ..."

„Kommen Sie bitte zum Punkt!", unterbrach ihn Haberland, worauf Erler beschwichtigend die Hand hob. „Lassen Sie Herrn Laurien bitte ausreden."

„Na ja, als Martin sich ein paar Kassetten anschaute, bin ich auf dem Flur spazieren gegangen. Ich habe aus dem Fenster geguckt und gesehen, wie Jugendliche mit Graffitidosen vor meinem Auto standen. Wissen Sie, ich hänge sehr an dem Wagen. Hat mich eine Menge Kohle gekostet mit den Ledersitzen und allem Drum und Dran ..."

„Haben wir verstanden ...", drängelte Haberland.

„Tja, erst habe ich geschrien, sie sollen aufhören, aber die taten so, als hätten sie mich nicht gehört. Und da habe ich geschossen. Nur so, um ihnen einen Schreck einzujagen."

„Stimmt", wandte sich Erler zu Haberland. „Von Graffiti-Sprayern hat der Pförtner erzählt. Die haben an dem Abend eine ganze Mauer beschmiert."

Pollock musste mal wieder einräumen, dass Alexander gute Nerven hatte. Und eine überbordende Fantasie.

„Bleibt aber die Frage, warum Sie überhaupt eine Pistole besitzen", verdarb Haberland die Stimmung.

„Ich weiß, dass das illegal ist", sagte Alexander und schaute die Polizisten treuherzig an. „Ich habe ziemliche Werte in meiner Wohnung. Und oft viel Geld bei mir. Wenn man sich so umschaut, wer in Berlin so alles auf der Straße herumläuft. Mann oh Mann!"

„Kann es sein, dass Sie beide Kontakte zum organisierten Verbrechen haben?", kam Haberland wieder auf sein kriminalistisches Steckenpferd zurück. „Zur Drogenszene? Oder zum Rotlichtmilieu?" Pollock war erleichtert. Drogendealer spielten in einer anderen Liga als Mörder.

Er dachte gerade über eine Antwort nach, da klopfte es an der Tür. Ohne ein „Herein" abzuwarten, stampfte Polizeisprecher Janowski in den Raum. „Ah, der Kollege Pollock, ich grüße Sie!" Haberland und Erler schauten sich irritiert an. Dem Polizeisprecher war anzusehen, dass er bereits tief und fest geschlafen hatte. Unter seinem Anzug schaute ein Pyjama hervor.

„Einer meiner Mitarbeiter hat mich eben angerufen und mir erzählt, dass Kollege Pollock in Gewahrsam genommen wurde", wandte er sich zu den beiden Beamten. „Sie müssen wissen, Pollock und ich kennen uns seit Jahren. Er ist absolut integer und hat der Polizei schon bei so manchen Ermittlungen geholfen."

„Das mag sein …", hob Haberland an, doch Janowski fuhr ihm in die Parade. „Ich kann mir denken, dass es sich hier um ein bedauerliches Missverständnis handelt. Es wäre jedenfalls ein Schlag gegen all meine Bemühungen, das Image der Polizei bei den Medien aufzupolieren, wenn herauskäme, dass einer der besten Reporter Berlins hier länger als nötig festgehalten wird. Ich kann mir nicht vorstellen, dass der Polizeipräsident davon begeistert wäre."

Haberland nickte resigniert. „Also gut, aber wir müssen Sie beide bitten, in den kommenden Tagen die Stadt nicht zu verlassen. Aber die Sache mit dem fehlenden Waffenschein lassen wir nicht so einfach auf sich beruhen!"

„Völlig klar", antwortete Alexander reumütig.

„Warten Sie draußen auf mich", nuschelte Janowski, als die Freunde das Büro verließen. Draußen auf dem Flur setzten sich die beiden auf eine Holzbank und atmeten tief durch. Alexander zündete sich eine Zigarette an. „In was für eine Sache hast du mich da rein gezogen!"

„Du warst großartig!", lobte Pollock.

„Meinst du, die sind so doof und haben den Mist geglaubt?"

„Bei Haberland bin ich mir nicht sicher, aber dieser Erler hat dir die Geschichte wahrscheinlich abgenommen."

„Und dein Kollege Janowski hat uns aus der Patsche geholfen", sagte Alexander.

„Wir kennen uns schon seit Jahrzehnten. Seit meinem Praktikum damals. Es ist komisch: Er hat mir nie das Du angeboten. Er duzt sich mit kaum jemandem. Nur mit dem alten

Hoßdorf. Aber irgendwie hat er mich in sein Herz geschlossen."

Die beiden hörten, wie es in Haberlands Büro laut wurde. Haberlands Krächzstimme war Janowskis Bariton deutlich unterlegen. Die beiden schrien sich an. Irgendwann wurde die Tür aufgestoßen und Janowski stand auf dem Gang. Er schnaufte, fasste sich ans Herz und knallte die Tür zurück ins Schloss. Der Pressesprecher ließ sich neben Pollock und Alexander auf die Bank fallen.

„Womit habe ich das verdient? Warum muss ich mit diesen Bürokratenärschen zusammenarbeiten?" Dann richtete er sich auf, als sei ihm klar geworden, dass Bemerkungen wie diese deplatziert waren. „Und nun zu Ihnen." Seine rechte Pranke auf den Oberschenkel gestützt, schaute er die Freunde an. „Sie ermitteln offenbar auf eigene Faust. An der Polizei vorbei. Herr Pollock, Sie kennen mich: Ich finde das in der Regel okay. Aber das mit der Pistole geht eindeutig zu weit! Lassen Sie die Finger von Fällen, die womöglich eine Nummer zu groß für Sie sein könnten! Bitte!"

Einen Moment überlegte Pollock, ob er Janowski jetzt ins Vertrauen ziehen sollte, zog es aber vor, erst einmal in einer ruhigen Minute darüber nachzudenken.

„Sie haben Recht, Herr Janowski", sagte Pollock. „Wenn wir merken, dass die Sache zu heiß wird, melden wir uns bei Ihnen. Erst mal ganz herzlichen Dank für Ihre Hilfe."

Janowskis Hundeaugen wanderten von Pollock zu Alexander und wieder zurück. „Sie wollen also weitermachen. Wenn irgendwas ist, meine Tür steht immer offen. Und meine Telefonnummer haben Sie ja, Herr Pollock. Sie können mich jederzeit anrufen. Auch nachts! Passen Sie auf sich auf!" Janowski stand auf, zog seine Hose bis zum Bauchnabel hoch und schlurfte Richtung Ausgang.

Kapitel 31

Würde er sich hier jemals wieder heimisch fühlen? Die beiden Freunde waren zusammen in die Langenscheidtstraße gezogen, weil sich Pollock nach seinem Schreibtisch und den Schallplatten zurückgesehnt hatte. Alexander war unterwegs zum Bäcker, um Brötchen zu holen. Pollock stand im Flur, blickte auf jedes Detail um ihn herum, so, als müsse er sich an eine vollkommen fremde Umgebung gewöhnen.

Er holte Kehrblech und Besen und fegte Metallspäne zusammen, die dort seit dem Einbruch verstreut waren. Inzwischen hatten Handwerker die Wohnungstür repariert und eine noch dickere Metallplatte an das Holz geschraubt.

Als Pollock in der Küche den Frühstückstisch deckte, fiel sein Blick auf das Alexandra-Plakat. Wirklich, die Ähnlichkeit mit Michaela war doch frappierend! Und jetzt auch noch die Beziehung zu Russland, die beide verband! Pollock legte einen der bekanntesten Schlager der Sängerin auf: „*Sehnsucht heißt ein altes Lied der Taiga, das schon damals meine Mutter sang. Sehnsucht nach dem Spiel der Balalaika, wenn sie abends vor dem Haus erklang* ...“

In seinem Schlagerbuch beschrieb Pollock, wie sich Alexandra irgendwann geweigert hatte, Russlandklischees zu bedienen. Trotzdem war sie für Schlagerfans immer mit dem Land und seiner Atmosphäre verbunden geblieben. Es gab sogar die These, dass die Sowjets beim Tod der Schlagersängerin Ende der 60er Jahre die Hände im Spiel gehabt hatten. Für Pollock klang das allerdings ein bisschen zu sehr nach einer Verschwörungstheorie aus der Zeit des Kalten Krieges.

Aber Michaela? Was hat sie mit den Russen zu tun? War sie wirklich die Handlangerin eines ehemaligen KGB-Spions? Ein knappes Jahr war Michaela Reusch im Sender. Womöglich war sie eingeschleust worden, um irgendeinen Auftrag zu erfüllen.

Vielleicht würde Pollock in wenigen Stunden Genaueres wissen. Mit Alexander zusammen wollte er ihr einen Besuch abstatten.

Pollock fühlte sich schlapp und gerädert, denn hinter ihm lag eine unruhige Nacht. Er hatte von Michaela geträumt, die ihm eine Schlinge um den Hals gelegt und – angespornt von einem verschlagen lachenden Baranov – immer enger gezogen hatte. Als Pollock aufgewacht war, hatte er verwundert festgestellt, dass ihm diese Gewaltorgie gefallen hatte. War er pervers? Oder spielte sein Gefühlsleben wegen des Stresses der vergangenen Tage verrückt?

Nach einem kurzen Frühstück brachen die Freunde auf in das fünf Kilometer entfernte Kreuzberg. Das Haus, in dem Michaela wohnte, lag nahe der Bergmannstraße. In den Reiseführern galt das Viertel als Geheimtipp, von alternativem, multikulturellem Flair war die Rede. Dabei war die Zeit, als hier noch Studenten in baufälligen Wohnungen hausten und Pläne zum Aufbau einer gerechteren, ökologischeren Gesellschaft schmiedeten, lange vorbei.

In den letzten Jahren waren die Altbauten saniert und an die Wohlhabenden der Stadt vermietet worden. Viele kleine Läden waren Coffeeshops und Bio-Supermärkten gewichen. Nur in einigen Nebenstraßen waren die Mieten noch einigermaßen billig, zum Beispiel in der Friesenstraße. Auf dem Weg zur Nummer 78 sahen Pollock und Alexander in das Schaufenster der Krimibuchhandlung „Hammett". Der Laden war bekannt für seine fantasievolle Schaufensterdekoration: In diesen Tagen stach Knecht Ruprecht auf den Nikolaus ein, dass das Blut nur so spritzte. So langsam wurde es Zeit, sich etwas Neues auszudenken.

Alexander hatte die Hand an der Pistole in seiner Manteltasche, als Pollock bei Michaela Reusch klingelte. Der Türöffner surrte und die beiden standen im Hausflur. Sie gingen vorbei an demolierten Briefkästen und abgewrackten Kinderwagen. In der Eingangstür einer Erdgeschosswohnung stand eine übermüdet aussehende Frau um die 30. Sie trug Jeans, einen gehäkelten Pullunder und eine weiße Bluse. Die Frau hatte ein Kind auf dem Arm, das herzzerreißend brüllte. Pollock spürte sein lädiertes Ohr. Der Frau war anzumerken, dass Besuch ungelegen kam. Als sie hörte, dass die Freunde zu Michaela wollten, rief sie ungeduldig nach ihrer Mitbewohnerin, die schließlich im Schlafanzug und Filzpantoffeln aus dem Bad schlurfte. Michaelas Haare waren zerzaust, sie sah aus, als sei sie um Jahre gealtert.

„Was wollt ihr?"

„Wir wollten dich kurz sprechen", entgegnete Pollock.

„Ich wüsste nicht, was wir noch zu besprechen hätten."

Pollock kam es so vor, als stünde eine völlig fremde Frau vor ihm. Michaela drängte die beiden zurück in Richtung Wohnungstür.

„Ich glaube schon, dass ihr einiges zu bereden habt", meldete sich Alexander zu Wort.

„Soll ich euch mal was sagen!", schrie Michaela, die Hände zu Fäusten geballt. „Ihr beiden seid das Allerletzte! Ihr seid Versager. Und sozial schwach! Wie war denn euer Wochenende in *meiner* Datsche? Schön? Habt ihr euch gut amüsiert? Prima, dass ihr euch mal bei mir gemeldet habt. Ich habe dauernd versucht, anzurufen!"

Das Baby auf dem Arm der Mitbewohnerin war mit einem Mal verstummt. Die junge Frau schob sich mit dem Kind unauffällig in die Küche.

„Moment mal!" In Pollock begann es zu brodeln. „Da verwechselst du aber was! Wer hat mich denn da hängen lassen? In dem Kaff. *Du* hast doch abgesagt!"

„Die Sehnsucht scheint ja nicht allzu groß gewesen zu sein", schrie Michaela zurück. „Sonst hättest du ja mal dein verdammtes Handy angestellt. Ich wollte gegen Mittag anrufen. Das habe ich doch geschrieben!"

Pollock hatte es die Sprache verschlagen. Das war mal wieder typisch Frau. Die Tatsachen lagen glasklar auf der Hand und wurden mir nichts dir nichts auf den Kopf gestellt. Okay, er hatte wegen des Treffens mit Svetlana vergessen, dass Michaela sich melden wollte. Zugegeben, er hätte danach das Handy anmachen und sie anrufen können. Aber er hatte keinen Grund, sich ein schlechtes Gewissen einreden zu lassen. Schon gar nicht von einer Frau, die ganz offensichtlich in die Machenschaften eines ehemaligen KGB-Mannes verstrickt war.

„Soll ich dir sagen, warum du nicht gekommen bist?", sagte er.

Michaela verschränkte die Arme vor der Brust. In ihren dunklen Augen loderte es vor Zorn. Wunderschön loderte es. Die ganze Frau war wunderschön. Wenn Pollock ehrlich war, hatte er noch nie eine so bezaubernde Frau gesehen.

„Dir ging es nur um eins: mich aus der Stadt zu locken!", fuhr Pollock fort. „So hatten deine russischen Freunde alle Zeit der Welt, in meiner Wohnung rumzuschnüffeln."

„Hä?"

„Ach komm! Jetzt bitte nicht auf *die* Tour! Du weißt ganz genau, was ich meine!"

Michaela schaute zu Alexander, als könne der ihr etwas zu den offensichtlichen Durchblutungsstörungen in Pollocks Gehirn sagen.

„Kannst du mir mal erklären, wovon der faselt?"

„Na ja", hob Alexander an. „Martin hat dich mit Baranov gesehen. Also dem Mann, der sich Andreas Semmler nennt. Und der ist in den Mordfall verwickelt."

„Was?!" Michaela schaute wieder zu Pollock. „Ich glaube, wir müssen da mal einiges klären." Sie stieß die Tür zur Küche auf, drängte die beiden hinein, worauf die Frau mit ihrem Kind erneut das Weite suchte. Die drei setzten sich an den Küchentisch. Michaela faltete die Hände und schaute Pollock in die Augen. „Soll ich dir sagen, warum ich nicht gekommen bin? Weil ich an dem Tag erfahren habe, dass *Havel-TV* mich feuert. Verstehst du? Ich war fix und fertig. Kurz vor dem Ende meines Vertrages sagen die mir, dass ich nicht weiterbeschäftigt werde. Dabei bin ich nach jedem Dreh gelobt worden, als sei ich Michael Ballhaus persönlich. Ich wollte dir das nach dem ersten Schock ausführlich am Telefon erzählen. Aber du hast ja nicht abgenommen."

Pollock wünschte sich, ein Loch täte sich auf, in dem er auf Nimmerwiedersehen verschwinden könnte. Er fühlte sich wie ein Schwein. Nein, damit tat er den Tieren unrecht. Schweine waren soziale Wesen. Und zu denen gehörte er nicht. Während Michaela aus lauter Verzweiflung ins Kopfkissen geheult hatte, war er im Puff gewesen. Er hatte mit einer Prostituierten herumgeknutscht, während Michaela nur allzu gerne ein harmonisches Wochenende mit ihm verbracht hätte.

„Kurz nachdem ich wusste, dass ich nicht übernommen werde, rief mich ein Herr Semmler an", berichtete Michaela. „Ich hatte mich gewundert, woher der überhaupt wusste, dass ich bald auf der Straße stehe. Er bot mir an, für seine Produktionsfirma zu arbeiten." Michaela schaute sich in der winzigen Küche um. „Eigentlich wollte ich mal aus dieser WG raus, aber daraus wird wohl nichts. Die Firma zahlt schlecht. Aber in Berlin einen neuen Job zu bekommen, ist schwer. Da dachte ich, das ist erst mal besser als nichts. Vor ein paar Tagen habe ich mich mit Semmler getroffen und einen Zeitvertrag unterschrieben. Das Treffen mit ihm dauerte ganze fünf Minuten. Dann war er wieder verschwunden."

„Aha, so ist das." Etwas Intelligenteres fiel Pollock im Moment nicht ein. „Dann, äh ...", er räusperte sich, „muss ich mich wohl bei dir entschuldigen."

Michaela stand auf und ging zum Herd. „Tee?"

„Ja, gerne", mischte sich Alexander ein. „Weißt du, Martin und ich haben in der letzten Zeit viel durchgemacht. Da wittert man überall Verbrecher."

„Aha. Und ich gehöre zum Kreis potentieller Verbrecher? Danke für das Kompliment!" Michaela schaute traurig zu Pollock, der an einer Tasse fingerte, die Michaela ihm hingestellt hatte. „Du musst zugeben, dass dein Treffen mit Baranov uns stutzig machen musste."

„Was, um alles in der Welt, ist denn los mit dem Mann?"

Pollock überlegte einen Moment. Dann fasste er den Entschluss, Michaela auf den neuesten Stand der Dinge zu bringen. Er erzählte von all dem, was Alexander und er in Brandenburg erlebt hatten. Den Nachtclub stufte er dabei zu einer Dorfgaststätte herunter. Dort sei ihm und Alexander eine Prostituierte über den Weg gelaufen, die sowohl von Baranov, alias Semmler, als auch von den Bordellbesuchen des Geschäftsführers berichtet habe.

Michaela zweifelte keine Sekunde an der Darstellung, was Pollock beschämte. Anscheinend dachte sie nicht so schlecht über ihn wie er über sie.

Ihm fiel ein Stein vom Herzen, als ein Lächeln über Michaelas Lippen huschte. „Ihr seid Typen! Total verrückt!"

Pollock und Alexander schlürften schweigend ihren Tee.

„Wie soll es denn nun weitergehen? Ich meine, ich kann doch unter diesen Umständen unmöglich für diesen Baranov arbeiten."

„Vielleicht wäre es gerade geschickt, wenn du das tätest", sagte Alexander. Pollock war ihm dankbar. Niemals hätte er sich nach all dem, was vorgefallen war, getraut, Michaela so etwas vorzuschlagen.

„Ihr meint, ich soll ein bisschen für euch spionieren?"

„Fände ich nicht schlecht", sagte Pollock. „Wichtig ist nur, dass du dich in nächster Zeit nicht mit uns sehen lässt. Sonst könnte das für dich gefährlich werden."

Michaela berührte flüchtig Pollocks Hand. „Das ist aber schade. Jetzt, nachdem wir uns wieder vertragen haben. Wollt ihr Kuchen? Ich habe aus lauter Frust gebacken. Linzer Torte."

Die beiden griffen zu. Kauend schmiedeten sie Pläne.

„Als Erstes muss ich Friederike anrufen und nach Protokollen des Sowjetunion-Arbeitskreises fragen", verkündete Pollock. „Wir müssen wissen, wer da Mitglied gewesen ist und was die genau gemacht haben."

Michaela horchte auf: „Wer ist Friederike?"

Alexander blinzelte Pollock zu. „Das ist eine Informantin aus dieser Studentengemeinde. So eine Öko-Ische. Als Frau vollkommen uninteressant, was Martin?"

Pollock verließ mit seinem Mobiltelefon die Küche. Er wählte Friederikes Nummer. Die Studentin war sofort am Apparat. Pollock entschuldigte sich, dass er sich jetzt erst bei ihr meldete. „Ich hatte in den letzten Tagen einfach viel um die Ohren."

„Kein Problem", sagte die Studentin, offenbar begeistert darüber, dass Pollock überhaupt etwas von sich hören ließ. „Was ist denn mit unserem Kaffeetrinken? Hast du Lust?"

„Klar, das machen wir. Ich melde mich in den nächsten Tagen noch mal bei dir. Darf ich dich vorher um eine Kleinigkeit bitten?"

„Klar!"

„Wir haben doch über die 80er Jahre geredet, als die Studierenden Protestanten politisch besonders aktiv waren. Ich habe gehört, dass es bei euch einen Arbeitskreis gegeben hat, der sich mit der Sowjetunion beschäftigte."

„Davon weiß ich nichts."

„Kannst du mal in der Bibliothek nachsehen, ob es von dieser AG noch Protokolle gibt?"

„Klar, bleib dran. Ich bin nämlich gerade in der Gemeinde.

Wir bereiten unsere Reise zum Weltwirtschaftsgipfel vor. Warte einen Moment, ich gucke kurz nach." Pollock hörte, wie Friederike durch die gekachelten Flure eilte. Dann wurden die Geräusche dumpfer. Offenbar war sie in der Bibliothek angelangt. „Ich lege dich kurz beiseite", flötete sie.

Die Studentin suchte gründlich. Erst nach drei, vier Minuten hörte Pollock ihre Stimme wieder. Friederike klang enttäuscht.

„Komisch. Ich kann nichts über diese AG finden. Dabei werden die Protokolle eigentlich alle aufbewahrt."

„Hast du denn den Eindruck, dass Ordner fehlen? Gibt's da Lücken im Regal?"

„Warte, ich guck' mal. Ja, du hast Recht! Hier könnten mal Ordner gestanden haben! Meinst du, die hat jemand mitgehen lassen?"

„Kann schon sein. Hast du nicht erzählt, dass kürzlich bei euch eingebrochen wurde?"

„Ja, so um die Jahreswende herum. Aber wozu willst du das alles wissen?"

„Wenn wir uns sehen, erkläre ich dir alles. Ich melde mich! Erst mal vielen Dank!" Pollock legte auf und hatte ein schlechtes Gewissen. Er nahm sich fest vor, Friederike zu treffen, sobald der Fall abgeschlossen war. Als er wieder in die Küche zurückkehrte, schaute ihn Michaela herausfordernd an. „Ich hoffe, du wirst mir nicht untreu!"

Kapitel 32

Während der Rückfahrt schämte sich Pollock immer noch für sein unmögliches Verhalten. Wie kam es, dass er immer nur das Schlechteste von seinen Mitmenschen dachte? Er hatte das Gefühl, als habe sich diese Angewohnheit in den vergangenen

Jahren verfestigt. War er zum misstrauischen, verbitterten Sonderling geworden? War es seine Arbeit, die ihn desillusionierte? Die vielen schlechten Menschen, Mörder, Vergewaltiger und kleinen Gauner, über die er berichtete? Oder die Wichtigtuer im Sender?

Pollock fiel auf, dass Alexander auf dem Fahrersitz neben ihm ungewohnt schweigsam war.

„Was ist los mit dir?"

„Irgendwo gibt es eine undichte Stelle", rätselte Alexander. „Irgendjemand informiert Baranov über das, was du tust. Versteh mich nicht falsch, aber findest du es nicht komisch, dass Michaela sich so brennend für den Fall interessiert?" Pollock wollte sich nicht mehr verunsichern lassen. Für ihn war Michaela raus aus der Gruppe der Verdächtigen.

Das tröstete ihn etwas über die unwürdige Arbeit hinweg, die er bei *Havel-TV* zu erledigen hatte: Die Texte für die Filme mussten komplett umgeschrieben werden. Das, was Pollock jetzt produzierte, hatte mit seiner journalistischen Überzeugung kaum noch etwas zu tun. Er ertappte sich dabei, wie er immer wieder überlegte, ob dieser oder jener Satz wohl bei Clement auf Zustimmung stoßen würde.

Er war unzufrieden und übermüdet, als ihn Alexander am Abend zurück in die Langenscheidtstraße kutschierte. Während sein Freund noch einmal in seiner Agentur in der Hauptstraße vorbeischauen wollte, kippte Pollock die Rückenlehne seines Ledersofas zurück und entspannte sich bei Bachs Goldberg-Variationen.

Pollock ging den Fall noch einmal durch. Nach wie vor war unklar, um wen es sich bei dem Toten handelte. Es gab aber eine blonde Frau, die Tag für Tag zum Tatort kam. Diese Frau hieß laut Karl-Heinz vom Imbiss Anna. Von den Gemeindemitgliedern Brandstetter und Oppitz wusste Pollock von einer blonden Frau, die damals in der Bautzener Straße wohnte. Sie war angeblich schwanger von ihrem Freund. Laut Beate Oppitz machte sich dieser Freund noch vor der Geburt des Kindes mir nichts, dir nichts aus dem Staub. Pollock überlegte: Ertappte die Blonde damals ihren Freund bei einer heimlichen Abreise und erschoss ihn?

Wenn es sich bei der Blonden und Anna um dieselbe Person handelte, stellte sich die Frage: Wieso stand sie heute, so viele Jahre später, am Bauzaun wie eine trauernde Witwe?

Ziemlich fest stand Folgendes: Der Tote war Mitglied der Studierenden Protestanten gewesen. Der Button wies darauf hin. Und diese Gemeinde hatte irgendwelche geheimnisvollen Beziehungen zur Sowjetunion, sogar eine AG beschäftigte sich mit dem Land.

Pollock nahm sich vor, so schnell wie möglich einen Termin mit Robert Wessels zu machen. Laut Beate Oppitz war er sowohl Mitglied des Arbeitskreises Soziale Gerechtigkeit als auch der Sowjetunion-AG gewesen. Pollock war es gelungen, ihn über das Internet ausfindig zu machen. Wessels wohnte in Berlin, im Stadtteil Wedding. Dort war er Leiter einer Kindertagesstätte.

Pollock gab sich noch einen Moment lang den Goldberg-Variationen hin, genoss das rasante Tempo, das Glenn Gould bei der elften Variation anschlug. Dann kehrten seine Gedanken zum Mord zurück. Soviel war klar: In den Fall waren Russen verstrickt. Der Schläger, der ihn in Neukölln niedergestreckt hatte, war Russe. Sein Name: Boris Baranov. Svetlana vermutete, dass Baranov einmal Mitglied des sowjetischen Geheimdienstes, KGB, gewesen war. Aber was um Himmels willen hatte der Geschäftsführer seines Senders, Dr. Reimund Klüver, mit diesem Mann zu tun?

Pollock setzte die Kopfhörer ab und griff nach einer Mappe voll mit kopierten Zeitungsartikeln. Vor ein paar Tagen hatte er einen Kollegen beim *Berliner Abendblatt* gebeten, das Archiv nach Klüvers Berichten als Moskau-Korrespondent zu durchstöbern. Pollock überflog Artikel aus dem Jahr 1979. Immer wieder war es Klüver gelungen, aus geheimen Telefongesprächen zwischen dem damaligen Bundeskanzler Schmidt und dem sowjetischen Parteichef Leonid Breschnew zu zitieren. Klüver nannte in seinen Artikeln gerne „gut unterrichtete Kreise“, von denen er seine Informationen bekommen haben wollte. Dem jetzigen *Havel-TV*-Geschäftsführer war es außerdem gelungen, führende KPdSU-Kader zu interviewen, was damals alles andere als selbstverständlich gewesen war. Klüver war glänzend informiert gewesen. Und das funktionierte nur mit guten Kontakten.

Pollock setzte die Kopfhörer wieder auf. Er dachte an Clement, der verletzt im Krankenhaus lag. Der Chefredakteur war Anfang der 80er Jahre womöglich Mitglied der Hausbesetzerszene gewesen! Unfassbar! Der Gorilla ließ das Foto, das Hanke 1981 aufgenommen hatte, klauen. Er hatte offenbar Spezialisten angeheuert, die in der Lage waren, in eine perfekt gesicherte Wohnung einzudringen. Das konnte nur bedeuten, dass Clement irrsinnige Angst hatte.

Pollock versuchte sich zu erinnern, wie er Clement in den vergangenen Wochen wahrgenommen hatte. Hatte sein Chef nicht mit allen Mitteln versucht, ihn von seinen Recherchen in dem Mordfall abzuhalten, ihn angetrieben, sich mehr und mehr in seine Arbeit für die Talkshow zu knien? Aber warum war er jetzt selbst Opfer geworden? Wer hatte ein Interesse daran gehabt, ihn umzubringen?

Pollock schob sich ein Kissen unter den Kopf. Das Ende der Goldberg-Variationen begleitete ihn in den Schlaf.

Traumsequenzen wechselten sich mit wachen Momenten ab. Einmal sah er Michaela, wie sie nackt durch den Nachtklub „Ekstase“ wandelte. Sie flirtete mit Männern, die erst ihre Anzüge, dann ihre Unterwäsche abstreiften. Nur Pollock war bekleidet und kauerte hinter einem Sessel. Von dort aus entdeckte er Baranov, der vor Michaelas Schenkel kniete. Ein lustvoller Schrei schreckte Pollock schließlich auf. Sein Herz raste. Er versuchte, sich daran zu erinnern, wie Michaela ohne Kleider ausgesehen hatte, und nickte wieder ein.

Das Telefon weckte ihn. Es war Alexander.

„Na? Alle Einkäufe erledigt?"

„Was für Einkäufe?" Pollock musste erst die letzten Traumbilder aus seinem Gehirn löschen.

„Die Einkäufe für das Abendessen. Oder hast du alles im Haus?"

Natürlich hatte Pollock nichts im Haus. Das Telefon am Ohr, öffnete er den Kühlschrank. Die Haut einer Knackwurst warf Falten. Um einen Ketchupfleck herum hatte sich ein Kranz von grün-gelbem Schimmel gebildet. Pollock nahm einen Schwamm aus dem Spülbecken und wischte über die Glasplatte.

„Hallo? Bist du noch dran? Was machst du denn da?"

„Nichts. Nein, ich war noch nicht im Supermarkt." Ihm fiel ein, dass die beiden Hoßdorf zum Abendessen eingeladen hatten. Einmal, um den arbeitslosen Journalisten ein wenig zu trösten, zum anderen, um mit ihm über den Mordfall zu reden. Vor allem über Clements Rolle darin. Pollock hatte sich entschlossen, den alten Kollegen bis ins letzte Detail einzuweihen.

„Hast du Angst, raus zu gehen? Fürchtest du, dass auf einmal Baranov hinter der Käsetheke auftaucht?"

„Ich halte nichts mehr für ausgeschlossen. Der oder die Russen scheinen ja genau zu wissen, wo ich bin und was ich tue."

„Dann warte, bis ich hier fertig bin. Ich arrangiere gerade die Einstandsparty eines blutjungen, stinkreichen FDP-Abgeordneten. Der ist mit 24 zum ersten Mal in den Bundestag gewählt worden und kennt hier keinen Menschen. Dem schicke ich ein paar Zahnärztinnen und Hunger leidende Künstler aus Friedrichshain, die für intellektuelles Flair sorgen."

„Mach mal. Ich muss los. Hoßdorf will in zwei Stunden da sein."

Pollock schnappte sich zwei Plastiktüten und öffnete vorsichtig die Wohnungstür. Im Treppenhaus herrschte die übliche Nachmittagsstille. Allein aus der Wohnung über ihm drangen Schleudergeräusche einer Waschmaschine. Pollock ging die Treppenstufen hinab, setzte einen Fuß vor den anderen, blieb immer wieder stehen, um zu kontrollieren, ob ihm irgendwas Besonderes auffiel. Dann hastete er durch den Hof, durchquerte das Vorderhaus und stand auf dem Bürgersteig. Er versuchte, die Menschen um sich herum schnell zu erfassen, überlegte, ob sich irgendjemand sonderbar benahm. Nach einer halben Minute hängte er sich an eine Gruppe türkischer Jugendlicher, die sich laut lachend die Stöpsel eines MP3-Players in die Ohren steckten. Die Gruppe überquerte die Straße, ging direkt auf den Supermarkt zu. Pollock huschte hinterher und in den Supermarkt hinein. Hier, in den engen Gängen, wo sich die Leute an den Regalen vorbeischoben, fühlte er sich sicher.

Er überlegte, welche Zutaten er brauchte. Pollock kochte selten, kannte nur eine Handvoll Rezepte. Weil es schnell gehen musste, hatte er sich entschieden, Hoßdorf und Alexander einen Nudelauflauf mit Chilisoße zu servieren. Anschließend würde es eine Sahne-Mascarpone-Nachspeise geben, die, in zehn Minuten zubereitet, noch jeden seiner Gäste in Begeisterung versetzt hatte. Pollock gestand sich ein, dass dieses Menü nicht so ganz in seinen Diätplan passte. Aber er hatte nicht das Recht, seine Freunde und Bekannten in Sippenhaft zu nehmen.

Als Pollock vor dem Regal mit Chilisoßen stand, musste er an Südamerika denken. Die Blonde aus der Studentengemeinde soll ein Faible für Länder dieser Region gehabt haben. Pollock konnte sich vorstellen, dass es dort schön war. Sicher verlief das Leben weniger hektisch als in Berlin.

„Billiger wird's nicht, junger Mann", krähte eine alte Frau

und rammte ihren Einkaufswagen in Pollocks Hacken. „Da können se noch so lange draufstarren." Pollock murmelte eine Entschuldigung, griff nach zwei Chilisoßen-Flaschen und schob seinen Wagen ziellos durch den Supermarkt.

Die blonde Frau, die regelmäßig zum Zaun kam, diese Anna, war sommerlich gekleidet gewesen. Das konnte in der Tat ein Hinweis darauf sein, dass sie aus Südamerika kam. War sie nach dem Verschwinden ihres Freundes dorthin gezogen? Hatte sie in Südamerika von dem Leichenfund erfahren? Unwahrscheinlich. Pollock konnte sich nicht vorstellen, dass Zeitungen in einem anderen Erdteil über ein lange zurückliegendes Verbrechen in Berlin-Schöneberg berichteten. Pollock bekräftigte seinen Entschluss. Er musste möglichst bald Kontakt mit der blonden Anna aufnehmen.

Mit zwei vollgepackten Plastiktüten eilte Pollock zurück zur Wohnung. Dort tröpfelte er ein wenig Olivenöl in einen Topf und schüttete Wasser hinein. Sobald es kochte, gab er Nudeln dazu. Die zehn Minuten, bis sie weich genug sein würden, ging er ins Wohnzimmer und räumte den Tisch frei, um decken zu können. Aus dem rechten Augenwinkel heraus sah er das rote Lämpchen des Anrufbeantworters blinken.

Pollock hörte ein kurzes Räuspern, als schäme sich der Anrufer für das, was jetzt kam: „Ich habe Sie in Gefahr gebracht", schepperte es aus dem Lautsprecher. Die Stimme war wieder verstellt, das merkte Pollock sofort. „Ich appelliere noch einmal an Sie: Lassen Sie die Recherche ruhen! Es wird zu gefährlich!" Dann entstand eine Pause von etwa zehn Sekunden. Pollock hörte ein Geräusch, das ihm vertraut war. Eine Art Quietschen. Dann meldete sich die Person wieder zu Wort: „Wenn Sie trotzdem weitermachen – Clement ist der Mann, den Sie suchen. Aber bitte, bitte, seien Sie vorsichtig!" Dann knackte es. Der oder die Unbekannte hatte aufgelegt.

Pollock blieb verstört vor dem Anrufbeantworter stehen. Die

Stimme setzte bei ihm Assoziationen frei, die sich aber zu keinem klaren Bild zusammenfügten. Der Anrufer hatte Pollock geradezu angefleht, auf sich aufzupassen. Es musste also eine Person sein, die ihm wohlgesonnen war. Und: Der Anrufer wusste offensichtlich über den Stand der Ermittlungen Bescheid. Wie sonst hätte er vor Gefahren warnen können? Auffallend war auch, dass der Typ von Recherchen gesprochen hatte, nicht von Ermittlungen oder Nachforschungen. Von Recherchen redeten Journalisten. Handelte es sich um einen Kollegen?

In der Küche brodelte es. Das Wasser kochte über. Pollock eilte zum Herd, nahm den Topf von der Gasflamme und kehrte ins Wohnzimmer zurück. Immer wieder hörte er die Nachricht ab, musste sich aber schließlich eingestehen, die Stimme nicht zuordnen zu können. Und so konzentrierte er sich auf das Quietschen. Zweimal spulte er zu der betreffenden Stelle, da ahnte er, was es sein könnte – eine U-Bahn! So klang es, wenn Züge sich in die Kurven legten. Der oder die Unbekannte rief also von einer öffentlichen Telefonzelle an, die sich in der Nähe einer überirdisch fahrenden U-Bahn befand.

Pollock sah auf die Uhr. Mist! Er musste sich vom Anrufbeantworter losreißen, sonst würde er es nicht rechtzeitig schaffen, das Essen zuzubereiten. Unter Zeitdruck zu kochen, war für ihn die Pest. Pollock wurde dann hektisch, vergaß wichtige Zutaten und verwandelte die Küche in ein Schlachtfeld. Er zwang sich zur Ruhe, nahm vorsichtshalber das Kochbuch zur Hand. Er hatte gerade den Auflauf in die Röhre geschoben, da klingelte es.

Hoßdorf! Eine halbe Stunde zu früh! Er befand sich in einem derangierten Zustand. Er hatte sich offenbar mehr als drei Tage nicht rasiert. Grauweiße Bartstoppeln zogen sich hoch bis zu seinen Tränensäcken. Hoßdorfs Augen strahlten glasig, als er Pollock liebevoll in den Arm nahm. Seine Kleidung müffelte, als sei sie nach unzähligen Kneipenbesuchen nie gewaschen worden. Pollock war klar, dass Hoßdorf ohne seine Arbeit verwahrloste. Nur ein regelmäßiger Tagesablauf und eine Beschäftigung, durch die er Anerkennung bekam, bewahrten ihn vor zu viel Alkohol. Pollock fragte sich, warum Hoßdorfs Frau nicht besser auf ihn achtete. Hoßdorf sorgte schnell für Klarheit. „Angelika ist auf einer Kunstmesse in San Francisco. Deine Einladung zum Essen kam also wie gerufen!"

Pollock nahm seinem alten Kollegen den Mantel ab.

„Soll ich die Schuhe ausziehen?", fragte der.

„Nein!!" Pollock merkte, dass seine Antwort eine Spur zu panisch geklungen hatte. „Ich wollte in den nächsten Tagen sowieso mal gründlich durchwischen."

Er platzierte Hoßdorf an den Esstisch und verschwand in der Küche, um noch rasch das Obst für die Nachspeise in Amaretto zu tauchen, da begann Hoßdorf auch schon von Clement zu erzählen.

„Du weißt, was ich von dem Arschloch denke, aber so was hat er nicht verdient."

„Weißt du, ob die Polizei was rausbekommen hat?", rief Pollock aus der Küche.

„Keine Ahnung. Mir gegenüber haben die nichts erwähnt."

„Dir gegenüber? Hast du dich bei der Polizei erkundigt?"

„Nee, zwei Typen waren bei mir. Haben mich befragt." Hoßdorf war inzwischen zu Pollock in die Küche gewackelt.

„Wieso das? Sind die total verrückt geworden?"

„Na, was denkst du denn? Ich stehe ja irgendwie im Verdacht. Der Gorilla will mich rausschmeißen."

Pollock schlug Eigelb und Honig mit einem Schneebesen schaumig und mischte Mascarpone darunter. Dann begann er Sahne mit einem elektrischen Mixer steif zu schlagen. Schließlich hob er das in Amaretto getränkte Obst unter die Mascarponemasse und streute ein wenig Zimt darüber. Hoßdorf sah ihm schweigend zu.

„Hör mal", wandte Pollock sich Hoßdorf zu, „wer ist denn so blöd und versucht, seinen Chef umzubringen, wenn der ihm kündigen will? Das können doch nur Menschen mit krankhafter Rachsucht sein."

„Stimmt. Aber solche Leute gibt es. Die Polizei muss alles in Erwägung ziehen." Hoßdorf klang, als sei er sogar ein bisschen stolz darauf, als potentieller Clement-Killer gehandelt zu werden.

Das Gespräch wurde durch die Ankunft Alexanders unterbrochen. Pollocks Freund wedelte mit einem riesigen Blumenstrauß. Pollock selbst wäre nie auf die Idee gekommen, den Esstisch mit Blumen zu schmücken. Einmal mehr bewunderte er seinen Freund für die Gabe, es sich und anderen schön zu machen.

Die drei hatten die erste Portion des Nudelauflaufs verschlungen, da brachte Pollock seinen alten Kollegen auf den neuesten Stand seiner Nachforschungen.

Ab und an ließ Hoßdorf ein ungläubiges „Nein" hören, ansonsten schwieg er. Pollock ließ nichts aus. Als er auf den Bordellbesuch zu sprechen kam, huschte ein Lächeln über Hoßdorfs Gesicht. Als Pollock endete, war es still, als hätten die drei das erschütternde Ende eines Films miterlebt.

„Junge, Junge, Junge", brummte Hoßdorf. „In was für einem Laden habe ich da all die Jahre gearbeitet. Jetzt ist mir klar, warum du mich damals in der Kneipe angerufen und nach Klüver gefragt hast."

„Du musst mir helfen", forderte Pollock ihn auf. „Kaum einer kennt *Havel-TV* so gut wie du."

„Was willst du wissen", fragte Hoßdorf tonlos.

„Erzähl mir alles, was du über Clement weißt."

Hoßdorf stand auf, bewegte seinen schweren Körper Richtung Garderobe und kam mit einer Zigarre zurück.

„Darf ich?"

„Nur, wenn Sie mir eine abgeben“, antwortete Alexander.

Als sich die beiden ihre Zigarren angesteckt hatten, lehnte Hoßdorf sich auf seinem Stuhl zurück und ließ den Blick zur Zimmerdecke schweifen.

„Ich habe Clement vor etwa 30 Jahren kennengelernt. Damals lieferte ich Exklusivgeschichten aus der Berliner Politik an alle möglichen Medien, vor allem an das *Abendblatt* und den Hörfunk, *Sender Freies Berlin*. Von *Havel-TV* war noch nicht die Rede. Der Sender wurde ja erst 1986 gegründet. Also: Damals hatte ich meinen Schreibtisch als Fester Freier Mitarbeiter in der Lokalredaktion des *Abendblattes*. Und wisst ihr, wer damals stellvertretender Chefredakteur war?“

„Keine Ahnung“, sagte Pollock.

„Ein gewisser Dr. Reimund Klüver. Der hatte ein paar Jahre vorher als Sowjetunion-Korrespondent so geglänzt, dass er zum Vize-Chef gekrönt worden war.“

Hoßdorf unterbrach seine Erzählung und schaute Pollock durch den Qualm seiner Zigarre an.

„Sag mal, wird der Nachtisch nicht schlecht? Da ist doch Sahne drin!“

Als Pollock die waschbeckengroße Schüssel auf den Tisch gestellt hatte, fuhr Hoßdorf fort.

„Zweite Preisfrage: Wer arbeitete damals als Volontär beim *Abendblatt*?“

„Na, wenn das mal nicht ein gewisser Udo Clement war“, antwortete Pollock.

„Du bist schlau! Clement durchlief, wie alle Volontäre, verschiedene Redaktionen. Ihm eilte ein schlechter Ruf voraus. Kollegen, die ihn kennengelernt hatten, warnten uns: Der Junge sei bis über die Ohren ehrgeizig, dazu angepasst und devot seinen Vorgesetzten gegenüber. Ich gab damals nichts auf das Gerede. Schnell wurde mir aber klar, was genau die Kollegen damit gemeint hatten. Ich erlebte den jungen Clement in den täglichen Redaktionssitzungen. Der Gorilla, damals noch ein Gorillababy, hatte eine unangenehme Angewohnheit. Clement beobachtete genau, wie der Ressortleiter auf Themenvorschläge der Kollegen reagierte. Nickte unser Chef vorsichtig, bewegte auch Clement zustimmend den Kopf. Erhob er Einspruch, fand auch Clement Gründe, die gegen das Thema sprachen."

„Er war also ein Speichellecker", ließ sich Alexander vernehmen.

„Nicht nur das." Hoßdorf ließ seine Zigarrenspitze aufglimmen. „Er musste auch gute Kontakte gehabt haben. Darüber wurde damals nur gemunkelt, aber keiner wusste etwas Konkretes."

„Wie kamt ihr darauf?", fragte Pollock.

„Weil Clement nie durch besonders gutes journalistisches Handwerk aufgefallen war. Der Typ hat geschrieben wie Sau. Und über die Recherche wollen wir gar nicht erst reden. Der war viel zu faul, mal den Telefonhörer in die Hand zu nehmen. Wenn es unbedingt nötig war, hat er Praktikanten für sich arbeiten lassen."

„Keine schlechte Taktik. Clement hat so jedenfalls Karriere gemacht", räumte Pollock ein.

„Du sagst es. Wir haben geguckt wie die Autos, als es nach seinem Volontariat hieß: Der Mann wird Redaktionsleiter."

„Wow!", entfuhr es Alexander.

„Tja, und so wurde Clement Leiter der Redaktion ‚Vermischtes'. Da konnte er nicht viel falsch machen. Die Geschichten über Verbrechen, Königshäuser und zweiköpfige Schildkröten kamen über die Agenturen und mussten einfach gekürzt und auf die Seite gehoben werden. Aber wir haben uns natürlich gefragt, wie dieser Schnösel überhaupt zur Zeitung gekommen war und wer ihn so gefördert hat."

„Wie das gelaufen sein könnte, darüber sprechen wir gleich. Erzähl erst mal, wie es mit Clement weiterging", bat Pollock.

„Was soll ich sagen? Clement hat vielleicht so an die fünf Jahre das Ressort ‚Vermischtes' verantwortet, dann hat ihn Klüver mitgenommen zu *Havel-TV*."

„Klüver und Clement sind also ganz alte Kumpel", sagte Pollock.

„*Havel-TV* wurde, wie gesagt, 1986 gegründet. Der Verlag des *Abendblattes* beteiligte sich an dem Projekt und wollte dem damaligen *SFB* gehörig Konkurrenz machen. Deshalb schickte der Verlag Klüver ins Rennen, einen – das muss man einfach zugeben – gewieften Journalisten."

„Wie es mit Clement dann bei *Havel-TV* weiterging, weiß ich", sagte Pollock.

„Wie denn?", wollte Alexander wissen.

„Er wurde ziemlich schnell Leiter von *Berlin – nah dran*."

„Ich habe unter Clement Karriere gemacht", sagte Hoßdorf. „Ich arbeitete bei ihm in der Redaktion, bevor ich zu einem neuen Politmagazin wechselte. Damals kaufte der Sender viele Zeitungsjournalisten ein, die, so wie ich, in Windeseile lernten, wie man einen Fernsehbeitrag produzierte. Clement machte eine gute Figur, weil wir bei *Berlin – nah dran* so eine gute Truppe waren. Er hatte ein Händchen dafür, Leute zu engagieren, die wie die Weltmeister Themen aufspürten und ihm die Arbeit abnahmen."

„So", sagte Pollock, „und jetzt erzähl uns, wieso diese Dumpfbacke überhaupt in den Journalismus kommen konnte."

„Du weißt selbst, dass bei vielen Zeitungen der stellvertretende Chefredakteur für die Auswahl der Volontäre zuständig ist", antwortete Hoßdorf.

„Und der hieß damals beim *Abendblatt* Dr. Reimund Klüver", sagte Pollock.

„Ich habe damals schon gedacht, dass es da eine Beziehung zwischen den beiden geben muss. Denn: Eigentlich bekommt man ein Volontariat nur mit abgeschlossenem Studium."

„Jetzt sag nicht, Clement hat nicht studiert."

„Er hat sein Studium hingeworfen!"

„Das ist schon ein ziemlicher Hammer", wunderte sich Alexander. „So eine Pfeife schafft es mit Beziehungen bis zum Chefredakteur."

Pollock räumte den Tisch ab und machte sich in der Küche an der Espressomaschine zu schaffen. „Clement hat also beste Beziehungen zu Klüver", rief er ins Wohnzimmer. „Und Klüver hat Kontakte zu Russen. Nicht zu einfachen Russen, sondern zu ehemaligen KGB-Spionen. Was schließen wir daraus?"

Hoßdorf und Alexander schwiegen. Niemand konnte sich erklären, was Clement mit dem KGB zu tun gehabt haben könnte.

„Und Klüver?", fragte Pollock.

„Vielleicht hat sich Klüver, als er Korrespondent in Moskau war, auf eine Zusammenarbeit mit dem Geheimdienst eingelassen", sagte Hoßdorf. „Das würde erklären, warum er als Korrespondent so erfolgreich war. Er verfügte über Kenntnisse, um die ihn andere Kollegen aus dem Westen beneideten."

„Euer Geschäftsführer – ein Spion Moskaus. Das wäre wirklich ein Ding", sagte Alexander.

„Wir dürfen keine voreiligen Schlüsse ziehen", warnte Pollock. „Wir haben keine eindeutigen Beweise. Wenn wir trotzdem davon ausgehen, dass sich Klüver mit dem KGB eingelassen hat, bleibt die Frage: Was hat Clement damit zu tun?"

„Vielleicht ist euer Chefredakteur dahinter gekommen und erpresst ihn seither", überlegte Alexander.

„Clement erpresst Klüver?" Pollock versuchte sich das vorzustellen.

„Das kann ich mir nicht vorstellen", warf Hoßdorf ein. „So, wie die beiden miteinander umgehen, habe ich nicht den Eindruck, dass Klüver unter Clements Fuchtel steht. Eher umgekehrt: Clement kriecht dem Geschäftsführer in den Arsch."

„Aber warum?“, fragte Pollock.

„Weil Clement dem Klüver seine ganze Karriere zu verdanken hat“, sagte Hoßdorf.

„Aber was fand Klüver damals an Clement so toll, dass er sich so für ihn einsetzte?“, fragte Pollock. „Für einen jungen Mann, der offenbar über so wenig journalistisches Talent verfügte?“

Darauf wusste allerdings keiner eine Antwort.

Pollock verteilte den Rest der Mascarpone-Nachspeise auf die Teller. Das Wühlen in der Vergangenheit hatte Hoßdorf hungrig gemacht. Er schaufelte die Creme hastig in sich hinein. Dann fasste er sich, einen Rülpser unterdrückend, an den Bauch.

„Da fällt mir noch was ein!“ Mit diesen Worten stand Pollock auf und spielte Hoßdorf die geheimnisvolle Stimme auf dem Anrufbeantworter vor. Hoßdorf horchte auf. Er erhob sich und ging im Zimmer auf und ab wie ein Panther im Käfig.

„Mir geht es wie dir“, murmelte er. „Die Stimme kenne ich.“

„Was meinst du? Ist es ein Mann oder eine Frau?“

„Schwer zu sagen. Der Anrufer verstellt sich, aber seine Art, die Worte zu betonen, kommt mir bekannt vor!“

„Aha“, sagte Pollock. „Es muss also ein gemeinsamer Bekannter von uns sein. Und da kommt eigentlich nur jemand aus dem Sender in Frage.“

„Jemand aus dem Sender, der Clement an den Karren fahren will“, ergänzte Hoßdorf. „Verdammt, wer kann das bloß sein ...“

„Nach allem, was ihr über Clement erzählt, kommen da eine Menge Leute in Frage“, mischte sich Alexander ein.

„Stimmt“, antwortete Pollock. „Aber es wird niemand sein, dem nur Clements autoritäres Geschrei auf den Geist geht. Es muss jemand sein, der ganz besondere Erfahrungen mit ihm gemacht hat. Erfahrungen, die weit zurück in der Vergangenheit liegen.“

Kapitel 33

Robert Wessels stemmte sich mit seinem Körper gegen eine Kletterstange. „Hallo!", rief er, als er Pollock und Alexander kommen sah. Die beiden entdeckten den Leiter der Kindertagesstätte „Schlumpfhausen" auf dem Spielplatz der Einrichtung. Niemand hätte den Mann mit seinen wehenden blonden Haaren, dem vollschlanken Oberkörper und faltenlosen Gesicht auf 50 geschätzt. Aber so alt musste er sein, wenn er Anfang der 80er Jahre bei der Studentengemeinde mitgemacht hatte.

„Die haben uns hier Ende des Jahres neue Geräte hingestellt", erklärte Wessels. „Mitten im Winter! Nur, um den Etat aufzubrauchen. Ich teste, ob sie wirklich stabil sind. Wenn sich auch nur ein Kind eine Schramme holt, habe ich die Eltern hier auf der Matte stehen!" Wessels gab Pollock und Alexander seine eiskalte Hand. „Kommen Sie mit in mein Büro. Die Kinder sind gerade im Tegeler Forst. Wir sorgen dafür, dass sie sich regelmäßig bewegen. Sie haben sicher mitbekommen, dass die Kleinen heutzutage immer dicker werden. Kein Wunder, ihre Eltern kriegen den Arsch ja auch nicht mehr hoch."

Wessels trug eine dunkelrote Jeans, die über seinen Camelboots Falten warf. Sein kariertes Hemd stammte offenbar aus fairem Handel, der Kragen war schon ein wenig abgewetzt. Er ging federnden Schrittes den Kiesweg zur Tagesstätte voraus. Wessels machte nicht den Eindruck eines nach Jahrzehnten ausgebrannten Erziehers. Ganz im Gegenteil. Er strotzte vor Energie.

Wessels Büro war bescheiden. Er hatte keine zehn Quadratmeter zur Verfügung, die von einem kleinen Schreibtisch, einem Besucherstuhl und zwei Ikea-Regalen ausgefüllt wurden. Fenster gab es nicht, nur eine Luke an der Decke. Obwohl es Mittag war, musste Wessels Licht machen. Der Erzieher verschwand kurz in einem der Nachbarräume und kam mit einem Kinderstuhl zurück.

„Tut mir leid, mein zweiter Besucherstuhl ist abhanden gekommen. Normalerweise reicht mir einer. Zu mir kommen ja fast nur noch Alleinerziehende."

Wessels holte einen großen Briefumschlag aus einer Aktentasche und bat seine Gäste, Platz zu nehmen. Er lächelte Pollock und Alexander erwartungsvoll an.

„Von wem wissen Sie eigentlich, dass ich Mitglied bei den Studierenden Protestanten war?"

„Von Beate Oppitz", sagte Pollock.

Wessels Gesicht hellte sich auf. „Ach, die Beate! Lange habe ich nichts von ihr gehört. Du lieber Himmel, wir waren damals so verliebt! Manchmal denke ich, wir hätten zusammenbleiben sollen ... Nach all dem, was man danach so erlebt hat ... Na ja, egal."

„Wir hatten den Eindruck, dass Frau Oppitz alleinstehend ist", warf Alexander ein und bekam von Pollock kurzerhand einen Tritt an den Knöchel.

Wessels lachte laut. „Aber Sie sind doch nicht zu mir gekommen, um mich zu verkuppeln. Sie deuteten am Telefon an, es gehe um das Gemeindeleben in den 80er Jahren, um eine Fernsehdokumentation darüber." Er hob den Briefumschlag hoch. „Ich habe extra alle Unterlagen, die ich gefunden habe, mitgebracht."

„Das ist nett", leitete Pollock seine Befragung ein. „Wir haben gehört, dass Sie sich damals in mehreren Arbeitskreisen engagiert haben. Unter anderem in der Sowjetunion-AG."

„Das stimmt", antwortete Wessels. „Beate hat immer die Nase darüber gerümpft. Sie fand uns blauäugig und wunderte sich, dass wir nicht erkennen wollten, welche Menschenrechtsverletzungen in der Sowjetunion begangen wurden. Dabei wussten wir das genau. Aber sie hatte Recht. Wir verdrängten das.

Wir wollten nicht so sein wie die Rechten mit ihrem platten Antikommunismus."

„Können Sie sich an eine hellblonde Frau aus der Gemeinde erinnern? An eine, die vielleicht Anna hieß?"

„Eine blonde Frau? Wie kommen Sie jetzt darauf? Brauchen Sie noch Zeitzeugen?"

„Diese Anna war womöglich zusammen mit ihrem Freund in der Gemeinde."

Bei Wessels dämmerte es. „Ach, die Anna! Ja doch, die kannte ich. Die interessierte sich allerdings nicht so sehr für die Sowjetunion. Eher für Lateinamerika. Aber ihr Freund war in unserer AG."

Pollocks Herz schlug schneller. Ihm war klar, dass er an einem entscheidenden Punkt seiner Nachforschungen angekommen war.

Wessels griff nach dem Umschlag und schüttete den Inhalt auf die Schreibtischplatte. „Warum lange über irgendwelche Leute reden. Ich kann sie Ihnen zeigen. Irgendwo muss es ein Foto geben!"

Die Unterlagen, in denen Wessels wühlte, waren vergilbt, die Farben der Fotos verblasst. Pollock wartete ungeduldig. Nachdem Wessels fündig geworden war, rückte er mit seinem Kindersitz näher an ihn und Alexander heran. „Hier sind einige aus der Sowjetunion-AG drauf."

Pollock und Alexander blickten auf eine Gruppe von zehn Studenten, die sich mühten, seriös in die Kamera zu schauen. Die Männer trugen Parkas, die Frauen Wollmäntel. Die Aufnahme war wohl zu einer kalten Jahreszeit entstanden. Die Studenten waren in Schals gehüllt, die aussahen wie selbst gestrickt.

„Wo und wann ist das Foto gemacht worden?"

„In Moskau. Wir sind 1981 dahin gereist. Irgendwann im Januar oder Februar war das, glaube ich. Wir wollten uns ein Bild von dem Land machen, nicht nur über die Sowjetunion diskutieren. Sie können sich nicht vorstellen, wie grau uns die Stadt damals vorkam! Die Menschen hatten aschfahle Gesichter. Der Service in diesem Jugendhotel war miserabel. Viele Häuser waren baufällig. Wenn man das mit heute vergleicht ... Ich kann mich erinnern, dass uns der Besuch ein bisschen auf den Boden der Tatsachen zurückbrachte."

„Aha", sagte Pollock ungeduldig. „Zeigen Sie mir bitte den Freund dieser Anna." Wessels stutzte. „Puh, hoffentlich erkenne ich den wieder. Mal sehen, ob ich ihn finde, den Frank ..."

„Er hieß also Frank."

„Ja, genau", murmelte Wessels und vertiefte sich in das Foto. Pollock spürte, wie ihn die wochenlang andauernden Ermittlungen immer ungeduldiger machten. Er zwang sich, die Ruhe zu bewahren. Robert Wessels war freundlich. Es gab keinen Grund, ihm gegenüber grob zu sein.

„Wie hieß dieser Frank weiter?"

„Oh, das weiß ich nicht mehr. Aber das hier müsste er sein ..." Der rechte Zeigefinger des Erziehers zeigte auf die oberste Reihe der Gruppe.

Es war ein unscheinbares Gesicht. Der Student namens Frank reckte sich, um aufs Bild zu kommen. Er trug eine Mütze mit Bommel, die er bis zu den Augenbrauen heruntergezogen hatte. Der dunkle Teint des Gesichts ließ darauf schließen, dass Frank braune oder schwarze Haare gehabt hatte. Pollock wusste aus seiner jahrelangen Erfahrung als Polizeireporter, wie wichtig jedes Detail an einem Menschen sein konnte. Was fiel ihm an diesem Frank noch auf? Er trug eine Brille. Sie sah aus wie ein Kassengestell. Oder waren damals silberne, rechteckige Fassungen modern gewesen? Anders als zwei Studenten, die neben ihm standen, trug Frank kein Palästinensertuch. Er machte auf Pollock einen sympathischen Eindruck, gerade weil er sich nicht krampfhaft mühte, gut gelaunt in die Kamera zu blicken.

„Erzählen Sie mir alles, was Sie über diesen Frank wissen", bat Pollock. Als er merkte, dass Wessels verwundert schaute, schob er schnell noch eine Lüge nach: „Das ist wichtig für unsere Dokumentation. Wir wollen herausfinden, was für ein Typ Student sich damals in der Gemeinde engagierte."

„Da haben Sie sich aber eine schwierige Person ausgesucht. Ich bin nicht sicher, ob sie mit Frank sprechen können. Er verschwand damals spurlos. Ob er inzwischen wieder aufgetaucht ist, weiß ich nicht. Ich habe zu der Zeit mein Diplom gemacht und die Leute aus der Gemeinde irgendwann aus den Augen verloren."

„Wann genau verschwand Frank? In welchem Jahr?"

„Wann habe ich mein Diplom gemacht? ... 1981. In dem Jahr muss das gewesen sein."

„Also im selben Jahr, in dem Sie mit der Gemeinde-AG in der Sowjetunion waren."

„Ja, genau."

„Kannten Sie Frank gut?"

„Nein. Frank war introvertiert. Fand nicht gleich zu jedem Kontakt. Er war nachdenklich, keiner von den Radikalen in der Gemeinde, die es ja auch gab. Er hat zwar in einem besetzten Haus gewohnt, aber der Stil der politischen Auseinandersetzung dort war ihm fremd. Gewalt war ihm zuwider. Er hatte hohe moralische Prinzipien. So kitschig das klingt, aber Frank war fromm. Fromm und gleichzeitig politisch aktiv. Er studierte Theologie."

„Wann lernte er Anna kennen?"

„Das kann ich nicht sagen. Als ich zur Gemeinde stieß, waren die beiden schon zusammen. Ich kann mich noch daran erinnern, wie liebevoll sie miteinander umgingen. Weil es in meiner Beziehung zu Beate laufend kriselte, beneidete ich die beiden."

„Wohnten Frank und Anna zusammen?"

„Ja. Sie hatten ein gemeinsames Zimmer in einem besetzten Haus. Irgendwo in Schöneberg."

„War das vielleicht in der Bautzener Straße?"

„Keine Ahnung, das weiß ich nicht."

„Anna soll schwanger gewesen sein."

„Ja. Und deswegen hat uns sein Verschwinden auch so erschüttert. Erst hatten wir nichts von Annas Schwangerschaft mitbekommen, weil sie eine Zeit im Ausland war. Ich glaube in Spanien. Ja, genau ... Sie studierte Spanisch."

„Gab es irgendeine Erklärung für Franks Verschwinden", wollte Pollock wissen.

„Nein. Wir waren alle wie vor den Kopf gestoßen. Wir konnten uns keinen verantwortungsvolleren Menschen als Frank vorstellen. Eine schwangere Frau allein zu lassen, das sah ihm überhaupt nicht ähnlich. Auch Franks Eltern waren wohl total ratlos und verzweifelt."

„Und was ist aus Anna geworden?"

„Wie gesagt, ich habe den Kontakt irgendwann verloren. Ich weiß noch, dass Anna traumatisiert war. Der Pfarrer hat sich um sie gekümmert."

In der Ferne hörten Pollock und Alexander Geschrei. Auf dem Flur kreischten aufgekratzte Kinder. „Wir sind wieder da!" Ein Mädchen mit gesteppter Winterjacke lehnte in Wessels Türrahmen. Hinter ihr drängelten sich andere Kinder, um einen Blick auf die unbekannten Männer zu werfen.

„Das ist schön", rief Wessels aus. „Dann hängt mal Mäntel und Mützen an eure Haken und geht mit Claudia zum Mittagessen! Ich glaube, es gibt Buletten."

„Juhu! Buletten, Buletten, Buletten!" Die Kinder verloren jedes Interesse an den Gästen und trampelten in ihren Gummistiefeln davon.

„Entschuldigung", sagte Wessels. „Wo waren wir?"

Alexander mischte sich ein. „Wir waren bei der traumatisierten Anna. Gab es denn wenigstens Gerüchte, was mit ihrem Freund passiert sein könnte?"

„Also, ich habe sofort an Südamerika gedacht. Er und Anna schwärmten für Südamerika."

„Aber ist das nicht sehr unwahrscheinlich", entgegnete Pollock. „Nehmen wir an, Frank wollte nichts mehr von Frau und Kind wissen, dann flüchtet er doch nicht in eine Region, der sich seine Freundin verbunden fühlt. Ich bin kein Psychologe, aber so benimmt man sich doch nicht."

„Stimmt. Jetzt, wo Sie es sagen", gab Wessels zu. „Ich habe damals nicht so genau darüber nachgedacht. Wie gesagt, ich war weder mit Anna noch mit Frank befreundet. Ich weiß nicht mal, wie Anna mit Nachnamen hieß."

Pollock grübelte. Was wollte er Wessels noch fragen? Er hatte das Gefühl, etwas Entscheidendes vergessen zu haben. Aber ihm war nicht klar, was. Er schaute zu Alexander, dem auch nichts mehr einfiel.

„Herr Wessels, Sie haben uns sehr weitergeholfen", leitete Pollock den Abschied ein.

„Das war schon alles?", wunderte sich der Erzieher. „Wollen Sie nicht wissen, wie sich der Udo damals aufgeführt hat?"

Etliche Herzschläge lang verschlug es Pollock die Sprache.

„Udo?"

„Ja, Udo. Ihr Chef Udo Clement. Jetzt sagen Sie bloß, Sie wissen nicht, dass er damals dabei war?"

Pollock guckte Wessels verdattert an. In diesem Moment zweifelte er an seinen journalistischen Fähigkeiten. Er hatte den Fall hin und her gewendet. Er hatte über jede der beteiligten Personen in schlaflosen Nächten nachgedacht. Aber auf etwas so Naheliegendes war er nicht gekommen: Dass Clement ebenfalls Mitglied der Studierenden Protestanten gewesen war.

Pollock räusperte sich, schaute irritiert zu Alexander. „Wissen Sie“, stammelte er, „die Dokumentation soll so eine Art Überraschung für ihn sein. Deshalb bitten wir Sie, ihm nichts davon zu erzählen.“

Wessels prustete los. „Also, darauf können Sie Gift nehmen! Wenn ich mit einem nichts mehr zu tun haben möchte, dann mit Udo. Ich weiß, er ist Ihr Chef. Ich will deshalb nicht allzu schlecht über ihn reden. Aber für mich ist er ein Opportunist. Der hat damals in der Gemeinde quasi zum Sturz des Kapitalismus aufgerufen. Und heute redet er den jeweils regierenden Politikern nach dem Mund. Ich verfolge seine Interviews manchmal ...“ Robert Wessels schüttelte angewidert den Kopf.

Pollock schaute verlegen zu Boden. Wessels hatte leider Recht. In den Interviews mutierte Clement zum Stichwortgeber. So selbstbewusst er gegenüber seinen Untergebenen auftrat, so unterwürfig war er gegenüber Politikern.

„Ich kann mir nicht vorstellen, dass Udo sich darüber freut, wenn Sie ihn an diese Zeiten erinnern“, fuhr Wessels fort. „Aber eine Überraschung wäre es!“ Erneut brach er in Gelächter aus.

„War Clement denn Mitglied in Ihrer Sowjetunion-AG?“

„Offiziell ja. Aber er ließ sich selten sehen. Ich glaube, das war ihm zu anstrengend. Vor allem, wenn wir russische Literatur gelesen haben. Können Sie sich Clement mit einem Buch vorstellen?“

Pollock schwieg.

„Auch die vielen Kirchen und Museen, die wir auf unserer Sowjetunion-Reise besichtigt haben, waren nichts für ihn. Der hat lieber in Berlin coole Sprüche geklopft.“

Als Pollock und Alexander wieder im Auto saßen, schauten sie auf das feucht glänzende Kopfsteinpflaster vor ihnen. Nieselregen hatte eingesetzt. Der Himmel war so grau wie die Häuser links und rechts der Straße. Zwei türkische Männer huschten in eine als Kulturverein getarnte Teestube. Die ersten Eltern holten ihre Kinder von der Tagesstätte ab, zerrten sie hinter sich her, als seien sie nicht mehr als eine zusätzliche Last in ihrem viel zu hektischen Leben.

„Warum bin ich nicht darauf gekommen, dass Clement Mitglied der Gemeinde war“, wunderte Pollock sich.

„Das kann ich dir sagen“, sagte sein Freund. „So, wie Hoßdorf und du ihn beschrieben habt, wäre auch ich nie auf die Idee gekommen, dass es sich bei dem Typen um einen christlichen Menschen handelt.“

„Das wird es sein“, räumte Pollock ein. „Es passt nicht ins Bild. Ich habe vor ein paar Jahren ein Seminar bei einem Polizeiermittler belegt. Der hat uns eingeimpft, sich am Anfang jeder Ermittlung von eigenen Vorurteilen und Schablonen zu befreien. Genau das habe ich nicht getan.“

„Du hattest viel Stress“, beruhigte Alexander ihn.

„Ich habe mir Stress machen lassen – von Clement. Er hat alles getan, um mich von den Recherchen abzuhalten. Sogar den Job von Christian Nehls hat er mir in Aussicht gestellt, um meinen Arbeitseifer in andere Bahnen zu lenken.“

Pollock senkte die Lehne des Beifahrersitzes in Liegeposition. „Vielleicht müssen wir versuchen, uns dem Fall von einer anderen Seite aus zu nähern. Wir haben noch nicht genug darüber nachgedacht, wer Clement auf dem Parkplatz des Senders angeschossen haben könnte.“

„Wahrscheinlich war es jemand, der, wie wir, dahinter gekommen ist, dass Clement in den Fall verstrickt ist.“

„Das sehe ich auch so. Und da kennen wir nur zwei Personen, die in Frage kommen ...“

„Zwei?“ Alexander drehte seinen Kopf erstaunt zu Pollock.

„Ja. Es könnte der anonyme Anrufer gewesen sein. Er hat mir geraten, Clement in Augenschein zu nehmen.“

„Das wäre eine Möglichkeit“, räumte Alexander ein. „Aber für mich gibt es noch eine schlüssigere Variante: Anna war es.“

„Richtig. Vielleicht hat Anna jahrelang geglaubt, der Vater

ihres Kindes sei spurlos verschwunden. Dann wurde die Leiche im Keller des besetzten Hauses gefunden. Sofort war ihr klar, dass es Frank ist. Und offenbar gab es für sie nur einen Menschen, der ihn ermordet haben könnte: Clement. Sie versuchte, ihn in der Nacht, als er das Sendezentrum verließ, zu töten."

Während Alexander den Audi startete, spielte Pollock den möglichen Tathergang durch. Er stellte sich vor, wie Anna eine Waffe auf Clement richtete. Wenn beide in der Gemeinde aktiv waren, musste Clement sie erkannt haben.

Pollock nahm sein Handy und wählte die Nummer seiner Schwester Ulrike, die gerade in der Kantine des Steglitzer Klinikums beim Mittagessen saß:

„Ulrike, ich muss dich um einen Gefallen bitten. Du hast doch sicher in der Zeitung von dem Mordanschlag auf meinen Chefredakteur gelesen. Ich will wissen, wie es ihm geht."

„Martin, wenn du die Artikel aufmerksam gelesen hättest, wüsstest du, dass sie ihn in die Charité gebracht haben." Seine Schwester überlegte einen Moment. „Aber ich kann versuchen, etwas herauszubekommen. Eine Freundin von mir, mit der ich die Pflegeausbildung gemacht habe, arbeitet da. Vielleicht weiß die was."

„Du bist ein Schatz, bis gleich!"

Pollock nutzte die Zeit und kam auf Janowskis Angebot zurück, ihn Tag und Nacht anrufen zu dürfen. Und wirklich: Der Pressesprecher unterbrach sogar eine Konferenz, um mit Pollock reden zu können.

„Herr Janowski, ich wollte was über den Attentatsversuch auf meinen Chef erfahren."

„Schlimme Sache." Janowskis Stimme klang gepresst. „Sie wissen, wie ich zu Clement stehe. Aber das hat er nicht verdient. Das hat kein Mensch verdient."

„Wissen Sie etwas Genaues zum Tatverlauf?"

„So gut wie nichts. Die Pistole, die benutzt wurde, ist eine

Nullachtfünfzehn-Waffe. Die bekommen sie an jeder Ecke Berlins."

„Hat Clement den Täter erkannt?"

„Angeblich nicht", brummte Janowski. „Alles sei sehr schnell gegangen. Clement sagt, er sei sofort bewusstlos geworden."

„Danke, Herr Janowski."

Doch der wollte noch ein wenig plaudern: „Was machen denn Ihre geheimnisvollen Nachforschungen? Ich denke, drei Tage vor der Talkshow werden Sie mit anderen Dingen beschäftigt sein."

„So ist es", log Pollock.

„Wenigstens haben Sie jetzt bei der Talkshow freie Hand. Da können sie endlich senden, was Sie wollen! Clement kann sich ja nicht wehren!" Janowski wieherte vor Freude und wünschte „toi, toi, toi".

Alexander quälte sich durch den dichten Verkehr der Weddinger Brunnenstraße, da rief Pollocks Schwester Ulrike zurück.

„Ich kann mich doch darauf verlassen, dass du damit nicht hausieren gehst", ermahnte Ulrike ihn. „Ich komme sonst in Teufels Küche!"

„Mach dir keine Sorgen. Also?"

„Diesem Clement geht es den Umständen entsprechend gut. Eine Patrone hat ihn unter dem rechten Schulterblatt getroffen."

„Wird er denn wieder arbeiten können?" In Pollocks Stimme schwang die Hoffnung nach einem Führungswechsel mit.

„Klar. So was liest sich in der Presse schlimmer, als es ist. Die Kugel hat ja keine sensible Stelle des Körpers getroffen. In ein paar Tagen sollte er wieder auf dem Damm sein."

„Vielen Dank! Sag mal, gibt's was Neues von Mutter?"

„Nein. Aber ich habe ein komisches Gefühl."

„Das habe ich schon lange."

„Ja, schon. Aber ich habe das Gefühl, dass Mutter sich verliebt hat."

Pollock fühlte sich, als habe ihm jemand einen Schlag in den Magen versetzt. Seine 63-jährige Mutter sollte sich verliebt haben? Eine abartige Vorstellung. Meistens lag Ulrike allerdings richtig mit ihren Einschätzungen, was die Befindlichkeiten ihrer Mitmenschen betraf. Ihr war zum Beispiel lange vor ihm aufgegangen, dass die Ehe der Eltern ein einziges Trauerspiel gewesen war.

„Wie kommst du darauf?"

„Ich weiß nicht. Sie ist so rigoros und gleichzeitig so euphorisch. Als habe sie endlich das gefunden, was sie immer vermisst hat."

„Was Besseres als Vater konnte sie gar nicht bekommen."

„Martin! Das sagst du! Vielleicht müssen wir fairer sein. Offenbar hat sie sich jahrelang unwohl gefühlt. Jeder Mensch hat das Recht auf Glück."

Pollock gestand ein, dass Ulrike Recht hatte. Trotzdem gehörte es sich nicht, auf Vater einzudreschen, als habe er Pest und Cholera zugleich ins Haus gebracht.

„Sie hat jahrelang verzichten müssen", fuhr seine Schwester fort. „In ihren Augen jedenfalls. Vielleicht hat sie jetzt den Mann ihres Lebens gefunden."

„Und der will bei ihr einziehen. Und dafür will sie das Dachgeschoss ausbauen?"

„So könnte es sein. Ich habe mir vorgenommen, sie anzurufen und mal ganz unvoreingenommen mit ihr zu sprechen."

„Hm. Vielleicht keine schlechte Idee. Mach das. "

Deprimiert legt Pollock auf. Er kam nicht dazu, über das für ihn Unfassbare nachzudenken, weil sich wenige Sekunden später Michaela über das Mobiltelefon meldete.

„Hallo", begrüßte Pollock sie. „Wo bist du gerade?"

„Ich bin in der U-Bahn auf dem Weg nach Hause. Ich war

in Baranovs Produktionsfirma." Michaelas helle Stimme hob Pollocks Laune.

„Bist du sicher, dass keiner mithört?"

„Ganz sicher. Ich habe Neuigkeiten für dich."

„Schieß los."

„Ich habe eine merkwürdige Beobachtung gemacht. Einen Tag nachdem Clement angeschossen wurde, habe ich Semmler, äh, ich meine Baranov gesehen. Das ist ungewöhnlich, denn er gilt hier als graue Eminenz. Er hat zwar ein Büro in der Firma, zeigt sich aber nie."

„Ja und?"

„Er hat im Hof ganz hektisch mit seinem Handy telefoniert. Er hat wild gestikuliert. Und geschimpft!"

„Hast du verstanden, worum es ging?"

„Martin, der spricht doch russisch. Aber ein paar Brocken Deutsch waren dann doch dabei."

„Na, sag schon, was hast du gehört?!"

„*Du Versager*, hat er gebrüllt."

„Das ist ja interessant. Vielleicht hat einer seiner Männer versucht Clement umzubringen und Baranov war empört, weil es nicht geklappt hat."

„Glaubst du wirklich? Meinst du, professionelle Geheimdienstleute sind so unfähig und vermasseln einen Mordanschlag?"

„Da hast du auch wieder Recht. Ich muss darüber nachdenken. Im Moment habe ich keine Idee, was Baranov gemeint haben könnte ... Auf jeden Fall, gut, dass du angerufen und mich informiert hast! Danke!"

Alexander schaute Pollock von der Seite an, den Finger an die Stirn tippend. „Ich habe mich gefreut, deine Stimme zu hören", schob Pollock schnell hinterher. Alexander nickte wohlwollend.

Michaelas Stimme wurde weich. „Schade, dass wir uns nicht treffen können."

„Auf keinen Fall!“ Pollock griff sich an den Kopf. „Ich meine, das ist im Moment zu gefährlich. Ich bin froh, wenn die ganze Geschichte endlich aufgeklärt ist, dann können wir ...“

„Was können wir dann?“, hörte Pollock Michaela flöten, dann brach die Verbindung ab.

Alexander hielt an einer roten Ampel und schaute zu ihm herüber. „Deine Art, mit Frauen umzugehen, die ist einfach einmalig!“

Kapitel 34

In Pollocks Küche türmte sich das Geschirr. Auf den Tellern klebte rote Soße, die Dessertschälchen rochen ranzig. Eigentlich hatte Pollock sich vorgenommen, in seine Joggingklamotten zu schlüpfen und ein paar Runden im Kleistpark zu drehen. Nur 20 Minuten. Der Zeiger seiner Waage war, für Pollock unerklärlich, wieder auf 85 Kilo geschnellt. Womöglich funktionierte die Diät nur in Kombination mit sportlicher Aktivität.

Aber war Joggen nicht zu gefährlich? Womöglich lauerte irgendjemand aus Clements Mafiakreisen hinter einem Busch. Außerdem war es schon dunkel. Pollock kam zu dem Ergebnis, dass es besser war, zu Hause zu bleiben. Lieber ein bisschen Bauchfett als tot im Kleistpark liegen.

Pollock wandte sich dem Geschirr zu. Er drehte den Wasserhahn auf und stellte im Wohnzimmer den Fernseher an. In den Nachrichten seines Senders kam der Tote aus der Bautzener Straße längst nicht mehr vor. Pollock malte sich aus, wie Clement den neuen Chef von *Berlin – nah dran* in sein Büro zitiert und ihm auseinandergesetzt hatte, warum die Berichterstattung über kuriose Kriminalfälle nicht mehr zum Profil des Senders passte. Der 29-jährige Leiter hatte sich womöglich kurz gewundert, dann artig genickt, froh darüber, den Job bei „Berlin – nah dran“ überhaupt bekommen zu haben.

Die Nachrichten endeten mit dem Versprechen, das bald Schluss sei mit dem ungemütlichen Wetter, das die Berliner in den vergangenen Wochen depressiv gemacht habe. „Berlin taut auf, liebe Zuschauer! Dazu gibt es auch gleich eine Sondersendung ...“

Pollock weichte die Teller im Spülmittelschaum ein und hörte, wie *Havel-TV* für die Talkshow-Premiere warb. *Nehls – Labern ist nicht!* Die neue Talkshow! Mutig! Aggressiv! Unangepasst! Am kommenden Freitag um 20 Uhr!“

Anschließend war eine mit Schlagzeug unterlegte Orgelmusik zu hören – der Vorspann zu Pfarrer Muths Telefonshow.

„Jetzt heißt es wieder *Nur Muth!*, liebe Freunde“, begrüßte der Pfarrer seine Zuschauer. „Kennen Sie das? Sie haben sich über einen Menschen geärgert. Jemand hat Ihnen Leid zugefügt. Der Schmerz darüber sitzt so tief, dass Sie ihn auch nach Jahren noch spüren. Sie haben das Gefühl, niemals verzeihen zu können. Wenn Sie so etwas erlebt haben, dann rufen Sie mich an! Unser Thema heute: ‚Das kann ich niemals verzeihen!‘“ Die Stimme des Pfarrers war weich wie ein Daunenbett, in das man sich gerne hineinlegen würde. Doch Pollock fürchtete, irgendwann Rückenschmerzen davon zu bekommen. Trotzdem bewunderte er den Pfarrer dafür, wie einfühlsam er auf die Zuschauer einging. Er war nicht belehrend und versuchte nicht zu missionieren.

Nach einer kurzen Werbepause meldeten sich die ersten Zuschauer. Ein 52-jähriger Mann klagte über seine Mutter. Sie habe ihm vor 30 Jahren ins Gesicht geschlagen, als sie hörte, mit wem er sich heimlich verlobt hatte. Seitdem hätten Mutter und Sohn kein Wort miteinander gewechselt. Ist das so schlimm?, dachte Pollock. Vermisste er die Gespräche mit seiner Mutter? Die Vorstellung, dass sie womöglich mit einem neuen Mann zusammen war, so wie seine Schwester Ulrike vermutete, fand er bizarr. Wie wohl der Traummann seiner Mutter aussah? In Pollocks Kopf zeichnete sich das Bild eines schmächtigen Intellektuellen ab, mit dem sich Mutter über Literatur und Theater unterhalten konnte – das genaue Gegenteil von Vater.

Zu Pfarrer Muth war inzwischen eine Frau durchgestellt worden. Ihre Stimme klang ungehalten und angriffslustig, so, als wolle sie Muth aus der Reserve locken. „Was ist, wenn es um einen Mörder geht? Um einen skrupellosen Mörder? Kann es da Vergebung geben?", fragte sie.

Pollock konnte Pfarrer Muth von der Küche aus nicht sehen. Aber er bekam mit, wie der Geistliche innehielt. „Ich hoffe, das ist nur eine theoretische Frage, die Sie da stellen", antwortete er. „So, wie ich die Bibel verstehe, gibt es Vergebung für jeden. Für alle, die Reue zeigen." Am anderen Ende der Leitung war es still. „Können Sie mit dieser Antwort etwas anfangen?", fragte Muth. „Hallo?" Die Frau hatte aufgelegt.

Das Summen seines Telefons hielt Pollock davon ab, weiter zuzuhören. Es meldete sich eine Anruferin, mit der er nie gerechnet hätte.

„Guten Tag, Herr Pollock. Ihre Nummer stand auf der Karte, die Sie mir gegeben haben. Störe ich Sie?" Psychologin Dr. Heike Brandstetter klang nicht so zickig wie bei Pollocks Besuch in ihrer Praxis. Im Gegenteil. Pollock spürte, wie sie sich um Freundlichkeit bemühte.

„Sie stören mich nicht. Was kann ich für Sie tun?"

„Ich habe noch einmal überlegt, wie ich Sie bei Ihrem Projekt unterstützen kann. Mir war damals nicht so klar, für welchen Sender Sie eigentlich arbeiten, dass Sie ja ein Mitarbeiter von Udo sind."

Bei Pollock läuteten die Alarmglocken.

„Sie wollten etwas über Studenten wissen, die in besetzten Häusern wohnten."

„Stimmt. Wohnte Udo, ich meine, wohnte Udo Clement in einem besetzten Haus? Vielleicht in der Bautzener Straße?"

„Ja, aber nicht lange. Wieso wollen Sie das wissen?"

„Wie lange wohnte er in dem besetzten Haus?"

„Udo ist ein intelligenter Mann. Als er merkte, mit was für radikalen Leuten er da zusammen war, hat er sich was Neues gesucht. Nein, das war auf Dauer nichts für ihn. Da ging es ihm nicht anders als mir."

Pollock nahm sich vor, die Gelegenheit zu nutzen. Er wollte so viel wie möglich aus Heike Brandstetter herauspressen.

„Das klingt, als ob Sie sich mit Herrn Clement gut verstanden hätten."

„In der Tat. Bis heute. Er engagiert mich manchmal für Coachings im Sender ..."

Pollock war im Bilde. Eine Hand wusch die andere. Auch noch nach so vielen Jahren. Clement und Brandstetter verband vieles: Beide vertraten einst radikal linke Positionen. Und beide hatten sich danach radikal angepasst.

„Ich habe für Sie in alten Studienunterlagen nachgeschaut", sagte die Brandstetter. „Bei Ihrem Besuch sprach ich von dieser blonden Frau und ihrem Tick für Südamerika. Ich weiß jetzt, wie sie hieß: Anna Heyse."

„Anna Heyse", wiederholte Pollock. „Wussten Sie, dass diese Anna einen Freund hatte?"

„Nein. Davon wusste ich nichts. So viel hatte ich mit dieser Anna nicht zu tun."

Abrupt wechselte Brandstetter das Thema. „Wie geht es Clement? Ich habe von diesem schrecklichen Anschlag gehört. Er wird doch überleben, oder?"

Du scheinheilige Kuh, dachte Pollock. Du hast Angst, dass dir weitere Aufträge aus dem Sender entgehen. Hoffentlich kommt es dazu. Ich werde dafür sorgen, dass dein Freund Clement im Knast landet. Pollock verspürte wenig Lust, die Brandstetter zu beruhigen.

„Die Kugel hat ihn voll getroffen", dramatisierte er. „Mehr kann ich Ihnen nicht sagen." Pollock spürte, dass Brandstetter an dieser Auskunft zu beißen hatte. Sie schwieg betreten, bedankte sich und legte auf.

Kapitel 35

Bei der Frühkonferenz ging es hoch her. Es war das reinste Schlachtfest. Dr. Reimund Klüver platzte in die Besprechung und schimpfte über die „größte Blamage der letzten Jahre". Der sonst so sehr in sich ruhende Mann hatte rote Flecken im Gesicht. Sein Problem war, dass er nicht wusste, bei wem er die Schuld für das Desaster abladen konnte. In einem Anfall von Heldenmut meldete sich Redakteur Norbert Häberle zu Wort. „Wir waren damals alle dagegen, einen privaten Wetterdienst zu engagieren. Aber unser Chefredakteur hat sich durchgesetzt."

So war es gewesen. Vor zwei Jahren hatte Udo Clement den Uni-Meteorologen den Laufpass gegeben. Die hatten, seit es den Sender gab, mehr oder weniger verlässlich das Wetter vorhergesagt. Doch Clement waren die Meteorologen, die vor der Kamera gestanden hatten, nicht smart genug gewesen. Seitdem hatte ein privater Anbieter die Prognose übernommen.

Und die war nun in die Hose gegangen. In der Abendausgabe von *Berlin – nah dran* war den Berlinern versprochen worden, nun sei erst mal Schluss mit den Minustemperaturen. „Sie können Ihr Fahrrad wieder aus dem Keller holen!" Es war die Idee des neuen Redaktionsleiters von *Berlin – nah dran* gewesen, um 20 Uhr eine Sendung mit dem Titel „Berlin taut auf" ins Programm zu heben. Kaum war die Sendung zu Ende gewesen, hatte Berlin einen Temperatursturz erlebt, wie seit Jahren nicht mehr: Polizei und Feuerwehr waren ausgerückt, weil Passanten auf den glatten Bürgersteigen um Hilfe gerufen hatten. Räumfahrzeuge der Stadt waren in den Depots geblieben, weil den Fahrern die Rutschpartien nicht zuzumuten gewesen waren. Die Zahl der Auffahrunfälle war nicht mehr zu zählen, die Zahl der Anrufe empörter Zuschauer allerdings auch nicht.

Pollock verfolgte die Konferenz mit Genugtuung. Er gönnte Clements Nachwuchsstar die Niederlage.

Den weiteren Tag verbrachte Pollock mit dem sogenannten Faktencheck. Zusammen mit einer eigens für die Talkshow eingekauften Rechercheurin überprüfte er noch einmal jeden Satz und jede These der insgesamt zehn Filmbeiträge. Mit gutem Gewissen verließ Pollock schließlich gegen 17 Uhr den Sender.

Nun war es Abend, kurz nach 21 Uhr. Pollock war wieder in seiner Wohnung. Er schaute aus seinem Küchenfenster: Klaus Wemme versuchte vergeblich, den Deckel des Altpapiercontainers aufzuklappen, der total vereist war. Deprimiert schleppte Wemme ein halbes Dutzend Pizzakartons ins Hinterhaus zurück.

Seit ein paar Minuten schneite es. Gott sei Dank!, dachte Pollock. So bestand die Chance, dass der Schnee das Eis überdeckte. Vielleicht war es doch noch möglich, ohne Knochenbrüche zur Bautzener Straße zu gelangen.

Pollock schaute nachdenklich auf die beiden Gruppenfotos, die vor ihm auf der Fensterbank lagen. Alexander war am Vormittag noch einmal bei Beate Oppitz und Robert Wessels vorbeigefahren, hatte die Aufnahmen mit den Gesichtern ehemaliger Gemeindemitglieder ausgeliehen und fotokopiert. Pollock prägte sich die weichen Gesichtszüge Annas ein. Es konnte nur so sein: Das war die Frau, die täglich zum Bauzaun kam, die Frau, der er in Kürze begegnen wollte.

Alexander riss ihn aus seinen Gedanken. „Von mir aus kann's

losgehen!", sagte er und streichelte liebevoll über eine glänzende Pistole.

„Woher hast du die denn schon wieder?", wollte Pollock wissen.

„Wir leben in Berlin, schon vergessen? Ich war keine Viertelstunde am Kottbusser Tor und schon hatte ich sie." Das Kottbusser Tor war ein belebter Verkehrsknotenpunkt mitten in Kreuzberg. Hier war seit Jahrzehnten das Zentrum der Kriminalität in Berlin. Einbrecher, Dealer und Waffenhändler kontrollierten die Gegend. Die Polizei hatte schon lange resigniert. Ihr ging es nur noch darum, den Verbrechensradius möglichst klein zu halten.

Pollock und Alexander verließen die warme Wohnung. Das weiße Berlin glich einer Geisterstadt. Selbst die osteuropäischen Hartgeld-Nutten, die sonst bei Wind und Wetter in einigen Straßen des Viertels auf und ab stolzierten, waren verschwunden. Fünf Minuten Fußmarsch und die Freunde erblickten durch einen Schleier von Schnee und Nebel den Imbiss von Karl-Heinz in der Bautzener Straße. Pollock, dessen Beine steif vor Kälte waren, stöhnte laut auf: Es war Dienstag. Ruhetag! Das Ladenlokal fiel also als Beobachtungsposten aus. Die Freunde arbeiteten sich bis zu einer Toreinfahrt vor. Von hier aus war nicht nur der Bauzaun, sondern die ganze Straße zu überblicken. Es war kurz vor 22 Uhr. Pollock zog seinen Schal hoch bis über den Mund. Die beiden sahen, wie sich die Tür zum Balkon einer gegenüberliegenden Hochparterrewohnung öffnete. Eine junge Frau stolperte in die Kälte, zog dreimal kräftig an ihrer Zigarette und eilte ins Zimmer zurück. Ansonsten blieb es still.

„Ich glaube nicht, dass diese Anna noch kommt", sagte Alexander. „Frauen sind viel kälteempfindlicher als Männer. Ich hatte mal eine Freundin, die weigerte sich im Bett ihre Söckchen auszuziehen ..."

„Sie wird kommen", unterbrach ihn Pollock. „Jemand, der Tag für Tag zur selben Zeit zum selben Ort kommt, ist von irgendwas getrieben. Also: Verlass dich drauf!"

Um genau 22:14 Uhr sahen die Freunde einen grauen Schatten. Er bewegte sich von der Großgörschenstraße auf die Bautzener zu. Eine Frau. Sie ging leicht gebeugt. Ihre Hände hatte sie in den Taschen des hellen Mantels vergraben. Pollock erinnerte sie an eine Schlafwandlerin. Den Blick starr nach vorne gerichtet, schritt sie an Pollock und Alexander vorbei. Pollock registrierte ihre leichten, schwarzen Schuhe. Wie sie es damit durch den Schnee schaffte, war ihm ein Rätsel.

Die Frau blieb vor dem Baugrundstück stehen, verweilte einige Minuten regungslos. Dann zog sie ihre Hände aus den Taschen und umfasste kurz die Stäbe des Zauns. Pollock schaute zu Alexander. Der nickte und packte ein schweres Fernglas aus einem Etui.

Pollock trat aus dem Dunkel der Toreinfahrt hinaus und näherte sich dem Tatort. Als sei er ein gewöhnlicher Spaziergänger, ging er an der Frau vorbei und blieb zwei Meter von ihr entfernt stehen. Pollock musterte das Gesicht der Frau. Für ihn waren letzte Zweifel verflogen: Das war Anna Heyse. Seit die Gruppenfotos gemacht worden waren, hatte sie sich nicht sehr verändert. Er sah dieselben weichen Gesichtszüge, denselben schüchternen Blick. Den Anfang des Gesprächs mit ihr hatte er sich zurechtgelegt. Er sollte harmlos klingen.

„Schlimm, was hier passiert ist, was?"

Er spürte, wie sein Herz schlug, als er auf eine Antwort wartete. Doch Pollock hörte nichts. Er sah zu der Frau hinüber, die ihre Hände vor ihrem Schoß gefaltet hatte. Ihr Blick war stumpf.

„Ich habe Sie schon mal hier gesehen", versuchte es Pollock erneut.

Die Frau entfernte sich einen Schritt. Pollock fürchtete, er habe sie verschreckt, sie werde gleich umkehren. Doch dann hörte er ihre Stimme.

„Ich habe es nicht gewusst." Die Frau schüttelte den Kopf, ihren Blick immer noch starr auf das Abrissgelände gerichtet.

Pollock ließ einige Sekunden verstreichen. Dann fragte er: „Was haben Sie nicht gewusst?"

„Dass er hier liegt."

Die Frau erschien ihm müde. So, als habe sie jahrelang für etwas gekämpft und stehe nun vor dem Nichts.

Sollte Pollock fragen, ob sie Anna Heyse war? Ob es sich bei dem Toten um Frank, ihren Freund, handelte? Er entschied sich dagegen. Pollock hatte Angst, sie zu verschrecken. Es verging etwa eine Minute, dann brach die Frau ihr Schweigen.

„Aber bald wird alles gut."

In ihre Augen kam Bewegung. Pollock glaubte ein Glänzen zu sehen. Das machte ihm Mut.

„Darf ich Sie zu einem Tee einladen? Der Imbiss ist heute geschlossen. Aber auf der Goebenstraße gibt es jede Menge türkische Kebabbuden. Sie müssen doch vollkommen durchgefroren sein." Zum ersten Mal drehte sich die Frau zu Pollock um.

„Das ist nett von Ihnen. Danke, nein. Die Kälte kann ich ertragen."

Pollocks Pläne waren über den Haufen geworfen. Das Gespräch durfte jetzt auf gar keinen Fall abbrechen.

„Kommen Sie aus Berlin?"

Keine Antwort. Die Frau verließ ihren Beobachtungsposten. Sie wanderte langsam das Metallgitter entlang und blickte auf den Tatort, als sehe sie ihn zum ersten Mal. Die Frau faltete ihre Hände unter dem Kinn wie zu einem Gebet. Pollock sah, wie sich ihre Lippen bewegten. Dann drehte sie den Kopf zu Pollock und sagte: „Auf Wiedersehen. Machen Sie es gut."

Pollock sah ihr hinterher, wie sie die Straße überquerte, ohne nach links und rechts zu sehen, vorbei an Alexander, der noch rechtzeitig in einer Toreinfahrt verschwunden war. Die Frau behielt ihr gemächliches Tempo bei, obwohl der Schneefall stärker geworden war.

Pollock und Alexander warteten einen Moment. Dann folgten sie ihr. Anna Heyse ging die Treppe zur S-Bahn-Station hoch. Außer zwei Jugendlichen, die auf einen Zigarettenautomaten einschlugen, war hier niemand zu sehen. Die Freunde blieben auf dem obersten Treppenabsatz stehen. Anna wartete am Bahnsteig, zitternd, den Blick auf das Häusermeer vor ihr gerichtet.

Nach zwei Minuten fuhr die S-Bahn Richtung Wannsee ein. Die blonde Frau stieg in den ersten Waggon, Pollock und Alexander hetzten in den Nachbarwagen.

Die S-Bahn fuhr vorbei am Schöneberger Gasometer, das sich grau von der Winterlandschaft abhob, dann ließen sie den dicht besiedelten Stadtteil hinter sich. Die Häuser wurden niedriger, die Bahnhöfe gepflegter. Im Waggon war es warm. Pollock hoffte, Anna möge nicht allzu schnell aussteigen. Sie tat ihnen den Gefallen. Alexander öffnete an jeder Station die Tür, um zu prüfen, ob Anna ihr Ziel erreicht hatte.

In Zehlendorf stieg sie aus. Wieder hefteten die beiden sich an ihre Fersen. Anna Heyse ging einen Weg entlang, der nur schwach von historischen Straßenlaternen beleuchtet war. Einmal stockte Anna, als hinter dem Zaun einer Stadtvilla ein Hund anschlug, ging dann aber zielstrebig weiter.

Schließlich öffnete sie die Gartentür zu einer gelb gestrichenen, zweigeschossigen Villa. Die Fensterrahmen leuchteten im frischen Weiß. Die Jugendstiltür, die Anna Heyse aufschloss, quietschte heimelig. Nach wenigen Sekunden schien Licht aus einem Fenster des Erdgeschosses. Die Freunde sahen Annas Schatten, der im Zimmer hin- und herwanderte.

„Ganz schön vornehme Gegend“, wunderte sich Pollock.

„Ja, wer hier wohnt, hat es geschafft und muss eigentlich nicht mit schäbigen Sommerklamotten durch die Kälte laufen."

„Die Frau kommt nicht aus Berlin. Die wohnt woanders. In einem Land, wo es wärmer ist. Vielleicht hat sie dort von der Mauerleiche gehört und ist nach Berlin gereist."

„Und jetzt? Sollen wir ewig hier warten? Wie geht's nun weiter?"

„Ich muss rein in das Haus. Morgen. Gegen 22 Uhr. Das ist die Zeit, in der sie in der Bautzener vor dem Abrisshaus steht."

Pollock machte die Gartentür auf, duckte sich und schlich über den Kiesweg zur Haustür. Er trat in Annas Fußstapfen, um keine neuen Spuren zu hinterlassen. Pollock blickte auf das Klingelschild. Dort stand kein Name. Dann inspizierte er das Schloss und kehrte zu Alexander zurück.

„Wir haben Glück. Das Haus scheint zwar erst vor Kurzem renoviert worden zu sein, aber am Schloss wurde mal wieder gespart. Das ist ein Kinderspiel für mich."

Kapitel 36

„Der Countdown läuft", begrüßte Christian Nehls die Anwesenden. Es war Mittwochabend, kurz nach 18 Uhr. „In 50 Stunden läuft der Vorspann zu unserer neuen Talkshow. Ich freue mich sehr darauf! Ich bin davon überzeugt, dass alles einwandfrei über die Bühne geht. Von den Gästen hat keiner abgesagt, die Einspielfilme liegen vor."

Im Studio 1 des Senders standen etwa 50 Menschen im Scheinwerferlicht und hörten dem Moderator zu. Ihnen war anzusehen, dass sie der Premiere entgegenfieberten.

„Ganz besonders begrüße ich die Kollegen der ‚Firma Projekt 3000', die dafür sorgen werden, dass technisch alles sauber über die Bühne geht."

Die fest angestellten Mitarbeiter von *Havel-TV* guckten trotzig zu Boden. Die Art und Weise, wie ihre Kollegen entlassen worden waren, hatten sie noch nicht verdaut.

„Eine Frage habe ich noch!“ Ein Mann im abgeschabten Anzug und Fliege hob den Finger. Der Regisseur. „Wann treffen die Gäste am Freitag ein? Es ist die erste Sendung. Wir haben noch wenig Erfahrung. Wir brauchen Zeit für Ton- und Lichtproben.“

„Völlig klar“, beruhigte Nehls. „Die Gäste treffen um Viertel vor sieben ein, gehen zuerst in die Maske und stehen euch dann zur Verfügung.“

„Und was ist, wenn es weiter schneit, wenn es einer von denen nicht rechtzeitig schafft?“ Nehls verwies auf einen Redakteur Mitte 20. Sebastian Kämmerer hatte die Gästebetreuung übernommen. „Dazu dürfte es nicht kommen“, sagte Kämmerer. „Nur die Leadsängerin der Band kommt von außerhalb. Die Gruppe gibt ein Konzert in München. Ihr Flugzeug landet aber schon gegen Mittag in Tegel. Alle anderen Gäste kommen aus Berlin. Um ganz sicher zu gehen, haben wir einen Fahrdienst eingerichtet. Falls jemand nicht mit dem eigenen Auto oder der U-Bahn kommen will, holen wir ihn ab.“ Das schien den Regisseur zu beruhigen.

Nehls schaute in die Runde. „Gibt es sonst noch Fragen zur Organisation rund um die Show?“

„Ja“, meldete sich ein Redakteur zu Wort, der auch im Betriebsrat aktiv war. Er klang beleidigt. „Ich habe gehört, dass es ein Buffet nach der Sendung gibt. Mit Champagner und so weiter. Ist das nur für die Hautevolee? Oder darf unsereins da auch teilnehmen?“

„Eigentlich ist das eine Entscheidung, die Chefredakteur Clement zu treffen hat. Der kommt aber erst übermorgen zur Premiere wieder in den Sender. Ich gehe mal davon aus, dass alle zugreifen dürfen.“

Gemurmel kam auf. Der Anschlag auf Udo Clement sorgte noch immer für Gesprächsstoff. Gerüchte waren hochgekocht. Schließlich pflasterten jede Menge Karriereleichen den Weg des Gorillas. Wer konnte zu so einer Tat fähig gewesen sein? Namen von entlassenen Mitarbeitern machten die Runde.

Eine studentische Hilfskraft teilte die Ablaufpläne aus. Nehls ging sie mit den Anwesenden Punkt für Punkt durch.

Pollock lächelte Michaela zu, die an einer Studiokamera lehnte. Er freute sich, als sie ihm durch Gesten klarmachte, dass sie unbedingt telefonieren sollten. Seit ihrem Anruf aus dem U-Bahn-Waggon vor zwei Tagen hatte er nichts mehr von ihr gehört. Diesmal wollte er das Handy anlassen, ihr vielleicht sogar mit einem Anruf zuvorkommen.

Immer wieder schaute sich Pollock nach Baranov um. Aber der Mann, der sich Andreas Semmler nannte, war nirgendwo zu sehen.

Und so konnte Baranov auch nicht mitbekommen, wie der Regisseur immer ungehaltener über die Mitarbeiter seiner Firma wurde. Das Deutsch vieler Kameramänner ließ zu wünschen übrig. Die Studenten, die sich probeweise auf die Gästehocker gesetzt hatten, mussten lange ausharren, bis der Regisseur der Studiocrew begreiflich gemacht hatte, welche Kamerapositionen er sich wünschte.

Die Probeaufnahmen liefen am Ende trotzdem hoffnungsvoll. Pollocks Filme wurden eingespielt. In der entschärften Form würden sie ihren ursprünglichen Zweck nicht erfüllen. Provoziert musste sich dadurch kein Gast fühlen. Pollock schaute ungeduldig auf die Uhr. Die Probe dauerte eine Stunde länger als geplant. So blieb keine Zeit mehr, nach Hause zu fahren und nach Alexander zu sehen. Der hatte es am Morgen nicht aus dem Bett geschafft. Ein Schüttelfrost war wohl das Vorspiel zu einer Grippe, die er sich wahrscheinlich beim langen Warten auf Anna am Vorabend eingehandelt hatte.

Endlich näherten sich die Proben ihrem Ende. Pollock spürte, dass jemand hinter ihm stand. „Junge, Junge, da habt ihr ja weder Kosten noch Mühen gescheut!" Rudi Hoßdorf legte seine Pranken auf Pollocks Schultern. Pollock drehte sich um und sah seine blitzenden Goldzähne. Hoßdorf sah nicht mehr ganz so umgepflegt aus wie bei seinem Besuch in Pollocks Wohnung. Wahrscheinlich war seine Angelika von ihrer Reise nach San Francisco zurückgekehrt.

„Für dich hoffe ich, dass das am Freitag ein Erfolg wird, für Clement hoffe ich auf ein Quotendesaster. Können wir dann los?"

Pollock hatte den alten Kollegen gebeten, ihn beim Einbruch in Anna Heyses Wohnung zu unterstützen, da Alexander ja arbeitsunfähig war. Von Pollock kurz über die neuesten Erkenntnisse zur Mauerleiche informiert, hatte Hoßdorf sofort zugesagt, froh darüber, zu Hause nicht Trübsal blasen zu müssen.

Mit Pollocks Renault fuhren sie Richtung Süden. Mit den neuen Winterreifen, die er nach dem Anschlag auf sein Auto hatte aufziehen lassen, fuhr es sich erheblich komfortabler. Die Heizung, die er bei dieser Gelegenheit ebenfalls reparieren ließ, lief so schnell heiß, dass Pollock und Hoßdorf fast ins Schwitzen gerieten.

„Ich habe noch mal über alles nachgedacht", sagte Hoßdorf und quetschte ein Pfefferminzbonbon aus einer Plastikverpackung. „Wir fragen uns doch, wie es Clement geschafft hat, damals sein Volontariat zu bekommen und im Sender so schnell aufzusteigen. Vielleicht hat Klüver damals davon gehört, dass Clement in dieser Sowjetunion-AG war. Und als ehemaliger Moskau-Korrespondent fand er das sympathisch."

„Robert Wessels hat uns erzählt, dass Clement nur selten in der Arbeitsgruppe war. Die Kultur des Landes hat ihn nicht sonderlich interessiert. Aber du hast Recht: Die Sowjetunion spielt bei der Aufdeckung des Mordfalls eine entscheidende Rolle."

„Und was erhoffst du dir nun von dem Bruch?“

„Ich muss diese Anna näher kennenlernen. Ich will zum Beispiel wissen, woher sie kommt. Was mich genau in der Wohnung erwartet – keine Ahnung. Die ganze Aktion kann auch ein Griff ins Klo werden.“

Pollock parkte den Wagen schräg gegenüber der S-Bahn-Station Zehlendorf. Der Wind heulte durch die Straße. Der Schnee auf dem Bürgersteig war im Laufe des Tages platt getrampelt worden. Eine Laterne beleuchtete die drei Stufen hoch zu Anna Heyses Haustür. Im Zimmer, das zur Straße lag, brannte Licht. Pollock und Hoßdorf fiel auf, dass die blonde Frau keine Lampe aufgehängt hatte. Das Zimmer wurde von einer Glühbirne beleuchtet.

Im Obergeschoss der Villa war es dunkel. Pollock hatte den Eindruck, dass es unbewohnt war.

„Wir sollten ein paar Schritte von hier entfernt warten“, riet Pollock und schob seinen Kollegen vom Haus weg. „Ist dir das auch aufgefallen? Sie hat weder Gardinen noch irgendwelche Pflanzen vor dem Fenster.“

„Für eine Frau ist das ungewöhnlich. Vielleicht ist sie gerade erst eingezogen“, brummte Hoßdorf. „Sag mal, die war doch schwanger. Wohnt ihr Kind eigentlich auch hier? Was ist mit dem Kind?“

„Rudi, das Kind ist inzwischen 30!“

„Ach, ja. Stimmt.“

„Trotzdem könnten wir ja mal im Telefonbuch nach dem Namen Heyse suchen. Aber da gibt es bestimmt unzählige.“

In diesem Moment wurde es in der Wohnung dunkel, durch die Glasscheiben der Haustür drang Licht. Es war 21:38 Uhr. Anna machte sich offenbar für ihre Fahrt nach Schöneberg bereit.

Pollock kam es vor wie eine Ewigkeit, bis sie aus der Haustür trat.

„Schau mal! Sie hat wirklich nur diesen einen Mantel", raunte Pollock seinem Kollegen zu. Die Frau starrte auf das Backsteinhaus gegenüber, atmete tief ein, als sei sie zum ersten Mal nach langer Zeit wieder an der Luft. Dann bewegte sie sich, ohne nach rechts und links zu schauen, Richtung S-Bahn-Station. Um sicher zu gehen, dass Anna wirklich wieder zum Fundort des Skeletts fuhr, hatte Pollock mit Karl-Heinz vom Imbiss eine Verabredung getroffen. Er sollte ihm eine SMS schreiben, sobald Anna in der Bautzener Straße ankam und sobald sie die Rote Insel wieder verließ. Der Imbissbesitzer war stolz wie Oskar gewesen, etwas zur Aufklärung des Verbrechens beitragen zu können.

„So", flüsterte Pollock seinem Kollegen zu. „Nach meiner Rechnung habe ich jetzt ungefähr 60 bis 70 Minuten Zeit. Falls irgendwas Unvorhergesehenes passiert, rufst du mich an. Versuch, die ganze Straße im Blick zu behalten. Und verhalte dich möglichst unauffällig, nicht dass die Nachbarn noch die Polizei rufen."

Um keinen Verdacht zu erregen, ging Pollock in aller Seelenruhe durch den Vorgarten, dann die drei Stufen zur Haustür hoch. Er wollte so tun, als sei er hier zu Hause. Er nahm seinen Dietrich aus der Manteltasche und erinnerte sich an das, was ihm ein Polizist unter dem Siegel der Verschwiegenheit beigebracht hatte. Es dauerte keine halbe Minute und die Tür war offen. Pollock stand in einem schmalen Flur. Er machte Licht. Links von ihm führte eine Holztreppe ins obere Stockwerk. Vom Flur gingen drei Türen ab. Alle hatten vornehm verzierte Messingbeschläge und golden glänzende Knaufe. Es roch nach Farbe und Lack. Pollock öffnete die Tür neben der Garderobe. Sie führte zu einer Toilette. Er versuchte es mit der Tür am Ende des Flurs. Sie war verschlossen. Aber der Schlüssel steckte. Er drehte ihn herum und sah in einen Raum, der etwa 30 Quadratmeter groß war. Sein Blick fiel auf einen Schlafsack, der vor ihm auf dem Holzfußboden lag. Anna hatte sich hier also nur provisorisch eingerichtet. Vielleicht bis von irgendwoher ihre Möbel kamen? Die Frau musste hart im Nehmen sein, wenn sie ohne Matratze auf dem Boden schlief.

Pollock zog sich im Flur die Stiefel aus, dann schlich er auf Socken in das Zimmer. Ein Lichtstrahl fiel vom Flur aus herein. Das musste reichen. Pollock stand eine Minute regungslos in der Mitte des Raums, wartete, bis seine Augen sich an die Finsternis gewöhnt hatten. Gleich neben der Tür entdeckte er eine Kochnische. Das wenige Geschirr, das hier stand, war sauber: Ein kleiner verbeulter Kochtopf, eine Tasse, ein Teller. Dann fiel Pollock der Fernseher ins Auge. Er stand auf einer Holzkiste zwischen zwei Fenstern – alles andere, ein Stuhl, ein blauer Lederkoffer, ein Fernglas, gruppierte sich drum herum, als sei das Gerät der Mittelpunkt in Anna Heyses Leben. Pollock ging um den Fernseher herum, entdeckte einen Videorekorder. Seltsam. Verfolgte diese Anna am Fernseher, wie es um die Aufklärung des Mordes stand? Und wozu das Fernglas? Zur Beobachtung des Tatortes in der Bautzener Straße hatte sie es nicht mitgenommen.

Pollock hustete. Hatte er sich bei Alexander angesteckt? Nein. Er hatte den Staub eingeatmet, der im ganzen Raum verteilt war. Die Wohnung war offenbar vor nicht allzu langer Zeit renoviert worden. Warum hatte danach niemand durchgewischt? Die kleine Tür, die vom Raum abging, führte zu einem Badezimmer, das vergleichsweise groß war. Weiße, mit einem Goldrand versehene Kacheln waren ein Hinweis darauf, dass viel Geld in diese kleine Villa gesteckt worden war. Auf einer Anrichte stand ein schmaler schwarzer Kulturbeutel, aus dem der Kopf einer Zahnbürste ragte. Ein Stück Seife lag neben dem Wasserhahn – Pollock entdeckte nichts Auffälliges. Er ging zurück ins Zimmer. Langsam hatten sich seine Augen an die Dunkelheit gewöhnt. Der Deckel des Koffers war aufgeklappt. Pollock sah zwei Höschen und einen BH. Über dem Stuhl lagen Hose, Sweatshirt und Bluse. Alles andere schien Anna am Leib zu tragen.

Pollock blickte aus dem Fenster. Er sah Hoßdorf, der sich eine Zigarre angezündet hatte und hastig den Rauch inhalierte.

Pollock ermahnte sich, kein Detail im Zimmer zu übersehen. Unter dem Stuhl entdeckte er ein Stück Bindfaden. Pollock kniete sich auf den Boden. Er sah Papier, Blätter, die einmal zusammengeschnürt worden waren. Bevor er nach den Papieren griff, prägte er sich ein, an welcher Stelle sie lagen. Erst dann holte er sie hervor. Es waren Briefe. An den Rändern graue Fingerabdrücke. Pollock hatte den Eindruck, als seien sie zahllose Male gelesen worden. Die Schrift war klein und schnörkellos. Alle Briefe begannen mit derselben Überschrift: *Liebste Anna.* Jetzt bestand also gar kein Zweifel mehr: Pollock befand sich in der Wohnung von Anna Heyse. Noch einmal schaute Pollock auf die Uhr. Es war kurz vor 22 Uhr. Er hatte vielleicht noch etwa eine halbe Stunde Zeit. Hoßdorf würde sich draußen in der Kälte noch ein wenig gedulden müssen. Pollock zählte durch. Es waren neun Briefe. Als Pollock die Daten las, spürte er, wie es in seiner Brust pochte. Alle Briefe stammten aus dem Jahr 1981. Als Pollock sah, wer sie unterschrieben hatte, zitterten seine Hände. *Ein Kuss von Berlin nach Madrid. Frank.*

Er begann zu lesen, verschlang die Schriftstücke und spürte wie sein Atem von Brief zu Brief schneller wurde. Zwischendurch kam eine SMS von Karl-Heinz: „Anna ist hier angekommen. K.H." Pollock hatte mehr als die Hälfte der Briefe gelesen, da schreckte ihn erneut das Klingelzeichen seines Handys auf. Hoßdorf.

„Was machst du da in Gottes Namen so lange? Ich bin nervös! Mir ist kalt!"

„Hol den Wagen und überleg, wo der nächste Copyshop ist.

Mach schnell", antwortete Pollock und beendete das Gespräch. Er las den letzten, den entscheidenden Brief:

Berlin, 26. November 1981

Liebste Anna,

ist doch egal, ob die uns nun abgehört haben oder nicht. Sollen sie doch, dann wissen sie wenigstens, daß ich nicht mehr mitmache. Unser Gespräch hat mir gutgetan. Es war so schön, Deine Stimme am Telefon zu hören!

Ich habe heute Morgen noch mal einen langen Spaziergang gemacht und alles durchdacht. Ich finde, ich muss etwas unternehmen, bevor ich wegen Boris und Udo in Schwierigkeiten komme. Stell dir vor, ich bin Vikar, habe Frau und Kind, und dann kommt raus, dass ich mich mit einem sowjetischen Spion eingelassen habe. Die stecken mich doch in den Knast!

Und in die von Udo vermittelte Wohnung können wir auch nicht einziehen, so schön die auch ist. Anna, es hilft alles nichts, wir müssen noch eine Weile in der Bautzener Straße bleiben. Jetzt, wo Gernot und Andreas ausgezogen sind, ist es hier Gott sei Dank nicht mehr ganz so nervig. (Ich habe übrigens gehört, dass die beiden jetzt in der Yorckstraße wohnen. Mit Autonomen zusammen.) Ich habe mir gerade mal Gernots Zimmer angeschaut. Die Möbel für das Baby würden reinpassen.

Gestern sind hier zwei Studenten aus Marburg eingezogen. Die machen einen ganz vernünftigen Eindruck. Sie sind dafür, mit dem Senat zu verhandeln. Sie sagen, wir sollten das Haus nach und nach instand setzen und zeigen, daß uns wirklich etwas daran liegt, einen Abriß zu verhindern. Das sind ganz neue Töne.

Anna, ich habe Angst vor dem, was mir gleich bevorsteht. Ich habe mich mit Udo für heute Abend, sieben Uhr verabredet. Der wollte mich erst abwimmeln. Er habe keine Zeit, das Volontariat sei anstrengend, außerdem müsse er noch Umzugskisten auspacken. Mir ist inzwischen klar, wie er sich seine noble neue Wohnung leisten kann. Von seinen Eltern hat er das Geld bestimmt nicht. Die haben nämlich, wie ich inzwischen erfahren habe, einen kleinen, nicht sehr gut laufenden Maurerbetrieb. Udo hilft da manchmal aus, weil sein Vater Rheuma hat.

Wie dem auch sei. Udo klang jedenfalls am Telefon total genervt und wollte wissen, was los ist. Das könne er sich doch denken, habe ich geantwortet. Udo war irritiert, versprach aber gleich vorbeizukommen.

Ich kann mich noch genau daran erinnern, wie mich Udo vor etwa einem Jahr nach einem Gemeindeabend auf dem Weg zur U-Bahn angequatscht hat. Er rümpfte die Nase über die Mitglieder der SU-AG. Niemand von denen wisse, wie es den Menschen in der Sowjetunion wirklich gehe, wie die lebten und dächten. Nur er, Udo, habe Kontakte zu Russen. Udo erzählte von seinem Freund Boris, einem Angehörigen der sowjetischen Botschaft in Ost-Berlin. Seit er Boris kenne, sehe er die Sowjetunion mit ganz anderen Augen. Die Menschen dort litten noch immer unter den Folgen des Zweiten Weltkriegs, sie sehnten sich nach einem dauerhaften Frieden mit dem Westen.

Anna, wie naiv war ich, dass ich auf dieses Gelaber reingefallen bin! Als Udo vorschlug, mich mit Boris bekannt zu machen, freute ich mich. Zumal mir Udo noch Honig um den Bart schmierte: Er biete das nicht jedem an. Aber ich sei jemand, der intelligent und frei von Vorurteilen sei.

Jetzt fragt man sich natürlich: Was waren die wahren Gründe für Udo, mich anzusprechen? Ich glaube, die sind mir inzwischen klar: Kannst Du Dich an den Semesterbeginn vor einem Jahr erinnern? Alle Gemeindemitglieder saßen im Kreis. Jeder sollte sich vorstellen, von seinem Studium und seinen Zukunftsplänen erzählen. Seither weiß Udo, dass ich Theologie studiere, nach dem Vikariat aber nicht als Gemeidepfarrer, sondern als Referent in der Kirchenverwaltung arbeiten will. Das heißt, ich werde irgendwann mal engen Kontakt zum Bischof haben. Und genau solche Kontakte sind für Boris und seine Leute Gold wert!

Ich habe lange überlegt, ob ich unseren Pfarrer über Udos Kontaktvermittlungen informieren soll. Auf der anderen Seite will ich niemanden denunzieren. Ich warte erst mal ab, wie das Gespräch mit Udo gleich verläuft.

Wahrscheinlich rastet er total aus, wenn ich mit dem Verfassungsschutz drohe. Dabei geht es mir eigentlich nur um Boris. Wenn mir Udo verspricht, die Studenten zukünftig in Ruhe zu lassen, werde ich ihn und seine Machenschaften aus dem Spiel lassen.

So, jetzt gehe ich zum Briefkasten. Das ist noch mal eine Möglichkeit, mir die Beine zu vertreten vor dem unangenehmen Gespräch. Auf die Seminararbeit kann ich mich nicht konzentrieren, obwohl die Gelegenheit heute günstig wäre, intensiv daran zu arbeiten. Die beiden neuen Mitbewohner holen ihre letzten Sachen aus Marburg. Die drei Politikstudenten von ganz oben sind bei einem Colloquium irgendwo in der Lüneburger Heide. Es ist also herrlich still hier.

Anna, ach, wärst Du doch jetzt hier bei mir!
Ich liebe Dich sehr!
Dein Frank

Wie in Trance faltete Pollock den Brief zusammen. Die anderen acht Exemplare hatte er in seine Manteltasche gesteckt. Pollock fügte in Gedanken alle Details, die er bisher gesammelt hatte, mit den neuen Informationen zusammen. Das Ergebnis: Eine West-Berliner Mauertragödie. Clement hatte – wahrscheinlich wie so manch anderer Student – für den sowjetischen Geheimdienst gespitzelt und dem KGB weitere Kommilitonen zugeführt.

Pollock malte sich aus, was an jenem 29. November 1981 ab 19 Uhr passiert war. Er stellte sich Frank und Udo Clement vor. Sie saßen in Franks Zimmer. Udo war vielleicht früher zur Bautzener Straße geeilt als verabredet, um die Sache schnell hinter sich zu bringen. Pollock sah Frank vor sich, wie er Udo Clement mit leicht zittriger Stimme klar machte, dass er die Treffen mit Boris Baranov beenden wollte, dass Spionagetätigkeit nicht mit seinem Gewissen vereinbar sei, dass er nach langen Überlegungen zu dem Schluss gekommen sei, die zuständigen Behörden über Baranov zu informieren. Udo könne sich aber darauf verlassen, dass sein Name nicht falle.

Aber Pollock sah noch etwas anderes vor sich: Er sah die gefährlich funkelnden Augen Clements, hörte sein Gorillaschnauben. Er ahnte, was dem jungen Udo Clement damals durch den Kopf gegangen sein musste: du moralinsaures Arschloch. Du wirst mich nicht daran hindern, meinen Weg zu gehen. Und dieser Weg führt nach ganz oben. Ich, der Sohn einfacher Handwerker, habe keine Lust, wie mein Vater Steine zu schleppen und mir meine Hände mit Dreck und Zement schmutzig zu machen. Aber ich habe auch keinen Bock, mich während des Studiums durch Bücher und Vorlesungen zu quälen. Stattdessen setze ich auf Seilschaften, lerne Leute kennen, die mir helfen. Und dann spielen irgendwelche Studienabschlüsse oder berufliche Qualifikationen keine Rolle mehr.

Vielleicht zwang sich Clement am Ende der Unterredung dazu, die Nerven zu bewahren. Vielleicht bot er Frank an, die Sache bei einem Glas Wodka noch mal in aller Ruhe zu besprechen. Nach Pollocks Vorstellung verließ Udo irgendwann Franks Wohnung und informierte Baranov. Oder hatte Clement selbst die Waffe auf Frank gerichtet? Pollock kam nicht mehr dazu, darüber nachzudenken, denn es erreichte ihn erneut eine SMS von Karl-Heinz: „Anna ist auf dem Weg zur S-Bahn. K.H."

Pollock hastete aus der Etagenwohnung ins Freie. Hoßdorf lehnte an der Fahrertür des Renaults und sah sorgenvoll auf die Uhr. Sie hatten vielleicht noch etwa zwanzig Minuten Zeit. Hoßdorf hatte per Telefon einen Copyshop im nahen Steglitz ausfindig gemacht, der bis 24 Uhr geöffnet hatte. Der Renault schlug sich bei Wind und Wetter hervorragend, der Copyshop war so gut wie leer und Pollock gelang es, die Briefe rechtzeitig unbemerkt unter den Stuhl in Annas Wohnung zurückzulegen.

„Puh“, entfuhr es Hoßdorf, als Pollock wieder zu ihm in den Renault stieg und Anna, stoisch geradeaus schauend, an ihnen vorbei zum Eingang der Stadtvilla ging. „Dass meine Karriere als Journalist mit so einem Skandal enden würde, hätte ich mir nicht träumen lassen.“ Pollocks Kollege hatte auf der Fahrt zum Copyshop die Briefe kurz überflogen. „Jetzt wissen wir's: Clement geht über Leichen – nicht nur im übertragenen Sinn.“

„Wir müssen jetzt genau überlegen, wie es weitergehen soll“, sagte Pollock.

„Martin“, hob Hoßdorf an. „Mach jetzt keinen Scheiß. Schalte die Polizei ein. Oder wenigstens erst mal den dicken Janowski.“

Pollock überlegte: Janowski einzuschalten, würde bedeuten, kurz vor dem Ende der Nachforschungen aufzugeben. Pollock aber war stolz auf seine Exklusivinformationen wie auf ein neugeborenes Baby. Und ein Neugeborenes schob man schließlich auch nicht so einfach ab. Doch Hoßdorf hatte Recht. Schließlich konnte er Clement nicht festnehmen. Das war immer noch Sache der Polizei.

„Na gut.“

Hoßdorf schaute erleichtert, als Pollock zustimmte. „Janowski ist ein vertrauenswürdiger Kollege. Der rennt nicht gleich zum zuständigen Ermittler. Wir setzen uns mit ihm zusammen und beraten, was zu tun ist. Ruf ihn an. Am besten gleich.“

Mit greisenhafter Langsamkeit bewegte sich Pollocks rechte Hand zum Handy, als wolle er seinem Kopf noch die Gelegenheit geben, sich ein Gegenargument auszudenken. Er wählte Janowskis Nummer.

Kapitel 37

Polizeisprecher Janowski hatte Pollock und Hoßdorf beim Pförtner angemeldet, der sie mit einem vorwurfsvollen Blick auf die Uhr passieren ließ. 23:20 Uhr! Offenbar hielt er es für ein Unding, dass jetzt schon in der Nacht die Pressemeute im Präsidium einfiel. Als Pollock und Hoßdorf im vierten Stock aus dem Aufzug traten, blieben sie verwundert stehen. Ganz am Ende des Ganges zeichnete sich ein überdimensionaler Hintern ab, der sich, in einer Wasserlache hockend, mal nach links, mal nach rechts bewegte. Als die beiden näher traten, drehte sich ein verschwitzter Wolfgang Janowski zu ihnen um.

„Es ist zum Kotzen", bellte er. „Den ganzen Abend über ist der Schnee hier reingeweht. Tut mir leid, aber manchmal glaube ich, die Sekretärin des Präsidenten ist nur wegen ihrer Titten hier eingestellt worden. Tausendmal haben wir der gesagt, sie soll das Flurfenster zumachen, sobald sie den Laden verlässt." Janowski wrang noch einmal das Putztuch über einem Plastikeimer aus, dann stemmte er sich hoch und wischte seine Pranken an der ohnehin schon nassen Hose ab. Er gab beiden die Hand und zeigte auf die offene Bürotür neben sich. „Da geht's rein."

Als Janowski sich auf seinen schweren Drehstuhl fallen ließ, hatte sich seine Laune wieder gehoben. Er musterte die beiden Besucher neugierig.

„Was gibt's denn so Dringendes, ihr beiden?"

Hoßdorf zeigte auf Pollock.

„Herr Janowski, vor ziemlich genau vier Wochen ist die Leiche in der Bautzener Straße gefunden worden. Wie weit sind Sie mit Ihren Ermittlungen?"

Janowski lehnte sich zurück, ein Zeichen dafür, dass er bereit war, weit auszuholen.

„Alles, was ich euch jetzt erzähle, bleibt in diesem Raum."

„Wolfgang!" Hoßdorf klang beleidigt.

„Also gut. Die Ermittlungen hat Kriminalhauptkommissar Seiler übernommen. Seiler ist gerne in den Schlagzeilen, weil er im kommenden Jahr einen hohen Posten in Potsdam übernehmen will. Munkelt man. Er bedient die Medien vorzüglich. In diesem Fall war ihm schnell klar, dass eine etwa dreißig Jahre alte Leiche auf Dauer niemanden aufregt. Ihr wisst selbst, euer Geschäft ist kurzlebig. Außerdem haben die Leser der Boulevardpresse immer noch wenig Sympathie mit Hausbesetzern, egal, ob tot oder lebendig. Mitleid mit dem Toten kann man vergessen."

Pollock schwante Schlimmes. „Jetzt sagen Sie nicht, die Ermittlungen wurden eingestellt."

„Nein, das nicht. Aber Sie werden auch nicht mit großem Eifer vorangetrieben. Für Seiler stand vom ersten Tag an fest, dass der Tote das Opfer einer Auseinandersetzung zwischen den Hausbesetzern war. Formal hat Seiler alles getan, was er tun musste: Er ließ die Vermisstenanzeigen aus der Zeit durcharbeiten, er veranlasste eine DNA-Analyse, es wurde versucht, die damaligen Bewohner des Hauses ausfindig zu machen, was schwierig war."

„Wieso war? Haben Sie jetzt jemanden?"

„Ja. Zwei Personen haben wir. Seit gestern Abend." Janowskis Finger huschten über die Computertastatur. „Der eine heißt Gernot Wehler, der andere Andreas Weferich. Sie konnten sich daran erinnern, dass 1981 einer ihrer Mitbewohner spurlos verschwunden war. Zu diesem Zeitpunkt aber hatten die beiden angeblich nicht mehr in der Bautzener Straße gewohnt. Sie waren umgezogen in ein anderes besetztes Haus. Wehler und Weferich hatten aber noch Kontakte in die Bautzener. Dort war vermutet worden, die vermisste Person sei ins Ausland gereist. Denn ein Koffer war weg. Bei dem Vermissten handelte es sich laut Wehler und Weferich um einen gewissen Frank. Nachname unbekannt. Ihr wisst, die nannten sich damals alle nur beim Vornamen. Die Zeugenbefragungen laufen noch. Gernot Wehler konnte sich daran erinnern, dass im Keller eine Mauer frisch zementiert worden war, als er noch einmal vorbeischaute, um ein paar Sachen zu holen. Da es sich um einen feuchten, äußerst baufälligen Keller gehandelt hatte, war er davon ausgegangen, dass da irgendjemand ein bisschen was ausgebessert hat. Klingt erst mal glaubwürdig."

„Es ist glaubwürdig", verbesserte Pollock den Polizeisprecher.

Janowski schaute Pollock an, als bezweifle er keine Minute, dass der Reporter mehr herausbekommen hatte als seine Kollegen. Pollock warf die Fotos der Gemeindemitglieder auf den Schreibtisch. Zu oberst lag das Foto, das Beate Oppitz ihm gezeigt hatte. Janowski griff danach.

„Und?"

„Mit den Hausbesetzungen hatte der Mord nichts oder nur ganz am Rande zu tun. Auf diesen Fotos sind Mitglieder einer evangelischen Studentengemeinde. Es geht um diese Gemeinde und ihre Kontakte zur damaligen Sowjetunion. Das ist der Schlüssel zur Lösung des Falls."

Pollock fixierte Janowski erwartungsvoll. Der nahm die Information erstaunlich gelassen entgegen. Pollock begann, von seinen Erkundungen zu berichten, zitierte entscheidende Passagen aus den Briefen Franks. Ab und an meldete sich Hoßdorf zu Wort – meist dann, wenn Pollock gefährliche Situationen nicht dramatisch genug schilderte.

„Der Junge hat sich in Gefahr begeben und den Fall im Prinzip aufgeklärt. Jetzt seid ihr dran", machte Hoßdorf den Sack zu.

Janowski schwieg immer noch. Schließlich sagte er: „War das alles?"

Pollock nickte.

Janowskis Mine hellte sich auf. „Dass der Clement Dreck am Stecken hat, habe ich immer schon geahnt. Dieser Dünnbrettbohrer! Ich darf so was eigentlich nicht sagen, aber in diesem Fall freue ich mich auf seine Festnahme."

„Wir wollten Sie fragen, was jetzt am besten zu tun ist", sagte Pollock. Janowski stand auf, schleppte sich zum Fenster, zündete sich eine Zigarre an und blickte in die Dunkelheit. Er atmete ruhiger als sonst und strich sich zufrieden mit der Hand über sein rötlich glänzendes Haar.

„Wie lange kennen Sie Clement eigentlich schon", fragte Pollock.

„Schon lange." Janowski drehte sich nicht um. „Der Typ bringt durch seine ungehobelte Art den Journalismus in Verruf. Für euren Sender, ja, für die ganze Stadt, ist es gut, dass er bald weg ist."

„Schön, dass du noch Hoffung hast", sagte Hoßdorf resigniert. „Die Sache ist nur die: Wenn Clement weg ist, kommt das nächste Arschloch. Dann spielen vielleicht Beziehungen zu irgendeiner Sekte eine Rolle oder, wie so oft, zu Parteien."

Janowski hatte keine Lust, sich die Laune verderben zu lassen. „Wie steht es um Clement? Ist er bei der Talkshow-Premiere dabei?"

„Ja, alle rechnen damit, dass er kommt", antwortete Pollock.

„Dann erfolgt die Festnahme am besten nach der Sendung!"

„Warum das?", fragte Hoßdorf.

„Ich kann das nicht entscheiden, aber ich bin sicher, dass Seiler das so anordnen wird. Überlegt doch mal. Mit diesem Russen ist nicht zu spaßen. Der und seine Leute würden es mitbekommen, wenn wir Clement jetzt sofort hochgehen ließen. Schlagen wir nach der Sendung zu, haben wir die Chance, diesen Baranov, alias Semmler, gleich mit einzubuchten. Der ist doch am Freitag sicher dabei, oder?"

„Keine Ahnung", antwortete Pollock. „Er lässt sich selten in der Öffentlichkeit sehen."

„Nur in Puffs", ergänzte Hoßdorf schelmisch.

„Und noch einen Vorteil hätte das Ganze", fuhr Janowski fort. „Die Kollegen von der Presse schaffen es nicht mehr, den Skandal in die Samstagszeitungen zu bekommen. Und Sie, Herr Pollock, haben die Möglichkeit, in den Mittagsnachrichten mit einer Exklusivgeschichte herauszukommen. Sie berichten über die Festnahme Ihres eigenen Chefredakteurs. Wunderbar!"

„Auch wenn viele Indizien dafür sprechen – noch wissen wir nicht mit hundertprozentiger Sicherheit, dass es Clement war", belehrte Pollock den Polizeisprecher.

„Da verwette ich aber meinen Arsch drauf."

„Unklar ist auch noch, wer Clement angeschossen hat."

„So wie ich den kenne, hat der einen Killer engagiert, um von sich als Täter abzulenken."

„Quatsch, Wolfgang!" Hoßdorf ging es wie Pollock. Ihm ging der kindisch feixende Janowskis allmählich auf die Nerven. „Viel wahrscheinlicher ist doch, dass es Baranov oder mögliche Hintermänner waren. Oder diese Anna!"

„Ja, vielleicht war es diese Anna", murmelte Janowski. „Aber das werden die weiteren Ermittlungen ergeben. Die Briefe reichen erst mal, um Clement zu überführen. Und die Freude auf morgen Abend, 21:30 Uhr, lasse ich mir von euch nicht nehmen." Und damit ließen Pollock und Hoßdorf den gut gelaunten Janowski allein.

Pollock hatte seinen Renault nur wenige Meter vom Polizeipräsidium entfernt geparkt. Als sie im Auto saßen, ließen sie das Gespräch noch einmal Revue passieren.

Pollock hatte ein ungutes Gefühl. Eine dunkle Stimme in der letzten Ecke seines Gehirns sagte ihm, dass er in der letzten halben Stunde an der Nase herumgeführt worden war. Er versuchte, seine Gedanken zu ordnen.

„Irgendwas muss zwischen Clement und Janowski vorgefallen sein. Ehrlich gesagt, finde ich es merkwürdig, wie abschätzig er dauernd über unseren Chefredakteur redet. Unverblümt. Und das in seiner Funktion als Pressesprecher. Eigentlich gehört sich das nicht."

„Da hast du sicher Recht", antwortete Hoßdorf. „Auf der anderen Seite hat Clement den Wolfgang immer behandelt wie den letzten Dreck. Clement hat Janowski zu verstehen gegeben, dass ein Polizeisprecher nicht mehr als das Sprachrohr des Polizeipräsidenten ist. Das hat Janowski verletzt. Zumal Wolfgang weiß, dass er unserem Chefredakteur journalistisch haushoch überlegen ist."

Pollock und Hoßdorf wussten nicht, was sie mit der angebrochenen Nacht anfangen sollten.

Pollock blickte auf die Straße vor sich. Ein Dutzend Taxen standen Stoßstange an Stoßstange am gegenüberliegenden Bürgersteig. Die Fahrer warteten auf weibliche Teenager, die gegen 1 Uhr die Clubs in der Gegend verließen und nach Hause fahren wollten. Das Viertel rund ums Präsidium war in den zurückliegenden Jahren zu einer der Partymeilen Berlins geworden. Es lag verkehrsgünstig. Eine der schnellsten U-Bahn-Linien schlängelte sich überirdisch durch den Stadtbezirk.

Von Hoßdorf war bald nur noch ein leises Schnarchen zu hören. Sein alter Kollege war eingeschlafen. Im Auto war es warm. Pollocks Augenlider wurden schwer. Auch er wäre eingenickt, wenn die Geräusche um ihn herum nicht gewesen wären. Geräusche, die ihm bekannt vorkamen. Pollock schüttelte die Müdigkeit ab und schaute nach rechts aus dem Beifahrerfenster hinaus: Ein braungebranntes Muskelpaket stand vor der

Stahltür eines Clubs und musterte jeden, der Einlass begehrte. Wenn ein Besucher den Laden verließ, wählte der Türsteher einen der jungen Leute aus der Warteschlange aus und gab den Weg zur Eingangstür frei. Musikfetzen drangen an Pollocks Ohr, sobald sich die Tür öffnete. Kurz darauf hörte Pollock, wie sich eine U-Bahn quietschend in die Kurve legte. Keine zehn Meter vom Club entfernt stand eine Telefonzelle, in der zwei Jugendliche lachend den Hörer auf die Gabel donnerten. Ja, es gab keinen Zweifel. Von hier aus hatte der anonyme Anrufer telefoniert. Und Pollock war sicher, dass er nun wusste, wer es war. Den Tonfall des Anrufers konnte er jetzt eindeutig zuordnen. Pollock rammte Hoßdorf den Ellenbogen in die Seite. „Komm, steig aus!"

Kapitel 38

Pollock und Hoßdorf gelang es gerade noch, Janowski im Präsidium abzufangen. Der Pressesprecher hatte eben seine Bürotür abgeschlossen und wollte zum Aufzug gehen, als die beiden ihm entgegenkamen. Janowski schaute betreten, als ahnte er, was ihm nun bevorstand. „Weiß du, was du bist? Ein Arschloch!", schimpfte Hoßdorf, packte den Dicken kurzerhand am Arm und zerrte ihn wie einen Schwerverbrecher aus dem Präsidium. Während der Autofahrt zu Hoßdorfs Stammkneipe schwiegen die drei Männer sich an.

Die Kneipe war so gut wie leer. Ein Mann mittleren Alters in schwarzer Lederjacke und mit fettigen, nach hinten gekämmten Haaren saß an der Theke und brabbelte vor sich hin, während sich der Wirt über ein Sudokuheft beugte. Pollock, Hoßdorf und Janowski suchten sich einen Tisch in der hintersten Ecke des Lokals.

„Was hast du dir eigentlich dabei gedacht", fauchte Hoßdorf den Pressesprecher an, sobald die Männer Platz genommen hatten. „Bist du wahnsinnig geworden? Du hast den Jungen in Gefahr gebracht! Der könnte jetzt tot sein! Warum rufst du bei Martin zu Hause an? Anonym! Tritt doch lieber deinen Leuten in den Hintern, damit sie Clement hinter Gitter bringen. Und überhaupt: Woher wusstest du, dass er was mit dem Mord zu tun hat?"

Janowski saß auf seinem Stuhl wie ein nasser Sack. Der Glanz in seinen Knopfaugen war erloschen. Sein Oberkörper drehte sich zu Pollock, er selbst wich dessen Blick aber aus. „Zeigen Sie mir noch mal Ihre Fotos." Pollock legte die Kopien auf den Tresen. Janowski deutete auf die Gruppe von jungen Leuten, die 1981 gegen Häuserräumungen demonstriert hatte. „Sehen Sie den da?" Pollock und Hoßdorf beugten sich vor. Sie sahen den jungen Mann, der das selbst gemalte Verbotsschild mit dem durchgestrichenen Polizisten hochhielt. „Das bin ich." Pollock staunte: Der Polizeisprecher mit Vollbart und knallroter Latzhose!

„Jetzt sagen Sie nicht, Sie waren auch in dieser Gemeinde."

„Nein. Ich habe mit Clement studiert. Politikwissenschaft. Wir haben uns im Erstsemestercolloquium kennengelernt. Er quatschte viele seiner Kommilitonen einfach so an. Auch mich. Irgendwann erzählte mir Clement, dass er Mitglied bei den Studierenden Protestanten sei. Ihr müsst wissen, dass die Gemeinde damals viel von sich Reden gemacht hat. Die haben zu vielen aktuellen politischen Themen eine Podiumsdiskussion veranstaltet. Viele Prominente nahmen die Einladung an, weil sie sicher sein konnten, dass es bei den Veranstaltungen immer fair zuging."

„Komm zur Sache", maulte Hoßdorf.

„Ich muss ein wenig ausholen, damit ihr kapiert, wie das damals war. Ich begleitete Clement zu einer Podiumsdiskussion zum Thema Hausbesetzungen. Ich war schon mit 16 aus der

Kirche ausgetreten, fand aber die Gemeindemitglieder ganz sympathisch. Mit vielen kam ich sofort ins Gespräch. Weil ich zu der Zeit mit dem Schreiben von Zeitungsartikeln mein Studium finanzierte, blieb kaum Zeit, an den Arbeitsgruppen teilzunehmen. Aber bei manchen Aktionen, wie den Protesten gegen die Häuserräumungen, war ich dabei."

„Und wann kommt die Pointe?" Hoßdorf machte eine antreibende Handbewegung.

„Langsam, langsam. Also: Ende 1980 schrieb ich für den *Abend* – eine Zeitung, die leider ein paar Monate später dichtgemacht wurde – eine Reportageserie über die Pflege und Instandhaltung von Kriegsgräbern. Mir gelang es, Angehörige von Wehrmachtssoldaten ausfindig zu machen, die mir erzählten, warum ihnen die Gräber wichtig waren. Sie zeigten mir Briefe der Soldaten, Fotos von Fronturlauben ... Für meine Artikel bekam ich gleich zwei renommierte Journalistenpreise. Die Verleihung wurde sogar in der *Abendschau* gezeigt. Ich war unglaublich stolz. Und ich merkte, wie mein Ansehen in der Gemeinde stieg. Viele der Mitglieder wollten Journalisten werden. Ebenso viele hatten aber noch keine Zeile geschrieben, geschweige denn veröffentlicht."

„Ich langweile mich." Hoßdorf wandte sich demonstrativ von Janowski ab und nahm einen tiefen Schluck aus seinem Pilsglas.

„Eines Tages sprach mich Clement an. Er habe einen Freund aus der Sowjetunion. Der habe meine Reportagen gelesen und sei ganz begeistert gewesen. Kriegsgräber seien auch in der Sowjetunion ein Thema. Ob ich den Mann mal treffen wolle."

„Jetzt wird's spannend", sagte Pollock. „Haben Sie das Angebot angenommen?"

„Ja. Weil ich eitel war. Wer hört nicht gerne, dass er spannende Artikel schreibt?"

„Sie haben also Baranov getroffen?"

„Ja, einmal."

„Nur einmal?"

„Ja. Schon beim ersten Treffen spürte ich, dass es diesem Baranov nicht um meine Artikel ging. Er plauderte mit mir über dies und das und wollte offenbar Freundschaft mit mir schließen. Gleich beim ersten Treffen. Das kam mir komisch vor."

„Das heißt, du hast sofort gemerkt, dass dir da ein KGB-Mann gegenüber saß", fragte Hoßdorf provozierend.

„Nein, natürlich nicht. Mich hat seine kumpelhafte Art gestört. Wie soll ich das sagen? Ich mochte ihn einfach nicht. Irgendwie schien mir der Typ nicht koscher zu sein."

„Wie ging es dann weiter?", drängte Pollock.

Janowski nippte zum ersten Mal an seinem Bierglas. „Baranov wollte sich ein zweites Mal mit mir verabreden, aber ich hielt ihn mit Ausreden hin. Es kam zu keinem weiteren Treffen."

„Und Clement? Hat der Sie nicht noch mal auf seinen Freund angesprochen?", fragte Pollock.

„Nein."

„Aber die Geschichte geht doch noch weiter, oder?"

„Ja. Es vergingen einige Wochen. Es war irgendwann im Sommer 1981. Meine Eltern hatten mich in Berlin besucht. Immer, wenn sie da waren, luden sie mich zum Essen ein. In ein Restaurant meiner Wahl. Irgendjemand aus der Gemeinde gab mir den Tipp, es einmal mit einem Italiener in Wilmersdorf zu versuchen. „Tebaldi" hieß der. Den gibt's heute noch. Ich kann mich erinnern, dass ich mich einen Moment lang gewundert hatte, weil das ja ein ausgesprochenes Nobellokal ist. Da sich mein Vater aber spendabel zeigte, gingen wir hin. Ich trat mit meinen Eltern in das Lokal und schlenderte schnurstracks durch den Speiseraum. In einer Ecke, verdeckt durch ein großes Aquarium, entdeckte ich drei bekannte Gesichter."

„Lassen Sie mich raten", sagte Pollock. „Das waren Udo Clement, Frank und Baranov."

„Sie sagen es. Ich erschrak, als ich sie sah. Die drei bemerkten mich nicht. Sie lachten über irgendeinen Witz, den Baranov gemacht hatte. Mit Müh und Not konnte ich meine Eltern überreden, das Lokal zu wechseln."

„War Ihnen danach klar, was es mit diesen Treffen auf sich hatte?", fragte Pollock.

„Ich ahnte, dass da etwas faul war. Letzte Gewissheit bekam ich während einer Geburtstagsparty. Eingeladen hatte ein Mitglied der Studentengemeinde. Auch Frank Kollwitz war da. Udo Clement übrigens nicht, den konnte schon damals niemand leiden."

„Frank Kollwitz hieß der also", warf Pollock ein. „Jetzt haben wir endlich auch mal den Nachnamen. Erzählen Sie weiter."

„Während dieser Party erläuterte uns ein gewisser Dirk, der, wie ich, Politik studierte, wie die Stasi versuchte, westdeutsche Jugendliche anzuwerben, und wie sie es schaffte, sie zu Spionen aufzubauen."

„Das hat Frank in einem seiner Briefe an Anna erwähnt. Wie hat denn Frank reagiert, als dieser Dirk davon erzählte?", wollte Pollock wissen.

„Ich kann euch nicht beschreiben, wie entsetzt der arme Kerl geguckt hat. Der war den Rest des Abends kaum mehr ansprechbar. Das war für mich der Beweis, dass Frank nicht klar gewesen war, was da gerade mit ihm passierte, in was für eine Geschichte er da verwickelt worden war."

„Und dann verschwand Frank plötzlich ..."

„Ja. Von jetzt auf gleich. Niemand konnte sich vorstellen, was in ihn gefahren war. Gerüchte, er fürchte sich davor, Vater zu werden, machten die Runde. Ich habe erlebt, wie seine Freundin Anna einen Zusammenbruch erlitten hat. Für die war eine Welt eingestürzt. Die musste für einige Zeit in die Nervenklinik. Um den neugeborenen Sohn kümmerte sich dann der Pfarrer. Anna hatte keine Eltern mehr und Franks Vater und Mutter waren wohl gesundheitlich nicht mehr so auf der Höhe."

„Und du hast geahnt, dass Frank ermordet wurde?", fragte Hoßdorf ungläubig.

„Nein, das natürlich nicht. Aber ich hatte das Gefühl, dass Clement und Baranov etwas mit dem Verschwinden Franks zu tun hatten. Ich traute Clement alles zu. Zumal er zu der Zeit immer wohlhabender wurde. Der hat sich gekleidet wie Graf Koks von der Tankstelle."

„Dass er dann auch noch ein Volontariat bekommen hat, muss dir doch den Rest gegeben haben", meinte Hoßdorf.

„Allerdings. Ich hätte kotzen können. Ich habe ein Jahr später mehr als sechzig Bewerbungen geschrieben – ohne Erfolg. Und das trotz meiner Journalistenpreise."

„Es war ja offenbar Klüver, der Clement zum *Berliner Abendblatt* geholt hat. Meinen Sie, auch der war in KGB-Seilschaften verstrickt? Er war immerhin zehn Jahre Moskau-Korrespondent!"

„Ich habe mich das oft gefragt", seufzte Janowski. „Ich weiß es nicht."

„Warum um alles in der Welt deine anonymen Anrufe?" Hoßdorfs Stimme klang wieder frostig.

„Am Abend, als Bauarbeiter in der Bautzener Straße die ersten Knochen fanden, wurde bei uns die Entscheidung getroffen, dass Kollege Seiler sich um den Fall kümmern sollte. Dem habe ich einfach nicht zugetraut, dass er eine so komplexe Geschichte aufdeckt. Wäre ich mit meinen Informationen zu ihm gegangen, hätte er mich totsicher verdächtigt, schmutzige Wäsche zu waschen. Ein frustrierter Polizeisprecher will sich am Chefredakteur eines Fernsehsenders rächen. Das war das eine.

Zum anderen, das gebe ich gerne zu, erschien mir die Vorstellung verlockend, dass Clement von einem seiner besten Redakteure überführt wird. Ich war wie besessen. Und nachdem ich zum ersten Mal anonym angerufen hatte, gab es kein Zurück mehr. Mir war nicht klar, wie gefährlich Baranov ist, dass die Geheimdienststrukturen noch intakt sind. So lange Jahre nach dem Ende der Sowjetunion!"

„Als Sie merkten, dass es gefährlich wurde, haben Sie versucht, meine Recherchen zu stoppen", sagte Pollock. Er begann Mitleid mit dem Trauerkloß neben sich zu bekommen.

„Ja. Ich bekam Angst, als Sie zum ersten Mal in der Sache zu mir ins Büro kamen und wir Baranov, alias Andreas Semmler, auf dem Foto von der Pressekonferenz entdeckten. Aber es war ja hoffnungslos, Sie von den Nachforschungen abzuhalten."

Zum ersten Mal suchte Janowski wieder den Augenkontakt mit Pollock. „Ich muss mich bei Ihnen entschuldigen. Ich kann mir nicht erklären, was in mich gefahren war. Ich habe nur noch an Clement in Handschellen gedacht."

„Schon gut", murmelte Pollock, der dem Polizeisprecher längst verziehen hatte. Er war mit seinen Gedanken bei Franks Freundin.

„Was ist mit dieser Anna passiert, nachdem Frank Kollwitz verschwunden war?"

„Die hat irgendwann Berlin verlassen. Ich kannte niemanden, der wusste, wohin."

„Und das Kind?"

„Soviel ich weiß, haben die Studierenden Protestanten dafür gesorgt, dass der Kleine erst mal in ein Heim kam. Ob er da geblieben ist – keine Ahnung."

Hoßdorf legte die Hand auf Janowskis Schulter. „Tut mir leid, dass ich dich vorhin so angefahren habe. Das *Arschloch* nehme ich zurück. Trotzdem: Du hast echt Scheiße gebaut. Du bist gefrustet. Ich kann das verstehen. Du bist ein super

Journalist, musst aber bei den Bullen den Beamtenarsch spielen. Und weil du damit nicht klarkommst, hast du um dich geschlagen."

Janowski war anzusehen, dass Hoßdorf mit seiner Analyse ins Schwarze getroffen hatte.

„Herr Janowski", meldete sich Pollock wieder. „Trauen Sie Clement den Mord an Frank Kollwitz wirklich zu?"

„Clement ist cholerisch. Ich kann mir vorstellen, dass er Frank im Affekt getötet hat. Aber ich muss zugeben: So wohltuend es ist, dass Clement am Freitag festgenommen wird, es wird schwer werden, ihm einen Mord nachzuweisen. Herr Pollock, das, was Sie mir vorhin aus Franks Briefen vorgelesen haben, ist zwar hochinteressant. Aber es beweist noch lange nicht, dass Clement ihn auf dem Gewissen hat."

Janowskis Euphorie war ein wenig verflogen. Pollock ging es ähnlich. Was, wenn die Ermittlungsergebnisse nicht ausreichten, wenn Clement nach einigen Verhören wieder auf freien Fuß kam? Womöglich konnte er nach all den Jahren nicht einmal für seine Spitzeltätigkeit verurteilt werden. Eine Horrorvorstellung! Pollock winkte den Wirt heran und schaute Janowski und Hoßdorf verschwörerisch an:

„Was geschah von jenem Moment an, als Frank Kollwitz seinen letzten Brief an Anna beendete? Das müssen wir herausbekommen."

Kapitel 39

Es war Donnerstag, der 25. Januar. Der Tag vor Clements Festnahme. Nehls hatte dem ganzen Talkshow-Team freigegeben. Jeder sollte noch einmal vor der Premiere Kraft tanken, ausschlafen, spazieren gehen. Pollock war früh wach und recherchierte im Internet. Dort fand er bestätigt, was sein ehemaliger

Geschichtsprofessor ihm am Telefon mitgeteilt hatte: Die Machenschaften des KGB Anfang der 80er Jahre in Berlin waren praktisch nirgendwo dokumentiert. Kein Wort über Anwerbungsversuche. Aber er stieß auf die Homepage eines Mannes namens Anton Lokatov. Lokatov schrieb, er sei der Sohn eines sowjetischen Systemkritikers, der in den 50er Jahren in die Bundesrepublik übergesiedelt sei. Der KGB habe seinen Vater 1957 in einem Münchener Vorort ermordet. Pollock googelte den Namen des Vaters. Tatsächlich: Die Ermordung Vasily Lokatovs hatte damals für Wirbel gesorgt. Zumal er auf offener Straße niedergestreckt worden war. Sein Sohn, Ingenieur und Hobbyhistoriker, hatte sich seitdem für das Treiben des sowjetischen Geheimdienstes interessiert und hielt ab und zu Vorträge im kleinen Kreis. Er wies darauf hin, dass der KGB unzählige Menschen in Deutschland auf dem Gewissen habe. Mit sogenannten Verrätern habe die Sowjetunion kurzen Prozess gemacht.

Pollock rief Lokatov an. Der war sofort bereit, zu helfen. Laut Lokatov nahm der KGB bis 1989 Kontakte zu Studenten auf. Und zwar zu solchen, die verlässlich und ehrgeizig waren. Denn bei denen war die Chance, dass sie einmal beruflich Karriere machten und an ihrem Arbeitsplatz spionieren konnten, groß. KGB-Offiziere waren in die Rolle des väterlichen Kumpels geschlüpft. Irgendwann banden sie die Studenten mit Geldgeschenken endgültig an sich und machten sie erpressbar. Er, Anton Lokatov, vermute, dass solche Aktionen von der Angelikastraße 4 in Dresden aus gesteuert wurden, jener KGB-Niederlassung, in der auch Vladimir Putin tätig gewesen war. „Herr Pollock", bilanzierte Lokatov, „in Berlin kämpften die Geheimdienste aller Alliierten um die besten Informanten. Berlin war die Stadt der Spitzel. Ich schätze, dass in den 80er Jahren 250 bis 500 West-Berliner im Dienst des KGB standen."

Pollock kaute noch an dem, was Lokatov ihm erzählt hatte,

als ihn Klaus Wemmes Stationsansagen aus seinen Gedanken rissen. „Der Personenzug aus Dresden wird zehn Minuten später eintreffen!“ Wemme war einer der wenigen Bekannten Pollocks, die in der DDR groß geworden waren. Ob er etwas über die Machenschaften östlicher Geheimdienste wusste? Hatte er womöglich eigene Erfahrungen gemacht? Pollock beschloss, ihm einfach mal einen Besuch abzustatten.

In Wemmes Wohnung roch es wie in einem seit Wochen nicht gereinigten Kaninchenstall. Sein Nachbar freute sich über Pollocks Besuch. Stolz spielte er ihm seine neueste Errungenschaft vor: Eine Stationsansage aus Helmstedt, der ersten westdeutschen Stadt, in der DDR-Bürger Halt gemacht hatten, wenn sie im Interzonenzug Richtung Rheinland unterwegs waren. Pollock hörte eine Weile geduldig zu, war aber nicht sicher, wie lange er es in der streng riechenden Wohnung aushalten würde. Und so kam er schnell zur Sache, fragte Wemme, ob der etwas über Anwerbeversuche von Stasi oder KGB wisse.

Die Reaktion des schrulligen, aber doch meist gutmütigen Nachbarn kam unerwartet. Wemmes Gesicht verfinsterte sich. Nein, mit Geheimdiensten habe er nie etwas zu tun gehabt, außerdem müsse er sich nun leider von Pollock verabschieden. Ein rumänischer Eisenbahnfreund, von dem er schon so manche Ansage bekommen hätte, warte auf eine Dankeschön-Mail. Ehe sich Pollock versah, hatte Wemme ihn aus der Wohnung hinauskomplimentiert.

Zurück in seiner Wohnung machte sich Pollock klar, welche seelischen Verletzungen einige Bürger des Ostblocks erlitten haben mussten. Stasi und KGB hatten das Leben vieler Menschen geprägt. Pollock schreckte auf, als es an seiner Wohnungstür klopfte.

„Hallo!“ Eine helle Stimme. Pollock hatte die Klingel abgestellt, damit Alexander nicht gestört wurde. Sein Freund brauchte jede Menge Schlaf. Seine Grippe steuerte auf ihren

Höhepunkt zu, gegen den sich Alexanders Körper mit 39 Grad Fieber zur Wehr setzte. Pollock schlich zur Wohnungstür und blinzelte durch den Spion. Er sah Hände, die etwas Langes, Schmales umklammerten, das in Papier eingewickelt war. Ein kalter Schauer kroch über Pollocks Nacken.Er tapste auf nackten Füßen zurück ins Wohnzimmer und stupste seinen Freund an, der einige Sekunden brauchte, um aufzuwachen.

„Da steht jemand draußen. Mit einem Gewehr!", flüsterte Pollock.

Mit einem Satz schwang sich Alexander von Pollocks Schlafsofa, griff zur Pistole, die er auf eines seiner Lifestyle-Magazine gelegt hatte, und ging zur Wohnungstür.

„Wir sind bewaffnet!", krächzte Alexander.

„Bewaffnet?", antwortete die helle Stimme. „Mensch, macht doch keinen Mist. Ich bin's doch nur!"

Pollock schob Alexander zur Seite, öffnete die Tür und sah Michaela Reusch, die sich eine schwarze Pudelmütze vom Kopf zog.

„Ich leg mich dann mal wieder hin", keuchte Alexander und rollte mit den Augen.

„Was machst du denn hier?", hörte sich Pollock zu seinem eigenen Entsetzen fragen. „Wir hatten doch ausgemacht, uns nicht zu treffen! Stell dir vor, Baranov oder irgendeiner seiner Männer sind dir gefolgt?!" Nicht gerade eine liebenswürdige Begrüßung, wie er sich eingestand.

„Ich hab' aufgepasst", erwiderte Michaela und schob sich an Pollock vorbei in die Wohnung. „Ich musste einfach vorbeikommen, um mich abzulenken! Was meinst du, wie aufgeregt ich bin! Das wird morgen Abend meine erste Live-Sendung, bei der ich hinter der Kamera stehe. Und dann noch eine Talkshow-Premiere! Da dachte ich, wir frühstücken vielleicht zusammen. Ich habe ein Baguette mitgebracht!"

Michaela ging zielstrebig in die Küche und setzte sich auf

einen Stuhl. Sie schloss die Augen und genoss einen Sonnenstrahl, der es durch die schmutzige Fensterscheibe geschafft hatte. Pollock betrachtete sie. Michaela lächelte entspannt. Wie unkompliziert sie war! Ganz anders als er. Er hätte tagelang gegrübelt, ob es angemessen war, sich einfach so zum Frühstück einzuladen.

„Du siehst erschöpft aus“, sagte Michaela, nachdem sie die Augen wieder geöffnet hatte.

„Ich war heute Nacht erst um vier im Bett“, erwiderte Pollock.

„Oh.“ Michaela guckte traurig. „Soll ich besser wieder gehen?“

„Nein! Auf keinen Fall – ich freue mich, dass du hier bist. Wirklich.“

„Was hast du denn in der Nacht so lange getrieben?“

Pollock überlegte kurz. Sollte er Michaela einweihen? Warum nicht? Morgen Abend würde sie sowieso wissen, was Sache war.

Während Pollock die Espressomaschine startklar machte, berichtete er ihr ausführlich, was in den vergangenen Tagen passiert war. Zum Schluss reichte er ihr die kopierten Briefe.

Michaela las ein paar von ihnen aufmerksam. Pollock deckte derweil den Tisch. Dann brachte er Alexander eine Wasserflasche ans Schlafsofa. Appetit hatte sein Freund nicht.

„Stell eine Kerze auf den Frühstückstisch“, flüsterte Alexander.

Alexanders Tipp verfehlte seine Wirkung nicht. Michaela schaute Pollock zufrieden an, als die Kerze brannte.

Sachte legte sie die Briefe beiseite. „Die beiden müssen sich sehr geliebt haben.“ Michaelas Augen bekamen einen träumerischen Glanz. „Glaubst du, dass einen die Liebe so mir nichts, dir nichts überfallen kann?“

Pollock spürte, dass er auf der Hut sein musste. Jede unbedachte Äußerung könnte jetzt alles kaputt machen. „Ich glaube schon“, sagte er mit fester Stimme.

„Ich weiß nicht“, sagte Michaela. „Die wertvollen, verantwortungsvollen Männer muss man entdecken. Ihre Vorzüge, ihre Reize. Und das braucht seine Zeit. Oder?“

Pollock drehte sich zur Espressomaschine und grübelte: Meinte sie ihn damit?

Michaela wedelte mit einem der Briefe. „Menschen wie dieser Frank laufen nicht vor ihrer Verantwortung als Vater weg. Ausgeschlossen!“

„Glaubst du nicht, dass es Männer gibt, die sich davor fürchten, dass mit der Geburt eines Kindes in ihrem Leben alles anders wird?“, fragte Pollock.

„Wenn Männer erst mal ihr Kind im Bauch ihrer Freundin spüren, wenn sie merken, wie es sich bewegt, dann entsteht automatisch eine emotionale Bindung. Auch wenn sie vielleicht gar kein Kind wollten ... Willst du eigentlich Kinder?“

„Wenn es in einer Beziehung zu einer Frau gut klappt“, antworte Pollock und merkte, dass er mit dieser Äußerung keinen überzeugenden Eindruck machte.

„Wenn ich mich hier so umsehe ...“, sagte Michaela.

„Ja?“

„Die vielen Schallplatten, die Plakate, die Bücher ...“

„Was ist damit?“

„Also, wenn ich als Frau hier einziehen würde, müsste ich mich sehr an das Zeug gewöhnen. Wäre bei dir überhaupt Platz für eine Familie?“

Pollock war verunsichert. Spielte Michaela mit dem Gedanken, mit ihm zusammenzuwohnen? Er nahm am Frühstückstisch Platz und schnitt das Baguette in Scheiben.

„Na ja ...“ Die Frage stürzte ihn in einen Konflikt. Musste er Michaela nicht zu verstehen geben, dass er durchaus bereit war, Hobby und Beruf einzuschränken? Andererseits: Konnte er sich vorstellen, von seinem bisherigen Leben Abschied zu nehmen? Pollock stellte sich vor, er würde mit einer Frau zusammenziehen. Kinder würden zwischen seinen Plattenregalen umhertollen. Und wie sähe sein Wochenende dann aus? Würde er sich mal eben so zurückziehen können, um an seinem Buch zu schreiben?

Michaela hatte den Kopf in die Hände gestützt, kaute an ihrem Baguette und schaute Pollock erwartungsvoll an.

„Ich glaube schon, dass da Platz für eine Familie wäre." Klang das überzeugend? „Bei einer Beziehung ist es allerdings wichtig, sich gegenseitig Freiheiten zu lassen, sich nicht einzuengen."

„Aha." Michaela lächelte auf eine Art, von der Pollock nicht wusste, wie er sie interpretieren sollte. Er hatte eine ehrliche Antwort gegeben. War nicht alles andere sinnlos?

„Nächtelange Recherchen sind bei einer Familie aber kaum noch möglich", hakte Michaela nach. „Oder willst du, dass die Frau sich allein um die Kinder kümmert?"

„Auf keinen Fall!" Pollock gab sich alle Mühe, entrüstet zu klingen.

„Also?"

„Der Beruf ist nicht alles", sagte Pollock. „Zumal es schwer ist, sich im Sender zu verwirklichen."

„Das heißt, du würdest dich nur um Kinder kümmern, weil dich dein Beruf frustriert?"

Verdammt! Pollock fühlte sich in die Enge getrieben. Was wollte die Frau eigentlich von ihm? Er ging zum Herd, um die Milch heiß zu machen. Das gab ihm Gelegenheit, die Antwort einen Moment hinauszuzögern.

„Also, ich kann mir schon vorstellen, meine Arbeitszeit zu reduzieren."

„Damit du mehr Zeit für deine Platten hast oder für ein Kind?"

Pollock fühlte sich überfordert. Er drehte sich zu Michaela. „Sag mal, glaubst du mir etwa nicht?"

Michaela kicherte. Sie stand auf, stellte sich neben ihn und legte ihre rechte Hand versöhnlich auf Pollocks Schulter.

„Lass dich nicht provozieren. Ich finde es amüsant, wie Männer auf solche Fragen reagieren."

„Amüsant?"

„Lass nur", winkte Michaela ab. „Wie soll das morgen Abend eigentlich vor sich gehen? Ich meine, das mit der Festnahme Clements?"

Pollock war dankbar für den Themenwechsel, aber auch niedergeschlagen. Er bezweifelte, sich bei der Familiendebatte gut geschlagen zu haben.

„Also: Morgen werden Zivilbeamte im Publikum sitzen. Der Gästeservice ist bereits angewiesen worden, zusätzliche Stühle aufzustellen. Ich hoffe, unser Gorilla bekommt davon nichts mit."

„Und dann?"

„Während der Nachfeier wird die Polizei Clements Sekretärin bitten, ihren Chef unter einem Vorwand zur Pförtnerloge zu locken. Da wird er dann festgenommen. Das ist jedenfalls der Plan."

„Und Baranov? Den kann die Polizei nicht so leicht hinters Licht führen. Der lässt sich nicht irgendwohin locken."

„Was mit ihm passiert, weiß ich nicht. Janowski wollte mir dazu nichts sagen."

„Das alles ist der pure Wahnsinn", flüsterte Michaela. „Ich werde so aufgeregt sein, dass in der Sendung sicher jede Menge Einstellungen verwackeln."

„Das glaube ich nicht", antwortete Pollock. „Du schaffst das schon. Du bist eine fantastische Kamerafrau!"

Michaela strahlte. Und Pollock nahm sich vor, morgen, nachdem alles vorbei war, Nägel mit Köpfen zu machen. Er würde über seinen Schatten springen und mit ihr tanzen gehen. Bis morgens früh. Vielleicht war es jetzt wirklich an der Zeit, der vielen Arbeit und den Hobbys Lebewohl zu sagen. Nach der Aufklärung des Mordes musste er sich selbst nicht mehr beweisen, was er beruflich drauf hatte. Michaela war, wenn er es sich recht überlegte, die erste Frau, mit der er sich eine Zukunft, vielleicht sogar eine Familie vorstellen konnte.

Kapitel 40

Die beiden Maskenbildnerinnen hatten ihren Spaß. Sie ahnten nicht, was dieser Abend bringen würde. Die eine las der anderen kichernd die Überschriften der Klatschmagazine und Boulevardblätter vor, während ihre Kollegin Puder und Cremes sortierte. Pollock, der ruhelos den langen Gang vor der Studiohalle auf- und abging, begrüßte die Kolleginnen. Jorinde, die ältere der beiden, hatte eine Meldung in der Rubrik „Stadtgeflüster" entdeckt.

„Ist Christian Nehls, Moderator der neuen Talkshow *Nehls – Labern ist nicht!*, wieder in festen Händen? Der attraktive 38-Jährige hat das Alleinsein satt. Man munkelt, er sei mit einer dunkelhaarigen Schönheit liiert. Ruhm macht halt sexy."

„Sehr interessant", entgegnete Pollock. Er beneidete die Maskenbildnerin um ihre Sorglosigkeit. „Aber es geht noch weiter", sagte Jorinde und zog ihre pinselstrichfeinen Augenbrauen in die Höhe. „Gar nicht sexy sieht Chefredakteur Udo Clement zurzeit aus. Trotzdem will er bei der Talkshow-Premiere dabei sein. Ganz Berlin rätselt, wer hinter dem Attentat auf ihn steckt. Wollten sich vielleicht Zuschauer an ihm für das schlechte Programm rächen?"

Der Gedanke an das Attentat auf Clement versetzte Pollock einen Stich. Dieses Rätsel hatte er nicht lösen können. Vielleicht erfuhr man mehr, wenn der Chefredakteur und Baranov erst einmal festgenommen und verhört worden waren.

„Na? Läuft alles?“ Pollock wurde durch Hoßdorfs Bass aus seinen Gedanken gerissen. Der Kollege kam ihm mit zwei ledernen Aktentaschen entgegen. Sein Gesicht war aschfahl. Unter seinen Augen hatten sich rote und dunkelblaue Äderchen gebildet. Auf seinem Schädel wucherten die Haare wie Unkraut.

„Du siehst gespenstisch aus“, sagte Pollock.

„Kein Wunder“, knurrte Hoßdorf. „Ich hab’ gestern gesoffen bis zum Umfallen.“

„Bist du wieder Strohwitwer?“

„Nein. Aber ich habe eine Entscheidung getroffen und mit meinen Kumpels gleich drauf angestoßen.“

Pollock schaute ihn fragend an.

„Ich höre auf.“

„Wie bitte?!“

„Ja, ich schmeiß den Kram hier endgültig hin!“

„Aber Clement wird doch jetzt nicht länger ...“

„Junge!“ Hoßdorf holte tief Luft. „Seien wir ehrlich: Wenn Clement geht, kommt ein anderer Speichellecker. Ich bin jetzt 63. Seit meinem zwanzigsten Lebensjahr bin ich im Geschäft. Erst war ich bei Zeitungen, beim Hörfunk, zum Schluss beim Fernsehen. Die Leute, von denen ich mir was sagen lassen muss, werden immer jünger. Ich hab’ einfach die Schnauze voll.“

Pollock hatte es die Sprache verschlagen. Er blickte auf Hoßdorfs Aktentaschen.

„Ich hole noch rasch meine Sachen aus dem Büro“, fuhr sein alter Kollege mit belegter Stimme fort. „Bei dem Trubel hier fällt das gar nicht auf.“

Pollock schluckte.

„Eigentlich wollte ich mir eure Show noch angucken“, sagte Hoßdorf. Er legte die rechte Hand auf seinen Bauch. „Aber mir ist nicht gut. Irgendein Bier war gestern schlecht. Ich wünsche euch viel Erfolg.“ Mit schweren Schritten wankte Hoßdorf zum Aufzug.

Pollock konnte sich nicht vorstellen, wie er es im Sender ohne Hoßdorf aushalten sollte.

Er schaute auf die Uhr: Es war kurz nach halb sieben. Pollock wanderte weiter den Gang entlang, vorbei an den Gästeräumen. Jeder der eingeladenen Diskussionsteilnehmer hatte sein eigenes Zimmer, in dem er sich auf die Show vorbereiten konnte. Die Leadsängerin der Band „Roberta“ war ihm bereits auf dem Gang entgegengekommen, umgeben von ihrem Manager und der Pressesprecherin des Plattenkonzerns. Die drei waren im ersten der Räume verschwunden. Daneben lag das Zimmer der konservativen Politikerin. Die Tür stand offen. Pollock sah, wie ein Referent auf sie einredete. Er gab letzte Tipps, damit die Frau sich nur ja nicht vor den Zuschauern blamierte. Der ehemalige Manager, der sich um Aidskranke in Südafrika kümmerte, hatte bereits bei Jorinde Platz genommen. Er gab sich demonstrativ bescheiden, trug ein hellblaues Sweatshirt und eine einfache Jeans. Jorinde war dabei, hellbraune Paste über seine nikotingelben Hände zu schminken. Zwei Gäste fehlten noch: Der 25-jährige Börsenspekulant und Pfarrer Muth.

Pollock schlenderte zum Ende des Flures und blickte aus dem Fenster. Draußen sah es aus, als wolle der liebe Gott die Berliner mit aller Gewalt zu einem besinnlichen Wochenende anhalten. Pollock blickte auf eine eisig glitzernde Stadtlandschaft. Die Sonne hatte gegen Mittag versucht, sich gegen die Januarstimmung aufzubäumen, doch ohne Erfolg. Temperaturen bis minus zehn Grad machten die Hoffnung der Berliner auf einen Wetterumschwung zunichte. Seit Einbruch der Dunkelheit schneite es wieder.

Pollock dachte an den vergangenen Tag zurück, an das ausgedehnte Frühstück mit Michaela, an den Kuss auf die Wange, den sie ihm zum Abschied gegeben hatte. Er dachte an Alexander, dem es Gott sei Dank wieder besser ging. Die Wadenwickel hatten ihre Wirkung gezeigt. Sein Freund war noch schlapp, aber doch gesund genug, um bei der Talkshow-Premiere dabei zu sein. Er saß wenige Meter von Pollock entfernt im Publikum.

Das Summen des Handys schreckte Pollock auf.

„Ja?"

„Janowski ist hier. Ich wollte Ihnen nur sagen, dass wir die Situation im Griff haben."

„Ist Clement schon da?", wisperte Pollock.

„Nein. Er kommt erst eine halbe Stunde vor Beginn der Sendung. Direkt aus dem Krankenhaus. Wie es heißt, befindet er sich in einem psychisch äußerst labilen Zustand."

Das konnte Pollock sich vorstellen. Schließlich musste Clement durchaus damit rechnen, erneut Opfer eines Attentats zu werden. Vielleicht hatte er den Täter erkannt. Vielleicht war der Täter sogar heute Abend hier.

„Und Baranov?"

„Den haben wir noch nicht zu Gesicht bekommen. Die Zivilbeamten halten sich erst mal zurück. So jemand wie Baranov riecht Polizei auf hundert Meter. Wir wiegen ihn in Sicherheit. Herr Pollock, wir sehen uns. Ich sitze gleich neben Ihnen im Publikum."

Die Digitaluhr im Studio zeigte 18:51 Uhr. Noch etwas mehr als eine Stunde bis zur Sendung. Pollock kam es vor, als krieche die Zeit nur so dahin. Bildschirme im Flur zeigten das aktuelle Programm. Der Sender übertrug die *Berliner Schunkelstube*. Volksmusik zum Wochenausklang. Pollock sah, wie sich zwei dicke Männer in Pluderhosen auf die Bühne schoben. Singend und grinsend ließen sie ihre Bäuche kreisen.

Pollock schreckte zusammen, als die wuchtige Metalltür zum Studio aufgestoßen wurde. Der Regisseur der Sendung schob Gästebetreuer Sebastian Kämmerer auf den Flur.

„Sind wir hier beim Offenen Kanal?", brüllte er. „Zwei Gäste fehlen noch! So kann ich nicht arbeiten!"

„Beruhigen Sie sich bitte." Kämmerer legte beschwichtigend seine Hand auf die Schulter des Regisseurs. „Der Börsenheini ist schon in seinem Zimmer. Und Pfarrer Muth kommt bestimmt auch gleich. Der ist doch Profi."

Kämmerer wandte sich an Pollock. „Martin, kannst du bei Muth anrufen und fragen, wo er bleibt? Der kommt, soviel ich weiß, aus Zehlendorf. Das ist doch nicht weit weg. Ich zeig' dem Börsentypen inzwischen, wo die Maske ist." Er gab Pollock einen Zettel mit zwei Telefonnummern.

Erst versuchte Pollock Muth auf dem Handy zu erreichen. Zehnmal ließ er es klingeln, dann meldete sich die Mailbox: „Ich bin im Moment nicht zu erreichen ..."

Pollock wählte die Festnetznummer.

„Muth?" Eine Stimme, dünn und zerbrechlich wie Porzellan. Im Hintergrund hörte Pollock Barockmusik. Das „Halleluja" aus einer Bach-Kantate. Pollock teilte Frau Muth mit, dass ihr Mann noch nicht im Sender eingetroffen sei. Ein paar Atemzüge blieb es still am Ende der Leitung.

„Das verstehe ich nicht", sagte die Frau. „Er ist schon vor einer ganzen Weile losgefahren. Vielleicht ist er im Schnee stecken geblieben. Hoffentlich ist nichts passiert."

„Wir hätten die Möglichkeit, ihn irgendwo abzuholen", erwiderte Pollock. „Aber Ihr Mann ist leider über das Handy nicht zu erreichen."

Wieder verstrichen Sekunden. Das „Halleluja" war verklungen.

„Auch das verstehe ich nicht. Eigentlich hat er sein Telefon immer an."

„Ich schlage vor, wir warten noch einige Minuten. Dann sage ich unserem Fahrdienst Bescheid. Der wird Ihren Mann suchen."

Ohne weitere Worte legte Frau Muth auf. Auf der Digitaluhr leuchtete es inzwischen 19:05 Uhr. Pollock beschloss, nach seinem Platz auf der Zuschauertribüne zu suchen.

Im Studio herrschte konzentrierte Betriebsamkeit. Der Aufnahmeleiter führte die Leadsängerin der Band, die Politikerin und den Entwicklungshelfer zum Panel, damit die Scheinwerfer positioniert werden konnten. Die Zuschauertribüne war nur zur Hälfte gefüllt. Offenbar hatte nicht nur Pfarrer Muth Schwierigkeiten, sich durch Schnee und Eis zu kämpfen. Pollock entdeckte Janowskis massige Gestalt, neben der ein immer noch erbärmlich aussehender Alexander saß.

„Pfarrer Muth ist noch nicht da“, vermeldete Pollock, als er neben den beiden Platz nahm.

„Was? Der kommt auch?“ Janowski guckte erstaunt. „Der darf wohl bei keiner Veranstaltung fehlen.“

„Er vertritt die Meinung der evangelischen Kirche.“

„Aha.“ Janowski wieherte lautlos in sich hinein. „Ausgerechnet der. Früher wollte keiner in der Kirche etwas mit dem zu tun haben. War ein ganz linker Vogel.“

„Wen Sie alles kennen“, sagte Pollock bewundernd.

„Ich habe mich ja damals lange gefragt, ob ich den Muth über die ganze Sache informieren soll.“

„Über welche Sache?“, fragte Pollock.

„Na, über Clements Anwerbungsversuche bei den Studierenden Protestanten“, zischelte Janowski.

„Was hatte Muth denn damit zu tun?“

„Na, der war ja schließlich irgendwie dafür verantwortlich, was in der Gemeinde lief.“

„Wieso das?“

„Na, als zuständiger Pfarrer.“

„Moment mal“, sagte Pollock viel zu laut. „Sie wollen damit sagen, dass Muth Pfarrer der Studierenden Protestanten war, als Clement da sein Unwesen trieb?“

„Ja, aber ich habe ihn nur noch kurz erlebt. Er blieb nicht mehr lange in der Gemeinde."

„Und was machte Muth dann?"

„Dann wurde er, glaube ich, Referent des Bischofs."

Pollock schaute zu Alexander. Der hatte seine Augen geschlossen und schlief. Pollocks innere Alarmanlage lief auf Hochtouren. Die Studiouhr zeigte 19:14 Uhr an. Muth stand seit Jahren für den Sender vor der Kamera. Er war Profi und musste doch wissen, wie wichtig es war, rechtzeitig da zu sein! Pollock stupste Alexander an. „Komm mit!" Wie in Trance erhob sich sein Freund und trottete Pollock hinterher, der sich auf den Weg in die Maske machte.

Dort plauderte Gästebetreuer Kämmerer mit dem Börsenspekulanten. Pollock unterbrach die beiden schroff.

„Wo wohnt Pfarrer Muth? Ich brauche seine genaue Adresse. Wir sollten den Fahrdienst losschicken. Irgendwas muss passiert sein. Sonst wäre er schon längst hier."

Kämmerer blätterte in den Papieren mit Gästeinformationen, die er an einem Klemmbrett aus Holz befestigt hatte.

„Braunfelsweg 16 a. Das ist in Zehlendorf."

Pollock war wie gelähmt. Braunfelsweg? Im Braunfelsweg hatte auch Anna ihre Wohnung bezogen.

„Ach du Scheiße", lautete Alexanders Reaktion.

„Pollock sah nur eine Möglichkeit: „Alexander. Du fährst jetzt mit dem Aufzug da vorne hinunter bis in die Tiefgarage. Da stehen zwei Limousinen. Mit Fahrer. Du schnappst dir einen und fährst mit ihm nach Zehlendorf. Sag einfach, du wärst ein Mitarbeiter von Nehls. Sollte der Fahrer Schwierigkeiten machen, ruf mich an. Vielleicht kommt euch Muth ja entgegen. Ansonsten guckst du, ob sein Auto vor dem Haus oder in irgendeiner Garage steht."

„Willst du nicht lieber mitkommen?"

Pollock überlegte. „Nein. Wenn irgendwas mit dem Pfarrer

passiert ist, könnte sich die Lage hier ziemlich zuspitzen. Ruf sofort an, wenn du da bist!"

Alexander bewegte seinen vom Fieber geschwächten Körper Richtung Aufzug, Pollock kehrte ins Studio zurück.

Die Diskussionsteilnehmer hatten sich inzwischen hinter dem Panel aufgestellt, drehten und wendeten sich, wie es der Regisseur verlangte. Dann folgten die Tonproben. Jeder der Gäste musste irgendeinen Unsinn ins Mikrofon sprechen.

Pollock kehrte zu seinem Platz zurück. Sämtliche Kameraleute hatten inzwischen ihre Position bezogen. Michaelas dunkle Augen wanderten Reihe für Reihe durchs Publikum. Als sie Pollock entdeckten, winkte Michaela zärtlich. Eine Stunde hatte Pollock nicht an sie gedacht. Eine außergewöhnlich lange Zeit. Er malte sich aus, wie er nach der Show den Abend mit ihr verbringen würde. Er hatte sich vorgenommen, vor dem Tanzen mit ihr in eine Cocktailbar zu gehen, dort nah an sie heranzurücken und dann ...

Pollock spürte Janowskis Ellenbogen in seiner linken Seite. Janowskis Kinn zeigte zu einer Feuertür oberhalb der Tribüne. Pollock sah eine etwa 50-jährige Frau, die einen Mann am Arm zu einem der Sitzplätze führte. Der Mann war Clement. Er schien um Jahre gealtert. Es war ein blasser, in sich zusammengesunkener Mann, der da in der letzten Reihe Platz nahm. Seine Augen stierten aus dunklen Höhlen auf die ins Scheinwerferlicht getauchten Gäste. Pollock beobachtete, wie sich Clement in regelmäßigen Abständen seine Hände an der Hose abwischte. Der Mann war ein einziges Angstknäuel.

19:50 Uhr. Begleitet von einem höflichen Applaus des Publikums betrat Moderator Christian Nehls das Podium.

„Das kann aber gleich noch ein bisschen begeisterter klingen", scherzte er. „Meine Damen und Herren, das ist unsere erste Talkshow! Ich bitte Sie um Unterstützung! Machen Sie mir Mut, wenn ich um Punkt 20 Uhr die Bühne betrete! Wissen Sie was? ... Wir probieren das gleich noch mal!" Nehls trat wieder ab. Zehn Sekunden verstrichen. Nehls zog ins Studio ein und verbeugte sich. Das Publikum tobte. „Danke, danke, das wäre doch nicht nötig gewesen. Ganz lieb von Ihnen, danke!"

Warum, um Himmels willen, rief Alexander nicht an, dachte Pollock. Waren die Straßen so vereist, dass auch er nicht durchkam? Pollock entschuldigte sich bei Janowski, verschwand hinter den Kulissen und wählte Alexanders Nummer.

„Wo in Herrgotts Namen seid ihr?" Er hörte Alexanders Schritte, die durch Schnee stapften.

„Ich friere mir hier den Arsch ab. Muth ist uns nicht entgegengekommen", keuchte er. „Wir haben gerade bei seiner Frau geklingelt. Die geht jetzt mit uns zur Garage. Wir gucken, ob sein Wagen noch da steht. Übrigens: Die Wohnung von dieser Anna Heyse liegt genau gegenüber."

„Macht schnell. Die Sendung fängt in wenigen Minuten an."

Pollock hörte Frau Muth im Hintergrund, die aufgeregt auf Alexander einredete, ihm noch einmal versicherte, dass sich ihr Mann schon vor längerer Zeit von ihr verabschiedet habe.

„Martin, bist du noch da?"

„Ja, bin ich."

„Wir sind jetzt an der Garage. Komisch ... Das Garagentor ist offen ... Aber das Auto ist weg ... Da hinten, da ... Oh, mein Gott!" Alexanders Stimme klang wie vereist.

„Peter!!!" Frau Muths Kreischen hallte durch die Garage.

Pollock spürte, dass etwas Grausames passiert sein musste.

Zwei Atemzüge später brach es aus Muths Ehefrau heraus: „Neeeeiiiiiinnnnn!!" Ein spitzer Schrei, der Sekunde für Sekunde an Kraft verlor und dann im Nichts endete.

„Alexander?"

„Ja?" Alexanders Stimme hallte nicht mehr. Er schien die Garage verlassen zu haben. Pollock hörte ihn würgen. Flüssiges schien auf den Boden zu klatschen. Alexander übergab sich anscheinend.

Pollock legte auf und wählte Janowskis Nummer.

„Muth ist offenbar getötet worden. Braunfelsweg 16 a. In Zehlendorf."

„Scheiße", flüsterte der Polizeisprecher, dann war auch dieses Gespräch beendet. Pollock lehnte sich an die Studiokulisse. Wie einen Schatten nahm er Moderator Nehls wahr, der, an einem Wasserglas nippend, vor ihm auf- und abschritt.

„Alles in Ordnung?", fragte Nehls. „Du siehst blass aus."

„Auf Pfarrer Muth wirst du verzichten müssen."

„Wie bitte? Wir haben doch extra den Fahrdienst ..."

„Muth ist offenbar tot."

„Tot!?"

„Ich erklär' dir das alles später. Ich bitte dich jetzt nur um eins: Sag vorerst keinem was davon!"

Nehls hielt ein paar Sekunden inne, dann meldete sich der Profi in ihm. Um genau 19:59 Uhr trat er vor das Publikum.

„Meine Damen und Herren! Sie wissen selbst, wie die Wetterlage ist. Bedauerlicherweise hat Pfarrer Muth einen Unfall gehabt. Er wird es nicht rechtzeitig zur Sendung schaffen. Wir haben entschieden, unsere Talkshow mit vier Gästen zu bestreiten, über deren Kommen wir uns außerordentlich freuen. Achtung, in wenigen Sekunden beginnen wir!"

Kapitel 41

Pollock kehrte zurück zur Zuschauertribüne. Was würde nun geschehen? Baranov und Clement musste langsam klar werden, dass ihre Machenschaften ans Licht kamen. Es gab einen zweiten Toten. Er schaute auf Clement. Wie ein Greis erhob sich der Chefredakteur von seinem Platz in der letzten Reihe.

Die Leute neben ihm standen auf, um ihn vorbeizulassen. Clement verließ das Studio durch den Notausgang.

Pollock dachte nicht lange nach. Er erklomm mit großen, langsamen Schritten die Zuschauertribüne bis zur Tür, durch die Clement verschwunden war. Er öffnete sie und stand in einem schlecht erleuchteten Gang. Er sah Clement, der auf einen Aufzug wartete. Pollock blieb keine andere Wahl: Er musste die Treppe nehmen und schauen, wo Clement ausstieg. Das Sendezentrum hatte fünf Etagen. Bei Pollocks mieser Kondition war die Gefahr groß, dass der Gorilla ihm entwischte.

Pollock hastete in den ersten Stock. Hier waren die freien Mitarbeiter von *Havel-TV* untergebracht. An einem Freitagabend wie diesem war die Etage verwaist. Pollock ließ einige Sekunden verstreichen, sah dann, dass ein orangenes Lämpchen über der Aufzugtür blinkte.

Pollock versteckte sich hinter einem Kaffeeautomaten und lugte Richtung Gang.

Clement stieg aus dem Aufzug, drehte Pollock den Rücken zu und wankte langsam, sich an den Türrahmen festhaltend, den Flur entlang. Aus dem muskulösen Großkotz war ein klappriges Männchen geworden. Der Chefredakteur erreichte die Herrentoilette und verschwand darin. Pollock war fast ein wenig enttäuscht. Sein Chef hatte also einfach nur mal aufs Klo gemusst.

Pollock hörte die Erkennungsmelodie der Talkshow, dazu ein pfeifendes, applaudierendes Publikum. Er wollte gerade ins Studio zurückkehren, da sah er einen Schatten am Ende des Ganges. Ein breitschultriger Mann näherte sich. Er hatte einen ockerfarbenen Teint. Er trug eine sportliche Winterjacke mit großen Taschen. Er streifte sich in aller Seelenruhe Lederhandschuhe über.

Das Aussehen des Mannes hatte sich auf Pollocks Netzhaut eingebrannt. Ab und an blieb der Mann an einer der Türen stehen und drückte die Klinke herunter. Die Zimmer waren verschlossen. Der Mann entdeckte die Tür zur Herrentoilette, öffnete sie und verschwand ebenfalls darin. Pollock fasste sich einen Moment, dann huschte er entschlossen durch den Gang bis zu einem Abstellraum, in dem das Reinigungspersonal sein Putzzeug lagerte. Pollock hatte Glück. Der Raum war offen. Der Geruch von alten Lappen und Desinfektionsmitteln stieg ihm in die Nase.

Es war, wie es Pollock in Erinnerung hatte: Ein schmaler Lüftungsschacht unter der Decke führte zur Herrentoilette. Pollock stellte sich auf einen stabil aussehenden Putzeimer. Durch den Lüftungsschacht bekam er mit, was im Nachbarraum gesprochen wurde.

Er war überrascht, wie vertraut ihm Baranovs Stimme inzwischen erschien – dieses Brummen, gelassen und kontrolliert.

„Du hast gegen unsere Abmachung verstoßen", drang es an Pollocks Ohr.

Ein stakkatoartiges Schnaufen des Chefredakteurs war zu hören. „Was hätte ich denn tun sollen?"

„Du hast es versaut. Wir können dir nicht mehr vertrauen. Du hast einen von uns verraten."

Pollock musste aufpassen, dass der Eimer auf dem glatten Steinboden nicht verrutschte. Er zwang sich, regelmäßig und lautlos zu atmen.

Dann wieder die Stimme Clements: „Die wären uns doch sowieso auf die Schliche gekommen. Pollock schnüffelt doch überall rum."

„Das ist deine Schuld. Ich habe dir gesagt, du sollst dafür sorgen, dass er seine Nase nicht überall reinsteckt. Noch kann dein Kollege nichts beweisen. Aber du selbst wirst langsam zur Gefahr. Schau dich doch nur an, du hast dich nicht mehr im Griff. Du bist ein Wrack. Und Wracks können wir nicht gebrauchen."

Das Klicken, das nun zu hören war, verriet, dass Baranov bereit war, zu handeln. Völlig klar: Für Baranov wurde es eng. Er wollte sich Clements entledigen, der zu viel über das russisch-deutsche Netzwerk wusste. Pollock musste das verhindern. Aber wie? Er tastete über seine rechte Hosentasche. Ein Angststrahl durchfuhr ihn. Sein Handy! Er hatte es nicht abgestellt. Jede Sekunde konnte sich Alexander oder sonst wer melden. Dann würde es gleich womöglich nicht nur einen, sondern zwei Tote geben. Pollock fingerte das Telefon hervor und aktivierte die Lautlos-Funktion. Für ihn stand fest, was jetzt zu tun war: Er musste raus aus der Putzkammer, bis zum Treppenhaus laufen und von dort aus Janowski anrufen.

Er stieg vom Eimer herunter. So hörte er Baranov und Clement nur noch sehr verzerrt reden. Pollock trat auf den Flur.

Wie aus dem Nichts krallte sich etwas an seine Schultern. Pollock wurde zu Boden gerissen. Eruptionsartig verteilte sich Adrenalin in seinem Körper. Er versuchte, sich aufzustemmen. Vergeblich. Dann ein fester Tritt auf Pollocks Kopf. Der Schmerz war so stechend, dass Pollock aufschreien wollte, aber seine Gesichtsmuskeln gehorchten nicht. Pollock glaubte, sein Kinn sei zertrümmert, dann verschwamm alles vor seinen Augen. Wieder bei Bewusstsein, nahm Pollock wahr, wie ihn jemand an den Füßen vom Flur in die Toilette schleifte. Pollock brauchte ein paar Sekunden, um sich klar zu werden, was eigentlich geschehen war. Er verfluchte sich. Wie naiv von ihm! Hatte er wirklich geglaubt, dass Baranov allein unterwegs war? Nur unscharf sah er zwei Paar Schuhe, die wahrscheinlich zu Clement und Baranov gehörten. Der Dritte im Bunde stand jetzt offenbar hinter ihm. Pollock versuchte, den Kopf zu heben, aber es gelang ihm nicht.

Boris Baranov klang gefasst. „Jetzt sind ja die Richtigen zusammen."

Pollock hörte, wie die Toilettentür geöffnet und wieder geschlossen wurde. Baranovs Kompagnon schien die Runde verlassen zu haben, um draußen nach dem Rechten zu sehen.

„Boris“, keuchte Clement. „Wir finden doch bestimmt eine Lösung. Wenn wir jetzt alle Stillschweigen vereinbaren ...“

„Ruhe!“ Zum ersten Mal klang der Russe ungehalten. Pollock blickte auf die Beine des ehemaligen KGB-Agenten. An ihrer Haltung erkannte er, dass der Russe bereit war, zu schießen. Auf Clement und auf ihn. Pollock hatte gelesen, dass Menschen in Todesangst noch einmal ihr ganzes Leben an sich vorbeiziehen lassen. War sein Leben schön gewesen?

Er überlegte noch, da brach ein ohrenbetäubendes Rauschen über ihn herein. Nun war es also soweit. Unter diesem Geräusch glitt man ganz offenbar in den Tod. Mit so einem Rauschen wurde man ins Jenseits gespült. Pollocks Augen waren geschlossen. Aber was war das? Er fühlte sein Herz schlagen. Kein Zweifel: Er lebte. Woher kam das Rauschen? Er sah Baranovs Schuhe nicht mehr. Dafür klobige, ungeputzte Treter, die, wie aus dem Nichts, unter der Tür einer Toilettenkabine erschienen.

Dann ein Ruf: „Aufmachen! Polizei!“

Pollock gelang es, den Kopf etwas anzuheben. Er glaubte Baranov zu erkennen, der Richtung Fenster sprang. Glas zersplitterte.

Sekunden später schlug die Toilettentür mit einem dumpfen Knall an die Wand. Stiefel kletterten über Pollock hinweg. Männer in aufgeplusterten schwarzen Uniformen bewegten sich auf zehn gekachelten Quadratmetern. Niemand von ihnen sagte ein Wort. Einige Uniformierte stiegen über die Heizung zum Fenster hinaus, andere öffneten mit vorgehaltener Waffe die Türen der Kabinen.

Pollock hatte es inzwischen geschafft, sich ein wenig aufzurichten. Er sah, wem die schmutzigen Treter gehörten: Hoßdorf. Er stand, die Arme nach oben gestreckt, in einer der Kabinen und schaute die SEK-Beamten ängstlich an. „Jungs, ganz ruhig", stammelte er. „Ich hab' euch doch gerufen." Doch das schien die Uniformierten nicht zu beeindrucken. Als sei Hoßdorf Mitglied einer islamistischen Terrorzelle, packten sie ihn und drückten ihn zu Boden. Einer der Männer hatte ein Maschinengewehr auf den alten Kollegen gerichtet. Erst jetzt bemerkte Pollock, dass auch auf ihn und Clement gezielt wurde.

Hoßdorfs und Pollocks Blicke trafen sich. „Mir war schlecht", sagte Hoßdorf. „Als Clement und Baranov reinkamen, habe ich mich auf den Spülkasten gehockt und mitgehört. Dann habe ich Janowski schnell eine SMS geschrieben."

Auf die Idee mit der SMS hätte Pollock auch kommen können. Ein warmes Gefühl der Zuneigung übermannte ihn. Es gab Menschen, die immer zur falschen Zeit am falschen Ort waren, Unglücksraben, die einem das Leben schwer machten und auf die Nerven gingen. Aber es gab auch Menschen, die wie durch Zufall, immer dort auftauchten, wo sie gebraucht wurden. So ein Mensch war Hoßdorf.

Dann erschien Janowski. Er stand breitbeinig vor der Toilettentür, tupfte sich Schweiß von der Stirn und sprach mit einem etwa 35-jährigen Mann in Zivil. Unterdessen warteten in der Toilette sechs Leute darauf, wie es weitergehen sollte, drei Journalisten, drei SEK-Beamte. Es war wie bei einer Filmprobe, bei der die Schauspielerei unterbrochen wurde, um noch einmal nachzusehen, was denn eigentlich im Drehbuch stand.

„Guten Tag, mein Name ist Seiler. Kriminalhauptkommissar Seiler", sagte der Mann neben Janowski. Der Polizist passte mit seiner glänzenden Krawatte und dem dezent gestreiften Anzug nicht recht in diese Umgebung. Seiler wandte sich an die Uniformierten.

„Bitte, lassen Sie Herrn Pollock und Herrn Hoßdorf los. Herr Clement, Sie folgen den Kollegen ins Präsidium." Der Chefredakteur warf Pollock einen kurzen, vernichtenden Blick zu, bevor er abgeführt wurde.

Kapitel 42

„Wir dürfen uns jetzt nicht ausruhen“, drängelte Janowski und wandte sich Pollock zu. „Diese Anna Heyse ist vermutlich auf der Flucht. Herr Pollock, Sie haben erzählt, dass die Frau Sommerkleidung trägt. Das könnte ein Hinweis darauf sein, dass sie irgendwo im Süden lebt. Wir gehen davon aus, dass sie zurück nach Hause fliegen will und nun unterwegs zum Flughafen ist.“

„Und wir haben Glück“, ergänzte Seiler, der sich nicht die Show stehlen lassen wollte. „Der Verkehr auf der Stadtautobahn liegt wegen des Schneesturms seit mehr als einer Stunde lahm. Und die Flugzeuge starten auch nicht pünktlich. Einige Kollegen sind schon unterwegs. Wir wissen, was für ein Auto diese Frau Heyse fährt. Sie, Herr Pollock, kommen bitte mit uns. Wir brauchen Sie, um die Flüchtige zu identifizieren.“

Janowski und Hoßdorf halfen Pollock auf die Beine, während Seiler einen Polizeiwagen orderte, der am Hinterausgang der Studiohalle warten sollte. Pollock gelang es, aufzutreten und sich langsam fortzubewegen. Von seinem Kinn tropfte Blut auf die Fliesen der Toilette. Pollock zog Papier aus einem Spender neben dem Waschbecken und presste es sich auf die Wunde.

Als die vier Männer auf den Adenauerplatz vor das Sendezentrum traten, hatte es aufgehört zu schneien. Die lauschige Winterstimmung passte nicht zu dem, was an diesem Abend geschehen war. Ein Toter. Dazu zwei versuchte Morde.

Mehrere Jugendliche, die lachend Schlitten hinter sich herzogen, kamen Pollock vor wie Gestalten von einem anderen Planeten. Er wunderte sich, dass es überhaupt noch Menschen gab, die nicht in diese aberwitzige Geschichte verstrickt waren.

Der Polizeiwagen mit einer schwarzhaarigen Beamtin am Steuer fuhr sofort los. Vorne hatte Seiler Platz genommen, im

Fond saßen Pollock und Janowski. Hoßdorf stand auf dem Hof des Senders und schaute dem Wagen hinterher. Er hatte sich nicht noch zusätzlich auf die Hinterbank quetschen wollen.

Es war, wie Seiler gesagt hatte: Auf der Stadtautobahn standen die Autos Stoßstange an Stoßstange. Kaltschnäuzig steuerte die schwarzhaarige Polizistin ihren Wagen nach rechts auf den Standstreifen und aktivierte das Blaulicht. Ein Schneeräumfahrzeug vor ihnen sorgte dafür, dass sie, wenn auch im Schneckentempo, vorankamen.

„Das geht auf meine Kappe“, strahlte Seiler. „Ich habe die Kollegen von der Zentrale angewiesen, bei der Stadtreinigung anzurufen. Der Wagen ist extra für uns unterwegs.“ Seiler war sichtlich stolz darauf, eine unkonventionelle Idee gehabt zu haben.

„Brillant“, sagte Janowski unterkühlt. „Aber kann die orangene Kiste nicht etwas schneller fahren?“

„Können wir nicht gleich in den LKW umsteigen?“, meldete sich Pollock zu Wort.

Seiler drückte einen Schalter am Armaturenbrett und klaubte ein Mikrofon aus einer Plastikhalterung.

„Eine Nachricht für den Kollegen der Stadtreinigung. Bitte halten Sie an! Haben Sie verstanden?! Bitte halten Sie an!“

Seiler, Janowski und Pollock schälten sich aus dem engen Polizeiauto und stapften zum Fahrer des Räumfahrzeuges, der entgeistert dreinschaute, als die drei neben ihm Platz nahmen.

„Geben Sie Gas, Mann“, brüllte Janowski.

Pollock konzentrierte sich auf die Autoschlange, an der sie mit etwas mehr Tempo als zuvor vorbeifuhren. Der LKW hatte sich eine gute Viertelstunde Richtung Flughafen bewegt, da schrie Pollock auf.

„Da ist sie!“

Seiler griff zu seinem Mobiltelefon, wandte sich von Pollock und Janowski ab und begann unverständliches Zeug zu flüstern.

Pollock sah vom Führerhäuschen hinunter auf einen schwarzen Volvo. Anna Heyse hatte er nur erkannt, weil sie sich kurz zum Beifahrersitz gebeugt hatte, um etwas zu ordnen oder zu sortieren.

„Wir müssen jetzt vorsichtig sein und auf Verstärkung warten", mahnte Janowski. „Die Frau ist vermutlich bewaffnet. So wie sie den Pfarrer hingerichtet hat, fackelt die nicht lange."

„Ich glaube nicht, dass sie gefährlich ist", widersprach Pollock. Er wollte gerade erklären, wie er zu dieser Meinung kam, da hörte er ein Brummen. Es kam aus der Luft und wurde mit jeder Sekunde lauter. Wie ein großes, schwarzes Insekt kreiste ein Polizeihubschrauber über ihnen.

„Ob das so geschickt ist", murmelte Janowski und blickte abschätzig zu Seiler.

„Mischen Sie sich da mal nicht ein", entgegnete der Kriminalhauptkommissar spitz.

Dann geschah etwas, was Pollock noch Jahre später in seinen Träumen verfolgen sollte. Die Fahrertür des Volvo öffnete sich. Anna Heyse hielt mit beiden Armen ihren hellen Mantel zusammen. Pollock stierte auf den Mantel. Er war voller Blut. Fast sah es aus, als genösse die Frau es, endlich an die Luft zu kommen. Sie schlenderte in aller Seelenruhe erst an der Kühlerhaube des Volvo, dann an der des Räumfahrzeuges vorbei. Irritiert beobachtete Pollock, dass sie lächelte. Er öffnete die Beifahrertür.

„Frau Heyse?"

„Lassen Sie das!", zischte Seiler.

Pollock ignorierte ihn. Irgendwie spürte er, was jetzt gleich geschehen würde, ohne dass er in der Lage war, es in Gedanken oder gar Worte zu fassen.

Pollock kletterte aus dem LKW.

Panik überfiel ihn, als er bemerkte, wo genau sie sich befanden.

Anna Heyse schaute kurz zu dem Polizeihubschrauber über ihr, dann ging sie in gerader Linie auf die Leitplanke zu.

„Tun Sie das nicht", hörte sich Pollock sagen. Doch seine Stimme hatte keine Kraft. Warum sprach er nicht lauter? Warum stellte er sich der Frau nicht in den Weg? Darüber würde er später in langen schlaflosen Nächten oftmals nachdenken. Vielleicht hatte er Anna Heyse ihren Willen lassen wollen. Vielleicht hatte er gespürt, dass ihr das Leben nicht mehr wichtig war. Vielleicht hatte er sie vor endlosen Verhören und dem Dahinsiechen in einem Frauengefängnis bewahren wollen.

Die Stadtautobahn führte an dieser Stelle über die Spree und eine Eisenbahnlinie. Anna kletterte über die Leitplanke und sprang. Sie hatte keinen Moment lang gezögert.

Pollock starrte in die Dunkelheit. Er war wie gelähmt. Er hätte noch minutenlang so auf die Berliner Stadtkulisse blicken können, da meldete sich die schwarzhaarige Polizistin zu Wort. „Schauen Sie mal, was ich auf der Rückbank ihres Wagens gefunden habe. Ein Jackett. Voll mit Blut! Und ganz viele Briefe, verstaut in einem Koffer. Dieser hier lag obenauf." Sie wollte ihn Seiler geben, der, die Hände tief in den Taschen vergraben, noch immer auf die Leitplanke schaute. Janowski griff nach dem Brief und reichte ihn an Pollock weiter. Pollock faltete ihn auseinander.

Frank, mein Lieber!

Ich weiß, Du wartest nicht auf meinen Brief. Warum solltest Du auch? Warum solltest Du noch irgendetwas von mir erwarten? Wenn Du könntest, würdest Du den Brief wahrscheinlich zerreißen.

Ich weiß nicht, wo Du jetzt bist. Hoffentlich an einem Ort, an dem man sich mehr um Dich kümmert als hier. Ich jedenfalls war nicht da, als Du mich brauchtest.

Zu der Zeit, als Du ums Leben kamst, habe ich gefeiert. Es ist so absurd, weil ich mir – wie Du weißt – nicht das Geringste aus Partys mache. Ich war zusammen mit Manuel, Marta und Jorge. Das waren meine Nachbarn in Madrid. Ich war beschwipst, als wir aus der Bar kamen. Es war am späten Nachmittag. Eine ungewöhnliche Zeit zum Feiern. Aber ich musste ja am kommenden Morgen schon früh am Bahnhof sein, um den Zug nach Berlin zu kriegen.

Heute ist mir klar: Ich hätte meinen Aufenthalt in Madrid sofort abbrechen müssen. In Deinen letzten Briefen hast Du geschrieben, wie einsam Du ohne mich warst. Ich hätte Dir beistehen müssen. Vielleicht würdest Du dann noch leben.

Als ich zurück nach Berlin kam, warst Du nicht mehr da. Ich dachte, Du hättest Dich auf und davon gemacht. Dabei hätte ich sicher sein müssen, dass das nicht sein konnte. Frau und Kind im Stich lassen – Du? Heute schäme ich mich dafür, so etwas angenommen zu haben.

Es gab in den letzten Jahren keinen Tag, an dem ich nicht an Dich gedacht habe, daran, wie wir uns kennengelernt haben. Ich hatte mich sofort in Dich verliebt. Du warst ganz anders als die anderen Studenten in der Gemeinde. Viel überlegter. Viel verantwortungsvoller. Viel sensibler.

Wir hatten gute drei Jahre zusammen. Ich weiß noch, wie Du mir einmal gesagt hast, mit mir alt zu werden, sei das größte Glück. Auch ich war mir sicher, mit Dir würde mir alles gelingen: Eine Familie gründen, das Studium beenden, glücklich sein.

Deine Briefe, die Du mir nach Madrid geschickt hast, habe ich in den letzten Jahren immer und immer wieder gelesen. Jetzt schreibe ich Dir, weil heute ein entscheidender Tag in meinem Leben ist. Wahrscheinlich würdest Du versuchen, mich von dem, was ich vorhabe, abzuhalten. Aber ich muss es tun. Für Dich.

Vor ein paar Tagen traf ich nach all den Jahren Udo. Ich habe ihn abgepasst auf dem Hof dieses Fernsehsenders. Du hättest sehen sollen, wie er in seinem Auto saß und vor Selbstmitleid zerfloss, als ich meine Waffe auf ihn richtete. Wie er mich anflehte, mir seine gefalteten Hände entgegenreckte! „Ich habe das nicht gewollt, ich habe das nicht gewollt!" Mein Schuss traf ihn an der Schulter.

Unter Schmerzen erzählte er mir dann alles, was sich an jenem 30. November vor 30 Jahren abgespielt hat. Das Telefongespräch mit Dir habe ihn in Panik versetzt. Er sei zurück in seine neue Wohnung gefahren und habe in seiner Verzweiflung Peter Muth angerufen. Peter habe ihn beruhigt. Udo solle sich keine Gedanken machen, die Sache käme schon in Ordnung. Der Pfarrer habe ihn gebeten, zu Hause zu bleiben und telefonisch erreichbar zu sein. Keine Stunde später habe sich Peter Muth dann wieder bei Udo gemeldet. Udo möge mit seinem Maurerwerkzeug in die Bautzener Straße kommen. In den Keller.

Es war ein raffinierter Plan. Die frisch gemauerte Stelle war niemandem aufgefallen, weil zu dieser Zeit einige Besetzer dabei waren, Schäden im Haus zu beseitigen.

Frank, warum habe ich Dir nicht mehr vertraut? Weil Du manchmal an unserer Entscheidung für eine Familie gezweifelt hast? Ich habe geglaubt, Du hättest mich verlassen, weil mir jede andere Möglichkeit aberwitzig erschien.

Ich hätte niemals auch nur im Traum daran gedacht, dass Dich Peter Muth – vermutlich zusammen mit anderen KGB-Leuten – auf dem Gewissen hat. Peter hat Udo – und wahrscheinlich noch jede Menge andere Studenten – an den sowjetischen Geheimdienst vermittelt. Heute ist mir klar: Wenn Du dem Verfassungsschutz von Deinen Erlebnissen erzählt hättest, wäre schnell herausgekommen, welche Rolle die Studentengemeinde bei der ganzen Sache spielte: Sie war ein idealer Ort zur Anwerbung von Spitzeln.

Mein lieber Frank, Du sollst wissen, was geschah, als ich am 30. November in Berlin ankam. Fast eine Stunde habe ich am Bahnhof Zoo auf Dich gewartet. Dann ahnte ich, dass etwas passiert sein musste. Du hättest mich nie ohne Grund einfach so am

Bahnsteig stehen lassen. Ich machte mich auf den Weg in die Bautzener Straße. Ich stand in Deinem Zimmer. Auf Deinem Schreibtisch lagen aufgeschlagene Bücher. Dein Kleiderschrank stand offen. Dein Koffer, der immer im obersten Fach lag, war weg. Heute weiß ich, dass Peter Muth oder irgendwelche Komplizen ihn verschwinden ließen. Alles sollte so aussehen, als hättest Du die Flucht ergriffen.

Mir ging alles Mögliche durch den Kopf. Ich stellte mir vor, Du seiest mit dem Koffer losgezogen, um eine Überraschung für mich zu besorgen, hättest es dann nicht mehr rechtzeitig zum Bahnhof geschafft. Ich sah Dich schon keuchend ins Zimmer kommen, Dich bei mir entschuldigen ...

Doch Du kamst nicht. Stattdessen kam Peter. Er klopfte, trat ein und nickte mir anteilnehmend zu. Als er sich neben mich auf das Sofa setzte, spürte ich, wie alle Kraft aus meinen Beinen wich. Ich ahnte, dass der Pfarrer mir etwas Schreckliches mitteilen würde.

Ihm falle es unendlich schwer, mir diese Nachricht zu überbringen, sagte Peter. Du seiest bei ihm gewesen, hättest schluchzend vor ihm gesessen. Du hättest ihm gestanden, dass Dir die Dinge über den Kopf gewachsen seien. Das Studium, der Ärger mit den Mitbewohnern, der Umzug, das Baby! Der Gedanke, für eine Familie sorgen zu müssen, habe Dir förmlich die Kehle zugeschnürt.

Peter berichtete, er habe auf Dich eingeredet. Aber Du seiest nicht mehr umzustimmen gewesen. Du hättest beschlossen, Berlin zu verlassen.

Ich habe Peters Worte nie vergessen: „Ich soll Dir ausrichten, wie sehr Frank Dich liebt, dass er sich wünscht, dass Du ihm irgendwann verzeihst." Ich war verzweifelt. Ich schrie vor Schmerz. Alles wurde dunkel um mich herum.

Unser Sohn ist jetzt ein junger Mann. Ich konnte damals nicht für ihn sorgen. Ich war nervlich so am Ende, dass ich in eine Klinik musste. Peter hat sich um unseren Sohn gekümmert, ihn ir-

gendwann in die Obhut von Pflegeeltern gegeben. Frank, stell Dir vor, dafür habe ich mich damals auch noch bei ihm bedankt!

Nach meiner Zeit in der Klinik habe ich Berlin verlassen, ich hielt es hier einfach nicht mehr aus, weil mich alles an Dich und unsere Zukunftspläne erinnerte. Die meiste Zeit war ich in Costa Rica, habe dort in Hotels gearbeitet, Betten gemacht, das Frühstück serviert. Jede anspruchsvollere Arbeit hätte mich überfordert.

Dann lag irgendwann dieser Brief an der Rezeption. Von unserem Sohn. Er hatte lange geforscht, bis er meinen Aufenthaltsort herausgefunden hatte. Er heißt übrigens Matthias, nicht Frieder, wie wir ihn damals nennen wollten. Er wünschte sich, mich zu sehen. Ein Jahr lag der Brief auf meinem Nachttisch. Dann überwand ich mich. Am zweiten Weihnachtstag landete ich in Tegel. Ein paar Tage später sah ich die Schlagzeilen in den Zeitungen. Eine Leiche war gefunden worden! Mir war klar, es konnte nur Deine Leiche sein!

Dann spürte ich plötzlich eine seltsame Kraft in mir. Die Wohnung, von der aus ich meinen Plan in die Tat umsetzen konnte, war schnell gefunden.

Frank, mein Liebster. Es war mir wichtig, das alles noch einmal aufzuschreiben. Wie dieser Tag endet, ist offen. Ich hoffe, er bringt mich näher zu Dir. Alles andere ist unwichtig.

Deine Anna, die Dich immer lieben wird!

Fröstelnd gab Pollock den Brief an Janowski zurück. Kriminalhauptkommissar Seiler hatte unterdessen ein Handygespräch beendet. „Diesen Baranov haben wir leider noch nicht erwischt."

Pollock ging den verschneiten Standstreifen entlang. Er wollte allein sein. Er hatte Anna Heyse nicht retten können oder wollen. Damit musste er nun zurechtkommen.

Und die weiteren Ermittlungen? Würde es so sein wie so oft? Kamen die Strippenzieher mal wieder davon? Baranov war auf der Flucht. Wahrscheinlich war er so gut vernetzt, dass es da irgendeinen Kontaktmann gab, der ihn in diesem Moment nach Russland brachte. Die deutschen Behörden würden es sich nicht mit Moskau verscherzen wollen. Dass gemeinsam mit der russischen Polizei nach Baranov gefahndet würde, war unrealistisch.

Pfarrer Muth war tot. Er war als Pfarrer der Studentengemeinde eine der Schlüsselfiguren des Netzwerkes gewesen.

Pollock blieb stehen und blickte auf die Häuser mit ihren hell erleuchteten Fenstern am Rande der Stadtautobahn.

Hatte Baranov damals angeordnet, Frank einzumauern? Oder war das Muths Idee gewesen? Und Klüver? Pollock lachte laut. Natürlich musste jedem klar sein, dass Dr. Reimund Klüver Kontakte zum KGB gehabt hatte. Er holte KGB-Informanten wie Clement in den Sender, erhöhte den Einfluss des Geheimbundes und revanchierte sich so für Informationen, die er in den 70ern als Korrespondent bekommen hatte. Wahrscheinlich floss dazu auch noch jede Menge Geld. All das lag auf der Hand, war aber schwer nachzuweisen.

So in Gedanken versunken stolperte Pollock fast eine halbe Stunde durch den Schnee. Die Geräusche seines Mobiltelefons waren ihm lästig, aber er hielt es nicht durch, sie zu ignorieren. Er nahm das Gespräch an, nahm aber nicht wirklich wahr, was seine Mutter ihm da erzählte. Erst Stunden später erinnerte er sich. Die Stimme der Mutter hatte etwas Entschlossenes gehabt. Aber auch etwas Verletzliches.

„Ich habe es deiner Schwester schon mitgeteilt. Bei mir hat sich einiges verändert." Seine Mutter räusperte sich. „Ich bin wieder mit jemandem zusammen. Mit Astrid. Also mit einer Frau. Sie zieht am kommenden Wochenende bei mir ein. Erst mal zur Probe. Wir möchten ausprobieren, ob wir zueinander passen. Nun, nur das wollte ich dir sagen und ich möchte, dass ihr beide, du und deine Schwester, das akzeptiert."

Pollock, inzwischen vollkommen durchnässt, kämpfte sich durch den Schnee die Ausfahrt hinunter, die ihn in den Stadtteil Moabit führte. Dort nahm er ein Taxi zurück zum Sendezentrum von *Havel-TV*.

Die Talkshow war offenbar ein voller Erfolg gewesen. Die anwesenden Presseleute hatten laut Gästebetreuer Kämmerer angekündigt, auf ihren Medienseiten zu loben und zu schwärmen, was das Zeug hielt. Als Pollock die Lounge betrat, in der sein Sender Ereignisse wie dieses feierte, hatte die Party ihren Höhepunkt schon lange überschritten. Geschäftsführer Dr. Reimund Klüver stand mit Nehls zusammen und legte immer wieder wohlwollend seinen Arm um dessen Schulter. Als er Pollock sah, löste er sich von dem Moderator und schritt ihm entgegen.

„Was ist das für eine furchtbare Geschichte, Herr Pollock!" Es klang, als mache der Geschäftsführer ihn für die vielen Toten der letzten Zeit verantwortlich. „Ein Skandal! Dieser Clement!" Scheinbar gedankenverloren schaute Klüver in den festlich geschmückten Raum. „Aber, ehrlich gesagt, ein bisschen halbseiden kam der mir immer schon vor, unser Herr Chefredakteur, fanden Sie nicht auch?" Klüver lächelte Pollock nachsichtig an. „Aber lassen Sie nur, Sie sind noch jung, da verfügt man noch nicht über solche Menschenkenntnis. Da denkt man nicht unbedingt immer an das Schlechte im Menschen. Wissen Sie, nach zehn Jahren Russland habe ich einen anderen Blick auf die Dinge ..."

„Entschuldigen Sie", entgegnete Pollock und ließ den Geschäftsführer einfach stehen. Auf der Suche nach etwas Essbarem sah er Michaela. Die Finger, die ihm vor zwei Stunden noch zugewinkt hatten, waren mit denen von Christian Nehls verkeilt. Michaela blickte bewundernd zu dem Moderator auf.

Die beiden strahlten sich an wie Kinder den Weihnachtsmann. Pollock war zu erschöpft, um auch nur irgendwie Traurigkeit oder Empörung zuzulassen.

„Wir gehen noch was trinken“, jauchzte Michaela ihm zu, die offenbar schon mehrere Gläser Sekt intus hatte.

„Komm doch mit!“, forderte Nehls ihn auf. Aber es klang nicht überzeugend, wie Pollock fand.

„Geht nur alleine“, antwortete Pollock. Er schlenderte zum Buffet, griff nach einem Stück Schweinelendchen in Blätterteig, legte eine Knackwurst darüber und schob beides in den Mund. Genussvoll kauend ging er weiter zu den Nachspeisen und löffelte die halbvolle Schüssel mit Tiramisu leer. Die Frau hinter der Getränketheke machte ihm einen doppelten Espresso. Pollock warf zwei Stück Würfelzucker in die Tasse. Jetzt war Schluss mit dem Fasten. Drei Wochen hatte er sich zusammengerissen. Die Waage würde er bei *eBay* versteigern. Und dann würde er anfangen zu sparen. Für eine Musikbox. Pollock hatte jahrelang überlegt, ob das von ihm favorisierte Modell sein Geld wert war: Eine Seeburg Bandshell. Jetzt war er sich sicher, dass sich ein Kauf lohnte. Sein Herz pochte vor Freude, wenn er daran dachte, wie der Arm der Musikbox nach einer Alexandra-Single griff und wenige Sekunden später die warme Stimme der Sängerin durch die Boxen drang. Das würde ihm die Arbeit an dem Buch versüßen. Pollock hatte schon die wohlwollende Kritik in der *Frankfurter Allgemeinen Zeitung* vor Augen: „Martin Pollock hat ein längst überfälliges Buch geschrieben. Sein Standardwerk eröffnet einen neuen, einen faszinierenden Blick auf die Kulturgeschichte der Bundesrepublik Deutschland.“

Und das Liebesleben seiner Mutter? Seine Mutter hatte eine Geliebte. Befremdlich. An diesen Gedanken würde er sich erst gewöhnen müssen. Andererseits: Kam er damit nicht besser zurecht als mit einem neuen Mann an ihrer Seite?

Pollocks Mobiltelefon meldete sich. Der 29-jährige Redaktionsleiter von *Berlin – nah dran* entschuldigte sich für die Störung. Er habe gehört, dass Pollock den Fall rund um den Toten an der Bautzener Straße aufgeklärt habe, dass Clement festgenommen worden sei. Er, sagte der Redaktionsleiter, sei immer schon skeptisch gewesen, was diesen Clement betraf. Ob Pollock denn nicht einen Bericht für die Mittagsausgabe produzieren könne. Und, ach ja: Es wäre toll, wenn er, der erfolgreiche Polizeireporter des Senders, als Gesprächsgast zur Verfügung stünde.

Pollock schlenderte Richtung Aufzug und fuhr in den zweiten Stock. Da war sein Büro. Er musste sich auf seinen Auftritt vorbereiten. Er würde endlich mal wieder vor der Kamera stehen. Er würde mit seinen Enthüllungen glänzen. Zehntausende Berliner würden ihm zusehen. Womöglich auch die graue Friederike aus der Studentengemeinde. Eigentlich eine ganz attraktive Frau, ging es Pollock durch den Kopf. Er würde sich gleich morgen bei ihr melden. Wenn nichts dazwischen kam.

Jede Ähnlichkeit mit lebenden oder
toten Personen ist rein zufällig.

Pendragon Verlag
gegründet 1981
www.pendragon.de

Gedruckt auf holz- und säurefreiem Naturpapier

Originalausgabe
Veröffentlicht im Pendragon Verlag
Günther Butkus, Bielefeld 2011

Lektorat: Eike Birck, Meret Lange
Umschlag & Herstellung: Baltus Mediendesign, Bielefeld
Foto: ullstein bild – dpa
ISBN 978-3-86532-254-8
Druck: Aalexx Buchproduktion, Großburgwedel
Printed in Germany

Land der guten Hoffnung
von D. B. Blettenberg

Südafrika-Krimi

288 Seiten, Paperback, Euro 10,95

ISBN 978-3-86532-163-3

In Hamburg wird die Tochter des reichen Reeders Carsten entführt. Nach der Übergabe bleiben Täter und Geld spurlos verschwunden. Der Fall wird zu den Akten gelegt. Aber Carsten gibt nicht auf und engagiert Helm Tempow.
Die Spur führt den Privatdetektiv nach Südafrika. Am Kap der Guten Hoffnung trifft er auf Rena Carsten, die auf eigene Faust ermittelt. Sie will ihren ehemaligen Entführer zur Rede stellen, will dem maskierten Mann endlich ins Gesicht sehen, denn da ist noch etwas anderes ... sie hat eine Tochter von ihm, gezeugt während ihrer Gefangenschaft. Tempow und Carsten müssen bei ihrer gemeinsamen Suche feststellen, dass im Land am Kap nicht alles Dunkle schwarz und nicht alles Helle weiß ist. Spuren kreuzen und verlieren sich.

„*Land der guten Hoffnung* ist ein spannender Roman über Südafrika, meisterhaft erzählt und sehr berührend.“

WELT AM SONNTAG

P E N D R A G O N - Verlag

Der Auserwählte

von Frank Göhre

Originalausgabe

264 Seiten, Paperback, Euro 9,95

ISBN 978-3-86532-202-9

Der Meister des „Noir made in Germany" mit seinem neuesten Coup!

Eloi wurde reingelegt. Er schuldet dem illegal in Hamburg lebenden Afrikaner David Geld. Drogengeld. David steht nun selbst unter Druck. Doch plötzlich ist Eloi verschwunden. Der Sohn einer Hamburger Unternehmerin ist gekidnappt worden. Seine Entführer fordern fünf Millionen. Und die Zeit läuft. Die Spur führt zurück auf die Sonneninsel Gomera, wo vor langer Zeit eine unheilvolle Geschichte begann. Es geht um die dunklen Geheimnisse ehemaliger Freunde, um vermeintliche Schuld und Sühne – und um Gerechtigkeit.

Frank Göhre beobachtet genau und seziert mit chirurgischer Präzision die Triebfeder menschlichen Handelns: Die Gier nach Macht, Geld und Sex.

„Göhre schreibt, wie Hitchcock filmt."

Deutsches Allgemeines Sonntagsblatt

P E N D R A G O N - Verlag